EEN WISKUNDIGE TOESTAND VAN GRACE BOEK 1 EN 2 COMPLETE SERIE

FRAGMENT: SLOTFUSIE

Cathy McGough

Stratford Living Publishing

Wat lezers zeggen...

"Briljant! Dit is een zeer creatieve young adult-roman. Het is een verhaal vol wilde fantasie, fantastische avonturen en verbijsterende concepten over de aard van het universum."

"Grace is een ander soort heldin en dit is een ander soort dystopisch YA-verhaal. Op het eerste gezicht is Grace nogal onopvallend, afgezien van het feit dat ze een wiskundig wonderkind is. Na een ongeluk wordt het duidelijk dat de dingen misschien niet zijn wat ze op het eerste gezicht lijken. Ik heb genoten van de gelaagde aspecten van dit verhaal. Een uniek verhaal dat met veel plezier te lezen is."

"Het eerste deel leest als een mysterieroman, waardoor je steeds verder wilt lezen. Er zijn veel romantische scènes. Ik heb ook genoten van de humor die overal in het verhaal terugkomt. Over het algemeen is er veel om van te genieten, waaronder geweldige personages, coole fantasie-elementen en prachtige beschrijvende teksten."

"Het verhaal heeft iets zweverigs, waardoor je geest zich opent voor nieuwe mogelijkheden."

VK:

"Uitstekend geschreven en een spetterende plot zorgen ervoor dat deze roman in een voortreffelijk tempo voortraast."

"Een nerdachtig meisje en een sportieve jongen worden in de chaotische wereld van vreemde winden en aardbevingen geworpen en worden geconfronteerd met het feit dat zij de enige levende wezens op aarde zijn. Een verhaal over overleven en liefde.

Inhoudsopgave

Citaat

"IK DENK DAT TOEN we nog in de buurt waren,
voordat we contact maakten,
we in een staat van wiskundige gratie verkeerden."
Ian McEwan, Eindeloze liefde

VOOR MABEL EN MICHAEL MET LIEFDE

BOEK 1

FRAGMENT

HOOFDSTUK 1

DE ZESTIENJARIGE GRACE GREENWAY sliep graag uit, vooral op schooldagen.

Haar moeder, Helen Greenway, gooide de deur open en marcheerde naar binnen. De twee hoofden op haar koala-slippers gingen voorop. De hoofden fluisterden 'ssst' terwijl ze over de koele hardhouten vloer liepen.

Toen Helen de andere kant van de kamer bereikte, liet ze haar hoede varen. Ze verwijderde de met parfum doordrenkte zakdoek waarmee ze haar neus had bedekt. De lucht in de kamer was bedompt door de experimenten van de vorige nacht, die aan de geur te merken iets met zwavel te maken hadden.

Toen ze bij het raam aankwam, zette Helen het raam wijd open. Ze stak haar hoofd naar buiten en vulde haar longen met zuivere buitenlucht. Verfrist trok ze de gordijnen open. Helen richtte zichzelf en haar pantoffels in de richting van het hoopje op het bed: haar dochter, Grace.

Aan de andere kant van de kamer maakte de computer van Grace zijn aanwezigheid bekend door een alarm te laten afgaan. Er begonnen willekeurige getallen op het scherm te knipperen.

Ze werden hardop voorgelezen met een stem die leek op die van Stephen Hawking.

Helen dacht na over de betekenis van die getallen. Ze zeiden haar niet veel, met haar niet-wiskundige brein. Haar pantoffels met koala-kopjes leunden naar voren en deden alsof ze het begrepen. Helen liep de kamer door, terwijl de koala-kopjes knikten en met elkaar fluisterden. Helen had zelf geen verstand van wiskunde. Ze had geen idee van wie haar dochter haar wiskundige genen had geërfd. Helen dacht na over deze genetische overdracht terwijl ze naar haar dochter keek, die zich in haar cocon had gewikkeld.

"Het is tijd om wakker te worden, lieverd!" zei Helen.

Grace bewoog een beetje en gooide de dekens van zich af. Ze rekte zich uit en gaapte zonder haar ogen te openen.

"Goedemorgen, slaapkop," zei Helen terwijl ze haar dochter op het voorhoofd kuste.

"Goedemorgen, mam," antwoordde Grace, die eindelijk haar ogen opende.

"De bus komt over een kwartier! Je moet opschieten. Ik maak wel iets te eten voor onderweg."

"Oké, mam," zei Grace terwijl ze zich uit de dekens ontrolde. Ze ging rechtop zitten, maar viel meteen weer achterover tegen haar kussen. Ze wilde zo graag terug naar haar droomwereld, terug naar de gedachten van Vincente Marino.

"Kom op, Grace!" herhaalde Helen terwijl ze naar de deur liep. "Over vijf minuten ben ik beneden!"

Grace fluisterde Vincente's naam hardop, zachtjes, alsof ze zich voorstelde dat hij haar kon horen. Ze stelde zich voor hoe hij het traliewerk buiten het raam beklom. Tik-tik-tik.

Het geluid van haar computer maakte haar wakker. Ze wreef de slaap uit haar ogen. Ze keek naar de nachtjapon die ze droeg. Ze haatte dit ding, met zijn witte kant en rode strik. Het was absoluut maagdelijk.

Grace haalde haar vinger over het rode lint en het sneed in haar huid. Het deed verschrikkelijk pijn, alsof ze zich aan papier had gesneden, maar het lint was van stof. Ze maakte het los van haar nachtjapon. Ze keek toe hoe het naar de vloer dreef, enkele seconden later gevolgd door karmozijnrode bloeddruppels.

Grace zoog op haar bloedende vinger, maar het bloed bleef op de vloer druppelen. Het versmolt met het rode lint, dat zich als een slang kronkelde. Ze sloot haar ogen en liet zich achterover op haar kussen vallen. Ze dacht aan Vincente Marino. Ze kon niet wachten om hem vandaag te zien.

Grace liep naar de rand van het bed waar de bloeddruppels hadden gelegen, maar nu waren ze verdwenen. Ze haalde haar schouders op en raapte het rode lint op. Grace maakte het weer vast aan de kanten kraag van haar nachtjapon en liep naar de badkamer.

Helen riep nog een herinnering vanaf beneden, maar Grace reageerde niet. In plaats daarvan sloot ze de deur achter zich en liet met een geeuw haar witte nachtjapon op de koude tegelvloer vallen.

Grace leunde tegen de douchecabine en draaide de warmwaterkraan volledig open. Ze liet de stoom opstijgen terwijl ze over haar schouder keek. Haar nachtjapon lag op een hoopje op de vloer en leek bijna op een geest die was gekomen en weer verdwenen.

Toen stapte ze in het stomende hete water. Alleen heet, nooit koud. Ze waste haar haar, haar gezicht en de rest van haar lichaam, en liet het hete water over zich heen stromen.

Toen ze zo warm was als een beboterde crumpet, draaide ze de kraan dicht en deed een stap achteruit. Ze draaide de koudwaterkraan volledig open, telde tot drie en stapte erin. De schok voor haar systeem was als een chemische reactie, een elektrische schok. Op dit moment voelde ze zich het meest levend. Al haar zintuigen waren afgestemd. Het was bijna alsof ze herboren was.

Grace keek naar het water dat zijn weg naar de afvoer vond. Ze zag dat de rode strik op de een of andere manier in de afvoer was gevallen. Gevangen in de draaikolk draaide hij rond en rond en rond.

Ze reikte naar binnen en pakte het rode lint, verfrommelde het tot een balletje in haar handpalm om het overtollige water eruit te laten lopen. Toen ze haar vuist opende, kwam het tot leven en vormde het zichzelf tot een vorm.

Geïntrigeerd herhaalde ze dit proces: het lint verfrommelen, een vuist maken, de vuist openen. Het resultaat opnieuw bekijken. En nog eens. En nog eens.

Het gebeurde altijd.

Keer op keer nam het dezelfde vorm aan: de vorm van een hart.

HOOFDSTUK 2

G RACE GOOIDE DE NACHTJAPON in de wasmand. Ze begon haar schooluniform aan te trekken en trok haar rok zo hoog mogelijk op. Alle meisjes op school deden dat om hem korter te maken dan hij hoorde te zijn. Toen haar uniform acceptabel was, ging ze terug naar haar kamer en begon ze haar lange, kastanjebruine haar te föhnen en te borstelen.

Ze keek over haar schouder naar het computerscherm: nog steeds aan het zoeken. Grace hoopte dat het 's nachts het antwoord zou vinden. Ze had het geprogrammeerd met één doel: de volgende Fibonacci-reeks vinden. Als dat zou lukken, zou de naam van Grace Greenway in de geschiedenisboeken worden opgenomen. Haar ontdekking zou kunnen wedijveren met de gulden snede.

Grace glimlachte en zette haar haar in model. Ze herinnerde zich haar bijnaam voor Vincente Marino. Ze noemde hem haar gulden snede. Het was haar kleine geheim.

Om het af te maken, reikte ze ver naar achter in de la waar ze haar make-up en borstel had verstopt. Ze deed wat foundation en een beetje blush op. Grace spoot een klein beetje parfum op haar nek voordat ze naar beneden ging. Ze hoopte dat ze snel langs haar moeder kon lopen. Ze hoopte dat haar moeder de kortere rok en haar andere accentueringen vanochtend niet zou opmerken. Anders zou er drama volgen.

De buschauffeur toeterde bij de stoeprand en Grace begon te rennen. Ze pakte haar boeken en een stuk toast terwijl ze langs haar moeder rende. Ze rende de deur uit, langs de scherpziende ogen van haar moeder, de trap op en de bus in.

Helen keek toe hoe haar dochter instapte, zich er terdege van bewust dat haar rok korter was dan zou moeten.

Helen bleef toekijken terwijl haar dochter naar de achterkant van de bus slenterde. Ze herinnerde zich de eerste keer dat ze daar had gestaan en had toegekeken hoe haar dochter in de bus stapte. Helen had met haar dochter mee naar de bus willen lopen. Grace was zo opgewonden en vastbesloten om een grote meid te zijn dat ze het alleen wilde doen. Helen herinnerde het zich alsof het gisteren was: hoe haar dochter klaar was om de banden te verbreken. Helen was niet voorbereid op de overweldigende pijn die haar hart verscheurde. Ze volgde de bus met haar ogen totdat ze hem niet meer kon zien. Een traan rolde over haar wang. Helen veegde hem weg.

In de bus vond Grace haar gebruikelijke zitplaats en opende haar boek. Ze verstopte zich achter het leerboek alsof het een muur was, een vermomming. Daar kon ze incognito wachten op de komst van Vincente Marino.

Terwijl de bus over de weg voortkronkelde, verloor Grace even het besef van waar ze was. Ze kwam weer bij zinnen toen Vincente Marino instapte.

Grace ging toen rechtop zitten, alsof er een adrenalinestoot door haar heen ging. Ze hield een leerboek voor zich als een schild. Van binnen klopte haar hart zo hard dat het leek alsof het vleugels had gekregen en op het punt stond weg te vliegen. Haar hartslag ging tekeer en ze moest nadenken over elke ademhaling.

Vincente liep van stoel naar stoel, gaf high fives en zei hallo, totdat de buschauffeur hem vroeg om plaats te nemen. Na een fluitje te hebben gefloten dat zo hoog was dat elke hond in de buurt het wel gehoord moest hebben, gleed Vincente naar zijn stoel naast zijn vriendin, Missy Malone.

Grace was verliefd op Vincente Marino, maar ze hield alleen van hem van een afstand. Ze wist dat hij ver boven haar niveau stond, maar tegelijkertijd had ze hoop. Ze geloofde dat liefde een wiskundige vergelijking was. Ze geloofde dat ware liefde voorbestemd was.

Het was net als elke andere wiskundige formule: je moest gewoon zoeken. Zoeken tot je de perfecte gulden snede vond. Als alle getallen uit de juiste reeks op hun plaats lagen, zou het universum ervoor zorgen dat twee mensen verliefd werden. Grace Greenway wachtte tot haar gulden snede op zijn plaats zou vallen. Dan zouden zij en Vincente Marino in de perfecte staat van liefde verkeren.

Grace keek op vanachter haar leerboek. Vincente's stem zweefde naar haar toe. Ze zag zijn blonde haar glanzen in het zonlicht. Zijn gouden lokken streelden zijn schouders. Hij lachte en fluisterde iets in Missy's oor, en draaide zich toen om in de richting van de achterkant van de bus.

Grace's hart stond even stil toen hun blikken elkaar een fractie van een seconde kruisten. Haar wangen werden rood. Ze bedekte haar gezicht opnieuw met het leerboek, als een gordijn. Grace kon nog steeds haar voeten zien, haar schoenen. Toen raakten de sportschoenen van Vincente Marino de hare. Ze liet het boek zakken en zijn kobaltblauwe ogen kruisten haar hazelnootbruine ogen. Ze hoestte toen ze zich eindelijk herinnerde dat ze moest ademen.

"Hé, Grace," zei Vincente. "Ik vroeg me af of je mijn leven zou kunnen redden?"

Ze knikte.

"De wedstrijd gisteravond duurde lang en daarna moesten we uitgaan om het te vieren, ik bedoel, we hebben gewonnen! Je weet hoe dat gaat."

"Ja, ik weet het," fluisterde ze.

"En toen realiseerde ik me vanmorgen dat ik mijn wiskundehuiswerk niet had gedaan, en je weet dat die oude meneer Dense het op mij gemunt heeft. Hij zou me graag uit het team willen zetten."

"Ja, ik weet het."

"Grace?" Ze haalde diep adem toen hij haar naam zei, terwijl hij verderging. "Als je zo vriendelijk zou willen zijn om me je huiswerk te lenen, zou ik je eeuwig dankbaar zijn. Je zou echt mijn leven redden."

Zonder aarzelen reikte ze in haar tas.

"Ik geef het je voor de les terug." Toen maakte hij een gebaar alsof hij zijn hand op zijn hart legde en hoopte te sterven. Hij glimlachte breed naar haar. "Bedankt schat," zei hij, terwijl hij haar een kus toeblikte en haar boek in zijn rugzak stopte. Vincente keerde terug naar zijn stoel, waar Missy Malone hun interactie in de gaten hield.

Grace en Missy keken elkaar even aan over Vincente's schouder. De twee waren geen rivalen. Missy wist dat Grace geen bedreiging vormde, maar ze zag dat de arme idioot verliefd was op haar Vincente. Iedereen wist dat ze hem volgde als een verdwaald puppy.

Grace zette de barrière van haar tekstboek weer op en glimlachte in zichzelf. Ze droeg zelfs de grootste en meest idiote grijns die mogelijk was. Ze was zo opgewonden dat ze weer met Vincente zou praten. Zelfs de gedachte aan Fibonacci kon haar niet afleiden.

Toen besefte ze dat de bus was gestopt en dat alle passagiers zich in het gangpad verdrongen. Ook zij deed dat en wurmde zich naar voren tot ze direct achter Vincente stond. Hij liet Missy voor zich uitstappen. De geur van Vincente's eau de cologne kwam haar tegemoet. Grace ademde het in, ademde hem in.

Toen hij in het zonlicht stapte, kusten de stralen de bloedgouden ring aan zijn vinger en verblindden haar even. Ze botste tegen hem aan, maar dat leek hem niet te storen. Hij lachte en glimlachte breed naar haar.

Grace vergat te ademen.

Missy Malone joelde, haakte haar arm in die van Vincente en leidde hem weg.

Grace kwam bij haar kluisje aan. Ze haalde diep adem en gooide haar rugzak erin. Ze keek naar haar ochtendschema: Aboriginal Indigenous Studies, wiskunde, kunst, dan lunch, gevolgd door nog meer kunst, Engels, vrije tijd. Ze kon naar de wedstrijd gaan kijken. De bel ging. Ze sloeg haar kluisje dicht. Ze rende door de gang en ging naast het raam zitten.

Haar lerares, juffrouw Smart, nam de presentielijst door en stelde vervolgens een speciale gast aan de klas voor. De gastspreker was een vrouw uit The Stolen Generation.

Ze vertelde de klas hoe ze was meegenomen. Daarna was ze geadopteerd door een blank gezin. Hoe ze de tradities van het Gadigal-volk niet mocht beoefenen of volgen.

Grace had medelijden met haar. Geen enkel kind zou immers in de steek mogen worden gelaten, laat staan gestolen. Geen enkel kind zou mogen worden uitgesloten van zijn eigen geschiedenis. Het was absurd.

Grace begreep niet waarom de ouders van de vrouw dit hadden toegestaan. Grace stelde zich voor hoe de situatie zich bij haar thuis zou hebben afgespeeld. Vreemden die langskwamen. Die eisten haar mee te nemen. Grace's ouders zouden elke advocaat in de stad hebben ingehuurd en de zaak hebben tegengehouden nog voordat die was begonnen. Ze overwoog om de vrouw deze vraag te stellen. Een andere klasgenoot was haar voor.

De vrouw herinnerde zich hoe de blanke man wapens bij zich had, waaronder geweren. Haar ouders wisten dat er bloed zou vloeien als ze zich verzetten, dus deden ze dat niet. Ze zei dat het geen zin had om te vechten, omdat het meenemen van de kinderen bij wet was goedgekeurd.

"Het gebeurde niet alleen in Australië", legde de vrouw aan de klas uit. "Het gebeurde ook met Canadese Aboriginals en Amerikaanse Indianen, met inheemse Nieuw-Zeelanders en met vele andere volkeren op verschillende plaatsen over de hele wereld. Elk geval was anders, maar deze vreselijke gebeurtenissen hebben onze families voor altijd veranderd."

Hoewel Grace empathie voelde, vond ze dat de vrouw het verleden moest vergeten en verder moest gaan. Ze geloofde dat het leven als een wiskundige formule was. Je moest altijd blijven zoeken en in beweging blijven. Je opnieuw configureren. Vooruitgang boeken.

Grace begaf zich naar de wiskundeles, waar Vincente haar huiswerk net op tijd aan haar gaf om het in te leveren. Mr. Dense was het soort leraar dat alles volgens het boekje deed. Hij leek blij te zijn toen Vincente Marino als eerste in de rij stond om zijn huiswerk in te leveren.

Vandaag werd Fibonacci behandeld in de les. Omdat de zestienjarige Grace Greenway een erkend wonderkind was, liet haar leraar haar vroeg gaan. Grace bracht haar vrije tijd door met studeren in de bibliotheek. Ze ging naar haar andere lessen, lunch, Engels. Daarna ging ze terug naar de bibliotheek voor haar vrije uur tot het tijd was voor de wedstrijd.

Nadat ze een stapel studieboeken had gelezen en uitgekozen om te lenen, begaf ze zich naar het veld om de cricketwedstrijd te bekijken. Op dat moment kwam Vincente Marino aan slag. Het publiek van de middelbare school barstte in luid applaus uit.

Grace, afgeleid door Vincente's witte cricketuniform dat het late namiddagzonlicht weerkaatste, verloor de controle over haar stapel boeken. Ze hield de boeken stevig vast en jongleerde ermee in de hoop ze weer op te kunnen pakken. Maar haar vastberadenheid om overeind te blijven met de complete werken van wiskundige rolmodellen Sophie Germain, Hypatia, Lise Meitner en Mary Somerville in haar armen was tevergeefs. Toen de boeken op de grond vielen, werd ook zij in meerdere opzichten omvergeworpen.

***

Toen Grace bij bewustzijn kwam, was alles wazig en troebel. Ze was duizelig en moest bijna overgeven. Haar hoofd deed vreselijk pijn. Het was alsof haar hersenen een uitweg uit haar hoofd probeerden te vinden. "Iedereen achteruit!" riep iemand. "Grace? Grace! Gaat het? Zeg iets, Grace! Kun je me horen?"

Toen ze haar ogen opende en naar de hemel keek, riep een engel haar naam. Grace vroeg zich af of ze dood was. Was ze misschien gestorven en naar een andere dimensie gegaan? Ze weigerde te geloven dat dit waar was, kneep haar ogen dicht en opende ze weer. Een jongen zweefde boven haar met een aureool zo groot als de zon.

"Het spijt me zo, Grace," zei hij, terwijl hij een van haar handen in de zijne nam.

Er had zich een menigte verzameld die duwde, drong en schreeuwde. Er ontstond een algemene chaos onder tieners.

Grace zag hoe ze zich over haar heen bogen, sommigen met hun lachende gezichten ondersteboven. In haar hoofd hoorde ze een constant gezoem. Als er niet één bekend gezicht was geweest, dat van de jonge man, zou ze zich bang hebben gevoeld.

Ze probeerde dapper te zijn en op te staan. Haar benen wilden niet meewerken. Ze trilden en wiebelden als te gaar gekookte spaghetti. In haar oren klonk het geluid van de oceaan.

Ze ging weer zitten en liet haar hoofd tegen de borst van de jongeman rusten. Hij leek het niet erg te vinden.

HOOFDSTUK 3

H ET GEZICHT VAN DE jongen kwam dichter bij dat van Grace, zodat de zonnestralen de vorm van zijn aureool verdreven. Ze voelde zijn zoete, kaneelachtige adem in haar nek. Grace wist wat hij wilde. Ze draaide haar blote nek naar hem toe. Ze gaf hem toestemming om haar te bijten. Om haar te proeven.

"Bel 112!" riep de jongen terwijl hij Grace optilde en haar lichaam vasthield.

Grace voelde zich slecht. Ze was van plan geweest om een afslankprogramma te volgen. Ze was niet bepaald licht als een veertje. Ze leunde met haar hoofd tegen zijn borst in afwachting van zijn hartslag. Het enige wat ze kon horen was het ruisen van de oceaan.

Grace keek omhoog naar zijn knappe gezicht. Hij zag er zo bezorgd uit.

Samen bewogen ze zich tussen het gemompel en gefluister van de menigte. Naar een rustige plek. Uiteindelijk gingen ze een trap op en door een klapdeur. Toen werd Grace Greenway neergelegd op een zacht bed in een kamer die rook naar ontsmettingsmiddel en gymsokken. Ze drukte haar gezicht weer tegen hem aan, in een poging zijn kaneelgeur weer op te snuiven.

"Dit is de verpleegpost. Wacht hier. Ik ga hulp halen."

"Laat me niet alleen," zei ze. "Laat me alsjeblieft niet alleen."

"Ze ademt niet!" riep iemand net op tijd om haar eraan te herinneren.

Al snel voelde Grace zich weer zichzelf. Ze wenste alleen dat de golven zouden ophouden met beuken op de kusten van haar geest.

"Kun je me horen?" vroeg een vrouw. Grace knikte. "Ik ben verpleegster Hands."

"Verpleegster, 5. Hands, 5 - geweldig!" riep Grace uit.

"Ze is aan het ijlen!" zei verpleegster Hands. Ze voelde Grace's pols en haar voorhoofd, keek toen naar Vincente en schudde haar hoofd.

"Nee, ze denkt aan de wiskundeles. Mr. Dense heeft haar eerder laten gaan. We waren bezig met Fibonacci," legde Vincente uit.

"Weet je hoe ze heet?"

"Ja, ze heet Grace. Grace Greenway."

Grace kneep Vincente's shirt in haar handpalm.

"Ik moet echt terug naar de wedstrijd."

"Grace," zei verpleegster Hands, "we wachten op de ambulance. Vincente moet terug naar de wedstrijd. Laat zijn shirt los, alsjeblieft."

Grace schreeuwde: "Laat me niet alleen!"

Vincente knielde weer naast haar neer en keek haar in de ogen.

Hij bleef.

Ze zuchtte.

En toen werd alles zwart.

HOOFDSTUK 4

IN HET ZIEKENHUIS STOPTE de verpleegster bij het bed van Grace en controleerde haar vitale functies. Ze was voorlopig stabiel. De verpleegster trok de dekens weer over Grace's armen. Ze pakte het dienblad met ongebruikte waterglazen en stopte even om naar de jongeman in het cricketuniform te kijken. Hij lag diep in slaap in de stoel onder het raam.

Vincente was sinds haar bewusteloze aankomst niet meer van Grace's zijde geweken. Toen ze wegging, keek ze op haar horloge en berekende dat haar dienst nog zes uur zou duren. Ze hield van haar werk, maar dit zou een lange dag worden.

Terug in Grace's kamer begon de patiënte te bewegen en te woelen. Al snel ontdekte ze dat ze aan het bed vastzat door een reeks luidruchtige machines.

Ze was in een ziekenhuiskamer. Waarom was ze hier? Hoe was ze hier terechtgekomen? Ze sloot haar ogen en probeerde zich te concentreren. Ze probeerde zich iets te herinneren, maar er kwamen geen herinneringen boven.

Om zich te bevrijden van het piep-piep-piepen en druppel-druppel-druppelen, probeerde Grace rechtop te gaan zitten. Toen ze dit eenvoudige verlangen niet kon vervullen, liet ze zich weer op het kussen vallen. Ze had een intens verlangen om weg te rennen.

Waarom ben ik hier? dacht Grace. En waarom heeft iedereen me in de steek gelaten?

Grace zag een jongen die diep in slaap was in de stoel naast haar bed. Ze was toch niet alleen, en ze omhelsde zichzelf zo goed als ze kon met de machines die aan haar lichaam vastzaten.

Ze voelde zich nu gelukkiger, wetende dat er iemand was. Dat iemand om haar gaf.

Hoewel ze zijn gezicht niet kon zien, keek ze naar zijn blonde haar dat bij elke ademhaling op en neer bewoog. Hij sliep diep. Grace bleef naar hem staren, en naar het witte uniform dat hij droeg. Ze vroeg zich af of hij in het ziekenhuis werkte. Het leek vreemd dat een medewerker naast een patiënt in slaap was gevallen.

Grace voelde zich vreemd toen ze naar de gevouwen armen van de jongen en zijn vrij vallende blonde haar keek.

Er gingen enkele ogenblikken voorbij en ze bleef staren. Toen, alsof hij haar blik op zich voelde, schrok de jongen wakker. Hij gooide zijn haar naar achteren en onthulde het gezicht van een engel.

Grace bedekte haar mond met haar hand. Hij was adembenemend. De jongen stond op en liep naar haar toe.

Grace kon geen adem halen. Toen hij dichterbij kwam, deed zijn donkerblauwe ogen haar hart sneller en sneller kloppen. Ze dacht dat ze flauw zou vallen. En toen sprak hij. "Je bent wakker, Gracie! Godzijdank! Ik was zo bezorgd. We waren allemaal zo bezorgd."

"Ja," zei ze, niet wetend wat ze anders moest zeggen. Hij was geen medewerker. Hij betekende meer voor haar, dat voelde ze in haar hart en dat wist ze diep in haar hart. Maar wie was hij in hemelsnaam?

Ze stak haar hand naar hem uit, in de verwachting dat hij die zou pakken. Dat deed hij niet. In plaats daarvan deed hij een stap achteruit. Enigszins met tegenzin trok ze haar hand terug.

De jongen bleef naar Grace staren, alsof hij op iets wachtte. Na de mislukte poging om haar hand vast te pakken, beschermde hij zichzelf. Hij stak zijn handen diep in zijn zakken. Na een paar seconden haalde hij ze er weer uit.

Grace voelde zich tegelijkertijd warm en koud.

"Gaat het?" vroeg hij. "Heb je ergens pijn?"

Grace wachtte en dacht na voordat ze antwoord gaf. Ze wilde dat haar antwoord beknopt was, maar niet scherp. Hoe ze zich voelde deed er niet toe! Wat ze wilde weten was waarom ze hier was. Wat ze wilde weten was wie hij was.

"Mijn hoofd doet het meeste pijn. Het is alsof alles tegelijk pijn doet, als je begrijpt wat ik bedoel. En jij?"

Hij glimlachte breed en onthulde een stralend wit gebit. Grace vond dat er een waarschuwing bij zijn tanden moest staan: ZONNEBRIL VERPLICHT. Hij haalde zijn vingers door zijn haar en hun blikken kruisten elkaar.

Grace voelde een energie van hem die haar eerst recht in haar borstkas raakte en vervolgens tegen de muren leek te stuiteren. Als ze niet al had gelegen, zou het haar van haar voeten hebben geslagen. Ze was verliefd. Daar was ze zeker van. Maar hij gedroeg zich vreemd. Alsof hij niet wist wat hij moest zeggen of doen. Het was alsof hij contact wilde maken, maar niet wist hoe. "Het gaat wel, bedankt," zei hij. Hij leek op Winnie de Poeh met zijn hand in de honingpot.

Grace viel weer achterover op het kussen, zonder het oogcontact met de jongen te verbreken. Ze wilde hem vragen stellen, heel veel vragen, maar waar moest ze beginnen? Moest ze ze er gewoon uitgooien? Hij zag er zo ongemakkelijk uit. Waarom?

Ze veranderde haar houding op het bed. Nu leunde ze een beetje naar hem toe, met haar hoofd op één arm rustend – voor zover dat mogelijk is als je aan machines vastzit – en wenkte hem dichterbij.

Hij pauzeerde en keek naar zijn schoenen. Toen schuifelde hij naar voren. Ze wist dat hij geen informatie zou geven, ze voelde het, maar ze moest het weten. De tijd drong. "Wat is er met me gebeurd?" flapte ze er uiteindelijk uit.

De jongen deed een stap achteruit, begon iets te zeggen en stopte toen. Hij opende zijn mond en sloot hem weer, als een vis.

Grace probeerde te helpen met meer directe vragen. "Wat doe ik in dit ziekenhuis? Hoe ben ik hier terechtgekomen?"

Hij bleef stil en haalde zijn vingers door zijn haar.

Grace ging onverstoorbaar verder: "En wie ben jij?"

HOOFDSTUK 5

D E JONGEN KEEK VERONTRUST bij vraag nummer één en maakte zich zorgen over twee en drie. Vraag nummer vier veroorzaakte de meest verbazingwekkende reactie.

Iedereen wist wie Vincente Marino was, en Grace Greenway wist dat vooral. Hij zag dat ze puppyogen naar hem maakte. Soms, als ze dacht dat hij niet keek, volgde ze hem op school. Ze deed dat zelfs soms als hij bij zijn vriendin, Missy Malone, was. Dus, nam ze hem in de maling? Vincente was er vrij zeker van dat ze met zijn hoofd speelde.

Hij stapte naar haar toe en keek in haar hazelnootbruine ogen, helemaal tot in haar ziel. Hij moest weten wat ze van plan was. Om te zien of ze een spelletje met hem speelde of hem voor de gek hield, maar Grace knipperde niet met haar ogen en gaf niets prijs.

Grace had geen idee wie hij was.

Toen de jongen haar in de ogen keek, vroeg Grace zich af of ze het misschien helemaal verkeerd had. Misschien wist hij ook niet wie hij was? Hij was tenslotte blond.

"Ik ben Vincente," zei hij, terwijl hij Grace in het gezicht keek op zoek naar een teken van herkenning. Toen dat niet kwam, herhaalde hij zijn naam nogmaals. Hij zong het bijna: "Vincente Marino."

Grace kreeg kippenvel op haar armen en ze rilde. Ze herkende zijn naam niet, maar iets diep van binnen raakte haar. Misschien was het de toon van zijn stem.

Ze herhaalde zijn naam hardop. Niets bracht herinneringen terug. Het kippenvel begon te verdwijnen. Ze probeerde zijn naam te spellen en rolde elke letter over haar tong alsof ze in het donker tastte:

"V-I-N-C-E-N-T."

"Ik spel de mijne met een e aan het einde," zei Vincente. Hij legde uit dat hij vernoemd was naar een van de navigators van Christoffel Columbus. Zijn ouders wilden hem oorspronkelijk Christopher noemen. Toen zijn moeder dat aan haar zus vertelde, niet wetende dat die ook zwanger was, stal zijn tante de naam. Zijn ouders kozen een andere naam voor hem, Vicente, naar Vicente Pinzon. Toen ze hem zagen, veranderden ze van gedachten en noemden ze hem Vincente.

"Dat is interessant," zei ze. "Maar wie ben je eigenlijk voor mij?"

"Maak je een grapje?" vroeg Vincente. "Herinner je je me echt niet meer?"

"Ik weet het niet zeker. Ik voel iets bij je, maar... ik herinner me zelfs mijn eigen naam niet meer."

"Het is Grace. Jij bent Grace."

"Maar daarnet noemde je me Gracie."

"Ja, dat klopt."

"Waarom? Als mijn naam Grace is... waarom noemde je me dan Gracie? Ik vind dat niet leuk."

"Oké, ik zal je nooit meer Gracie noemen."

Hij deed een stap achteruit en haalde opnieuw zijn vingers door zijn blonde lokken. Dat bleef hij doen. Waarschijnlijk een nerveuze gewoonte. Grace wilde ook met haar vingers door zijn haar gaan. Waarom dacht ze zulke dingen? Ze probeerde te begrijpen wat ze voelde. De warme en koude uitbarstingen. Ze probeerde er iets van te begrijpen. Om een herinnering te vinden die ergens in haar hoofd opgeslagen was. Maar elke keer als hij dat deed, met zijn vingers door zijn haar ging, leidde dat haar af en deed het haar knieën trillen als pudding.

"Kom op Grace! Je moet je mij herinneren! Als je dat niet doet, leg dan je hand op je hart en zweer dat je het niet weet."

"Ik vind dat een vreemde woordkeuze. Gezien het feit dat ik in het ziekenhuis lig en zo."

"Ah, sorry. Ik heb er niet over nagedacht. Probeer alsjeblieft te onthouden wie ik ben, oké? Je maakt me ongerust. Misschien moet ik iemand halen?"

"Ben je ongerust? Ik ben bang! Als je zegt dat ik je zou moeten kennen, dan moet er ergens hier achter een herinnering aan je zijn opgeslagen." Ze klopte met haar vuist op haar hoofd. "Waarom kan ik je hier niet vinden?"

Hij greep haar hand en weerhield haar ervan zichzelf opnieuw te slaan. Hij trok een stoel naast het bed en ging zitten. Hij had besloten haar alles te vertellen. Om uit te leggen waarom ze hier was, hoe het allemaal door hem kwam. Hoe hij haar verwond had en haar vervolgens naar het ziekenhuis had gebracht.

Hoe hij dagenlang aan haar zijde had gezeten terwijl zij bewusteloos was. Wachtend. Biddend. "Ik ben de reden dat je hier bent."

"Heb jij me verwond?"

"Ja, ik heb je verwond."

Ze trok een grimas. "Je hebt me verwond!"

"Ja, maar het was een ongeluk. Ik speel cricket. Jij was bij de wedstrijd.

Drie dagen geleden."

"Drie dagen geleden?"

"Ja. Drie dagen geleden sloeg ik een bal en die raakte je in je hoofd. Sindsdien lig je hier. Ik ben aan je zijde gebleven. Wachtend."

"Heb jij me geslagen? In mijn hoofd? En nu ben ik mijn geheugen kwijt?"

"Zo lijkt het wel."

"En toen?"

"Ik heb je naar de verpleegsterspost op school gedragen. Een ambulance heeft je hierheen gebracht."

Grace bekeek haar lichaam. Zoals ze eruitzag, kon ze zich niet voorstellen dat hij haar had gedragen. Hij was fit, droeg een uniform, ja, maar haar dragen? Onmogelijk. "Heb jij me gedragen?"

"Ja."

Ze had de overweldigende drang om hem te slaan en tegelijkertijd te omhelzen. Maar haar hoofd deed nog meer pijn.

"Het spijt me zo," zei hij.

De drang om hem te omhelzen won het van de drang om hem te slaan. "Het was een ongeluk, dus je hoeft je nergens voor te verontschuldigen."

"Dank je," zei hij terwijl hij zijn hoofd boog. Grace stak haar hand uit om hem een aai te geven alsof hij een brave hond was.

Een vreemde vrouw drong zich als een wervelwind door de klapdeuren de kamer binnen. Ze stormde op hen af. Ze was klein van stuk, maar had een krachtige uitstraling en kwam op hen af. Haar strakke blauwe spijkerbroek ritselde en haar laarzen klikten op de antiseptische ziekenhuisvloer.

De vrouw keek Vincente aan alsof hij een puist was die wachtte om doorgeprikt te worden.

Hij sprak met een opvallend zachte stem. Hij bood aan om hen alleen te laten. Voordat ze tijd hadden om te antwoorden, stond hij op en vertrok.

"Ga niet weg," smeekte Grace, maar het was te laat. Grace keek even naar de deur, in de hoop dat hij misschien terug zou komen. Dat deed hij niet. Ze richtte haar aandacht op de vreemde vrouw. Ze vroeg zich af in wat voor soort ziekenhuis ze zich bevond, waar het personeel in spijkerbroeken en laarzen mocht komen.

"En hoe gaat het met je, lieverd?" vroeg de vrouw, waarna ze vooroverboog en haar lippen op Grace's voorhoofd drukte.

Grace vond dit een te familiair gebaar en zei dat ook. "Doe dat niet!" riep ze uit. "Wie denk je wel dat je bent?" vroeg ze terwijl ze de bacteriën wegveegde van de plek waar de vrouw haar met haar lippen had aangeraakt.

"Wat bedoel je, wie ik ben?"

"Weet je dat dan niet?" vroeg Grace, beledigd door het gebrek aan fatsoen en professionaliteit van de vrouw.

"Wie ik ben?"

"Is er hier een echo?" vroeg Grace.

"Weet je dan echt niet wie ik ben?"

Grace haalde haar schouders op. De vrouw draaide zich om en rende de kamer uit. Ze kon snel rennen voor een kleine dame op hoge hakken.

Toen ze naar buiten ging, kwam Vincente binnen. Ze botste bijna tegen hem op. Grace was geschokt toen ze de vrouw als een banshee in de gang hoorde gillen.

Grace vond dat de deuren draaideuren moesten zijn en zei dat ook.

Vincente glimlachte breed naar haar, waardoor haar hart weer sneller ging kloppen.

Grace vroeg zich af in wat voor soort ziekenhuis ze terecht was gekomen. Een psychiatrische afdeling?

"Wie was die gekke vrouw?"

"Dat was geen gekke vrouw. Dat was je moeder."

"M ijn moeder? Hoe zou dat kunnen?" Grace pauzeerde en staarde naar haar handen. Ze kon niet stoppen met ernaar te kijken. Wat was het? Er was iets dat daar op de loer lag. Iets belangrijks. Ze moest het onthouden, wat het ook was, want ze voelde dat het heel ernstig was.

Toen gebeurde het. Ze vloog door de lucht, snel voortgestuwd in de armen van een engel. Ze keek omhoog, naar het gezicht boven haar, en de zon scheen achter de engel, waardoor er een natuurlijke halo ontstond. Ze spande haar ogen in om te zien wie het was, maar het gezicht was wazig. Ze vroeg zich af of het mogelijk was om de gelaatstrekken van een engel te onderscheiden. Ze dacht dat de gelaatstrekken van een engel misschien niet te onderscheiden waren voor levende wezens. Dat was het! Grace besloot dat ze een bijna-doodervaring moest hebben gehad.

Ze hield iets in haar vuist terwijl ze vooruit vloog, en ze doken een tunnel in. Even was het donker, of had ze haar ogen gesloten. Toen keek ze omhoog en werd de identiteit van haar engel onthuld. Het was eigenlijk helemaal geen engel, maar de jongen die naast haar stond. Ze fluisterde herhaaldelijk zijn naam. Het klonk als muziek, als een zoemend geluid. Het klonk als een ritme in haar hoofd.

"Gaat het?" vroeg Vincente.

Grace glimlachte.

Hij vroeg nogmaals: "Gaat het, Grace? Wil je dat ik iemand haal?"

"Ik ben je dankbaar," zei ze. "Waarvoor?"

"Voor jou natuurlijk. Voor jou, mijn engel."

Vincente keek naar zijn voeten. Hij stak zijn vuisten in zijn zakken. Hij keek erg bezorgd, alsof hij dacht dat ze nu echt gek was geworden.

Hij dacht dat hij eerder had gezien dat ze hem had verlaten – niet lichamelijk, maar geestelijk. Ze was in gedachten ver weg. Je kon zien wanneer iemand 'weg' was, omdat de ogen dan glazig en dromerig werden.

Vincente wenste dat Grace Greenways moeder terug zou komen, zodat hij daar weg kon. Ze begon hem de kriebels te bezorgen.

Toen zei Grace plotseling: "Vincente, ben jij mijn vriendje?"

"Nee!" riep hij uit, op een toon die niet verkeerd begrepen kon worden. Voor het geval dat toch zo was, deed hij nog een stap achteruit, totdat hij met zijn rug tegen de muur stond.

Hij zag er absoluut, volledig vernederd uit. Grace was in de war. Zijn ontkenning, dat ene woord, raakte haar met volle kracht in haar borst. Het uitroepteken voelde als een ravenbek die haar hart doorboorde. Ze voelde zich gekwetst, maar haar verwarring was overweldigend. Ze keek naar hem en wachtte tot hij iets zou doen, iets zou zeggen. Wat dan ook.

"Luister, Grace, je moet weten dat ik niet je vriendje ben. Ik heb je alleen hierheen gebracht omdat ik degene was die je pijn heeft gedaan."

"Dus je bent meestal te cool om met me te praten?"

"Grace, je hebt me geholpen met mijn wiskundehuiswerk en je hebt me geholpen om in het team te blijven. Ik ben je dankbaar voor je hulp, maar..."

"Dankbaar..." Ze leunde achterover op het kussen en sloot haar ogen.

Ze wilde verdwijnen in het donzige kussen.

Hij wilde verdwijnen uit de kamer.

Ze bleven bij elkaar, deelden dezelfde ruimte, hoewel ze zich allebei als een eiland voelden.

"Ik ga je moeder halen, oké? Ik denk dat je bij je familie moet zijn." Hij draaide zich om en verliet de kamer.

Grace voelde zich een dwaas. Ze wist niet wie hij was, maar ergens in haar hart wist ze dat ze van hem hield. Wat dom van haar om dat zomaar te zeggen. Misschien had ze al lang van hem gehouden? Misschien was hij verliefd op iemand anders en had ze zichzelf nu voor schut gezet door hem te vertellen wat ze voelde.

Ze begroef haar gezicht in het kussen en huilde.

***

GRACE WILDE ACHTER VINCENTE Marino aan rennen. Ze trok aan de machines in een vergeefse poging ze los te maken toen de cavalerie arriveerde.

"Wat ben je in hemelsnaam aan het doen, Grace?" vroeg Helen Greenway.

"Je hebt ze bijna losgerukt, domme, domme meid," berispte de verpleegster haar.

Vincente was teruggekomen en zei niets. Hij schuifelde met zijn voeten en stak zijn vuisten in en uit zijn zakken alsof hij naar kleingeld zocht.

"Ik was..." begon Grace.

Ze kon haar zin niet afmaken omdat de verpleegster het bed begon te kantelen en aan te passen. Grace verloor haar evenwicht en viel opzij, op het punt om op de grond te vallen. Ze zou op de grond zijn gevallen als Vincente zijn vuisten niet uit zijn zakken had gehaald en haar had opgevangen.

Hij hield haar weer in zijn armen, zoals in haar herinnering. Hij was een geschenk, een geschenk van ergens boven, en opnieuw kwamen Grace's herinneringen terug. Herinneringen stroomden binnen als flashbacks. Vincente in de schoolbus. Vincente die cricket speelde op het veld. Vincente die naar haar glimlachte en zijn huiswerk van haar aannam. Vincente, Vincente, Vincente. Een stortvloed aan herinneringen overspoelde haar, en daaruit wist Grace twee dingen zeker.

Ten eerste: ze hield van Vincente Marino. Ten tweede: hij hield niet van haar.

Ze keek in zijn ogen. Het waren lege poelen van licht, die zich naar haar toe bogen, haar wilden redden van het kwaad, een held wilden zijn. Maar achter die donkerblauwe ogen was geen liefde. Geen liefde voor haar.

Grace was de zon, die haar stralen uitstak, op zoek naar de maan: de donkere kant van de maan. Ze bevonden zich aan weerszijden, draaiden weg van elkaar.

"Ahem," Helen schraapte haar keel, waardoor Grace en Vincente elkaar uit hun ogen knipperden.

"Ziet u, zuster, ze is volledig buiten zinnen. Ze beseft niet hoe ernstig haar situatie is. Hoe ziek ze werkelijk is." Helen begon te huilen. Geen kleine traantjes. Nee, een bijna stortvloed van hartverscheurende snikken.

"Het is oké, mam," zei Grace, terwijl ze haar hand uitstrekte om die van haar moeder vast te pakken.

"Herinner je je mij nog?"

"Natuurlijk," zei Grace, terwijl ze loog. Ze kende haar niet en had geen herinneringen aan haar, net zomin als aan de verpleegster die nog steeds met open mond stond te kijken.

"De dokter is onderweg," kondigde de verpleegster aan. Ze tilde Grace's arm op en voelde haar pols. "Je vitale functies zijn uitstekend, maar je moet rusten. Misschien is het tijd dat je vriendin naar huis gaat. Hij heeft ook rust nodig."

Ze keek naar Vincente.

De subtiliteit van haar bezorgdheid ontging hem niet.

"Ja, ik denk dat ik maar beter kan gaan," zei Vincente. Hij deed een paar stappen achteruit. Hij haalde zijn vingers door zijn haar. Hij liep terug naar het bed, alsof hij op Grace's goedkeuring wachtte. "Of ik kan blijven, als je dat wilt."

"Alleen als je dat zelf wilt," zei Grace met een sprankje hoop in haar stem. Ze besefte dat hij alleen bleef uit schuldgevoel, maar ze besloot dat ze hem zou nemen zoals hij was. "Misschien alleen tot ik in slaap val?"

Helen maakte een praatje met de verpleegster alsof ze oude vriendinnen waren, terwijl ze de kamer verlieten.

"Ze zal binnen enkele minuten in slaap zijn," zei de verpleegster. "Ik heb haar genoeg kalmeringsmiddelen gegeven om ervoor te zorgen dat ze een goede nachtrust krijgt."

Helen keek nog even naar hen beiden en blies toen een kus naar haar dochter.

Grace vond het moeilijk voor haar moeder om haar daar alleen achter te laten met een vrijwel onbekende. Haar moeder klaagde niet. Ze droeg het als een oorlogslitteken.

Het duurde niet lang voordat Grace in slaap viel.

Vincente maakte van de gelegenheid gebruik om zijn mobiele telefoon aan te zetten en zijn moeder te bellen. Hij had haar sms'jes gestuurd met updates over de toestand van Grace. Hij weigerde haar zijde te verlaten totdat hij zeker wist dat ze buiten gevaar was. Hij moest naar huis om te douchen, en natuurlijk om eindelijk zijn cricketuniform uit te trekken.

Al snel viel Grace in een diepe, diepe slaap, waarin ze stemmen om zich heen hoorde. Fluisterende stemmen. Toen werden de stemmen steeds luider. Ze vulden haar hoofd met gelach. Duivels luid gelach, gevolgd door geschreeuw en gekras, alsof iemand levend begraven was. De stemmen zaten gevangen. Ze schreeuwden en krasten, schreeuwden en krasten.

Grace schrok wakker, het zweet gutste over haar voorhoofd. Haar beddengoed was vochtig en koud. Ze was gedesoriënteerd. Te bang om haar ogen te openen. Ze vroeg zich af of wat ze in haar dromen had gehoord nu ook in de kamer bij haar was. Als ze haar ogen opende, zou ze het zien, en als ze het zag, zou ze weg moeten gaan. Ze luisterde aandachtig. De enige geluiden waren het tik-tik-tikken en het slip-slop-sloppen van medische apparatuur.

Ze opende haar ogen en herhaalde ondertussen voor zichzelf: één slip, twee slop, drie tik, vier tak. Grace was alleen. Ze begon te rillen in de koude kamer. Ze moest zich omkleden. Ze kon niet komen waar ze moest zijn, dus drukte ze op de alarmknop. Binnen enkele seconden kwam de verpleegster en hielp haar een schone nachtjapon aan te trekken.

"Moet u... weg?" vroeg de verpleegster. Deze verpleegster was kleiner en vriendelijker dan de andere en ze glimlachte vriendelijk. Grace bloosde toen de verpleegster de bedpan onder haar plaatste.

Daarna vroeg Grace of ze dichter bij het raam mocht liggen. De verpleegster duwde het bed naar voren, zonder de apparatuur te verstoren. Ze trok de gordijnen open en liet het daglicht binnen. Grace werd verblind door de plotselinge intensiteit ervan. Ze staarde naar het dunne gras dat wuifde in de wind. Ze keek omhoog naar de diepblauwe, wolkenloze lucht. Na zo lang in het ziekenhuis te hebben gelegen, voelde ze zich weer levend.

"Als je nog iets nodig hebt, laat het me dan weten," zei de verpleegster.

Grace pakte haar hand en zei: "Dank je wel."

Opnieuw was ze alleen, maar deze keer keek ze verder langs het pad. Ze zag een kleine bloementuin en net daarachter een boom. Daarnaast zag ze een stukje papier omhoog drijven, alsof het haar bespotte. Het zweefde langs de stilstaande bloemen, alsof het zei: Kijk naar mij! Jullie hebben misschien mooie bloemblaadjes en levendige kleuren, maar ik kan iets wat jullie niet kunnen. Jullie zijn gebonden, maar ik kan vliegen. Kijk hoe ik vlieg!

Het stukje papier vervolgde zijn reis. Grace volgde het terwijl het hoger en hoger vloog, totdat ze het niet meer kon zien. Grace lachte. Het was alsof ze naar magie keek.

"Wat doe je?" riep Grace's moeder uit toen ze haar dochter bijna rechtop zag staan. Helen Greenway duwde haar dochter terug op haar kussen en schoof het bed weer tegen de muur. Daarna stopte ze haar dochter in bed. Grace waardeerde de verwennerij. Ze dacht dat het misschien een herinnering zou oproepen - een herinnering aan deze vrouw die voor haar stond. Maar opnieuw kwamen er geen herinneringen.

HOOFDSTUK 6

"Ik hoop dat je je goed genoeg voelt voor een bezoek van Dr. Christiansson," zei Helen. "Hij komt zo binnen om je toestand te bespreken."

"Heb ik een aandoening?" vroeg Grace.

"Ja, Grace."

Grace maakte zich zorgen toen de dokter binnenkwam. Hij begroette hen en trok een stoel bij. Hij ging even zitten en stond toen weer op. Hij voelde Grace's pols. Hij voelde Grace's voorhoofd. "Hmmm. Hoe voel je je, Gracie?"

"Noem me alsjeblieft Grace."

"Oh sorry. Grace dan maar. Hoe voel je je vandaag?"

"Ik voel me beter. De hoofdpijn is nu niet zo erg, maar dokter, ik kan me niets herinneren."

"Helemaal niets?"

Grace keek beschaamd. Ze wilde niet dat haar moeder wist dat ze zich haar niet herinnerde. Ze aarzelde. "Ik heb flitsen van herinneringen."

"Flitsen?"

"Ja."

"Vertel me meer," zei hij terwijl hij aantekeningen maakte op een klembord.

"Flitsen, meestal over een jongen. Vincente Marino," zei Grace.

De dokter keek Helen met opgetrokken wenkbrauwen aan.

"De jongen. Degene die haar met de bal raakte," zei Helen.

"Oh, ja. Dat is normaal, want hij was de laatste persoon die je zag voordat je het bewustzijn verloor." Hij aarzelde en krabbelde iets neer. "Je herinnert je je moeder toch wel, toch?"

Grace had gehoopt en gebeden dat hij haar dit niet zou vragen. Moest ze blijven liegen om haar moeder gelukkig te houden? Ze wist dat ze haar dokter de waarheid moest vertellen, de hele waarheid en niets dan de waarheid, zodat hij haar kon helpen. Ze schudde haar hoofd. Helen begon te snikken.

De dokter klopte Helen op haar hand en richtte vervolgens zijn aandacht op de patiënt. "Grace, je hebt wat we een traumatisch hersenletsel noemen opgelopen. Wat denk je dat dat betekent?"

"Ik weet het niet."

"Nou, dan zal ik het je proberen uit te leggen," zei de dokter. "Je bent geraakt door een cricketbal." Hij aarzelde en keek toen naar Helen. Ze huilde zo hard dat haar borstkas trilde. Het was duidelijk dat ze probeerde haar emoties onder controle te krijgen.

Grace wilde dat hij ter zake kwam.

"De eerste klap van de bal, de enorme kracht ervan, was voldoende om het letsel te veroorzaken. Er zijn complicaties. Ernstige complicaties."

Eerst een aandoening. Nu complicaties. Wat was er nog meer aan de hand? Was haar leven in gevaar?

"Ja, complicaties in de vorm van bloedstolsels of aneurysma's in de buurt van de hersenen. De druk van de aneurysma's kan je geheugenverlies veroorzaken. We hopen dat dit slechts een tijdelijke aandoening is."

"Tijdelijk?"

"Ja. Als we ze verwijderen, hopen we dat al je herinneringen terugkomen. Maar de operatie is uiterst gevaarlijk."

"Bedoel je dat ik zou kunnen sterven?"

Helen begon harder te snikken.

"Om het bot te zeggen, ja. Je zou kunnen sterven als we opereren, Grace. Maar het zit zo: je zou ook kunnen sterven als we niet opereren."

"Huh?"

"De stolsels groeien, waardoor je pijn hebt en je geheugen verliest. Ze zijn gevaarlijk. Er kunnen zich nog meer vormen, hoewel we niet weten wanneer. Helaas verdwijnen ze niet, tenzij ze barsten, uiteenvallen en in je bloedbaan terechtkomen."

"Hoe kom ik er dan vanaf?" vroeg Grace, terwijl ze probeerde niet te huilen.

"We geven je bloedverdunners. Uiteindelijk opereren we. Vandaag. Of morgen. Zodra je toestemming geeft. We zullen ons uiterste best doen om ze allemaal te verwijderen. We hebben hier de beste experts tot je beschikking. Een operatie is je beste kans om te overleven en volledig te herstellen."

"En als ik nee zeg?"

"Je bent zestien, dus je moeder kan de papieren voor je ondertekenen. We vinden echt dat je zelf de beslissing moet nemen en erachter moet staan. Dat is voor iedereen beter. Daarom vertel ik je eerlijk en recht voor zijn raap de waarheid."

"Heb ik echt een keuze?"

"Als je nee zegt, zullen de stolsels toch uit elkaar vallen wanneer ze daar klaar voor zijn. Het resultaat kan fataal zijn, en zonder waarschuwing."

"Waarom kunnen we niet wachten en later opereren? Als dat nodig is."

"Dat kan. Het is aan jou. Je kunt wachten. Je zult waarschijnlijk elke dag sterker worden, gezonder worden. Maar dan nemen we een risico. Als je terugvalt, zwakker wordt, kan je kans op volledig herstel ook afnemen."

"Dus hoe eerder hoe beter?"

"Grace, je gaat hier heel kalm mee om," zei Helen, nog steeds snikkend. "Mijn sterke kleine meisje. Zo dapper." Ze omhelsde haar.

"Ik wil niet dood. Ik ben pas zestien."

"We zullen alles doen wat in ons vermogen ligt om je hier doorheen te helpen," zei de dokter.

"Hoe weten we wanneer de situatie urgenter wordt?" vroeg Grace.

"Als de stolsels barsten, kom je op onze kritieke lijst terecht. We brengen je dan onmiddellijk naar de operatiekamer. Op dat moment wordt het een kwestie van leven of dood."

Grace vocht tegen haar tranen. Ze wilde leven. Ze wilde niet sterven, niet op deze manier. Ze had tijd nodig, maar de tijd was niet aan haar kant. Ze wilde alleen zijn. Ze wilde tijd voor zichzelf. Tijd om na te denken. Tijd om te reflecteren.

"Ik heb je veel om over na te denken gegeven, Grace. Het is veel voor een volwassene om mee om te gaan, laat staan voor een tiener. Praat met je familie en je vrienden. Je zult hun steun en liefde nodig hebben. Oh, en nog één ding. Je aandoening, de bloedstolsels, bestaat misschien al een tijdje. Misschien al maanden, zelfs jaren. Ze hebben je emotioneel beïnvloed. Ze hebben je moe gemaakt en je hoofdpijn bezorgd. Totdat die jongen je met de bal raakte, wisten we er niets van. Nu we het weten, moeten we dat ongeluk beschouwen als een gelukkige katalysator die je helpt om weer beter te worden."

Grace had er nog niet zo over nagedacht. Ze knikte.

"Je begrijpt dat het noodzakelijk is om actie te ondernemen?"

"Dat heeft u heel duidelijk gemaakt, dokter."

"Brave meid," zei hij. "Praat met je moeder. Ze houdt heel veel van je. Ga dan maar wat rusten. Denk erover na. Ik kom morgen terug om al je vragen te beantwoorden."

Grace knikte. Helen ging dichter bij haar dochter staan. "En jij, Helen, ga ook wat rusten. Grace zal je kracht nodig hebben. Wanneer heb je voor het laatst geslapen?"

"Ik slaap niet zo goed de laatste tijd," gaf Helen toe.

"Ik zal een van de verpleegsters vragen om je iets te geven om je te helpen slapen. Je moet rusten en eten en voor jezelf zorgen, niet alleen voor jezelf, maar ook voor Grace."

"Ja, ik begrijp het. Dank u, dokter Christiansson," zei Helen.

Hij draaide zich om en ging weg. Grace's moeder stond bij het bed, verzonken in haar eigen gedachten.

"Mam, ik wil even alleen zijn, om na te kunnen denken."

"Maar je bent niet alleen. Je hoeft deze beslissing niet helemaal alleen te nemen."

"Ik weet het, mam, en dank je wel."

Helen kuste haar dochter op het voorhoofd en verliet de kamer.

Eindelijk alleen, barstte Grace in tranen uit. Ze omhelsde zichzelf stevig. Ze liet haar tranen de vrije loop.

✳✳✳

D E NACHTELIJKE LUCHT WAS ijskoud. Hij sloeg om haar heen. Hij sneed door haar nachtjapon, die als een sluier achter haar wapperde. Grace verborg haar gezicht in Vincente's borst. Ze bleven omhoog vliegen. Hoger en hoger. De duisternis in. Ze lieten alles achter zich.

Grace rilde.

Vincente trok haar dicht tegen zich aan. Zijn armen sloegen om haar heen. Hij hield haar vast. Ze voelde zich veilig.

Het was nu. Nu of nooit.

Ze trok de nachtjapon met hoge kraag van haar nek en maakte het rode kanten strikje los. Ze leunde achterover en wachtte op hem. Wachtte op de pijn en op het genot.

Vincente ontblootte zijn tanden en toen begon ze te vallen. Drijvend.

Omlaag. Neerstortend. Omlaag.

Ze voelde hem diep, diep onder haar huid terwijl ze naar de wachtende stoep stortte.

Ze opende haar ogen en schreeuwde.

HOOFDSTUK 7

Toen Grace bij bewustzijn kwam, was iemand bezig haar dekens om haar nek te stoppen. Ze voelde een koele hand langs haar wang strijken. De man vroeg: "Ben je wakker?"

Grace knipperde met haar ogen en probeerde scherp te stellen. Ze kon zijn ogen onderscheiden – diep, hazelnootbruin. Zijn wangen trokken haar aandacht, want als hij glimlachte, spreidden ze zich uit als die van een kind. Ze probeerde in haar eigen ogen te wrijven, maar de man had haar armen onder de dekens gestopt. Ze kon ze niet onder de dekens vandaan krijgen. Ze voelde zich gevangen. Ze was niet bang.

"Grace," zei hij.

"Eh, ik kan mijn armen niet vrij krijgen."

"O, het spijt me. Ik heb je te strak ingestopt," zei hij terwijl hij de dekens naar beneden trok, zodat Grace haar ogen kon wrijven en scherpstellen. Nu zag ze een tweede, jongere man dichterbij komen. Hij had zijn armen over zijn borst gekruist.

"Bedankt."

"Grace, wil je wat water drinken?"

"Ja, dat zou heerlijk zijn," zei ze, terwijl de man wat water inschonk en het kopje in haar trillende hand plaatste. Hij hield het vast, zoals een ouder de hand van een kind vasthoudt wanneer het voor het eerst leert zelf te drinken. Nadat ze het glas leeggedronken had, nam hij het van haar aan en zette het op het nachtkastje. Hij wachtte.

Grace keek de kamer rond, zich er terdege van bewust dat ze zou moeten weten wie deze twee mensen waren. Ze verwachtten dat ze dat wist.

"Ik ben je vader," zei de glimlachende man, "en dit is je grote broer Daryl."

Grace zag het nu: de familiegelijkenis, de hazelnootkleurige ogen.

Ja, ze had de ogen van haar vader.

"Je moeder zei dat je je ons misschien niet meer herinnert," zei hij. Hij aaide zijn dochter over haar hand. Daryl kwam dichterbij, langs de zijkant van het bed. Hij stak zijn hand uit naar Grace.

"Je ziet er goed uit, meisje," zei Benjamin Greenway.

Grace voelde zich tegelijkertijd ongemakkelijk en getroost. "Dank u."

"We waren zo bezorgd om je toen we het hoorden." Haar vader veegde een traan weg. "Het spijt me dat ik niet eerder hier kon zijn. Ik was weg voor zaken, weet je."

"Ik begrijp het."

"Maar niets is te goed voor mijn kleine meisje, en we zullen de beste experts hierheen halen. We zullen alles doen wat we kunnen om je weer normaal te maken."

"Normaal?"

"Zoals je was, weet je wel... vroeger."

"Eh, bedankt," zei Grace, en toen schuifelde ze met haar voeten onder de dekens, waardoor ze uit een diepe slaap ontwaakten. Zo ging het de laatste tijd. Een deel van haar lichaam was wakker, terwijl andere delen diep sliepen.

"We willen dat je weer wordt zoals je vroeger was," zei haar broer. Hij leunde voorover en kuste haar op het voorhoofd. Zijn lippen voelden koel aan, alsof hij net een frisdrank had gedronken.

"Ik ben oké," zei Grace. "Gewoon moe... en natuurlijk is er dat hele gedoe met mijn geheugen."

"Ja, het is balen dat je je niemand of niets meer kunt herinneren," antwoordde Daryl. Toen neuriede hij een beetje en lachte.

Ongemakkelijk.

Grace sloot haar ogen even en opende ze toen weer.

Haar vader en broer keken een beetje terughoudend. Ze probeerde opnieuw een herinnering op te roepen, welke herinnering dan ook, maar dat lukte niet.

"Heb je dan besloten om door te gaan met de operatie?" vroeg haar vader.

"Ik heb nog niets besloten."

"Alles op zijn tijd, lieverd, alles op zijn tijd," zei hij. Hij reikte naar Grace's hand om die aan te raken. Toen hun huid elkaar raakte, verwachtte ze warmte te voelen, maar zijn huid was koel.

"Ik heb gisteren met de dokter gesproken," zei haar vader. "Ik heb hem gezegd dat hij alles op alles moest zetten. Ik heb hem gezegd dat geld geen rol speelde. Ik heb hem gezegd dat hij het zware geschut moest inzetten. Dat hij alles moest doen om mijn kleine meisje terug te krijgen."

"Ik ben hier, pap," zei ze, toen Vincente zijn hoofd door de deur van haar kamer stak.

"Kom binnen, Vincente," nodigde ze hem uit, "je stoort niet."

Hij keek de kamer rond en liep naar haar toe. Hij haalde zijn vingers door zijn haar. Hij stak zijn handen diep in de zakken van zijn zwarte Levi's.

"Ik wil je voorstellen aan mijn vader en mijn broer, Daryl."

"Je vader en je broer?"

"Ja."

"Uh, daarom ben ik niet meteen binnen gekomen. Ik dacht dat ik je met iemand hoorde praten."

Grace vond dat hij zich heel vreemd gedroeg, bijna onbeleefd.

"Wil je dat ik iemand bel? Je dokter? Een van de verpleegsters? Heb je hulp nodig?"

"Wat bedoel je?" Grace was echt boos op hem, maar ze glimlachte. "Pap, dit is Vincente Marino, de jongen die me naar het ziekenhuis heeft gebracht. Daryl, dit is Vincente Marino. Vincente, mijn vader en mijn broer."

Vincente keek om zich heen. Er was niemand in de kamer. Geen mens te bekennen. Maar de arme, misleide Grace dacht van wel. Moest hij meegaan in haar waanvoorstellingen? Doen alsof? Zijn hand uitsteken? Een denkbeeldige hand terugschudden? Vincente was geen medisch professional. Hij had geen idee waar hij moest kijken of wat hij moest doen. Hij wilde niet verantwoordelijk zijn voor het over de rand duwen van Grace Greenway. Hij had haar al genoeg aangedaan.

"Ik ga de dokter voor je halen, oké?" zei Vincente terwijl hij met zijn vingers door zijn haar ging.

"Waarom? Omdat ik je aan mijn familie voorstel? Het is niet alsof ik je ten huwelijk vraag of zo!"

"Grace? Wat als ik je zou vertellen..."

"Ja?"

"Wat als ik je zou vertellen dat er niemand anders in deze kamer is dan jij en ik?"

Grace keek haar vader en vervolgens haar broer in de ogen. Ze knikten bevestigend.

"Wat bedoel je? Ze staan hier toch!"

"Grace, luister nu naar me. Alsjeblieft. Je vader en je broer zijn omgekomen bij een auto-ongeluk. Het was een frontale botsing. Er was een herdenkingsdienst op school."

"Ze kunnen niet omgekomen zijn," zei Grace. "Tenzij, tenzij... ik dode mensen zie!"

"Ik weet zeker dat er een volkomen onschuldige verklaring is, Grace. Waarschijnlijk gewoon een bijwerking van de pijnstillers. Laat me alsjeblieft hulp halen."

Grace reikte naar haar vader. Hij deinsde achteruit. Ze reikte naar Daryl. Ook hij deinsde achteruit.

"Lieverd, we moeten nu echt gaan... nu Vincente hier is. We komen een andere keer terug. Een andere keer, als je alleen bent," zei haar vader. Hij en Darryl gingen tegen de muur staan. Ze verdwenen.

Grace bedekte haar ogen en begon te schreeuwen. En te schreeuwen en te schreeuwen.

***

TOEN HET MEDISCH PERSONEEL eindelijk arriveerde, was het te laat. Grace had al een aantal slangen verwijderd.

Nadat ze haar een kalmeringsmiddel hadden gegeven, kalmeerde ze meteen. Ze viel al snel in slaap.

Vincente bleef aan Grace's zijde tot Helen arriveerde. Hij legde uit wat er was gebeurd.

Helen was van streek omdat ze er niet bij was geweest. Ze vroeg zich af wat dit allemaal betekende. Was haar dochter gek aan het worden? Moest ze met de dokter praten over een overplaatsing naar een ander soort ziekenhuis? Een ziekenhuis waar ze 24 uur per dag in de gaten zou worden gehouden? Ze huiverde bij die gedachte.

Vincente probeerde haar gerust te stellen dat Grace niet gek was. Tegelijkertijd probeerde hij zichzelf daarvan te overtuigen.

Hij keek uit het raam naar een plastic zak die als een spook in de wind ronddwarrelde. Hij dacht aan boeken die hij had gelezen over dode mensen die terugkwamen om de levenden op te eisen. Zou er een bovennatuurlijke verklaring kunnen zijn?

Helen keek naar haar slapende dochter. Ze zag eruit als een onschuldige ziel die daar lag te rusten. Helen sloeg haar armen om zich heen. Het was zo lang geleden dat ze echt met elkaar hadden gepraat. Ze keek naar de jongen die naast haar stond en vroeg zich af of hij haar dochter misschien beter kende dan zij. Ze haatte de gedachte dat zij en haar dochter op een dag uit elkaar zouden groeien.

Grace bewoog in haar slaap. Toen begon ze hardop te tellen.

Helen luisterde tot Grace bijna bij honderd was. Toen stopte haar dochter met tellen. Ze was altijd bij het getal honderd gestopt. Grace was haar hele leven al dol geweest op getallen. Ze vond troost in getallen.

Helen dacht hierover na. Hoewel haar dochter haar geheugen kwijt was, deed ze nog steeds normale dingen, zoals tellen in haar slaap. Helen vond dit een goed teken. Ze vertelde het bijna aan de jongen van Marino. Hij was druk bezig met uit het raam te kijken, dus besloot ze een kopje thee te gaan halen.

Vincente verzekerde Helen dat hij in de kamer zou blijven tot ze terugkwam. Helen was dankbaar voor zijn hulp.

Vincente bladerde door een tijdschrift en bleef uit het raam staren.

Grace schreeuwde: "Neem me alsjeblieft niet mee. Alsjeblieft, doe het niet!"

Vincente tilde haar op en hield haar vast. Ze sliep nog steeds diep, ze had alleen een nachtmerrie. Toen haar lichaam zich ontspande, legde hij haar hoofd op het kussen.

"Ga alsjeblieft niet dood," fluisterde Vincente. Hij opende de deur en keek naar buiten, op zoek naar Helen. Hij wilde echt uit deze situatie gered worden. Waar was Helen Greenway? Hij keek terug naar Grace, die weer in haar slaap bewoog. Zuchtend sloot hij de deur en keerde terug naar zijn post.

HOOFDSTUK 8

G RACE WERD WAKKER EN voelde zich totaal gedesoriënteerd. Ze had een nacht vol angstaanjagende dromen gehad.

Ze droomde dat ze twee bezoekers had: haar overleden vader en broer. De kamer was pikdonker en toen ze haar ogen opende, hing er een duidelijke geur van zeep en ontsmettingsmiddel in de lucht. Ze vroeg zich af hoe lang ze had geslapen.

Grace voelde aan haar voorhoofd en het was extreem heet. Ze had hoge koorts en moest weer andere nachtkleding aantrekken. Ze reikte over het bed, drukte op de bel en wachtte. Niets.

Ze probeerde een glas water in te schenken, maar de kan was leeg. Ze wachtte tot de verpleegster naar haar kamer zou komen, maar er kwam niemand. Ze drukte nogmaals op de bel. Haar dorst werd steeds erger. Ze voelde weer aan haar voorhoofd en leunde op de bel.

Ze ging rechtop zitten en zag Vincente. Hij sliep diep, languit op twee stoelen net onder het raam. Zijn voeten en benen lagen op de ene stoel. Zijn bovenlichaam lag op de andere. Het probleem was dat zijn middel naar beneden zakte, doorhing. Hij zou zo op de grond vallen. De enige manier om dat te voorkomen was hem wakker te maken.

Grace riep zijn naam. Geschrokken schoof hij de stoelen uit elkaar. Zijn middel raakte de grond.

Hij sprong op. "Wat? Waar?"

Grace moest lachen.

Hij keek even in haar richting en veegde toen met zijn handen zijn kleren af. Ten slotte kamde hij zijn haar met zijn vingers. Hij keek haar nog een paar seconden aan, wreef toen in zijn ogen en besefte waar hij was. Hij haalde nogmaals zijn handen door zijn haar, liep naar Grace toe en zei: "Oeps, sorry. Ik moet in slaap zijn gevallen."

"Dat geeft niet. Ik hoopte je te kunnen tegenhouden, maar sorry, ik heb het alleen maar erger gemaakt."

"Geen kwaad gedaan," zei Vincente. Hij deed een paar jumping jacks om zichzelf wakker te maken.

"Het is al heel laat! Waarom hebben ze me niet gewekt? Je moeder zou het overnemen. Na tien uur zijn alleen familieleden toegestaan. Ziekenhuisregels."

"Ik heb al een tijdje op de verpleegster gebeld," zei Grace, "maar tot nu toe zonder resultaat. Hier, laat me het nog eens proberen." Ze drukte op de bel en hield hem ingedrukt.

Vincente hoorde het geluid door de gang galmen. Vreemd. Hij besloot om te gaan kijken. Waar was Helen in vredesnaam? Vincente had Helen Greenway specifiek gezegd dat hij om tien uur precies weg moest zijn. Ze had beloofd hem wakker te maken. Zijn moeder zou hem ophalen en hij had de volgende dag een cricketwedstrijd. Hij had een goede nachtrust nodig. Ze nam hem als vanzelfsprekend. Behandelde hem als familie. Wat was dit nou?

Vincente raakte steeds meer geïrriteerd terwijl hij rondliep. In eerste instantie leek alles normaal, maar de afwezigheid van al het ziekenhuispersoneel verontrustte hem. Hij stak zijn hand in zijn zak en haalde zijn mobiele telefoon tevoorschijn. Hij zette hem aan en wachtte tot 4G werkte, maar het signaal was zwak, slechts één streepje. Hij keek of hij sms'jes of e-mails had, maar dat was niet het geval. Hij keek naar de klok aan het einde van de gang. Het was 2:30 uur 's nachts. Wat was er aan de hand?

Nieuwsgierig opende hij een van de ziekenhuiskamers, klaar om zich te verontschuldigen voor het binnendringen, maar de kamer was leeg. Hij bleef deuren openen, maar het resultaat was elke keer hetzelfde: leeg.

Hij stapte in de lift. Hij ging een verdieping naar beneden: hetzelfde als hierboven. Waar was iedereen gebleven? Dit begon vreemd te worden. Hij nam de lift naar de begane grond. Daar was het hetzelfde verhaal. Zelfs de balie van de receptioniste was leeg. Er waren geen patiënten of familieleden in de wachtkamer of in de spoedeisende hulp.

Hij stapte naar buiten en haalde diep adem. De lucht rook vreemd, een mengeling van uitlaatgassen en eucalyptus. Het enige wat hij hoorde was een onophoudelijk gezoem.

In de verte zag hij de volle maan, die de nachtelijke hemel verlichtte. De sterren waren in volle glorie te zien. Hij dacht hier even over na, omdat dit was wat hij verwachtte te zien, d.w.z. normaal.

Een paar seconden later bracht het gezoem hem terug naar de realiteit en zijn ogen speurden de parkeerplaats af. Hij hoestte terwijl hij naar de dichtstbijzijnde auto liep, waar uitlaatgassen uit de uitlaatpijp kwamen.

De voordeur aan de bestuurderskant stond wijd open, dus hij leunde naar binnen, maar zag dat de auto leeg was. Hij keek op de achterbank en zag dat die ook leeg was. Hij zette de motor uit, maar die startte onmiddellijk weer. Uiteindelijk haalde hij de sleutel uit het contact, en dat leek te werken.

Hij liep naar de volgende auto, die ook leeg was en waarvan de motor nog draaide. Hij stond midden op de parkeerplaats. Alle auto's draaiden, maar er was geen bestuurder of passagier te bekennen. Vincente rilde en rende terug naar binnen om Grace te zoeken.

GRACE ZAT NOG STEEDS op dezelfde plek waar hij haar had achtergelaten. Hij was nog nooit zo blij geweest om iemand te zien. Hij beet op zijn bovenlip toen hij de kamer binnenkwam en vroeg zich af of hij haar moest vertellen wat er aan de hand was. Maar eigenlijk wist hij zelf ook niet wat er aan de hand was. Hij overliep de feiten in zijn hoofd:

Feit: het ziekenhuis was verlaten.

Feit: de parkeerplaats was verlaten.

Dat waren de kille, harde feiten.

Vincente vroeg zich af hoe hij de situatie moest uitleggen. Moest hij het voor haar mooier voorstellen dan het was? Of moest hij Grace alles vertellen? Hij kon het niet laten zich af te vragen hoe het met haar geestelijke gezondheid gesteld was. Ze leek nog maar kort geleden zo dicht bij de afgrond te staan. Hij wilde niet degene zijn die haar over de rand duwde. Hij had haar al genoeg schade berokkend.

Vincente merkte dat Grace veel zweette. Ze leek al bezorgd en angstig, en hij had haar nog niets verteld... nog niet. Hij vroeg of ze een glas koud water wilde, en ze zei dat ze dat wel wilde.

Hij vulde de kleine kan met water en schonk een glas vol. Grace dacht dat het voor haar was en stak haar hand uit om het aan te nemen. Maar Vincente leek in zijn eigen wereld te zijn en in plaats van het aan haar te geven, dronk hij het glas zelf leeg. Vervolgens herhaalde hij het hele proces en dronk ook het tweede glas helemaal leeg.

Toen hij weer bij zinnen kwam, begon Grace steeds banger te worden. Er was duidelijk iets mis. Vincente had iets gezien en durfde haar daar niets over te vertellen. Zo erg was het.

Vincente's ogen ontmoetten die van Grace. Hij schonk een glas water in en gaf het aan haar. Ze dronk en keek naar Vincente's gezichtsuitdrukkingen die van het ene op het andere moment veranderden.

Grace kon het niet meer aan. Ze wilde dat Vincente uit zijn trance kwam. "Ik moet echt even naar het toilet." Ze drukte opnieuw op de bel. Ze hoopte dat er binnen een paar seconden een verpleegster in de kamer zou zijn.

Vincente had bijna geen tijd meer. Hij keek naar Grace. Ze wachtte op een verpleegster die haar zou komen helpen, maar er was geen verpleegster in de buurt. Wat moest hij in vredesnaam doen? Ze verkeerde in een ernstige gezondheidssituatie en had medicijnen nodig. Hij was geen arts en had geen idee hoe hij voor haar moest zorgen.

Toen kreeg hij een idee: hij zou haar naar een ander ziekenhuis brengen.

Ja, dat zou hij doen.

"Sorry voor gisteren. Ik bedoel, voor dat gedoe met dode mensen zien," zei Grace.

"Dat geeft niet."

Hij zou het haar moeten vertellen. Hoe eerder hoe beter.

✳✳✳

“DIE VERPLEEGSTER MOET ONTSLAGEN worden!” riep Grace uit. Ze moest echt naar het toilet!

“Wanneer heb je voor het laatst je medicijnen gekregen?” vroeg Vincente.

“Ik weet het niet. Ik slaap zo veel dat ik soms niet meer weet of het dag of nacht is.”

“Het is nu nacht. Het bezoekuur is al lang voorbij.”

“Hebben ze je weer langer laten blijven?”

“Ik denk het niet. Je moeder zou me wakker maken. Ze zou de nacht bij je blijven. Gezien...”

“Gezien wat? Denkt ze dat ik gek word?”

“Eh, min of meer. Ik bedoel, ze wil gewoon een oogje op je houden.”

“Nou, dan moet ze ervoor zorgen dat ik mijn medicijnen krijg,” zei Grace.

“Om te voorkomen dat je bloed stolt, heb je je medicijnen nodig.”

"Ik weet het," zei Grace geïrriteerd, "Ze schrijven alles altijd op in het dossier aan het voeteneinde van het bed. Kijk maar eens. Daar staat alles in wat je moet weten."

"Goed idee," zei Vincente, terwijl hij het klembord oppakte. Er stonden afkortingen op die op een geheime code leken. Hij begreep ongeveer wat er stond.

Grace had al meer dan vierentwintig uur niemand gezien, geen verpleegster of dokter.

Ze moest echt naar het toilet. Het druppelen van de machine naast haar hielp niet. Ze probeerde er niet aan te denken. Ze probeerde niet te denken aan de vampierversie van Vincente Marino. En ze probeerde niet te denken aan het zien van dode mensen, maar het was moeilijk om aan niets van dat alles te denken. Vooral niet als haar blaas vol was.

Vincente besloot dat het nu of nooit was. Hij moest het haar vertellen. Hij moest haar de waarheid vertellen. Hij moest hen uit dit ziekenhuis halen, hen ergens anders heen brengen. Naar een plek waar Grace de zorg kon krijgen die ze nodig had.

Hij liep naar het raam en trok de gordijnen open. Hij besloot dat hij geen moment langer kon wachten. Hij moest het haar vertellen... nu.

✱✱✱

'GRACE, JIJ EN IK zijn hier alleen in het ziekenhuis', flapte Vincente eruit. Brutaal, dacht hij. Absoluut brutaal.

'Wat?

'Ze zijn allemaal... weg.

'Dat is onmogelijk! Verpleegster! Verpleegster!' riep ze, terwijl ze opnieuw op de noodknop drukte.

'Ik heb een paar minuten geleden rondgekeken en dit ziekenhuis is verlaten. Helemaal.

"Probeer je me bang te maken?"

"Ja. Ik bedoel, nee, maar ik denk dat we hier weg moeten."

"Maar buiten... Ik bedoel, buiten het ziekenhuis, heb je mensen gezien?" vroeg Grace.

"Nee. Ik kon hierbinnen niemand vinden, en ook buiten het gebouw niet. We moeten gaan. Weg hier. Naar de stad. Ik zag daar auto's staan, met draaiende motoren, maar er zat niemand achter het stuur. Geen passagiers. Veel lege auto's."

"Maar ik kan het ziekenhuis niet verlaten. Hoe zit het met mijn toestand?" riep Grace uit. Ze keek naar Vincente en vroeg zich even af of ze weer aan het dromen was. Ze sloot haar ogen en opende ze weer. Nee, ze was klaarwakker. Misschien was het Vincente die sliep en zat zij in zijn droom? Of erger nog: misschien was wat zij had besmettelijk? Misschien waren ze hun verstand aan het verliezen?

"Als we nu vertrekken, kunnen we onze families vinden. Zij zullen weten wat we moeten doen."

"Maar ik ben hieraan vastgemaakt," zei ze, terwijl ze naar de machines en de draden wees.

"Geen probleem, ik maak je los," zei Vincente.

"Weet je wat je moet doen?"

"Het lijkt voor de hand liggend, maar je zult me moeten vertrouwen."

HOOFDSTUK 9

G RACE OVERWOOG HAAR OPTIES. Als Vincente gelijk had, en waarom zou hij liegen? Dan was iedereen in en rond het ziekenhuis in het niets verdwenen. Zelfs nadat ze dit had erkend, twijfelde Grace nog steeds aan haar eigen geestelijke gezondheid. Eerst geloofde ze dat Vincente een vampier kon zijn. Toen geloofde ze dat haar broer en vader op bezoek waren geweest, ook al waren ze dood. En nu was er dit.

"Natuurlijk vertrouw ik je, Vincente. Maar ik ben bang. Ik begrijp niet wat er met me gebeurt."

"Dit gebeurt niet alleen met jou. Het gebeurt ook met mij. Jij en ik zitten hier samen in. Er is niemand anders hier behalve jij en ik."

"Maar ben ik aan het dromen? Weet je zeker dat dit geen droom is, Vincente? Zeg me dat het geen droom is! Ik denk dat ik gek word!"

Vincente trok Grace dicht naar zich toe en hield haar vast. Zijn warme adem kietelde haar oor. Hij fluisterde: "Je wordt niet gek. Dit is echt. Jij en ik zitten hier samen in... en we moeten hier weg."

"Wat als de bloedprop barst? Wat als?" begon Grace.

"Dan lossen we dat op. Ik breng je naar een ander ziekenhuis. Naar een andere plek."

Grace knikte, terwijl Vincente de hartmonitor losmaakte. "Ik ben bang," bekende ze.

"En ik ben bang voor wat er zal gebeuren als we hier blijven," zei Vincente. Hij verwijderde de laatste klittenbandbevestiging, waardoor de machine een heftige vlakke lijn vertoonde. De machine piepte en knipperde totdat Vincente de stekker uit het stopcontact trok.

Toen was het stil in de kamer.

"Nu komt het moeilijke gedeelte," zei Vincente. "Ik moet de naald uit je hand halen, en dat gaat pijn doen."

"Praat tegen me. Leid me af."

"Oké. Heb ik je verteld dat ik een belangrijke wedstrijd had? Ik keek er zo naar uit om te spelen. Het lijkt wel alsof het al heel lang geleden is sinds mijn laatste wedstrijd." Vincente aarzelde. "Het is allemaal voorbij."

"Het deed helemaal geen pijn. Dank je," zei Grace terwijl ze haar benen over het bed zwaaide. Het waren naakte benen, die tot nu toe onder de dekens verborgen waren geweest.

Vincente keek weg toen ze op de koude linoleumvloer stapte. De koelte veroorzaakte een onwillekeurige rilling die haar verzwakte lichaam in zijn greep kreeg. Vincente hield haar vast en ondersteunde haar. Ze keek naar de badkamerdeur. Ze liep ernaartoe. Hij ondersteunde haar totdat ze veilig binnen was.

Grace leegde haar blaas. Ze trok het toilet door en ging naar de wastafel om haar handen te wassen. Ze keek naar haar spiegelbeeld en hapte naar adem. Haar haar zat in de war en haar teint was bleek. Ze zag er erg ziek uit – en dat was ze ook. Grace poetste haar tanden en kamde haar haar. Ze opende de deur en zag Vincente de kamer doorzoeken.

Voordat ze iets kon zeggen, vroeg hij: "Waar zijn je kleren?"

"Ik heb geen idee. Misschien heeft mama ze mee naar huis genomen om te wassen?" Ze liep terug naar bed. "Ik dacht, misschien moeten we hier gewoon blijven en wachten tot ze terugkomen? Ze komen vast wel terug. Of misschien word ik wel wakker, of word jij wakker, en dan is alles weer normaal?"

"Nee, Grace. We moeten hier weg... nu. Je droomt niet en je bent niet gek geworden, tenzij ik ook gek ben geworden! Maak je geen zorgen over kleding. Je ziekenhuisjasje is prima totdat we iets anders voor je hebben gevonden."

Ze rilde weer. Vincente sloeg een deken om haar schouders.

"Kom op, Grace. Laten we ophouden met praten over wat er was en nadenken over ons hier en nu. We moeten hier weg."

"Misschien moet je me gewoon achterlaten. Ik zal je alleen maar vertragen."

"Ik laat je niet achter, Grace. We moeten bij elkaar blijven. We zitten nu samen in deze situatie. Kom op."

'Maar Vincente, als ik hier gewoon op bed ga liggen en een tijdje slaap, kun jij misschien zelf hulp zoeken. Ik ben echt heel moe.' Ze liep naar het bed en klom erop.

Vincente reikte naar haar uit en trok haar naar zich toe. Hij legde zijn handen op haar schouders. 'Grace, vertrouw je me niet?'

"Jawel, maar..." Grace stond daar te rillen, terwijl ze Vincente in zijn donkere ogen keek. Ze was bang. Ze was bang om wakker te zijn. Ze was bang om te slapen. Ze wilde afleiding en ze wilde meer over hem weten, meer over zijn leven. Ze wilde zich inhouden, om er zeker van te zijn dat hij de echte Vincente Marino was. Ze begon alles in twijfel te trekken.

"Waar woonde je voordat je hierheen verhuisde?"

"Mijn familie verhuisde vaak," zei Vincente. "We wonen nu bijna vijf jaar in Sydney, en vijf jaar is een lange tijd voor mijn familie om op één plek te blijven."

Grace herinnerde zich verrassend genoeg de allereerste keer dat Vincente naar school kwam. Het was een herinneringscadeau. Ze liet het in haar bewustzijn stromen en beleefde de scène opnieuw. Ze keek er herhaaldelijk naar in haar gedachten.

"Gaat het, Grace?"

Ze was zo in beslag genomen door haar herinneringen dat ze vergat dat de echte Vincente vlak voor haar stond. Grace aarzelde om hem over haar droom te vertellen. Ze wilde dat het voor haarzelf was, en alleen voor haarzelf. Maar uiteindelijk besloot ze dat er niets te vrezen viel.

"Ik herinnerde me de eerste dag dat je naar onze school kwam. Het was alsof er een lichtstraal dwars door mijn hart ging en mijn ziel doorboorde. Ik kon geen adem halen."

Vincente wist niet wat hij op deze bekentenis moest zeggen, dus zei hij niets.

Grace was er zeker van dat hij zich niet kon herinneren haar op zijn eerste schooldag te hebben gezien. Waarom zou hij?

"Ik herinner me je wel," zei hij.

"Dat zeg je alleen maar om me mee te krijgen," zei Grace.

"Waarom zou ik liegen? Het was op het grasveld voor de school. Je zat daar. Je las een boek. Je zat onder een boom, helemaal alleen."

"Ja. Ik las Wuthering Heights."

"En ik liep langs je en deed alsof ik struikelde. Ik liet een pen naast je vallen."

"Ik raapte hem op en gaf hem aan je terug."

"Ja, maar Grace, je keek naar me alsof ik een wezen van een andere planeet was."

"Ja, dat hele ontwaken van mijn hart en ziel. Ik was sprakeloos."

"Maar je kende me niet eens."

"Ik kende je, Vincente. Ik heb je altijd gekend."

"Grace, denk eens na over wat je net tegen me zei. Je hebt specifieke herinneringen aan mij in je hoofd opgeslagen. Ik denk dat dat een ongelooflijk positief teken is. Een teken dat je beter wordt."

Ze dacht erover na en glimlachte toen van oor tot oor. "Oké," zei ze, "laten we hier nu weggaan."

"Ik laat je niet achter, Grace. We moeten bij elkaar blijven. We zitten hier samen in. Kom op."

De telefoon naast Grace's bed begon te rinkelen. Grace reikte naar de hoorn. Vincente weerhield haar ervan om op te nemen, omdat een andere telefoon in de kamer ook begon te rinkelen. Toen rinkelde er nog een in de kamer ernaast. Toen nog een, en nog een. Het geluid van de telefoons galmde door de gangen. Het geluid was oorverdovend.

"Laten we gaan!" riep Vincente terwijl ze de hal in liepen. Het geluid weerkaatste en werd steeds luider.

Ze bedekten hun oren en kwamen bij de lift. De deuren gingen open en dicht, en weer open en dicht. Het was te riskant om erin te stappen. Ze liepen naar het trappenhuis.

Het geluid van de telefoons werd minder terwijl ze de trap afliepen. Toen ze op de begane grond aankwamen en de deur openden, was het geluid luider dan ooit.

"Kom op!" riep Vincente terwijl ze de voordeur uitliepen. Ze vonden een auto. Hij maakte Grace vast op de passagiersstoel.

Hij trapte het gaspedaal helemaal in en ze reden weg in de stille, inktzwarte nacht.

Vincente zong een liedje over rijden naar een onbekende bestemming. Ze reden door het binnenwesten van Sydney. Hij merkte dat Grace stil was en in slaap was gevallen. Hij vond dat waarschijnlijk maar goed, want hij had tijd nodig om na te denken. Om een plan te maken.

De auto's stonden overal bumper aan bumper geparkeerd en blokkeerden de hoofdweg. Hij moest slalommen. Soms moest hij op het trottoir rijden om erdoor te komen.

Onderweg zag hij veel verlaten en nog draaiende voertuigen. Er waren ook vrachtwagens, taxi's, politieauto's en ambulances. Ze stonden allemaal stil op straat, zelfs vliegtuigen en helikopters. De lucht was dik van de uitlaatgassen. Het leek wel iets uit een roman van Stephen King, een absolute apocalyps.

Eerst stopte Vincente bij zebrapaden en keek hij of er kinderen, volwassenen of zelfs honden overstaken. Toen hij niets zag, gaf hij dat op.

Het leek alsof er niemand meer over was. Toch hoopte Vincente zijn familie en vrienden in de buitenwijken te vinden. Hij probeerde zijn moeder te bellen op zijn mobiel, maar er werd niet opgenomen. Hij liet een bericht achter. Hij deed hetzelfde bij zijn grootouders.

Grace werd wakker en vroeg: "Waar zijn we?"

"We rijden nu gewoon wat rond in Sydney. Om de situatie te verkennen. Terwijl jij sliep, ben ik naar het Royal Hospital gegaan om het te bekijken."

"Je had me wakker moeten maken."

"Nee, dat was niet nodig. Ik kon daar ook de telefoons horen rinkelen. Ik wist dat het ziekenhuis leeg was zonder zelfs maar naar binnen te gaan." Vincente reed een kruispunt op. Grace greep zijn arm vast en zei dat hij moest stoppen.

Hij trapte hard op de rem. Ze wachtten, want het was een zebrapad, maar er was niemand die overstak.

Grace wees op de was die in de wind wapperde, was die al wie weet hoe lang buiten hing. Ze merkte op dat er geen vogels in de lucht te zien waren. Geen blaffende honden. Ze zag dat de winkels nog open waren, maar dat er geen personeel aan het werk was en geen klanten om iets te kopen.

Er stonden ook uitgebrande auto's.

"De stad is helemaal verlaten," zei Vincente.

"Het is hopeloos," mopperde Grace.

"Geef de hoop nooit op."

✳✳✳

"ALLES KOMT GOED," VERZEKERDE Vincente terwijl hij zijn hand uitstrekte en die van Grace aanraakte. Ze voelde een schok toen zijn huid de hare raakte.

"Wat gaan we doen?" vroeg Grace.

"Nou, we gaan door met plan A," zei Vincente.

"Hebben we een plan A?"

"Terwijl je sliep, Grace, heb ik plan A bedacht. Dat houdt in dat we het andere ziekenhuis en de bekende buitenwijken gaan controleren. Ik dacht dat als iemand onze hulp nodig had, we diegene waarschijnlijk zouden vinden."

"Het was een goed plan."

"Tot nu toe is er nog niets gezien, dood of levend."

"Waar zijn de vogels gebleven?" vroeg Grace.

"Waarschijnlijk richting het water. Ze willen weg van de luidruchtige auto's die de lucht vervuilen," zei Vincente.

Hij zag dat de tank bijna leeg was. Hij vulde hem bij een benzinestation. Daarna haalde hij een paar dingen bij de supermarkt. Vincente gooide een chocoladereep naar Grace en opende zelf een Marsreep. "Ik heb het geld op de toonbank achtergelaten."

"Heb je geld achtergelaten?" Grace was echt verbaasd.

"Ja. Ik kan niet zomaar benzine tanken zonder te betalen. Het zou het einde van de beschaving betekenen als we gewoon zouden nemen wat we wilden! Bovendien kent de eigenaar van dat tankstation mijn familie al sinds we hier zijn komen wonen. Hij heeft mama een paar keer geholpen toen ze pech had met de auto en papa niet thuis was."

"Ik vind je redenering logisch."

"Ja, we willen toch geen anarchie, of wel?" lachte hij.

Grace had nu nog meer bewondering voor Vincente dan voorheen. Ze bewonderde zijn daadkrachtige houding. Zijn eerlijkheid. Om welke reden dan ook had het lot hen bij elkaar gebracht. Zij en Vincente waren op avontuur. Het was spannend, eng en vreemd tegelijk.

Vincente sloeg snel af naar een huis dat op een peperkoekhuisje leek. "Hier zijn we," zei hij.

HOOFDSTUK 10

"Dit is het huis van mijn grootouders. Ik verblijf hier altijd tijdens schoolvakanties en wanneer mijn ouders op zakenreis zijn. Omdat mijn familie vaak verhuisde, is dit altijd mijn tweede thuis geweest."

Terwijl ze de geur van eucalyptus in de lucht opsnoof, zei Grace: "Het is nog erg vroeg in de ochtend. Denk je dat ze het erg zullen vinden?"

"Ik heb gisteravond geprobeerd te bellen, maar er werd niet opgenomen. Ik heb een bericht achtergelaten. Als ze slapen, zullen ze het niet erg vinden. We kunnen gewoon naar binnen gaan, want ik heb mijn eigen sleutel. Bovendien is dit een soort noodgeval."

Vincente trok de deur open.

Grace keek nog steeds naar de tuin en concentreerde zich op een enorme boom in het midden van het erf. De boom stond scheef en de meeste wortels waren blootgelegd. Ze rilde en sloeg haar armen om zich heen.

Vincente, die al binnen was, riep: "Kom binnen!"

Nu ze binnen was, probeerde Grace zich op haar gemak te voelen. Plotseling kwam er een windvlaag door de open deur naar binnen en greep de achterkant van haar ziekenhuisjas. Ze verkilde tot op het bot en rilde opnieuw.

Vincente reikte over de rugleuning van de bank en pakte een handgehaakt, veelkleurig dekentje dat zijn grootmoeder had gemaakt. Hij legde het om haar schouders.

Grace kroop erin en ademde de heerlijke geur in.

"Wacht hier," zei Vincente. "Ik ga naar boven om te kijken hoe het met ze is."

"Oké," zei Grace terwijl ze Vincente de trap op zag lopen en de hoek van de gang omging.

Toen hij uit het zicht was, ging Grace naar het raam en gluurde door de gordijnen. De wortels van de boom leken te verschuiven. De takken begonnen te zwaaien. Ze rilde opnieuw en sloot toen de gordijnen.

Ze keek om zich heen zonder al te nieuwsgierig te zijn. Het huis was een heiligdom voor Vincente. Overal hingen foto's van hem. Vincente als baby. Vincente als kleine jongen. Vincente in zijn sportkleding. Vincente met zijn ouders. Vincente met zijn trofeeën. De foto's gingen maar door. Het viel haar op dat er één soort foto ontbrak, namelijk foto's van Vincente met een vriendin. Dat was een goed teken.

Vincente kwam weer beneden. Aan zijn gezichtsuitdrukking en haast kon ze zien dat zijn grootouders niet thuis waren.

"Ze zijn er niet, en er zijn geen tekenen dat ze hier gisteravond zijn geweest. Het bed is niet gebruikt en er zit niets in de wasmand. Oma stond er altijd op dat we onze vuile was in de mand deden voordat we naar bed gingen."

Hij ging zitten, haalde zijn vingers door zijn haar en legde vervolgens zijn handen op zijn hoofd met zijn vingers in elkaar gevlochten. In deze houding kon hij zich beter concentreren. Hij deed dit vaak als hij zich tijdens een van zijn wedstrijden moest afsluiten van het publiek.

Grace stond vlakbij, muisstil.

Vincente schrok wakker en zei: "Ah!" voordat hij opsprong en snel door het huis liep.

Grace volgde hem door de gang, langs de keuken en badkamer, naar een kleine kamer aan het einde van de gang. Het was een kantoor.

Hij controleerde of de computer aan stond. Dat was niet het geval: de stekker was uit het stopcontact getrokken. "Opa heeft vast weer op elektriciteit bespaard," zei hij. "Het duurt even voordat hij weer opgestart is, dus kunnen we net zo goed iets te eten en koffie halen. Kom mee."

Grace en Vincente liepen naar de keuken, die was uitgerust met avocadogroene apparatuur. Op de theedoeken stonden afbeeldingen van fruit en groenten. In het midden van de tafel stonden een konijntjeszoutvaatje en -pepervaatje die ondeugend naar hen grijnsden.

"Oma zorgt altijd dat de koelkast goed gevuld is," zei Vincente terwijl hij de deur opende. Hij gooide een kippenpoot naar Grace en begon zelf op de andere te kauwen terwijl hij de waterkoker aanzette. Vervolgens pakte hij koffie, suiker, koffiemelk en twee mokken. Toen het water kookte, schonk hij voor hen in en liepen ze terug door de gang naar de computerkamer.

Eenmaal binnen ging Vincente zitten en begon hij op het toetsenbord te klikken. Toen Facebook verscheen, ging hij naar zijn profiel om het bij te werken en keek hij of er vrienden online waren. Dat was niet het geval.

Hij klikte een paar keer en bekeek de nieuwsfeed. Geen van zijn vrienden had in meer dan vierentwintig uur iets gepost of bijgewerkt.

"Ik kan niet geloven dat niemand hier is geweest. Zelfs Liz, mijn nicht in de VS, die haar profiel minstens vijf keer per dag bijwerkt, niet. Ik ben bang dat het niet alleen hier in Sydney gebeurt. Het kan overal zijn."

Grace bedekte haar mond om een kreet te onderdrukken, maar die ontsnapte toch en vulde de stille kamer. "Misschien zijn ze allemaal ergens samen? Onder de grond of ergens veilig, ergens zonder computers, wachtend."

"De hele wereld, ondergronds en wachtend? Dat zou pas echt iets zijn," zei Vincente terwijl hij zich afmeldde bij Facebook. "Ik ga mijn e-mail checken," legde hij uit.

"Je hebt mail!" begroette de browser hem. Het was een kort berichtje van zijn oma die vroeg naar zijn cricketwedstrijd.

"Wat moeten we nu doen? Waar moeten we nog meer kijken?" vroeg Grace.

"Ik weet het niet," zei Vincente, en opnieuw legde hij zijn handen op zijn hoofd en stak zijn hoofd tussen zijn knieën.

Grace stak haar hand uit en legde die op zijn schouder. Hij pakte haar hand vast en aanvaardde haar troost dankbaar. "Ik weet dat het nog vroeg in de ochtend is," zei ze, "maar ik ben uitgeput. Misschien moeten we even een dutje doen, hier een beetje uitrusten. Als we wakker worden, is de situatie misschien veranderd, of hebben we een geweldig idee bedacht over wat we nu moeten doen.“

”Ja, ik ben ook uitgeput, en je hebt gelijk, misschien is er inmiddels een e-mail binnengekomen, of heeft iemand inmiddels op Facebook gekeken. Wie weet? We hebben niets te verliezen.

“Laat me nog één ding proberen,” zei Vincente terwijl hij zijn mobiele telefoon tevoorschijn haalde. Hij stuurde een groepsbericht naar iedereen in zijn adresboek. “Zo,” zei hij. “Als iemand zijn telefoon bij zich heeft, zal hij antwoorden. Nu kunnen we wat rusten. Ze zullen niet antwoorden als we hier maar zitten te staren naar de computer en de telefoon.” Hij sloot zijn mobiele telefoon aan om hem op te laden en liep toen naar de trap.

"Waar moet ik slapen?“ vroeg Grace.

”Kom mee naar boven, ik zal je rondleiden.“

Vincente en Grace klommen de trap op en kwamen in een slaapkamer met een hemelbed. ”Dit is de kamer van mijn grootouders, en jij kunt hier slapen. Ik heb mijn eigen kamer verderop in de gang. Een paar deuren verderop."

Eerlijk gezegd voelde Grace zich een beetje bang en wilde ze niet helemaal alleen in de kamer zijn. Maar wat kon ze doen? Vincente vragen om op de stoel naast het bed te slapen of hetzelfde bed met haar te delen? Ze knikte en viel, dankbaar voor het zachte bed voor haar, meteen in slaap.

Vincente besefte hoe moe Grace was, maar hij was zelf niet moe genoeg om meteen te gaan slapen. Om dit te verhelpen, slenterde hij door het huis en at een paar Vegemite-broodjes. Hij keerde terug naar de computer, in de hoop dat er iets veranderd was. Dat was niet het geval.

Hij zette de televisie aan, in de hoop zich een beetje af te leiden. Alle zenders waren uit de lucht en vulden het scherm met sneeuwwitte ruis. Hetzelfde gebeurde toen hij de radio probeerde: alleen ruis. Hij begon te denken dat de wereld was vergaan, voor iedereen – iedereen behalve hijzelf en Grace Greenway.

Hoe vreemd dat dit gebeurde, voor twee mensen die elkaar nauwelijks kenden. Om in zo'n vreemde situatie terecht te komen. Ze was een lief meisje en hij mocht haar wel, maar ze was niet zijn type. Hij vroeg zich af of hij, wetende hoe zij over hem dacht, haar misschien nog meer pijn zou doen door haar valse hoop te geven. Hij wist al een tijdje dat Grace verliefd op hem was. Hoewel ze even oud waren, lagen hun sociale kringen en ervaringen mijlenver uit elkaar.

Vincente dacht aan hun wiskundeles. Grace was altijd iedereen voor, inclusief de leraar. Ze was voorbestemd om wiskundige te worden, daar bestond geen twijfel over. Hij was voorbestemd om professioneel atleet te worden, daar bestond ook geen twijfel over. Wat zouden ze doen, of zijn, als ze de enigen waren die nog op de planeet waren? Wat zou de toekomst voor hen in petto hebben?

Hij schudde zijn hoofd en veroordeelde zichzelf voor zulke negatieve gedachten. Hij liep de trap op en keek even bij Grace binnen. Ze sliep diep. Hij ging naar zijn eigen kamer.

Hij ging naar de ladekast om zijn kleren te zoeken, maar zijn pyjama lag er niet. Vreemd. Hij had de hele nacht in zijn kleren geslapen en hij was klaar om iets anders aan te trekken. Hij keek in de andere la en vond een paar zwarte onderbroeken en een paar sokken. Hij trok beide aan en ging in bed liggen. Al snel sliep hij diep.

"Vincente! Vincente!" riep Grace en even later stond hij weer naast haar.

"Gaat het?" vroeg hij.

"Ik was even de weg kwijt," zei Grace. Ze liep weg van het bed en sloeg haar armen om hem heen. Al snel waren ze in een onverwachte, krachtige omhelzing verwikkeld. Toen ze zich realiseerde wat er gebeurde, trok ze zich terug en verontschuldigde zich.

"Je hoeft je niet te verontschuldigen," zei hij. Hij keek naar beneden en besefte dat hij praktisch naakt was.

Toen merkte zij het ook. Ze bloosde diep rood. "Ik ga me nu aankleden, als je dat goed vindt?"

Toen Vincente wegliep, begonnen de lampen boven hen te trillen. De lampen aan het plafond begonnen te trillen en knipperden aan en uit. De kamer van zijn grootouders leek op een louche motelkamer met stroboscooplicht.

De spullen op het dressoir begonnen te trillen en te schudden in een ritmische dans – en toen deed de vloer mee.

"Ik denk dat het een aardbeving is!" riep Vincente. "Kom op! Het is hierboven niet veilig."

Het tweetal stapte op de trap, en die kwam plotseling tot leven. Hij schommelde heen en weer in een ritmische tweestapsbeweging. Grace probeerde zich vast te houden aan de leuning, maar ze had moeite om vooruit te komen. Vincente greep haar hand vast en ze liep de trap af.

Zodra ze op de begane grond aankwamen, hield het schudden op. De trap was nu uit balans en zou elk moment instorten.

"Er komt vast een naschok," zei Vincente. "Laten we voor de zekerheid dicht bij de voordeur blijven."

Er volgde een tweede schok. Alleen was deze keer de situatie ernstiger. De trap veranderde in een roltrap. De treden stortten als een enorme hoop naar de begane grond.

Vazen en foto's vlogen door de kamer. Stoelen begonnen te schommelen. Een spiegel brak met een oorverdovende klap. Grace gilde.

Ze renden naar de voordeur.

Voordat Vincente de voordeur open kon trekken, ging deze vanzelf open door een krachtige windvlaag.

De tieners hielden elkaar vast terwijl ze naar de veranda liepen.

Recht voor hen stond de gigantische boom, die Grace eerder had opgemerkt, te draaien en te kronkelen. Zijn takken reikten uit als oude, artritische vingers. Hij stond in een griezelige houding terwijl hij zich in alle richtingen uitstrekte. Zijn wortels bewogen als slangen.

Voor hen vlogen voorheen niet-vliegende voorwerpen voorbij. Paraplu's, vuilnisbakken, barbecues en waslijnen zwaaiden heen en weer. Ze botsten tegen alles aan. Een vliegende schop raakte de zijkant van de boom en een bijna menselijk gekreun vulde de lucht.

"Het is gewoon de wind," kalmeerde Vincente terwijl hij Grace weer naar binnen trok. "We kunnen daar niet naar buiten gaan, het is te gevaarlijk. Het is net een hagelstorm van Home Depot-voorwerpen!"

Omdat de wind tegen de achterkant van de deur duwde, hadden ze hun gezamenlijke gewicht nodig om de deur dicht te krijgen. Ze stonden met hun rug stevig tegen de deur. Die schoof en duwde tegen hun rug. Vincente en Grace hielden stand.

"Wat doen we nu?" vroeg Grace. Ze beefde. Haar knieën konden haar niet langer dragen. Toch bleef ze naast Vincente staan.

"Nou, ik heb over aardbevingen gelezen, en die worden meestal erger voordat ze beter worden. Meestal zijn er eerst een paar waarschuwingsschokken, en dan volgt er een grote. Ik denk dat we moeten beslissen of dat de grote was, of dat we hier weg moeten gaan nu het nog kan."

"Ik denk dat het erger wordt."

"Laten we dan op ons gevoel afgaan, want dat zegt mij precies hetzelfde. Pak eerst het telefoonboek, zodat we je huisadres en telefoonnummer kunnen opzoeken. Je kunt je moeder bellen zodra we die informatie hebben. Oké, laten we nu weggaan!" riep Vincente, terwijl er weer een schok kwam.

Deze had een fenomenale kracht. Hij werd gevolgd door een klap, een knal en een kraak. Toen viel de grote boom op het huis en drong dwars door het dak heen. Het tweetal stond naar de boom te kijken, die nu stevig in de woonkamer stond. Het leek ironisch dat de deur die ze beschermden nog intact was, terwijl het plafond nu de lucht was.

"Kom op!" riep Vincente terwijl ze de voordeur uit renden.

De rondvliegende voorwerpen vlogen overal om hen heen terwijl ze zich een weg baanden naar de veiligheid van hun auto. Toen Vincente de deur opende, zag Grace dat de ring aan zijn vinger glinsterde en gloeide als een derde oog. Het leek het licht uit de lucht aan te trekken.

Vreemde gedachten vlogen door Grace's hoofd, terwijl voorwerpen om haar heen verspreid lagen en kapot waren gevallen. Ze keek naar Vincente en bedacht dat als hij een vampier was, hij onsterfelijk was. Hij zou haar ook in een vampier kunnen veranderen. Als dat zou gebeuren, zouden ze nooit meer alleen zijn. Ze wist dat die gedachte gek was.

Toen flitste er iets vreemds maar duidelijk in haar hoofd. Een vage herinnering aan het doden van vampiers met houten staken. Ze keek naar Vincente terwijl een boomtak op hen afkwam. Als ze niets deed, zou die Vincente's rug doorboren.

"Stap in!" riep ze. "Pas op!"

Hij sprong net op tijd naar binnen, terwijl het stuk hout de auto raakte en een deuk achterliet.

"Bedankt! Dat was op het nippertje!" riep Vincente uit.

Eenmaal binnen vloog een wervelende derwisj in de vorm van een metalen paraplu vlak voor hun ogen voorbij.

Een daverende knal. Zo luid dat ze hun oren moesten bedekken. Er volgde nog een knal. De aarde begon voor hen open te breken als een gebroken kokosnoot. De scheur in de aarde bewoog zich langs de weg en kwam gevaarlijk dichtbij. Er vielen dingen in, zoals hele huizen, bomen en auto's.

"Rijden!" schreeuwde Grace terwijl de verwoestende scheur dichterbij kwam.

Vincente gaf gas en trapte het pedaal helemaal in. Hun nekken vlogen naar achteren als elastiekjes terwijl ze in een wolk van stof wegreden.

"Niet achterom kijken!" schreeuwde Vincente.

Hij reed als nooit tevoren. Hij ontweek verlaten auto's en puin als een professionele autocoureur. Hij bleef doorrijden; hij hield hen veilig en uit de dodelijke baan van de aardbeving.

Ze reden en reden en reden, zonder achterom te kijken.

****

H ET DUURDE EEN TIJDJE voordat ze stopten. Voordat hun ademhaling weer normaal werd.

"We kunnen teruggaan als het veilig is," zei Grace.

"Ik ben bang dat het geen zin heeft," zei Vincente, terwijl hij diep ademhaalde. "Het huis staat vast in het gat. Het is weg. Alles is weg."

"Het spijt me zo, Vincente."

"Het geeft niet, ik heb goede herinneringen aan dat huis. Die zitten hier." Hij wees naar zijn hart. "En hier." Hij wees naar zijn hoofd. "Niemand kan die van me afnemen."

Grace dacht na over haar huidige situatie. Hoe haar herinneringen waren weggenomen. Een enkele traan rolde over haar wang.

"Het spijt me, Grace. Ik bedoelde niet..."

"Ik weet dat je dat niet bedoelde, maar het is waar. De mijne zijn van me afgenomen."

"Maar je krijgt ze terug. Ik weet dat je ze terugkrijgt."

"Bedankt voor je woorden, maar niemand weet zeker of dat zo is, zeker niet zonder artsen in de buurt."

"Ik weet dat de herinneringen nog steeds ergens in je zitten. Ze zijn niet helemaal verloren. Je moet alleen een manier vinden om ze aan te boren."

Grace stemde toe. Het idee om haar herinneringen aan te boren sprak haar aan.

"Nu we het daar toch over hebben," zei Vincente. "Waarom bladert u niet even door de Gouden Gids om het telefoonnummer en adres van uw familie te zoeken? Dan kunnen we uw moeder even bellen."

Grace glimlachte en begon met haar vingers door de pagina's te bladeren. Toen ze Greenway vond, stopte ze. Vincente gaf haar zijn mobiele telefoon en ze begon te bellen. Toen ze aan de andere kant van de lijn een stem hoorde – de stem van haar moeder – glimlachte ze. Ze begon te praten, maar kreeg te horen dat ze een bericht moest achterlaten na de piep.

"Het is maar een antwoordapparaat."

"Bij mij was het hetzelfde. Het geeft niet. We hebben het adres, dus nu kunnen we erheen gaan om het te bekijken."

"Het lijkt erop dat we een plan C hebben."

HOOFDSTUK 11

"**O**H MIJN GOD!" RIEP Grace uit. "Kijk uit!"

Vincente richtte zijn aandacht op de weg. Grace reikte naar voren en greep het stuur vast. De auto zwenkte scherp naar rechts. Vincente probeerde de controle over de auto te behouden, maar met Grace's handen op de zijne lukte dat niet.

"Kijk uit!" riep ze opnieuw.

Vincente worstelde met Grace. Hij kreeg de controle over de auto weer terug. Maar toen was het al te laat om nog te stoppen – de koers was al bepaald. De banden begonnen te slippen en al snel kwam de auto tot stilstand toen hij tegen de stam van een boom botste.

"Ben je gek geworden?" brulde Vincente.

"Ik..." zei Grace.

"Wat denk je wel dat je aan het doen bent?" Hij schudde zijn hoofd heen en weer, alsof hij net uit de douche kwam. "We zijn net met de schrik vrijgekomen en nu, verdomme, Grace! Wat is dit?"

"Ik..." zei Grace.

"Waarom zou je dat doen?"

"Wil je dat ik je nu antwoord geef?" zei Grace heel kalm.

"Jazeker," zei Vincente. "Je hebt ons bijna de dood ingejaagd. D-O-O-D!"

"Ik weet hoe je 'dood' spelt, dank je wel. Wil je dat ik het uitleg of niet?"

"Ja," zei Vincente geërgerd. Hij probeerde zichzelf te kalmeren door diep adem te halen.

"Eerst," zei ze, "moet ik teruggaan om te kijken of ik haar kan vinden. Daarna zal ik het uitleggen."

"Haar?"

"Het kleine meisje," legde ze uit.

En al snel rende ze weg. Haar ziekenhuisjas wapperde in de wind, maar dat kon haar niets schelen. Het enige waar ze om gaf was het kleine meisje.

Vincente rende achter haar aan. Hij zat haar op de hielen. Hij dacht dat ze gek was geworden. Een klein meisje? Hij had niemand gezien. Grace moest zich dat verbeeld hebben.

Grace stopte. Ze draaide zich om en om in cirkels, op zoek naar het kleine meisje in elke struik, in elke mogelijke schuilplaats. Grace was buiten adem en kon haar niet vinden, dus stopte ze. Ze stond roerloos en luisterde aandachtig.

"Het was een kind, gekleed in een witte nachtjapon met kant langs de randen en een rode strik aan de kraag. Ze had lang, donker haar dat over haar schouders viel, en grote olijfgroene, amandelvormige ogen."

Vincente stond naast haar en luisterde naar haar beschrijving. Hij luisterde aandachtig en probeerde het te begrijpen, maar begreep het niet.

"Ze was hier. Wij – jij – hadden haar bijna aangereden."

"Een klein meisje?"

"Ja."

"Grace, er was hier geen klein meisje."

"Ze was er wel! Ik heb haar gezien! Ze stond daar midden op de weg. Ze was prachtig."

"Grace, ik heb haar niet gezien. Ze was niet echt."

"Ze was echt, net zo echt als jij nu hier voor mij staat."

"Bedoel je dat ze alleen aan jou verscheen?" Vincente vroeg het in de hoop haar uit haar roes te halen.

"Ik weet het niet. Daar had ik niet aan gedacht."

Vincente wilde het niet doen, maar hij moest hen weer op het juiste spoor krijgen. Hij aarzelde. "Echt... zoals je vader en je broer?"

"Dat is een lage slag en dat weet je!" zei Grace, terwijl ze de weg overstak en tussen de bomen door rende. Weg.

Vincente was er nu nog zekerder van dat ze gek aan het worden was.

Grace probeerde een klein meisje te redden. Ze zag het meisje duidelijk staan. Wat had ze moeten doen? Hem haar laten slaan? Ze wilde hem zo graag hard slaan. In plaats daarvan bleef ze rennen. Rennen naar waar dan ook. Weg van hier.

✳✳✳

TOEN HIJ HAAR UITEINDELIJK inhaalde, zat Grace op het gras in een veld en keek naar de wolken die boven haar hoofd voorbij dreven.

"Mag ik erbij komen zitten?" vroeg hij.

"Tuurlijk."

Hij voelde het zachte gras en rook de geur ervan. Ze waren even stil.

"Vertel me nog eens wat je op de weg met het kleine meisje hebt gezien."

Ze bleef stil.

"Ik beloof dat ik zal luisteren naar wat je te zeggen hebt."

"Kijk naar de wolken daarboven, die gewoon doorgaan alsof er niets aan de hand is. Ze zijn zo mooi, hoog in de lucht, gewichtloos zwevend."

"Grace, vertel het me."

Ze haalde diep adem, keek Vincente aan en keek toen weer naar de lucht en zei: "Er was een klein meisje. Ze zag me. Ze herkende me. Ze maakte een teken naar me, zoals dit." Ze hield haar hand omhoog en maakte het stopteken in gebarentaal.

"Wanneer heb je gebarentaal geleerd?" Vincente fronste zijn wenkbrauwen, zich realiserend dat ze zich niet zou herinneren wanneer en waarom ze het had geleerd. "Sorry, domme vraag."

Grace zweeg en keek naar de wolken, haar volledige aandacht erop gericht.

"Wacht even, je kunt je telefoonnummer niet onthouden, maar je kunt wel gebarentaal onthouden?"

"Ik denk het wel."

"Realiseer je je niet wat dit betekent, Grace?"

Ze bleef stil.

"Het betekent dat ik gelijk had. Je kunt je herinneringen oproepen wanneer je maar wilt," zei Vincente opgewonden.

"Ik denk dat ik dat ook een beetje deed met mijn vader en mijn broer."

"En nu met dit kleine meisje. Wie was ze? Wat betekende ze voor jou?"

"Ik weet het niet, maar nu denk ik na over hoe ik ons in zo'n gevaar heb gebracht. We hadden kunnen sterven toen we tegen die boom botsten."

"Ja."

Grace stond op en voelde zich weer hoopvol. Ze vroeg zich af of het kind zich verstopt had, bang. Ze riep: "Kleine meid, waar je ook bent, kom tevoorschijn en praat met me. We zullen je geen kwaad doen. Je bent veilig. We kunnen je helpen."

Alleen het geluid van ritselende bladeren en het gefluit van de wind vulden de lucht. Grace legde haar handen op haar heupen.

Ze was er sterk van overtuigd dat het kleine meisje niet zomaar in het niets kon zijn verdwenen. Ze moest ergens zijn.

Vincente was nog steeds sceptisch. Hij probeerde Grace aan te raken, maar ze sloeg hem weg als een insect.

Ze bleef het meisje roepen om tevoorschijn te komen. Grace was volledig gefocust op haar taak en bleef roepen tot haar stem schor was.

GRACE HAD NU AL haar energie verbruikt. Nog steeds geen teken van het kleine meisje. Het was tijd om op te geven, dus liep ze terug naar de auto. Vincente volgde haar zwijgend. Haar lichaamstaal zei genoeg: ze begreep nu de waarheid. Het kleine meisje was een illusie geweest. De vraag was: waarom?

Vincente schopte tegen de band van de auto en keek toen naar Grace. Ze was uitgeput en beschaamd. Ze kon hem niet eens in de ogen kijken. Toch vond hij haar op de een of andere manier buitengewoon aantrekkelijk terwijl ze daar stond. Ze zag er zo hopeloos en eenzaam uit. Alsof ze gered moest worden.

Hij liep naar haar toe en nam een lok van haar haar tussen zijn vingers. Hij wikkelde het steeds verder om zijn vinger en trok Grace steeds dichter naar zich toe. Toen kuste hij haar. Zachtjes, teder. Een kleine kus, genoeg om haar naar meer te laten verlangen. Ze reageerde eerst, en toen deed hij een stap achteruit. "Het spijt me."

"Mij niet," zei Grace, glimlachend van binnen en van buiten. "Maar de volgende keer dat ik je zeg de auto te stoppen, stop dan gewoon, oké?"

"Dat zal ik doen, dat beloof ik."

"Zelfs als je niemand ziet?"

"Zelfs als ik niemand zie."

"Oké."

"Oké."

"Ik denk dat we hier misschien nog even moeten blijven, voor het geval ze terugkomt."

"Grace, ze komt niet terug. Stap alsjeblieft in de auto."

De motor startte meteen. Ze reden weg. Grace probeerde niet achterom te kijken, maar de drang was overweldigend.

HOOFDSTUK 12

T ERWIJL DE AUTO DOOR bleef rijden, concentreerde Grace zich op het heden. Ze draaide het raam open en stak haar arm naar buiten. Ze liet de wind haar haar op haar onderarm kietelen, waardoor ze kippenvel kreeg. Ze voelde zich levendig. Alsof zij en Vincente nu misschien de kans hadden om te worden wat ze had gedroomd dat ze zouden worden. Toch was ze bang om er te veel over na te denken, zich er te veel op te concentreren, omdat ze het niet wilde verpesten.

Grace lachte toen de wind door haar vingers waaide. Even dacht ze terug aan dat moment. Het moment van de kus: hun eerste kus. Het was fijn, teder, warm en kleverig geweest, en ze kon zijn verlangen naar haar voelen tegen haar aan drukken.

Het was vreemd om langs een golf van stilstaande voertuigen te rijden. Er werd niet getoeterd. Geen sirenes. Niemand die schreeuwde. Ze miste die geluiden niet. De geluiden, waar ze slechts een vage herinnering aan had, waren over het algemeen irritant. Ze miste echter wel het gezang van de vogels. Ze miste hun activiteit, hun liedjes, het fladderen van boom naar boom. Ze miste het gezoem van de bijen. Ze vroeg zich af hoe de natuur zou voorzien in haar behoeften, hoe bestuiving nu zou plaatsvinden. De natuur kon zich aan veel veranderingen aanpassen. Moeder Natuur zou een manier vinden om te overleven.

Grace keek naar Vincente. Hij concentreerde zich op het rijden. Hij leek diep in gedachten verzonken.

Vincente was bezorgd en boos op zichzelf. Eerst had hij zichzelf voorgenomen haar niet te misleiden. Hij wist dat ze niet zijn type was. Helemaal niet zijn type. Ze was Grace Greenway: een intelligent wiskundig fenomeen. Ze dacht in getallen.

Verdorie, ze droomde waarschijnlijk ook in getallen.

Hij probeerde niet aan de kus te denken, hun eerste kus. Hij besloot dat hun eerste kus ook hun laatste zou zijn. Ook al was het onverwacht fijn geweest. Zoet. Onschuldig. Ze had het niet verwacht, en toen was er... Bah, hij wilde niet nadenken over hoe hij zich voelde toen ze hem kuste. Hoe hij zo snel opgewonden was geraakt, door slechts één simpele kus. Het kwam waarschijnlijk doordat hij in de wereld rondzwierf, ronddwalend in zijn ondergoed. Zijn verlangen naar haar was waarschijnlijk gewoon een oncontroleerbare drang, een natuurlijke reactie. Niet iets wat hij wilde dat er gebeurde.

Hij pauzeerde even, voelde haar ogen op zich gericht en verstevigde zijn greep op het stuur. Hij probeerde aan andere dingen te denken om zichzelf af te leiden van haar. Hij dacht aan films. Videogames. Eten.

Ondertussen dacht Grace aan de wereld. De grote wereld daarbuiten, die alleen van hen was, van haar en Vincente. Ze dacht aan haar verleden, hoe ze zich onvolledig voelde zonder al haar herinneringen. Ze dacht er ook aan dat het iets goeds was, in plaats van iets negatiefs. Het was een manier waarop ze zichzelf opnieuw kon creëren. Tegelijkertijd wist ze dat ze nooit compleet zou zijn zonder het grootste deel van zichzelf te herstellen. Het deel dat haar wiskundige aard was: de wiskundige staat van Grace.

Ze probeerde zich alles te herinneren wat ze ooit wist over Pythagoras. Vroeger wist ze alles over zijn leven en zijn wiskundige theorieën. Nu waren de feiten en cijfers allemaal door elkaar geraakt in haar hoofd. Ze probeerde zich de Fibonacci-getallen te herinneren, maar ook die waren niet meer duidelijk in haar hoofd. Ze besloot naar de bibliotheek te gaan om over deze twee te lezen, en ook over anderen, zoals Einstein en Galileo. Ze zou zichzelf alles leren wat ze vroeger wist, en daarmee hoopte ze haar geheugenbank te openen en er gebruik van te kunnen maken.

"Ik heb deze film lang geleden gezien," zei Vincente. "Hij ging over buitenaardse wezens die naar de aarde kwamen en aanvielen met hun ruimteschepen."

Grace schrok. Ze was gewend geraakt aan de comfortabele stilte die ze deelden. Ze moedigde hem aan om haar meer over de film te vertellen. "Klinkt intrigerend."

"Dat was het ook. Maar ik heb je het meest fascinerende deel nog niet verteld."

"Houd me niet in spanning."

"In de film waren er nog maar twee overlevenden, een man en een vrouw."

"Dat meen je niet!"

"En waarom hebben de buitenaardse wezens hen niet gedood?" vroeg Vincente. Grace haalde haar schouders op. "Omdat ze hen wilden observeren. Om hen te bestuderen." Hij stopte en wachtte, terwijl hij Grace vanuit zijn ooghoeken gadesloeg. "En toen stopten ze de twee mensen in een kooi, zoals in een dierentuin. Om te kijken of ze zich voortplantten."

"Wat als ze zich niet wilden voortplanten?" zei Grace met trillende stem.

"Ze hebben ze gedwongen."

"Hoe konden ze hen daartoe dwingen?"

"Ze wilden niet sterven en ze hadden voedsel nodig om te overleven. Dus deden ze wat ze moesten doen, en de buitenaardse wezens keken toe en observeerden wat mensen dreef."

"Walgelijk."

"Nou, als je erover nadenkt, hebben mensen al eeuwenlang dieren in kooien gestopt. Om te kijken hoe ze zich voortplanten. Ze bestudeerden ze, en soms gebruikten ze ze zelfs voor experimenten, om de geneeskunde vooruit te helpen en wat al niet meer. Dus zijn zij echt zo veel erger?"

"Nee, als je het zo stelt, denk ik van niet. Maar jij en ik, wij hebben hier een kans om dingen te veranderen. We kunnen het verleden niet veranderen."

"Dat is waar. Als wij de laatste twee overlevenden zijn," concludeerde Vincente, "dan kunnen we leven zoals we willen."

"Wat is er gebeurd... ik bedoel, aan het einde van de film?"

"Ik heb het einde nooit gezien. Ik was bij een vriendje blijven slapen. We waren kinderen en hadden niet zo laat op mogen blijven. Toen zijn ouders ons ontdekten, renden we naar zijn slaapkamer. Ik heb die film nooit meer teruggevonden."

"Wat hebben de aliens met alle andere bewoners van de aarde gedaan als zij de enige twee overgeblevenen waren?"

"Dat weet ik wel. Ze hebben ze weggevaagd! Eigenlijk best ironisch, als je erover nadenkt, want in de film schoten de aliens ze allemaal neer met hun phasers – poef! – en toen verdwenen ze gewoon. Er bleef niets achter, helemaal geen resten. Ik bedoel, geen botten, geen lichamen en geen as. Het was alsof ze nooit hadden bestaan."

Grace sloeg haar armen om zich heen en besefte te laat dat ze er de kriebels van kreeg. Ze hoopte dat hij nu klaar was, zodat ze weer terug kon naar haar mooie gedachten over de toekomst, hun toekomst, samen.

Vincente onderbrak haar gelukzaligheid met nog meer filmpraat. "Een andere film die ik me herinner ging over buitenaardse wezens die naar de aarde kwamen en iedereen verbrandden. Het enige wat overbleef was een hoopje stof op de plek waar elke mens had gestaan. Dat was het enige bewijs dat er ooit mensen hadden geleefd. Bewijs dat er ooit mensen waren geweest." Hij pauzeerde. Ze gaf geen commentaar. Ze hoopte dat hij nu klaar was. "Dan was er nog een andere, waarin ze alle menselijke geesten konden aftappen door een chip in hun hersenen te implanteren en hen te controleren. Deze films werden steeds enger."

"Vergeet E.T. niet," zei Grace.

"Wat?" Vincente hapte naar adem, gefascineerd, wachtend tot Grace zich realiseerde dat ze onbewust een herinnering had aangeboord.

"Je weet wel, 'E.T. phone home'?"

"Ja, ik weet het," zei hij, en hij glimlachte zo breed dat Grace zich even afvroeg waarom hij glimlachte.

Toen drong het tot haar door. Ze had een herinnering ontgrendeld. Het was weliswaar niet de meest fascinerende informatie, maar het was niettemin een herinnering. Ze glimlachte terug naar hem.

Hij was zo trots dat hij zijn hand uitstrekte en even de hare vastpakte, waarna ze weer stil waren.

Toen Vincente een rotonde of een bocht moest nemen, liet hij Grace's hand los. Hun ogen ontmoetten elkaar even, waarna hij zich weer op de weg concentreerde.

Hij was trots op haar.

Grace was enorm trots op haar kleine geheugenonderbreking. Ze stelde zich de binnenkant van haar geest voor als een bibliotheek. Ze liep door de gangpaden heen en weer, op zoek naar herinneringen. Ze reikte naar de planken, pakte ze op en bekeek ze een voor een. Ze koos een dik boek met een rode kaft, in de hoop daarin iets over zichzelf te vinden, maar er gebeurde niets. Ze was niet van plan deze techniek op te geven. Ze was van plan om door te gaan met proberen.

Vincente dacht na over de technologische vooruitgang door de jaren heen. Er waren zoveel uitvindingen gedaan, sommige goed en andere minder goed. Terwijl hij om zich heen keek, met alleen hen tweeën om voor te zorgen, vroeg hij zich af waar al dat harde werk eigenlijk voor had gediend.

In de verte klonk het geluid van een bel. Het werd steeds luider toen ze voor een gebouw stopten. "Herken je het?" vroeg hij.

Grace las het bord: "Queen Victoria's High School, de school waar je je dromen waarmaakt." Ze kon zich het niet herinneren.

"Het is onze middelbare school," zei hij.

"Ik dacht al dat het dat zou zijn, maar ik wist het niet zeker," zei Grace. Ze keek rond op de campus en vond uiteindelijk het cricketveld achteraan: het veld waar ze op haar laatste schooldag gewond was geraakt. "Ik vraag me af waar die bel voor was?" vroeg Grace.

"Dat vroeg ik me ook net af. Waarschijnlijk gewoon ingesteld op een timer. Automatisch. Maar er is een kans dat er iemand vastzit en hulp nodig heeft, dus ik wil even gaan kijken. Wil je hier blijven?"

"Nee, ik wil met je meegaan."

"Oké, maar blijf achter me. We weten niet wat we kunnen verwachten. Waarschijnlijk is er niets aan de hand, maar je weet maar nooit," zei Vincente. Hij had zich voorgesteld dat er iemand vastzat, te bang om naar buiten te komen.

Grace had zich de aliens voorgesteld, zoals in de films, die klaarstonden om de laatste twee mensen op aarde te vangen en op te sluiten. Ze rilde toen Vincente de deuren opende en ze de lange gang binnenstapten. Het was erg stil; het enige geluid was dat van hun voeten die over de koele linoleumvloer klapten.

Vincente herinnerde zich hoeveel plezier hij binnen deze muren had gehad. Hoe hij altijd een beetje een sportheld was geweest, bij gebrek aan een beter woord. Hij kwam bij zijn kluisje, opende het en haalde zijn sporttas tevoorschijn. Hij trok een cricketbroek over zijn zwarte ondergoed aan en gooide zijn shirt over zijn hoofd. Je kon zijn zwarte ondergoed nog steeds door de broek heen zien. Grace lachte.

"Het is niet alsof je ze nog nooit hebt gezien," zei Vincente, hoewel hij ook lachte.

De meeste kleedkastdeuren stonden wijd open en de inhoud lag overal verspreid. "Dat kwam waarschijnlijk door de aardbeving," vermoedde Vincente.

Grace rilde nog steeds.

"Haal diep adem," zei hij, in een poging haar te kalmeren en gerust te stellen.

Grace's hart klopte steeds sneller. Ze had een slecht gevoel over deze plek.

Vincente riep luid: "Hallo, is er iemand?"

Zijn stem galmde door de gangen, maar er kwam geen antwoord. Toen ging de schoolbel weer. Omdat ze binnen waren, weerkaatste het geluid.

Verderop in de gang duwde Vincente de deuren open en ging de gymzaal binnen. Die was achtergelaten ter voorbereiding op een basketbalwedstrijd. De lege tribunes en het veld zagen er een beetje triest uit.

"Was je ook goed in basketbal?" vroeg Grace.

"Ik was verrassend goed in de meeste sporten. Ik hield van de opwinding. Het gejuich van het publiek. De kick die ik kreeg als ik een basket scoorde of als we een wedstrijd wonnen. Heel opwindend."

"Ja, dat snap ik. Het klinkt als een krachtige drug."

"Soms voelde het als een drug, maar dit is alleen maar de middelbare school, een pauze krijgen in de grote wedstrijd, snap je? Prof worden, dat was gewoon een droom."

"Wilde je prof worden?"

"Ja, maar nu lijkt het een beetje gek."

"Dromen zijn nooit gek," zei Grace serieus.

"Dat is iets wat mijn vader en moeder tegen me zouden hebben gezegd."

"Ik wou dat ik ze had kunnen ontmoeten," zei Grace. "Dat komt nog wel, op een dag."

Ze schrokken op toen de bel weer ging.

"Laten we hier weggaan, ik krijg er de kriebels van," zei Grace.

"Nee, eerst kijken we even in de kantoren, aan het einde van de gang. Even controleren of ze allemaal leeg zijn, dan kunnen we gaan."

Grace volgde Vincente de gymzaal uit. Het nare gevoel in Grace's maag veranderde van een gerommel in een gebrul.

***

OH NEE! OH NEE! Oh nee! waren de woorden die door Grace's hoofd spookten. Ze had er geen controle over terwijl ze achter Vincente aan bleef lopen.

"Dit is het kantoor van de secretaresse. Daar is het kantoor van de decaan." Hij keek naar binnen, aangezien de deur wijd open stond, en zag dat het leeg was. "Dit is het kantoor van de adjunct-directeur. En dit is het kantoor van de directeur." Hij probeerde de deur. Die was op slot. "Hallo!" riep hij.

Ze hoorden iets. Het was een tik-tik-tik-geluid. Zacht, maar constant. Het kwam uit het kantoor van de directeur.

Vincente klopte op de deur. "Is daar iemand?"

Geen antwoord.

"De aliens kunnen waarschijnlijk geen Engels spreken," zei Grace.

Vincente duwde met zijn schouder tegen de deur, maar die gaf geen krimp.

Het getik stopte. Ze wachtten met ingehouden adem. Het begon weer.

Wat het ook was, het raakte uitgeput. Ze moesten naar binnen. De tijd drong.

✱✱✱

"Denk na! Denk na!" zei Vincente hardop tegen zichzelf terwijl hij heen en weer liep. Een paar seconden later zei hij: "Oké, ik heb het. Volg me."

Grace deed wat haar werd opgedragen. Al snel waren ze weer terug in de gymzaal. Vincente zei tegen Grace dat ze achter de tribune moest gaan staan terwijl hij een van de basketbalringen omver duwde. Ze begonnen hem door de gang te slepen.

Vincente legde uit dat de voet gevuld was met zand. Zodra ze hem terug in het kantoor hadden, konden ze hem gebruiken om de deur in te trappen.

"Wat een geweldig plan!" zei Grace. "Ik denk dat het wel eens zou kunnen werken."

"We moeten maximale kracht gebruiken. Ik bedoel, alles geven wat we hebben."

Net toen ze langs het damestoilet liepen, besefte Grace dat ze al een tijdje moest en aarzelde ze even voordat ze de deur opende.

"Geen sprake van!" riep Vincente, "Je gaat daar niet naar binnen zonder dat ik het eerst heb gecontroleerd."

"Het komt wel goed."

"Je weet het waarschijnlijk niet meer, maar de meeste nare dingen in enge films gebeuren in het damestoilet. Ik ga even kijken of het veilig is, en als dat zo is, kun je achter me aan komen. Blijf hier, ik bedoel, blijf hier staan."

"Oké, baas," zei Grace.

Er klonk een spoelgeluid en toen kwam Vincente terug en zei tegen Grace dat het veilig was.

Ze ging naar binnen, maar merkte toen dat ze toch niet kon gaan, hoewel ze wist dat het moest. Ze liet het water uit één, twee en toen drie kranen lopen totdat haar nieren reageerden. Nadat ze haar behoefte had gedaan en had doorgespoeld, verliet ze het toilet.

Ze gingen verder, met hun atletische wapen in hun kielzog. Buiten het kantoor stopten ze allebei en bekeken ze nog eens hoe ze naar binnen zouden gaan.

"Laten we eerst van kant wisselen," zei Vincente. Hij dacht dat het het beste zou zijn als hij de achterkant, het zwaardere deel van hun wapen, zou hebben om maximaal resultaat te behalen op het doelwit: de kantoordeur. Toen ze in positie waren, legde Vincente verder uit wat hij in gedachten had.

"Als ik tot drie tel, duw je het met alle kracht die je kunt opbrengen naar voren. Dan stop je. Ik tel nog een keer tot drie en dan duwen we nog een keer. En zo verder, totdat we erdoorheen zijn."

"Klinkt als een plan," zei Grace, terwijl ze de voorkant van het apparaat stevig vastgreep.

Vincente telde en hun eerste slag was perfect, maar de deur gaf geen krimp. Bij de tweede slag verschoof de deur in het kozijn en voelden ze een van de scharnieren aan de bovenkant knappen. Ze probeerden het nog een keer, met meer kracht, en bij de vierde keer stortte de deur naar binnen en viel met een klap op het bureau van de directeur. Het duo stond nu voor een nieuw probleem: de deur stond half open en half dicht, verticaal. Ze waren nog geen stap verder om binnen te komen.

"Is daar iemand?" vroeg Vincente.

Stilte was het enige antwoord.

****

ZE STONDEN NAAST ELKAAR en keken door de opening naar binnen, maar aarzelden allebei om op de deur te klimmen en naar binnen te gaan.

Vanuit de gang zagen ze een boomtak. Die was door het raam gebroken en lag bovenop het bureau van de directeur. Ze zagen ook een grote hoeveelheid gebroken en verbrijzeld glas op de vloer liggen.

Beiden hadden tegelijkertijd dezelfde gedachte. Aangezien het raam wijd open stond, zou iedereen die daar vastzat al naar buiten zijn geklommen. Tenzij ze gewond waren. Er leek geen bloed te zijn. Misschien lag hij of zij bewusteloos onder het bureau?

Vincente besloot de deur als plank te gebruiken. Die zat immers aan de andere kant vast aan het bureau.

"Ik kom binnen," riep Vincente. Hij stapte op de deur en schoof langzaam naar voren. "Onmogelijk!" riep hij uit, terwijl hij Grace het kantoor binnenleidde.

Het was een zwarte raaf. Hij staarde hen recht in het gezicht terwijl hij heen en weer schommelde aan het uiteinde van de tak. Zijn snavel tikte met een heftig ritme tegen het bureau.

"Wat vreemd," zei Vincente. "Heel Edgar Allan Poe-achtig."

Op dat moment leek de wind aan te wakkeren. Daardoor begon de tak te zwaaien. De kop van de vogel raakte meerdere keren het bureau, waardoor het getik nog luider werd.

Vincente en Grace krompen ineen bij het geluid.

Grace wilde weg en maakte zich klaar om het kantoor weer uit te klimmen. Toen ze achteruit liep, hield Vincente haar tegen met zijn hand op haar rug.

Ze draaide zich om.

De tak kwam omhoog, geholpen door de wind. Omhoog? Ja, vreemd genoeg steeg hij hoger en hoger, bijna tot aan het open raam.

Hij keek hoe de tak de vogel omhoog droeg. Plotseling werd de tak helemaal buiten het raam getrokken. De windvlaag bleef hem omhoog dragen, de lucht in.

"Kom hier, Grace, je moet dit zien!" fluisterde hij.

De tak schuurde langs het gebroken raam op zijn weg naar buiten. Hij trok de vogel steeds hoger en hoger.

De twee staarden uit het raam en vroegen zich af waar de boom de dode raaf naartoe bracht.

Grace kon haar ogen niet van de ogen van de dode vogel afhouden. Ze vingen de zonnestralen op en weerkaatsten die terug. Het was als een masker, een masker van de dood.

"We moeten hier weg!" zei Grace.

"Nee, wacht. Ik wil..." begon Vincente te zeggen, maar toen raasde de wind rond de tak.

De andere takken kwamen plotseling tot leven. Ze bewogen uit eigen beweging omhoog. Ze volgden de tak met de dode vogel op de voet.

Het geluid van alle takken die samen bewogen, zwaaiden met de wind en omhoog stegen, creëerde een afschuwelijke kakofonie. Het klonk als het breken van botten.

Grace sloeg haar armen om zich heen toen er kippenvel op haar blootgestelde huid ontstond. Toen het geluid te luid werd om te verdragen, bedekte ze haar oren. Toch kon ze haar ogen niet afwenden van de dode ogen van de raaf.

De dode vogel bleef heen en weer schommelen, heen en weer, als in een slaapliedje. Terwijl hij als een shish kebab aan het uiteinde van de tak bleef hangen.

Grace hield haar adem in. Met elke vezel van haar wezen wilde ze wegkomen.

En toch kon ze niet stoppen met naar de ogen van de vogel te kijken. Ze was als aan de grond genageld. Overweldigd.

Net als Vincente.

Ze stonden als bevroren in de tijd.

Wachtend om te zien wat er daarna zou gebeuren.

****

De takken bleven stijgen. Er heerste een onheilspellende stilte in het kantoor terwijl de vogel zijn reis voortzette. Hij was nog steeds omringd door takken, die hem omcirkelden en hem opschepten alsof hij gewichtloos was. Vervolgens begonnen de takken met hun oude, artritische vingers de vogel in hun greep te wiegen en heen en weer te schommelen, heen en weer.

Het was zo'n vreselijk gezicht dat Grace wilde gillen. In plaats daarvan begon ze heen en weer te schommelen, net als Vincente. Het was schoonheid in beweging, het stijgen. Het schommelen. Het schommelen en het stijgen.

Ze moesten naar voren, dichter bij het raam, om het nu te kunnen zien. Ze zorgden ervoor dat ze niet op de glasscherven stapten die de vloer rondom hen bedekten, terwijl ze hun nek uitstrekten door het gebroken glas en uit het raam. Hoger en hoger, de vogel schommelde nog steeds zachtjes, terwijl hij naar de hemel werd gedragen.

Toen kwam alles tot stilstand, midden in de lucht.

Stilte vulde het tafereel.

De stam van de boom bewoog.

Het was eerst een kleine beweging.

Nauwelijks waarneembaar.

Hij schudde, alsof iemand net wakker was geworden.

Hij hoestte. Hij sputterde.

Hij wiegde en schokte.

En toen gaapte hij vanuit een grotesk gezicht. Een gezicht met een enorme, gapende mond waarin de dode raaf viel.

Er klonken krakende geluiden. Afschuwelijke geluiden, alsof er botten braken en knarsten.

Hij boerde. Een paar zwarte veren vlogen uit zijn mond. Eén dreef naar beneden en landde op de vensterbank waar Grace en Vincente stonden te gapen.

Toen begonnen de takken weer te bewegen. Ze veranderden van richting. Ze wezen naar beneden.

"RENNEN!" riep Vincente.

Achter hen hoorden ze de boom snel bewegen. Toen de takken weer door het raam naar binnen kwamen, vielen er nog meer glasscherven op de vloer.

Vincente trok Grace aan de hand mee door de gang. Ze renden alsof de geest van de raaf in hun lichamen was gekropen.

De artritische, houten vingers tastten hun weg door de gang, volgden hen, sloegen, vernielden en schraapten alles wat binnen hun bereik kwam.

Toen Vincente en Grace de school uitkwamen, haalde hij de sleutels uit zijn zak en gooide ze naar haar. Hij zei dat ze de deur moest openen, de auto moest starten en dat hij zo terug zou komen. Zo niet, dan moest ze wegrijden.

"Ik kan niet rijden."

"Dat leer je snel!"

Eenmaal in de auto zag ze hoe hij zijn shirt uittrok. Ze zag hoe hij het shirt om de deurklinken bond. Hij vlechtte het zo vaak mogelijk in en uit, in de hoop wat tijd te winnen.

Toen de takken de hoek omkwamen aan het einde van de gang, draaide Vincente zich om en rende weg. Hij sprong in de auto, sloeg de deur dicht en gaf gas.

De auto schoot weg toen de takken door de deuren heen sloegen.

"Wauw! Dat was net iets te spannend," zei Grace, toen ze een paar straten van de school verwijderd waren. Ze ademde nog steeds zwaar en had moeite om op adem te komen.

"Je meent het! Alles aan dat ding was waanzinnig!"

"Wat voor boom was dat eigenlijk?" vroeg Grace.

"Ik denk dat het een olijfboom was. De vraag is: waarom at hij vogels? Waarom had hij een bijna menselijke mond en de behoefte om vlees te eten?"

"Ik heb wel eens gehoord van vogels die in bomen nestelen, maar nog nooit van bomen die vogels eten!"

"Ja, nou, we bevinden ons nu in een heel andere wereld, Grace, en ik denk dat we misschien eens moeten nadenken over het aanschaffen van wapens. Wie weet wat er nog meer rondloopt? We moeten nadenken over hoe we onszelf kunnen beschermen. Hoe eerder, hoe beter."

"Waar kunnen we wapens krijgen?"

"Ik weet een plek in de stad waar we geweren, messen en alles wat we nodig hebben kunnen uitproberen. Eigenlijk is er geen beter moment dan nu. Ik ben geschokt genoeg om nu wapens te gaan halen."

"Ik ben uitgeput, maar ik denk niet dat ik snel in slaap zal vallen," zei Grace terwijl ze haar armen over haar borst kruiste.

Terwijl ze door de met bomen omzoomde straten reden, voelden ze nu een angst in hun hart die ze nog nooit eerder hadden gevoeld: bomen! Vleesetende bomen.

"Ik heb altijd gedacht dat olijfbomen symbool stonden voor vrede. En ik herinner me verhalen over olijfbomen in de Bijbel en in de mythologie," zei Vincente.

"Komen ze van nature voor in Australië?"

"Absoluut niet. Maar waarom zou dat uitmaken?"

Geen van beiden wist het zeker. Ze wisten ook niet waarom de vleesetende boom zo'n ongebruikelijke eigenschap had gekregen.

Ze probeerden er niet aan te denken terwijl ze op weg waren naar de wapenwinkel in het centrum van Sydney.

HOOFDSTUK 13

Een knipperend bord aan de voorkant liet de woorden zien: 'Wapens! Wapens! Wapens!' In kleine letters stond er: Vergunning vereist volgens de wet van de staat New South Wales.

Omdat ze in een compleet nieuwe wereld leefden, waren die regels niet meer van toepassing.

Vincente Marino en Grace Greenway hadden geen vergunning. Ze waren nog geen 18 jaar oud. Ze hadden geen identiteitsbewijs en geen geld. Maar dat maakte niet uit. Ze waren hier om zichzelf te beschermen. Niets zou hen tegenhouden.

Vincente duwde de deur open en ze gingen naar binnen. Grace stond achter Vincente en voelde zich overweldigd door alle wapens. Ze keek om zich heen en probeerde zich in te leven, maar het ging haar verbeeldingskracht te boven.

'Deze is goed,' zei Vincente. "Je kunt hem met veel kogels vullen, zodat je niet zo vaak hoeft te herladen. Hij zou goed van pas komen in een gevecht. Hij kan gemakkelijk de stam van elke boom doorboren."

"Hmmm," zei Grace zonder zich uit te spreken, omdat ze niets anders kon bedenken om te zeggen.

Toen ging Vincente verder en pakte een ander wapen. "Deze is ook goed, omdat hij klein is en gemakkelijk te verbergen. Kijk, ik kan het gewoon in mijn broekzak stoppen en niemand zou merken dat ik het bij me heb."

"Maar is dat niet gevaarlijk? Voor jou, bedoel ik. Kan het niet per ongeluk afgaan?"

Vincente glimlachte: "Ik zou de veiligheidspal erop laten zitten. Ik zou niet zomaar iets willen neerschieten."

Grace glimlachte en bloosde. Ze kon niet geloven dat ze dit gesprek hadden terwijl Vincente het pistool in haar handpalm legde. "Het is ook klein genoeg om in je tas te stoppen."

Ze voelde het pistool. Het woog helemaal niets en paste precies in haar handpalm. Ze was verbaasd dat het niet vreemd aanvoelde, maar het was niet eng, waarschijnlijk omdat het aanvoelde als speelgoed.

"Het is niet geladen," zei Vincente. "Geen van de wapens is geladen. Wees niet bang om ze op te pakken en van dichtbij te bekijken."

"Eerst proberen en dan kopen?"

"Ja, heel grappig. Laten we verder kijken."

Hij keek toe terwijl Grace haar geest opende en accepteerde dat hun nieuwe realiteit wapens vereiste.

Grace pakte een plastic mandje en begon de messen te bekijken. Ze waren er in alle maten en vormen, en er waren ook zwaarden. Geïntrigeerd pakte ze een paar messen in metalen etuis en stopte ze in het mandje. Ze kon ze altijd gebruiken om wortels en uien te snijden, als het ergste het ergste werd.

"Wauw, dat ding," zei Vincente terwijl hij naar een van de messen in het mandje van Grace wees, "kan waarschijnlijk een boomstam doormidden hakken. Goede keuze."

Grace straalde. Vincente had een flink aantal geweren in een militair ogende koffer gestapeld. Hij droeg verschillende grote draagbare schietschijven onder zijn arm.

"Ik leer je hoe je de geweren moet gebruiken zodra we de stad uit zijn. Ik moet ook een opfriscursus volgen met echte wapens, want al mijn ervaring met wapens komt uit computerspelletjes."

"We zouden rechtstreeks op George Street kunnen schieten en niemand zou het horen," zei Grace.

"Dat is waar, maar het zou gewoon te raar aanvoelen. Onbeschaafd, als je begrijpt wat ik bedoel?"

"Ja, dat begrijp ik," zei Grace. "Sydney is tenslotte ons thuis. We moeten het met het nodige respect behandelen."

"Ja, het is onze stad, ons Sydney, en ik kan me geen mooiere stad voorstellen om met jou in gestrand te zijn, Grace."

Ze bloosde toen hij naar haar toe kwam. Hij pakte de plastic bak met messen en liep naar de auto. Ze had nog nooit zoveel van hem gehouden. Hoe meer hij de leiding nam, hoe meer hij sensualiteit en testosteron uitstraalde. Ze wilde het liefst naar hem toe rennen en hem openlijk kussen. Hij zou waarschijnlijk denken dat ze te brutaal was en weer gek was geworden.

Vincente bedacht hoe sexy Grace eruitzag met het pistool in haar handpalm. Hij dacht dat ze nog sexyer zou zijn als hij haar zou leren schieten. Hij hield zichzelf tegen. Grace was niet zijn type. Ze was erg dapper geweest in het kantoor van de directeur. Ze bleef kalm terwijl veel anderen volledig in paniek zouden zijn geraakt. Toch maakte hij zich zorgen, vooral omdat hij te veel aan haar dacht. Waarom? Ze brachten toch al 24/7 samen door. Waarom verlangde hij niet naar wat tijd alleen?

Met Missy Malone raakte hij na een paar uur verveeld, als ze niet aan het vrijen waren. Hij wilde sporten of met de jongens op stap gaan. Ze was zijn type: knap en populair. Ze was niet de slimste, maar dat maakte niet uit, zolang ze maar goed bij elkaar pasten.

De realiteit was dat Missy nu waarschijnlijk weg was, net als alle anderen. Hij miste haar en vroeg zich af of het anders zou zijn als zij de laatsten waren die overbleven. Anders dan het nu was tussen hem en Grace. Hij voelde zich op zijn gemak bij Grace en zij was niet veeleisend.

"Zijn we klaar om NU te gaan?" vroeg Grace, waardoor hij weer met beide benen op de grond kwam.

"Ja, sorry. Ik was even afgedwaald."

"Het wordt donker. Misschien moeten we een plek zoeken om te overnachten?"

"Ja. Ik weet precies de juiste plek. Laten we naar Sydney Harbour gaan. Daar kunnen we ontspannen en doen alsof we toeristen zijn."

"Klinkt perfect."

Ze reden naar The Quay en stopten net buiten het Marriott. Ze gingen naar binnen en nadat ze wat te eten hadden gemaakt in de lege hotelkeuken, gingen ze naar boven naar de penthouse suite met meerdere slaapkamers.

In hun aparte kamers vielen ze in slaap en droomden ze over vleesetende bomen.

En over elkaar kussen.

HOOFDSTUK 14

DE VOLGENDE OCHTEND STOND Vincente op zijn balkon. Hij keek uit over de Sydney Harbour Bridge en liet zijn blik vervolgens over de horizon glijden, waarbij hij het Opera House in zich opnam. Alles leek normaal, hetzelfde als voorheen. De meeste veerboten in de haven lagen aangemeerd aan de kade en werden heen en weer geslingerd door de golven. Ze wachtten op passagiers. Van dichtbij zag alles eruit zoals hij zich herinnerde. Toen keek hij verder en zag dat een paar veerboten tegen de kust waren gebotst. Ze lagen half in het water en half op het land.

Grace riep hem. Toen hij terugriep, kwam ze zijn kamer binnen en voegde zich bij hem op het balkon. Hij zette koffie voor hen beiden. Ze gingen buiten zitten.

Grace had al gedoucht. "Ik denk dat we vandaag echt nieuwe kleren moeten kopen."

"Ja, daar ben ik het mee eens. Daar hadden we gisteren aan moeten denken."

"Laten we een wandeling maken, een paar dingen kopen, en dan kunnen we proberen een beetje van de dag en de zon te genieten."

"Dat is een goed plan voor de ochtend. Dan breng ik je 's middags hier terug en kun je misschien een boek kopen, of kunnen we een laptop voor je zoeken."

"Ik denk dat ik liever bij jou blijf."

"Ah, dan voel je je vanochtend vast een stuk beter," merkte Vincente op.

"Ja, dat klopt. Ik voel me... Nou, ik voel me vandaag ontzettend gelukkig."

"Laten we iets gaan ontbijten en dan een beetje gaan winkelen."

"Laten we gaan!"

✳✳✳

De tieners pasten veel kleding, zowel chique als meer praktische kledingstukken, maar winkelen was niet hetzelfde als je alles kon krijgen wat je wilde. Na een tijdje raakten ze het beu en namen ze alleen mee wat ze nodig hadden.

Terug in de kamer trok Grace een strakke blauwe spijkerbroek, een hemelsblauwe haltertop en een paar Nike-hardloopschoenen aan. Ze vond ook een paar felrode, comfortabele teenslippers.

Vincente droeg een zwarte Levi's-spijkerbroek, een wit T-shirt en een paar Reebok Pumps.

In de auto waren ze opvallend stil terwijl ze door de met bomen omzoomde straten reden. Ze zagen allerlei dode bomen, die hen op hun reis leken te bespotten. De skeletten van de bomen, stervend of al dood, maakten hen een beetje minder hoopvol. De lange, benige vingers van de takken reikten naar hen uit en bespotten hen.

Het leek alsof de natuur zich tegen hen keerde. Een vleesetende boom. De bomen dood of stervende. Geen appels meer. Geen sinaasappels. Geen peren. Geen citroenen. Geen limoenen. Geen olijven. Geen kerstbomen. Geen majestueuze eiken die wuiven in de wind.

Naast de weg vonden ze de meest gebogen en verwrongen houten structuur die ze ooit hadden gezien. De gekwelde, vergane takken reikten naar de hemel, alsof ze voor eeuwig probeerden te grijpen naar wat ze niet konden krijgen.

Grace rilde en zag toen in de verte een enkele boom staan. Deze boom was anders dan de andere. Zijn takken strekten zich uit over de stam, in de vorm van een kruis.

Vincente stopte de auto. "Mijn moeder is kunstenares," zei Vincente. "Ik denk dat ik me een schilderij herinner van iemand, misschien Delacroix, met soortgelijke bomen en Jacob die met een engel vecht."

"Denk je dat het een teken is?"

"Als het een teken is, weet ik niet hoe ik het moet interpreteren."

"Misschien is het gewoon zo uit de grond gegroeid."

"Misschien."

Grace zag nog iets anders. Het was een groepje struiken. Rozenstruiken. Aan het uiteinde van een tak groeide een enkele rode roos. Het was de laatste. Misschien wel de laatste bloem ooit.

Grace bukte zich ernaast, alsof ze ervoor knielde. Ervoor bad.

Vincente keek toe, niet zeker wat hij moest doen of zeggen.

Grace rook de geurige parfum en wiegde de roos in haar armen. Ze beschermde haar tegen de wind. Grace dacht dat ze naast de roos wilde gaan liggen, om daar te blijven, in het zicht van deze prachtige, enige rode roos.

"Kom op, Grace," onderbrak Vincente haar gedachten. "Het wordt nu steeds donkerder."

"Ik wil hier blijven."

"We kunnen hier niet blijven. We kunnen de tijd niet stilzetten."

"Dat weet ik! Ik ben niet gek. Ik wil gewoon hier blijven, deze roos vasthouden." Ze wiegde hem. "Ik wil deel uitmaken van iets dat echt mooi is. Ik wil iets vasthouden dat uit de grond is gegroeid; uit de aarde die we ooit kenden. Ik wil de herinnering aan die bloeddorstige boom vervangen door de herinnering aan deze roos. Iets moois..."

"Is een eeuwige vreugde," zei Vincente. "Engelse les. John Keats."

Grace was nog steeds gefascineerd door de roos.

Vincente begon zich zorgen te maken, want het was inmiddels donker en ze bevonden zich in een veld omringd door allerlei soorten bomen en struiken.

Wat als een van die bomen net zo was als die andere boom, waarvan ze dachten dat het een olijfboom was? Wat als ze allemaal zo waren? Hij wilde daar weg, hij wilde hen allebei daar weg halen. Weg uit het dreigende gevaar.

"Grace," zei hij, terwijl hij naast haar neerknielde, "die bloem zal vallen als ze er klaar voor is. Je kunt haar nu plukken en meenemen. Op die manier blijft ze bij je. De schoonheid blijft een paar dagen bij je. Of je kunt het aan het lot, het toeval, de natuur of God overlaten, als die bestaat, en gewoon weglopen."

De wind werd sterker en Grace begon te rillen.

"Er is een storm op komst, Vincente. Kijk eens naar de wolken daarboven. Ze stapelen zich op, alsof ze elkaar uit de lucht willen duwen."

Hij keek omhoog, maar zag alleen maar duisternis.

"Voel je het niet?" vroeg ze. Ze rilde weer en haar tanden begonnen te klapperen. Ze sloeg haar armen om zich heen en liet de roos los.

Samen stonden ze in het veld, totdat de nachtelijke lucht begon te kolken en te wervelen en te draaien. Toen begon de regen in zwarte, inktzwarte druppels te vallen, waardoor ze hun gezichten moesten verbergen en naar een schuilplaats moesten rennen.

Lichtstralen werden vanuit de donkere lucht in Z-vormige speerpunten naar de aarde geworpen en sloegen willekeurig in waar ze terechtkwamen.

Overal om hen heen sloegen bliksemschichten in bomen en huizen, die in vlammen opgingen. De regen viel harder en de bliksem sloeg opnieuw in.

"Het moest leren voor zichzelf te vechten om te overleven," zei Grace. Ze verwees naar de roos, maar ze wist dat ook zij moesten vechten en dat de natuur zelf de strijd van haar leven zou aangaan.

"Daar gaat onze nieuwe kleding," zei Vincente.

Ze ontsnapten uit die plek, terwijl ze de hele tijd dodgem speelden met de bliksemschichten.

HOOFDSTUK 15

TOEN DE NACHTELIJKE HEMEL eindelijk was opgeklaard na de bliksem en de regen, stopten Grace en Vincente aan de kant van de weg. Samen keken ze naar de zon die aan de horizon opkwam.

"Het is een gloednieuwe dag," zei Grace.

"Ja, en vandaag is de dag dat we volgens mij naar het huis van je moeder moeten gaan, naar jouw huis."

"Echt? Dat vind ik een beetje eng. Denk je dat het misschien te vroeg is om daar terug te gaan, om mijn thuis weer te ervaren? Wat als…?"

"Geen 'wat als' vandaag. Laten we gewoon gaan, en we zien wel wat we aantreffen als we daar zijn, oké?"

"Hoe ver is het?"

"Niet ver van waar we eerder waren, bij de school."

Grace dacht even na over haar huis. Ze stelde zich voor hoe haar moeder de voordeur opendeed. Hoe ze haar begroette met een dikke knuffel. Blij om haar te zien. Grace voelde een traan over haar wang rollen en veegde die weg met haar handpalm, in de hoop dat Vincente het niet had gemerkt.

"Het is oké om aan je moeder te denken. Je hoeft niet bang te zijn om herinneringen op te halen."

"Het is gewoon... ik stel me dingen voor, verzin ze, in plaats van echte herinneringen te hebben om op terug te vallen. Het voelt als een leugen voor mij."

"Hé, je bent niet de eerste die tegen zichzelf liegt, en je zult ook niet de laatste zijn! Toen ik klein was, droomde ik ervan om kunstenaar te worden, net als mijn moeder, en kijk nu eens naar me: ik ben atleet. En als ik artistiek was geweest in plaats van atletisch, denk je dan dat ik populair zou zijn geweest? Zou ik geaccepteerd zijn?"

"Waarom is dat zo belangrijk voor je? Ik bedoel, geaccepteerd worden door andere mensen, waarvan je sommigen waarschijnlijk niet eens kent?"

"Ik heb daar nog niet echt over nagedacht," zei Vincente. Nu loog hij tegen zichzelf, en hij loog ook tegen Grace. Hij kon haar niet vertellen dat hij inderdaad een kunstenaar was, omdat hij nog nooit iemand over zijn werk had verteld of het aan iemand had laten zien. Hij hield het altijd verborgen in zijn kamer. Niemand wist ervan, behalve zijn ouders en zijn grootouders.

Hij keek naar haar. Grace Greenway, het meisje dat ooit zijn wiskundehuiswerk voor hem had gemaakt. Grace Greenway, het meisje wiens vermogen om wiskundige vergelijkingen op te stellen ver boven haar leeftijd uitstak.

En hier was hij dan, Vincente Marino, de sportieve jongen, degene die werd vereerd en aanbeden, degene die op haar hulp vertrouwde om zijn cijfers hoog genoeg te houden, zodat hij kon blijven spelen. Want als hij geen sport beoefende, was hij niets en was hij niemand. Het was Grace die hem in staat stelde om te blijven spelen, en ze vroeg daar niet eens dankbaarheid of waardering voor terug. Sterker nog, ze weigerde hem nooit, zelfs niet toen hij zich aansloot bij de groep en niet altijd even aardig tegen haar was. Dat wil zeggen, hij steunde haar nooit openlijk, zelfs niet toen de andere jongens haar belachelijk maakten vanwege haar gewicht en haar superieure rekenkundige geest.

Maar nu waardeerde hij haar meer dan ze wist, en hij was vastbesloten niet in dezelfde valkuil te trappen als voorheen. Hij wilde niet langer het soort jongen zijn dat Grace Greenway als vanzelfsprekend beschouwde.

"Dit is het," zei Vincente, toen ze de oprit van 15 Wheat Field Lane opreden.

"Voordat we naar binnen gaan, moet ik iets zeggen." Grace aarzelde en vervolgde toen: "Voelde je daar achterin dat er iets leed? Die zwarte regendruppels, ik bedoel zwarte regendruppels!? Ik voel het nog steeds, maar het is niet meer zo sterk. Het is alsof er iets onder de oppervlakte borrelt, wachtend op wraak – hoewel ik niet weet op wie. Het is alsof de natuur zelf pijn lijdt en om hulp roept.

"Grace, ik denk dat je gelijk hebt, en dat is iets waar we over na moeten denken. Echt goed nadenken, en misschien zelfs wat onderzoek doen naar die regendruppels. Ze waren maar tijdelijk en spoelden zo uit onze kleren. Maar laten we ons nu concentreren op het heden. Je bent thuis en wat er ook gebeurde, het is nu rustig. Laten we genieten van de nieuwe dag."

”Ik zal het proberen,“ zei Grace, ”maar wat het ook is, ik denk dat we voorbereid moeten zijn.“

”We zijn voorbereid. We hebben wapens. En bovenal hebben we elkaar. We staan hier niet alleen voor. We zijn nu een team."

“Een team,” herhaalde Grace terwijl ze uit de auto stapte en voor het eerst naar haar huis keek. Ze streek met haar hand over de roodgele bakstenen tot ze bij de voordeur kwam.

Ze bleef even staan en bewonderde de schoonheid ervan. Ze verwachtte zich een voordeur van zo'n betekenis te herinneren, maar er kwamen geen herinneringen boven.

“Het is een...” zei Grace, terwijl ze het glas-in-loodwerk bewonderde, dat de vorm had van een vliegende vogel. Grace liet haar vingers langs de buitenranden glijden, in de hoop een verband te vinden.

“Een feniks,” merkte Vincente op. “Volgens de legende barst hij in vlammen uit en wordt hij vervolgens herboren.”

“Een brandbare vogel. Hebben mijn ouders een brandbare vogel op onze voordeur?”

"Zo lijkt het wel. Ik vind het helemaal cool. Het is ook een symbool van vrede en waarheid. Ik denk dat dat nog een reden is waarom ze ervoor gekozen hebben.“

”Ja, het klinkt als een mooie vogel om je huis te bewaken.“ Grace liep voorzichtig over het grasveld en keek om zich heen.

”Probeer jezelf niet te veel te forceren, Grace. Stel je gewoon open voor de herinneringen. Laat ze weten dat je klaar bent om ze te ontvangen."

"Ik ben al klaar om ze te ontvangen sinds de dag dat ik wakker werd!" riep Grace uit, maar ze begreep heel goed wat hij bedoelde. Ze wilde geen twijfels en onnodige barrières versterken. Ze wilde als een rivier zijn, een rivier waarin haar herinneringen vrijelijk naar haar terug konden stromen.

"Laat je leiden door je gevoelens," zei Vincente. "Laat je zintuigen de controle overnemen."

"Oké, oké," zei Grace. "Je doet het klinken alsof het zo makkelijk is, maar dat is het niet. Ik voel me als een leeg canvas, en dat zou ik niet moeten voelen. Niet als ik thuis ben."

"Geef het tijd. Wees geduldig. Laten we nu naar binnen gaan. Misschien binnen..." Grace wist precies wat hij dacht. Ze reikte naar de deurknop. Die gaf geen krimp. Ze klopte op de deur en belde aan, maar het was duidelijk dat er niemand thuis was.

"Misschien ligt er ergens hier een sleutel," stelde Vincente voor. "Probeer eens na te denken: waar zou je moeder een sleutel achterlaten?"

"Ik heb geen idee," zei Grace. Hoewel ze wel een idee had, een vermoeden dat haar moeder hem misschien in de brievenbus had achtergelaten. Ze volgde haar impuls, opende de klep, maar de zoektocht was tevergeefs.

"Je doet het geweldig!" zei Vincente.

Grace wist dat hij haar probeerde aan te moedigen. Ze voelde zich gewoon zo onzeker dat het moeilijk was om zijn kleine bemoedigende berichtjes te waarderen of te accepteren zonder het gevoel te hebben dat ze neerbuigend waren.

Grace sloot haar ogen en probeerde zich een sleutel voor te stellen. Ze dacht dat hij onder een matje zou liggen, maar er lag geen matje bij de voordeur.

"Vincente, ik denk dat hij onder een mat ligt."

"Daar legt mijn moeder altijd de sleutel voor me neer. Weet je zeker dat je niet in mijn herinneringen duikt?" grapte Vincente.

Ze lachten.

"Misschien achter?"

Ze vonden een mat en de sleutel. Grace Greenway was eindelijk thuis.

HOOFDSTUK 16

GRACE AARZELDE EVEN VOORDAT ze de sleutel in het slot stak. Ze bedacht hoe dankbaar ze was dat ze de sleutel hadden gevonden. Ze had gevreesd wat er zou gebeuren als ze er geen zouden vinden. Dan zouden ze een raam moeten inslaan of een deur moeten openbreken. Ze zou haar eigen huis binnenkomen als een indringer, en alleen al bij die gedachte kreeg ze nog steeds rillingen.

"We zijn er bijna," zei Vincente, in een poging Grace aan te sporen de deur te openen. Hij wist heel goed hoe bang ze moest zijn. Het was een nieuwe wereld, ja. Maar het was nog steeds haar eigen wereld. Als ze er geen herinneringen aan had, wat dan? Die herinneringen zouden zeker terugkomen. Na verloop van tijd. Voorlopig zouden ze samen alles aanpakken wat op hun pad kwam. "Ben je er klaar voor?" vroeg hij.

"Ik ben gewoon aan het nadenken over hoe dankbaar ik ben dat we de sleutel hebben gevonden."

"Wij hebben hem niet gevonden, jij hebt hem gevonden, en dat is een goed teken, maar we hebben geen haast. Wanneer je klaar bent." Hij ging op de bovenste trede zitten en gaf haar de ruimte om de deur op haar eigen tempo te openen. Eén ding hadden ze nu in overvloed: tijd. Dat was vroeger zeker niet zo geweest, toen ze naar school moesten, de bus moesten halen, met vrienden moesten afspreken, huiswerk en examens hadden, aan schoolsport deden en ook nog eens familieaangelegenheden. De dagen waren altijd vol met dingen die ze moesten doen.

"Oké, daar gaat ie dan," zei Grace. Ze draaide de sleutel om in het slot en duwde de deur open. Ze nodigde Vincente uit om binnen te komen, en er schoot haar weer een gedachte door het hoofd, over vampiers die een uitnodiging nodig hadden voordat ze een huis konden binnenkomen.

Ze glimlachte en vroeg zich af waarom het vampierthema op de vreemdste momenten door haar hoofd bleef spoken. Als hij een vampier was, hoe kon hij zich dan voeden? Als zij de enige twee warme lichamen waren die nog op de wereld waren? Tenzij wat er ook gebeurd was zijn systeem had veranderd, zodat hij geen bloed meer nodig had om te overleven? Waarom kon ze zich al deze vampierdingen herinneren en verder niets?

Grace schudde haar hoofd. Ze probeerde de vreemde vampiergedachten te verdrijven, zodat ze terug kon keren naar het moment. Het moment waarop ze haar eigen huis weer binnenkwam. Maar misschien was dat juist wat ze probeerde te vermijden.

Aan het einde van het huis was een atrium met veel planten en kussens. Een plek waar je kon zitten, uitkijken over de tuin en ontspannen. Grace draaide zich om en zag een schommel en een glijbaan achter het tuinhuisje staan.

Ze stelde zich even voor hoe ze als klein meisje van de glijbaan gleed en schommelde. Ze probeerde zich te herinneren hoe haar moeder of vader haar op de schommel duwden, of hoe Daryl en zijzelf in de tuin rondrenden. Ze kon het zich allemaal voorstellen, maar dat was ook alles: haar verbeelding. Geen herinneringen aan wat er echt gebeurd was.

Vincente stond naast haar en keek naar haar, en tegelijkertijd ook weer niet. Hij vond dat ze ruimte nodig had en wilde haar niet in de weg staan of haar ongemakkelijk laten voelen. Tegelijkertijd wilde hij dat zij het voortouw nam. Ook al kon ze zich niets herinneren, het was tenslotte haar eigen huis en hij was hier niets meer dan een vreemde. Hij keek stil naar haar, terwijl ze in gedachten verzonken was en haar ogen de tuin afspeurden.

"Ik kan het me niet herinneren," zei Grace uiteindelijk.

"Het komt wel terug," zei Vincente. "Laten we naar binnen gaan en proberen te ontspannen."

"Oké," zei Grace, en ze liep door de gang. Ze kwam langs een kamer met een gesloten deur. Nieuwsgierig opende ze de deur, maar het bleek de wasruimte te zijn. Verderop kwam ze in de keuken. Het voelde alsof ze een straal zonlicht binnenliep. De keuken was helemaal geel. Kanariegele apparaten, gordijnen, behang, tafelkleed en placemats. Grace kwam dichterbij en zag kleine afdrukken van zonnebloemen op bijna alles. Haar moeder was duidelijk een grote fan van geel en een nog grotere fan van zonnebloemen.

"Zonnebloemen," zei Grace met een stralende glimlach. Ze haalde de droge stelen uit de vaas, vulde deze bij de gootsteen en zette ze weer in vers water. Ze kwamen meteen weer tot leven. Grace keek uit het raam en ontdekte een rij dode zonnebloemen langs de zijkant van het huis. De bloemen die ze net had aangeraakt, waren door haar moeder geplukt. Misschien wel door haarzelf. Ze waren naar de keuken gebracht en in precies deze vaas gezet.

"Je moeder wist wel hoe ze de zon binnen moest halen," zei Vincente, in een poging Grace gerust te stellen, die weer in gedachten verzonken was. Hij ging aan de eettafel zitten en zorgde ervoor dat hij niet te veel lawaai maakte toen hij de stoel achteruit schoof. Hij keek de kamer rond en vond het wel mooi, maar een beetje overdreven naar zijn smaak. Een beetje zon in huis was leuk, maar dit was echt heel fel. Op dit moment miste hij zijn zonnebril echt.

Grace streek met haar hand over het aanrecht, in een poging weer contact te maken. Ze opende een paar kastjes en vond een koffiemok met haar naam erop. Er was er een met de tekst #1 Dad, een andere met World's Best Mum, en nog een mok met slechts één woord: Daryl. Dit was haar huis. Er was bewijs. Bewijs. Waarom kon ze zich niets herinneren?

Laat me het me alsjeblieft herinneren, dacht ze, iets, wat dan ook. Alsjeblieft.

Vincente vond dat Grace lang genoeg in gedachten verzonken was geweest en besloot dat het tijd was voor afleiding. Hij schoof de stoel achteruit, dit keer niet stil, maar met een schrapend geluid, en zei: 'Oeps, sorry, maar mijn maag rommelt zo erg dat ik wel een snack kan gebruiken.

Grace dacht even terug aan de vampiergedachten, draaide zich toen om en opende de koelkast. Er zat niet veel in, omdat haar moeder het grootste deel van haar tijd in het ziekenhuis doorbracht. Ze opende het bovenste kastje, haalde een pot koffie tevoorschijn en zette voor hen beiden een kopje. Ze schepte er wat nep-koffiemelk in. Ze dronken een paar momenten in stilte.

"Als je alles zou mogen eten wat je maar wilt, wat zou je dan kiezen?" vroeg Grace. Als hij een fles bloed zou antwoorden, zou ze flauwvallen.

"Ik zou een grote, sappige steak nemen – rare, en een gepofte aardappel met zure room en boter eroverheen gesmeerd, en als dessert een Lamington."

"Laten we een feestmaal maken als we de volgende keer in een hotel overnachten, oké?" zei Grace.

"Kun je goed koken?"

"Ik heb geen idee! Maar ik ben bereid het te proberen."

"Ik heb niet veel gekookt. Meestal kookt mijn moeder, en als ze er niet is, gebruik ik de magnetron of haal ik iets af."

Ze waren weer even stil. Grace keek de gang in en dwong zichzelf om de rest van het huis te bekijken. Ze keek naar de klok boven de gootsteen en zag dat het net na zes uur was.

Maar binnenkort zouden ze moe zijn en zouden ze moeten gaan slapen. Het zou snel donker worden. Ze konden natuurlijk het licht aandoen, maar ze gaf er de voorkeur aan om nu het huis te bekijken, nu ze nog konden profiteren van al dat mooie natuurlijke licht.

"Oké, ik ben klaar om verder te gaan met de verkenning," zei Grace. Ze stond op en spoelde de lege kopjes af in de gootsteen. Daarna verliet ze de keuken en liep verder door de gang.

Vincente volgde haar zwijgend en gaf haar opnieuw de tijd en ruimte om vrijelijk op verkenning te gaan. Hij gaf haar de kans om haar geest volledig open te stellen.

***

D E GANG WAS LANG en niet zo licht als de keuken. Maar Grace's moeder had bijzettafeltjes, spiegels en foto's neergezet, zodat je niet helemaal alleen was op weg naar de totale duisternis van de woonkamer. Grace liep over het tapijt en trok met één ruk de gordijnen open. Ze draaide zich om om te kijken wat ze gemist had. Ze hoopte dat ze zich door deze plotselinge beweging alles weer zou herinneren.

Vincente keek toe, zonder dat hij dat duidelijk liet merken. Hij wilde de situatie niet nog meer onder druk zetten.

Grace legde haar handen op haar heupen en even gloorde er hoop in haar hart.

Ze hield haar adem in.

Vincente zag ook een sprankje hoop en deed een stap naar haar toe.

Ze hield hem tegen met haar handpalm. Ze begon heen en weer te lopen.

Grace was als een vogel die van bovenaf naar voedsel zocht. Ze draaide rondjes door de kamer.

Al snel verdween het sprankje hoop uit haar ogen en zakte ze in elkaar.

Ze legde haar handen over haar gezicht en huilde.

HOOFDSTUK 17

Vincente knielde voor Grace neer. Hij zocht naar de juiste woorden. Hij kon ze niet vinden omdat zijn hoofd tolde en zijn hart tekeer ging. Hij was buiten adem van het inhouden – het inhouden van de drang om haar in zijn armen te nemen en...

Vincente hield zichzelf in bedwang. Hij voerde een gesprek met zichzelf over hoe zij niet het soort meisje was waar hij zich tot aangetrokken voelde. Hoe het er echt niet toe deed hoezeer hij werd beïnvloed door haar emotionele onrust. Hij was soms een empathisch persoon. Niet vaak, maar soms. Als hij dingen op het nieuws zag, over mensen die gewond raakten, over mensen die gevangen werden gehouden, of door oorlog verscheurde landen, of kinderen of dieren die werden mishandeld, huilde hij.

Nu hij Grace hier voor zich zag, was het voor hem alsof hij naar het nieuws keek. Hij wilde haar troosten, zoals hij een kind zou troosten. Waarom voelde hij dan ook iets anders? Iets anders? En wat was dat dan? Hij onderzocht zijn gevoel even en besefte precies wat het was. Hij voelde de behoefte om voor Grace te zorgen. Om haar te beschermen. Ja, dat moest het zijn! Het kon niet dat andere zijn. Het gevoel dat hij op dat moment in zijn onderbuik had. Het kon geen lust zijn. Nee, dat niet.

Toen Vincente terugkeerde naar het heden, stond Grace op. Ze streek met haar vingers langs de schoorsteenmantel en de ingelijste foto's. Toen Grace stopte, ging Vincente naast haar staan.

Toen hij de foto zag, glimlachte hij en pakte hem op. Samen bekeken ze hem van dichterbij. Het was Grace. Ze was waarschijnlijk vier of vijf jaar oud en ze hield een telraam vast.

"Je bent het zeker," zei Vincente. "Ik zie jouw ogen in haar ogen."

Grace glimlachte en zocht in de mist in haar hoofd.

"Ik weet dat zij mij is. Ik zie dat zij mij is. Maar ik kan mij haar niet herinneren, noch de telraam."

Vincente nam haar gesloten handen in de zijne en opende ze een voor een, alsof hij twee rozen opende. Hij trok haar in zijn armen.

Ze nestelde zich daar, luisterde naar zijn hart en voelde een nieuw soort verbondenheid. Ze trok zich terug.

"Kijk eens!" riep ze uit. "Het zijn mijn vader en mijn broer." Onder de foto stond op een plaquette: Benjamin Greenway, geliefde echtgenoot van Helen, dierbare vader van Grace en Daryl. Te vroeg heengegaan, 55 jaar oud.

De andere foto had ook een plaquette: Daryl Greenway, geliefde zoon van Helen en Benjamin Greenway. Heengegaan om bij zijn vader te rusten, 21 jaar oud.

Grace haalde diep adem en herinnerde zich hen in het ziekenhuis. Ze schudde haar hoofd. Ze hadden haar niet bezocht, corrigeerde ze zichzelf, omdat ze allebei dood waren. Ze had het zich vast verbeeld.

"Het is zo triest," zei Grace. "Twee mensen die alles voor me betekenden, en ik voel niets. Behalve verdriet voor mezelf, dat ik me niets van hen kan herinneren. Ik ben zo'n egoïstisch persoon!"

"Je bent niet egoïstisch! Je kunt je het alleen nu niet herinneren, en dat is niet jouw schuld."

"Ik wil zo graag iets herinneren. Wat dan ook!"

"Dat komt wel, heb gewoon geduld. Geef het tijd."

"Ik denk niet dat dat gaat gebeuren, Vincente. Ik denk niet dat ik het me ooit zal herinneren."

Vincente legde zijn handen op zijn heupen. "Ze kwamen terug om je te bezoeken, in het ziekenhuis, met een reden. Misschien kwamen ze terug om je te helpen."

"Hoe dan? Door me te laten denken dat ik gek werd?"

"Nee, om te bewijzen dat je ze nog steeds kende, ook al waren ze naar de andere kant overgegaan. Je sprak met ze. Je had een gesprek met ze."

"Ja, maar hct was zinloos."

"Omdat ik je onderbrak. Misschien hadden ze je nog niet verteld wat ze je wilden zeggen."

"Het zou interessant zijn als het waar was, Vincente. Maar ik vind het niet erg geloofwaardig klinken. Maar toch bedankt," zei Grace. Ze liep door de kamer en ging onderaan de trap staan.

"Misschien," zei Vincente. Grace draaide zich weer naar hem toe. "Misschien gaven ze je een boodschap. Ze brachten je terug naar een tijd in je leven toen je ze allebei nog had: een gelukkiger tijd. Een tijd waarin je een verleden had om te herinneren, een heden om in te leven en een toekomst om naar uit te kijken."

"Twee van de drie dan," zei Grace.

Vincente lachte en begon te zingen en te dansen.

"Ga door," moedigde Grace hem aan.

Vincente gleed over de vloer, gebruikte een vaas als microfoon en bracht op één knie een serenade aan Grace, die enthousiast applaudisseerde.

Haar wangen waren diep rood gekleurd toen ze naar hem toe liep en hem hartstochtelijk op de mond kuste.

Hij kuste haar terug. Zijn handen dwaalden af, en haar handen dwaalden af, en hun tongen verkenden elkaar.

Ze werden zich allebei tegelijkertijd bewust van wat er gebeurde en deden tegelijkertijd een stap achteruit.

"Wat probeer je met me te doen?" vroeg Grace. "Het spijt me, het spijt me zo," zei Vincente.

"Het waren we allebei..."

"Ja, het was het moment. Ik ben het ermee eens dat we allebei..."

"Laten we gewoon vergeten dat het ooit gebeurd is," zei Grace.

"Goed idee," beaamde Vincente. Hij keek toe hoe Grace de trap opliep.

Toen ze boven was, draaide ze zich om en glimlachte over haar schouder. "Tot ziens. Ik ga even mijn kamer zoeken en me een beetje opfrissen."

"Geweldig!" riep Vincente uit, terwijl hij zijn haar met zijn vingers kamde. Toen ze uit zijn zicht was, ging hij terug naar het toilet en sprenkelde water over zijn gezicht. Hij keek naar zichzelf in de spiegel en vroeg zich af wie die persoon was die naar hem terugkeek? Wie was die persoon? Wie had gevoelens, echte gevoelens, voor iemand die een paar dagen geleden nog niets voor hem betekende, behalve een meisje dat hem kon helpen met zijn wiskundehuiswerk, zodat hij in het team kon blijven? Nu had hij haar flink aan het lijntje gehouden en zij had gereageerd en zich voor hem opengesteld. Hij schaamde zich zo dat hij misbruik had gemaakt van Grace, vooral in deze periode waarin ze zo kwetsbaar was.

Toen dacht hij aan haar zachte lippen, aan hoe ze hadden geaarzeld en zich vervolgens voor hem hadden opengesteld. Ze kuste hem zoals geen enkel ander meisje hem ooit had gekust. Ze werd steeds meer verliefd op hem, en dat wist hij.

Het probleem was dat hij ook verliefd op haar werd.

HOOFDSTUK 18

Boven sprenkelde Grace ook koud water op haar gezicht. Ze straalde, zowel van binnen als van buiten. Even kon het haar niets schelen of ze zich haar verleden nog kon herinneren, omdat ze vond dat haar toekomst belangrijker was. Vincente was nu belangrijker voor haar dan welke herinnering dan ook.

Ze liep door de gang, langs kamers met gesloten deuren. Haar gedachten gingen terug naar de kus en de koorts die als vuur door haar lichaam was gegaan, totdat ze haar slaapkamer vond. Het moest wel de hare zijn, want er stond een computer te tikken, en er hingen foto's van Einstein en Fibonacci, er lagen studieboeken, een telraam en… nou ja, het moest gewoon haar kamer zijn.

Op het dressoir ontdekte ze een klein juwelendoosje. Toen ze het opende, begon er een liedje te spelen.

"Heb je hulp nodig?" riep Vincente.

Grace keerde terug naar de bovenkant van de trap met een klein kussen in haar hand. Ze gooide het naar hem. Het was een kussen in de vorm van een hart.

Terug in haar kamer draaide ze het juwelendoosje om, waarop stond dat het liedje een beroemd liefdesliedje was. Ze liet het doosje open staan en luisterde terwijl het liedje steeds opnieuw werd afgespeeld, terwijl ze naar de douche liep.

Ze stopte even toen ze een vreemd geluid hoorde. Een gemurmel. Een gefluister. Ze luisterde. Ze sloot het deksel van het juwelendoosje. Luisterde opnieuw. Dacht dat het in haar hoofd moest zitten. Zette nog een stap. Hoorde het opnieuw. Stopte. Luisterde.

Het volume nam toe, maar slechts lichtjes.

"Gaat het daarboven?" vroeg Vincente toen hij Grace stil zag staan en wezenloos in de gang zag staren.

Grace knikte. Ze ging terug naar haar kamer. Ze kleedde zich net op tijd om, want Vincente kwam net boven aan de trap aan.

"Het gaat prima," zei Grace. "Ik..." Ze aarzelde. "Eh, heb je iets gehoord?" Ze draaide haar hoofd weg, wachtend tot ze het geluid weer zou horen.

"Ik hoorde muziek," zei Vincente.

"Ja, dat was mijn juwelendoosje, dat speelt muziek. Maar verder nog iets?"

"Zoals wat?" zei Vincente, terwijl hij naar zijn voeten keek.

Grace dacht dat hij iets had gehoord, maar dat hij het niet tegen haar wilde zeggen, voor het geval zij het niet had gehoord. Ze zag echter dat hij zich er zorgen over maakte. "Zoals een gefluister," zei Grace.

"Ja, ik heb iets gehoord."

"Ik dacht dat het in mijn hoofd zat," bekende Grace. "Eerst. Maar nu..."

"Nee, ik hoor het ook. Het is alsof..." Vincente pauzeerde en stond roerloos.

"Sssst," zei Grace, want het was weer begonnen. Nog iets luider. Bijna als een gekreun.

Het fluisterde haar naam, Grace, herhaaldelijk, alsof het het refrein van een liedje was. "Misschien is het mijn moeder?" stelde Grace voor.

"Misschien."

"Misschien is ze gewond."

"Misschien."

"Sssst."

Een sterke windvlaag leek door de voordeur naar binnen te waaien en zich een weg te banen naar Grace en Vincente boven aan de trap. De kracht ervan was zo groot dat ze plat tegen de muur werden gedrukt. De inhoud van het huis schudde en de fundering kraakte.

Weer een aardbeving?

Ze besloten dat de bovenste verdieping niet de beste plek was om te zijn. Ze grepen elkaars hand vast en begaven zich naar de trap.

"Laten we hier weggaan!" riep Vincente uit.

Grace wist dat ze dat moesten doen, en wel meteen. Maar ze maakte zich zorgen dat haar moeder in het huis vastzat. Wat als ze gewond was?

Toen ze de trap bereikten, grepen ze de houten leuning vast terwijl de trap heen en weer schommelde. Het huis begon te schudden en te draaien, alsof het wilde opstijgen. De trap begon te klinken als toetsen van een piano, brak uit elkaar, waardoor ze hun plan om terug te keren naar Terra Firma moesten opgeven.

Opnieuw klonk de stem: "Grace."

GRACE STROMPELDE DOOR DE gang en leek het geluid van de stem te volgen. Het kwam uit een kamer met een gesloten deur aan het einde van de gang.

"Ik denk dat het mijn moeder is," zei Grace toen ze langs een slaapkamer liepen waarvan de deur op een kier stond.

Het was de kamer van Daryl, dat zag ze aan de verzameling muziekinstrumenten, cd's, het onopgemaakte bed en de lege rieten stoel. De stoel stond direct onder het raam, alsof hij wachtte op de terugkeer van haar broer. Het raam stond wijd open en er kwam een nieuwe windvlaag naar binnen. Ze voorkwamen dat ze over de reling werden geduwd door net op tijd de slaapkamerdeur dicht te slaan.

De stem fluisterde de naam van de tiener keer op keer.

De tieners beefden en hielden elkaars hand vast. Samen liepen ze door de gang. Naar de gesloten deur aan het einde van de gang, terwijl het huis om hen heen schreeuwde en brulde.

H ET GEKREUN WERD STEEDS luider.

Het gefluister was geen gefluister meer.

Het was duidelijk de stem van een vrouw.

Het was de stem van Helen Greenway, die haar dochter riep.

"Misschien moet je antwoorden?" stelde Vincente voor.

"Mam!"

"Grace!"

"Mam!"

"Grace, Grace!"

Ze kwamen aan bij de deur. Die voelde warm aan en was intact. Hij hing nog steeds in zijn scharnieren.

Het huis was gestopt met trillen en brullen.

Ze duwden de deur open.

Iets glipte langs hen heen en ging de kamer voor hen binnen.

Het voelde als een ijzige bries.

Ze rilden toen de deur achter hen dichtviel en het slot vanzelf op zijn plaats klikte.

Hun tanden klapperden terwijl hun ogen aan het licht wennen waren en ze om zich heen konden kijken. Grace wist zeker dat ze niet alleen waren, maar ze kon haar moeder niet zien en de stem riep of fluisterde haar naam niet meer.

Het voelde koud aan. Koud als de dood.

"Zie je iets, wat dan ook?" vroeg Vincente.

"Ik zie koude adem. In de vorm van Fibonacci-sneeuwvlokken."

"Wat?"

"Zie je dat? Sneeuwvlokken."

De sneeuwvlokken vielen om hen heen. Ze rilden nog meer en sloegen hun armen om zich heen toen hun huid voelde hoe de natte, smeltende vlokken van kristalwit in tranen veranderden.

"Ik voel iets, een aanwezigheid hier bij ons. Misschien herinnerde ik me daarom dat Fibonacci-gedoe."

"Ja, goed gedaan, maar is het gevaarlijk?" vroeg Vincente. "Ik bedoel, gaat het ons pijn doen?"

"Nee, ik heb niet het gevoel dat het ons pijn wil doen. Maar ik heb het gevoel dat het me wil leren kennen."

"Wat?"

"Het wil dat ik het troost."

"Blijf hier, naast me. Beweeg niet," zei Vincente.

"Het probeert me te bereiken, in mijn hoofd. Het dacht dat als het mij hierheen zou brengen, ons hierheen, het dan zou kunnen krijgen wat het van ons wilde, maar nu we hier zijn, weet het niet wat het moet doen." Grace stopte met praten en sloeg haar handen voor haar hoofd uit van de pijn.

"Praat je tegen het? Doet het je pijn?" vroeg Vincente. Grace's hele lichaam schokte als antwoord.

"Het gebruikt een soort ESP om met me te communiceren. Het scant mijn hersenen, mijn lichaam. Het luistert naar mijn gedachten en emoties."

"Ga weg bij haar!" schreeuwde Vincente terwijl hij een stoel oppakte en tegen de muur gooide.

Grace schreeuwde van de pijn terwijl Vincente de lucht in werd getild en met geweld op het bed werd gegooid.

HOOFDSTUK 19

GRACE BLEEF MET AFGRIJZEN toekijken hoe Vincente heen en weer werd geschud alsof hij door een demon bezeten was. Ze kon niet anders dan zich afvragen, door de sluier van pijn die haar lichaam af en toe in zijn greep hield, wat hiervan de oorzaak was. Was het een wezen uit een andere dimensie? Een weerwolf? Een vampier? Een geest? Een demon? Grace keek de kamer rond, op zoek naar een wapen. Omdat ze er geen zag, wachtte ze tot Vincente's lichaam kalmeerde. Zijn voeten en armen werden vervolgens vastgebonden door een onzichtbaar, onbekend wezen.

Vincente bleef nu stil liggen. Grace probeerde naar hem toe te rennen, maar het was alsof haar voeten plotseling in een betonnen plaat in de vloer waren vastgezet. Haar bovenlichaam schoof naar voren, alsof ze een circusfreak was, maar haar benen waren gewoon onbeweegbaar.

"Gaat het, Vincente?"

"Ik heb geen pijn meer."

"Dat is goed."

"En jij?

”Ik voel me weer normaal, maar ik ben echt bang, Vincente. Ik kan mijn voeten niet bewegen.“

”Bovendien wordt het hier straks donker. Kun je bij het licht?"

Grace deed haar best om haar bovenlichaam in de richting van de schakelaar aan de muur te buigen. Ze strekte zich uit en stelde zich voor dat ze een circusfreak van rubber was, raakte de schakelaar aan en hoorde een klik, maar er gebeurde niets. De stroom was uitgevallen.

“Het werkt niet, Vincente. Het wordt hier straks pikdonker!” Grace sloeg haar armen om zich heen en probeerde te stoppen met trillen.

'Voel je het nog steeds, die aanwezigheid om je heen?

Grace probeerde haar gevoelens weg te duwen en stelde zich voor dat het tentakels waren die op zoek waren naar iets onzichtbaars en onbekends.

'Het is nu stil, Vincente. Misschien heeft het gekregen wat het van ons wilde en is het nu verder gegaan. Of misschien waren we niet wat het had gehoopt dat we zouden zijn.

“Ja, voor het eerst in mijn leven zou ik het niet erg vinden om een teleurstelling voor dit ding te zijn. Maar laten we eens nadenken. Wat zou het van ons willen? Wat zou het kunnen zijn?”

“Een weerwolf?” stelde Grace voor.

“Het is geen volle maan, in ieder geval niet de komende dagen. Maar hé, ik denk niet dat ze onzichtbaar kunnen zijn.”

“Wat dacht je van een vampier?”

“Ja, die komen alleen 's nachts tevoorschijn, toch?” zei Vincente, zachtjes grinnikend. Het touw was heel strak om zijn ledematen gebonden en de behoefte om te bewegen was overweldigend. Het probleem was dat wanneer hij bewoog, de touwen nog strakker werden aangetrokken en dan in zijn huid sneden. Hij zag druppels bloed van zijn enkels op het laken vallen.

Grace zag het bloed ook op het laken druppelen. Ze keek naar het rode bloed dat zich op het witte laken verspreidde. Ze was verward door bewegingen die vanuit het tapijt op haar afkwamen. Het waren duidelijk bewegingen. Slangachtig. Langzaam. Glibberend. Ze kwamen op haar af.

"Vincente!" schreeuwde ze, terwijl het ding langzaam naar haar toe kroop.

Haar bovenlichaam deinsde achteruit. Achteruit, achteruit, zo ver als het kon.

Helaas voor Grace was dat niet ver genoeg.

***

"Vincente!" Grace schreeuwde met haar ogen bijna uit haar hoofd springend.

Hij zag dat ze doodsbang was, maar had geen idee waarom. Hij probeerde de touwen los te maken, maar hij kon niets doen. Elke poging zorgde er alleen maar voor dat ze nog strakker om hem heen kwamen te zitten en nog dieper in zijn vlees sneden.

Het ding bleef een pad naar Grace vrijmaken.

Vincente kon zien dat er iets bewoog onder het tapijt. Hij zag Grace's benen knikken toen het de afstand tussen hen overbrugde.

Grace bleef standvastig en probeerde zichzelf onder controle te houden. Ze wilde schreeuwen en schreeuwen, maar in plaats daarvan concentreerde ze zich op haar ademhaling. Toen het steeds dichterbij kwam, voelde ze dat het haar begon te onderzoeken.

Een gevoel van kalmte overviel haar en overweldigde haar zintuigen. Ze voelde intuïtief dat het haar geen kwaad wilde doen.

"Grace!" riep Vincente, en de touwen sneden in zijn huid. Hij boog zich in het midden en leek nu op een pasgeboren kalf. Toen kwam er uit het niets een prop. Die werd op Vincente's mond bevestigd.

Daaronder kon Grace zien dat hij schreeuwde, harder dan hij ooit had geschreeuwd. Maar het enige dat uit zijn richting kwam, was een pijnlijke stilte. Stille schreeuwen zijn de engste schreeuwen die er zijn.

Ze hielden elkaars blik vast. Ze reikten met alles wat ze hadden naar elkaar en keken elkaar aan toen het ding bij Grace's voeten aankwam.

Het begon omhoog te bewegen, beginnend bij haar tenen, en kroop steeds verder omhoog.

Op dat moment vulde Grace's stem het huis met een angstaanjagende schreeuw.

✳✳✳

Vecht er niet tegen, zei Grace tegen zichzelf, wetende dat Vincente precies dezelfde woorden tegen haar zou zeggen, als hij dat tenminste kon.

Ontspan, dacht ze, laat het doen wat het moet doen en dan gaat het misschien wel weg.

Ze probeerde het te blokkeren, alles te blokkeren behalve Vincente op het bed met zijn ogen wijd open. Vanaf waar ze zat, kon ze een klein plasje bloed zien dat zich verzamelde bij zijn rechterenkel. Ze keek naar zijn borstkas die op en neer ging.

Het ding draaide haar om en verdraaide haar totdat ze het gevoel had dat ze zichzelf niet meer was.

Zijn kracht was steeds groter geworden. In het begin was de pijn draaglijk, als een licht branderig gevoel. Bijna als een hete kus. Het was verslavend; ze wilde nog een kus, en nog een, en nog een. Toen veranderde het in iets anders. Een meer definitieve brandende pijn. Als een brandmerk. Heet. Hitter. Sissend.

Haar gezicht was rood aangelopen en ze balde haar vuisten. Haar wil om te vechten kwam naar boven, maar de pijn was te groot om te verdragen.

Toen het haar bekkengebied bereikte, nam het sissen toe en steeg de temperatuur nog verder. Het was alsof ze in brand stond. Brandend op de brandstapel. Ze kon niet meer denken. Ze was als één grote zenuw, een rauwe zenuw. De pijn was ondraaglijk. Ze kon het niet langer verdragen, en toch werd het erger.

Grace slaagde erin bij bewustzijn te blijven terwijl de pijn zich een weg baande naar haar borsten. Ook die stonden in brand, terwijl de hitte zich voortbewoog en de pijn synchroniseerde, zodat die door haar hele lichaam pulseerde.

Totdat alles zwart werd.

HOOFDSTUK 20

Toen ze bij bewustzijn kwam, bevond Grace zich niet langer in haar lichaam. Langzaam begreep ze wat er was gebeurd. De pijn had ervoor gezorgd dat haar geest was gefragmenteerd.

Van ergens boven het tafereel kon ze zichzelf nog steeds zien kronkelen, ronddraaien in een denkbeeldige coconachtige omhulling, terwijl de wervelwind van pijn haar heen en weer slingerde, haar omdraaide en haar lichaam verdraaide, dat nog steeds in haar bewoog. Het hield haar gevangen in zijn brandende greep.

Grace voelde de brandwonden, rook haar eigen vlees sissen en kon het niet langer aanzien, dus richtte ze haar aandacht op Vincente.

Ook hij kronkelde van de pijn. Zijn lichaam schokte heen en weer en hij beefde alsof hij een epileptische aanval had. Ze zweefde naar hem toe. Ze raakte zijn gloeiend hete voorhoofd aan met haar lippen.

Zijn ogen vlogen open, alsof hij haar aanwezigheid voelde. Ze schreeuwde naar hem, in een poging de barrières te doorbreken, maar zijn gedempte geschreeuw was niet te horen. De intensiteit van haar geschreeuw, door het lichaam waarvan ze geen deel meer uitmaakte, deed de hete kamer afkoelen en veroorzaakte nog meer leed bij hem.

Grace wilde het ding vermoorden. Wat het ook was, ze wilde het pakken en het leven eruit wringen, de geest afsnijden. Ze wilde dat het ophield. Toen wist ze wat ze moest doen. Ze moest terugkeren naar haar lichaam, om het vreselijke wezen rechtstreeks te confronteren. Ze moest teruggaan. Ze kon nergens anders heen.

Ja, het ding had haar lichaam, maar het had niet haar geest, en het had niet haar ziel. Hetzelfde gold voor Vincente. Ja, ze werden allebei gemarteld, om onbekende redenen. Misschien omdat ze de laatste twee mensen op aarde waren. Net als in de oude film die Vincente had genoemd, waarin de aliens probeerden te ontdekken wat mensen dreef. Of misschien probeerden ze hen te doden!

Wat de reden ook was, Grace was niet van plan hen te geven wat ze wilden. Ze zou hen niet zonder slag of stoot hun leven laten nemen.

Even stelde ze zich voor dat ze uit het raam zou vliegen. Dat ze zichzelf en Vincente achter zou laten. Maar dat kon ze niet. Ze hield van dat lichaam, ook al had het zijn gebreken. Hoewel er veel waren, was het nog steeds van haar en alleen van haar. En dan was er Vincente. Ze hield van hem, daar bestond geen twijfel over. Ze moest terugkeren naar zichzelf. Ze moest hem redden. Misschien wel hen beiden.

Buiten de kamer waaiden de hoge bomen heen en weer, heen en weer, in de magnetische kracht van de bries. Zij en Vincente waren als die bomen, bewegend met de pijn zoals ze bewogen met de wind.

Ze haalde diep adem en keerde toen terug naar haar lichaam. De pijn sneed door haar heen als een mes. Ze wilde onmiddellijk wegvluchten, maar besefte al snel dat het haar had verzwakt, haar controle en kracht had verminderd. Haar essentie was veranderd. Ze begreep nu dat ze door zich te fragmenteren het ding extra macht over haar fysieke zelf had gegeven. Ze was nu vastbesloten om die macht terug te nemen!

Eenmaal terug in haar lichaam, haar thuis, verzamelde ze al haar positieve gedachten en energie, plus alle liefde die ze in haar hart kon vinden. Ze haalde deze dingen tevoorschijn uit het geheugenarchief, ver buiten haar bereik opgeslagen.

Ze onderdrukte de neiging om zich weer los te maken en concentreerde al haar energie niet op de zinderende, onophoudelijke pijn, maar op het creëren van een krachtige lichtbron van haarzelf.

Toen ze het eenmaal voor zich zag, bewoog ze het als een bal van zonlicht. Ze hield het in de palm van haar hand totdat de lichtbal als een hart was: de gecombineerde harten van Grace en Vincente.

Ze projecteerde alle energie uit de bal naar Vincente. Het zweefde door de kamer en straalde dapper. Een paar seconden lang kronkelde Vincente's lichaam niet meer. Ze trok het hart terug toen de brandende pijn haar opnieuw overweldigde en hield het vast. Het gaf haar de kracht om te dragen wat ze moest dragen.

En ergens diep in haar ziel begon een lied te spelen, een lied dat ze niet herkende. Een lied dat haar totaal onbekend was. Terwijl het speelde en zij het zong, brandden haar lippen niet meer en reikten haar ogen naar Vincente. Haar hart zei tegen het zijne dat het mee moest doen met het lied, dat het met haar mee moest zingen.

Samen zongen ze in hun gedachten en hun ziel, en de lichtbol werd sterker en sterker en sterker.

"Ik heb je hier nooit uitgenodigd, geest, of wat je ook bent. Je hebt geen recht om mijn lichaam binnen te dringen. Om het lichaam van mijn vriend binnen te dringen. Ga nu weg!"

En dat deed het. Het ging weg.

Grace zakte op de grond in elkaar.

HOOFDSTUK 21

ENKELE UREN LATER VOELDE Grace zich niet lekker, wat niet verwonderlijk was aangezien ze GEEN IDEE had waar ze was.

Toen ze probeerde te bewegen, deed elk deel van haar lichaam pijn. Haar armen en benen waren in onnatuurlijke posities gedraaid, als dode of ontwrichte boomtakken. Ze probeerde haar lichaam bij elkaar te brengen, maar elke beweging deed haar kronkelen van de pijn.

Ze probeerde op te staan – met de nadruk op 'probeerde' – maar zakte weer in elkaar. Grace keek naar het tapijt. Ze probeerde na te denken, zich te herinneren. Wat was er met dat tapijt? Ze keek de kamer rond. Ze zag het bed. Ze zag Vincente.

Alles over hun huiveringwekkende beproeving kwam weer bij haar terug.

Ze dwong zichzelf om op te staan en liep als een peuter, omdat ze haar lichaam de bewegingen helemaal opnieuw moest leren. Uiteindelijk bereikte ze Vincente en keek ze neer op zijn roerloze lichaam. Op de bloedvlekken, die nu bruin waren. Ze verspreidden zich niet meer.

Haar ogen vielen op zijn lippen. Zijn oh zo kusbare lippen. Ze leunde naar voren, maar stopte toen zijn ogen wijd open gingen, en nog wijder. Hij was niet blij haar te zien. Hij was doodsbang.

"Wat is er, Vincente? Wat het ook was, het is nu weg. We zijn veilig. We zijn in orde. Het komt wel goed."

Hoewel Grace deze positieve woorden tegen hem bleef fluisteren, leek Vincente's angstige uitdrukking alleen maar toe te nemen. Zijn ogen schoten heen en weer, heen en weer. Hij wilde haar iets vertellen. Waarschuwen?

Ze fluisterde en vroeg of er iets achter haar was. Hij knikte.

Ze dacht even na, reikte uit en tastte naar het ding, maar ze kon het niet vinden. Ze wilde wegrennen, ontsnappen, maar ze wist dat het ding daar voor haar was. Het was voor haar teruggekomen.

Of was het iets anders? Iets anders? Ze vreesde dat dit ding sterker en machtiger zou zijn, dat het haar zou kunnen breken. Haar zou kunnen vernietigen.

Vincente's ogen bleven staren, net over haar schouder. Zijn angst was aanstekelijk en ze beefde en trilde. Toen besefte ze dat ze dit ding alleen samen konden verslaan.

Grace bukte zich en begon met één hand de touwen los te maken waarmee hij vastgebonden was, terwijl ze met de andere hand in het nachtkastje zocht naar een wapen. Iets wat ze kon gebruiken. Ze hoopte dat haar moeder daar iets had liggen, een stuk gereedschap dat haar in deze ernstige omstandigheden kon helpen.

Vincente's ogen schreeuwden. Zijn ogen werden haar ogen.

In de la was een pincet het enige bruikbare gereedschap dat ze kon vinden, en Grace begon de touwen door te knippen. Maar in dit tempo zou het eeuwen duren om Vincente te bevrijden. Ze bukte zich en begon met haar tanden in de touwen te bijten, waardoor ze goed vooruitgang boekte, totdat Vincente weer begon te trillen en te kronkelen. Zijn ogen ontmoetten de hare, en toen sloot hij ze.

Ze draaide zich om en schreeuwde: "Wat ben je en wat wil je van mij? Van ons? We willen je geen kwaad doen. Zeg ons wat je wilt, en we zullen het je geven! We zullen proberen je te helpen, maar alsjeblieft, doe ons geen pijn meer. Doe mijn Vincente geen pijn meer. Ik zal je alles geven!"

Vincente stopte met kronkelen.

Zijn ogen sprongen open toen Grace van de grond werd getild en de lucht in werd geslingerd.

De kracht sloeg haar tegen het plafond. Daarna sloeg ze tegen de muren. Bonk. Bonk. Bonk.

Uiteindelijk liet het haar op de grond vallen, waar ze levenloos als een lappenpop bleef liggen.

B REKEND GLAS. VERSPLINTEREND. OVERAL rondvliegend. Haar huid raakend. Haar huid doorborend.

Grace beschermde zichzelf zo goed als ze kon met haar armen en handen.

Iets tilde haar op en droeg haar uit het raam. Ze zat op de rug van een vliegend wezen en rook zijn stank. Ze hield zich vast. Het voelde zacht aan. Niet gevederd, maar harig, behaard.

Het was erg donker, zo donker dat ze geen vorm kon onderscheiden van het ding waarop ze werd vervoerd.

Ze gleden in en uit en over dingen heen: zwarte, vormeloze, schimmige aardse woningen en torens en bruggen. Ze voelde dat ze hoogte wonnen, steeds hoger en hoger, totdat er niets meer was waar ze tegenaan konden botsen. Ze waren in de wolken.

Misschien was ze dood?

G RACE EN HET REUKLOZE wezen vlogen door de nachtelijke hemel. Toen het wezen plotseling naar rechts uitweek, verloor ze bijna haar grip. Het ding liet een geruststellend 'Gwap-Gwap' horen. Het slingerde haar terug naar veiligheid. Ze sloeg haar armen om het heen.

Zwevend. Terwijl ze in en uit bewustzijn gleed, wist Grace nog steeds niet zeker of ze dood was of droomde. Ze gingen verder, steeds dieper en dieper de duisternis van de nacht in.

Grace opende haar ogen en stelde zich een paar seconden voor dat ze zich in een tunnel van metaal bevonden.

Ze snoof de lucht op, rook de zee en verloor toen het bewustzijn.

Het leek alsof ze een eeuwigheid hadden gereisd en nu begon de zon op te komen. Het weerkaatste het licht als een spiegelend ruimteschip terwijl ze naar beneden begonnen te drijven.

Haar maag zakte weg toen ze tegen de vreemd stevige wolken botsten. Stuiterend, vallend. Grace voelde op dat moment geen angst. Ze voelde zich veilig. Dankbaar dat ze leefde.

Toen liet het wezen haar vallen.

Ze vocht tegen de wind terwijl ze naar beneden viel.

D E ZON STOND HOOG aan de hemel, wat normaal was. Waar Grace zich bevond, was dat niet normaal.

Ze lag in de armen van een gigantische boom en alleen al door naar beneden te kijken, draaide haar maag zich om. Ze was blij dat ze iets kon aanraken. Ze streek met haar hand over de stevige tak waarop ze was neergelegd.

De zon scheen haar schouders. Ze haalde glasscherven uit haar huid en vermeed naar beneden te kijken.

Omdat er niets was om haar af te leiden, volgde ze de lijn van de stam van de boom. Die ging maar door en door. De boom was erg hoog, minstens 145 meter.

Grace keek om zich heen en liet haar blik in een cirkel rondgaan. Een cirkel van bomen. Ze wist instinctief, en zonder enige logische reden, dat haar boom de koningsboom was. De andere bomen waren ridders. Ze zocht naar een koninginnenboom, maar kon die niet vinden.

Ze probeerde zich te herinneren wat ze wist over bomen. De boom der kennis. Factor bomen. Binaire bomen. De boom van goed en kwaad. De wensboom. De kerstboom. De boom der wijsheid.

Ze vroeg zich af hoe goddelijk bomen waren. Ze stelde zich voor dat als ze weer een klein meisje was, dit een boom zou zijn waar ze ontzag voor zou hebben. Hij was veel meer dan magnifiek. Deze boom was zo hoog dat het leek alsof hij helemaal tot aan de hemel kon reiken, als die bestond.

Grace schudde haar hoofd. Ze werd afgeleid door zijn grootsheid terwijl ze een manier moest vinden om naar beneden te komen.

Om nog maar te zwijgen van de vleesetende boom. Wat voor soort boom was dit?

De gedachte kwelde haar slechts even, want ze leunde achterover en keek naar de voorbijtrekkende wolken. Ze voelde hun aanwezigheid in zich, alsof ze op een van hen door de lucht dreef. Ze vergat alles wat ze had moeten onthouden toen ze zich voorstelde dat ze op een marshmallow-achtig, kussenachtig iets stapte.

Ze bevond zich in een wolk en zweefde, toen ze weer in slaap viel.

D E ZON WAS BIJNA verdwenen en de schemering viel. Ze rekte zich uit en gaapte, zich gerustgesteld voelend. Ze vergat even helemaal waar ze was, maar slechts voor een seconde.

Onder haar stond de cirkel van bomen – de Ridders – met hun takken langs hun zij. Het waren allemaal dode bomen. De boom waarin zij zich bevond had echter nog wat bladeren en was springlevend.

Ze volgde de stam van haar boom helemaal tot aan de grond. Ze zag dat de aarde onderaan was verschudd. Er liepen verse paden weg van de boom. Paden die naar de andere bomen leidden, de Ridders. Het leek duidelijk dat de andere bomen ooit levend waren geweest, maar hun voedsel- en energiebronnen hadden omgeleid om de Koning te redden. Ze waren gestorven voor de Koningsboom. Ze hadden het ultieme offer gebracht.

Maar waarom?

Op deze vraag had Grace geen antwoord.

Ze keek omhoog naar het gezicht van de maan. Het gezicht van Albert Einstein keek haar aan. Ze glimlachte naar hem, bijna verwachtend dat hij een of andere wetenschappelijke en wiskundige formule zou uitspuwen.

Ze was omringd door symmetrie, in de takken en in alle andere levensvormen. Het was geruststellend om de vertrouwdheid van de symmetrie te voelen.

Hoewel het geen antwoorden gaf, net zomin als de Einstein-maan.

Einstein werd omringd door fonkelende sterren. Ze knipperden als erkenning voor zijn genialiteit. Ze voelde zich getroost door het feit dat hij over haar waakte.

Ze stelde haar geest open voor alles en nog wat.

Ze voelde zich niet moe en zocht in de lucht naar antwoorden. Als ze zou proberen naar beneden te klimmen, zou ze kunnen vallen. Of ze zou de bodem kunnen bereiken. Ze kon zich centimeter voor centimeter naar beneden werken. Langzaam.

Als ze zou springen, zou ze ongetwijfeld haar nek breken. Ze was niet zo graag weer op vaste grond dat ze daarvoor dood wilde gaan.

Ze dacht erover om om hulp te roepen, maar wie zou haar kunnen helpen? Vincente? Nee, voor zover ze wist, lag hij nog steeds vastgebonden op bed.

Of ze kon wachten. Misschien zou het ding dat haar naar de boom had gebracht, terugkomen om haar op te halen? Misschien zou het haar terugvliegen naar Vincente? Maar misschien zou het haar ook afmaken.

Ze bekeek de symmetrie van de boom; het was een prachtig kunstwerk. Het zou tijd kosten, maar ze kon hem als een ladder gebruiken.

Ze ademde de geur van de boom in. Ze huiverde toen ze bedacht dat het misschien een olijfboom was die een dode vogel kon opeten. Een boom die levende prooien met zijn takken kon spietsen. Ze besloot dat ze liever op de grond zou vallen en haar einde zou vinden, dan gespietst en opgegeten te worden.

Het was te donker om naar beneden te klimmen. Grace was er zeker van dat ze overdag meer geluk zou hebben, hoewel ze de ironie waardeerde dat Einstein er was om haar te begeleiden.

Ze leunde achterover in de armen van de takken en dacht aan Vincente. Ze miste hem. Ze hadden de afgelopen week elk moment van elke dag samen doorgebracht en hij was een belangrijk deel van haar leven geworden.

Ze sloot haar ogen, gebruikte haar handen als kussen en bedacht een plan: een plan waarbij een hele grote bijl nodig was.

HOOFDSTUK 22

Toen een nieuwe dag aanbrak, zat Grace roerloos te kijken hoe de zon opkwam, alsof ze dat nog nooit eerder had gezien. Verstijfd vanuit haar onvrijwillige perspectief leek ze op een engel bovenop een enorme boom, die in geen enkel opzicht kerstachtig was.

Ze was al uren wakker, moe van het stilzitten, wachtend op een briljant idee of een nieuw ontsnappingsplan dat in haar op zou komen. De hele nacht had ze telepathische berichten gestuurd naar elke wiskundige en wetenschapper die de aarde had verlaten en naar een andere dimensie was gegaan. Ze drong er bij hen op aan om haar een idee te sturen of door te geven, waar ze ook waren, maar er kwam niets.

Teleurgesteld besefte Grace dat ze helemaal alleen was. Ze kon op niemand anders rekenen dan op zichzelf.

Ze keek naar beneden, naar beneden, naar beneden. Ze wankelde zo ver mogelijk op de tak, die had bewezen haar gewicht te kunnen dragen. Ze trok zich terug.

Het was een lange weg naar beneden, een vreselijk lange weg naar beneden. Op dat moment liep haar fantasie met haar op de loop.

Ze stelde zich voor dat Vincente in een helikopter kwam om haar te redden. Hij klom via een grote ladder in de lucht naar beneden en samen stapten ze weer in de zoemende machine. Ze kusten elkaar hartstochtelijk en stegen toen op naar de hemel, waar ze nog lang en gelukkig konden leven.

Grace was boos op zichzelf omdat ze zulke kinderachtige fantasieën had. Vincente was niet in de positie om haar te redden. Hij had nu geen controle meer! Het ding, wat het ook was, hield hem daar achter op bed vast, alsof hij een seksslaaf was.

Ze werd steeds woedender en zwaaide met haar vuisten in de lucht, voor wat het waard was. Er was niemand die haar met haar vuisten zag zwaaien.

Toch geloofde een deel van haar ergens in haar achterhoofd nog steeds dat Vincente haar kon en zou redden. Het enige wat ze hoefde te doen was wachten. Ze wist dat het idioot was, en ze wist dat alleen zij de kracht had om terug naar de grond te gaan, maar toch kon ze zichzelf niet genoeg motiveren om aan de afdaling te beginnen.

De hele dag keek ze naar de zon die met schaduwen speelde en tussen de takken door danste. De bladeren lachten, alsof ze gekieteld werden, en ze verspilde een hele dag zonder iets te doen om zichzelf te helpen.

De sterren fonkelden om haar heen terwijl ze in slaap viel. In haar hoofd speelde een liedje:

"Slaap zacht, Gracie, op de boomtop,

Als de wind waait, schommelt de wieg,

Als de tak breekt, valt de wieg,

En dan vallen Gracie, de wieg en alles naar beneden."

Ze schrok wakker en ontdekte dat ze naar de rand van de veilige plek was verschoven waar ze was neergelegd. Ze greep de stam met alle kracht die ze had en schoof zichzelf terug in positie, terwijl de bladeren om haar heen leken te fluisteren over alle roddels uit de boom die ze had gemist.

Ze had gehoopt dat het allemaal een nare droom was geweest. Ze probeerde zichzelf ervan te overtuigen dat Vincente haar zou komen redden.

HOOFDSTUK 23

D E ARME GRACE HUILDE tot ze helemaal uitgehuild was. Ze stelde zich voor hoe het zou zijn als ze een paar vleugels had. Dan zou ze zo uit de boom kunnen vliegen. Ze zou veilig kunnen ontsnappen. Ze zou Vincente kunnen redden en samen zouden ze kunnen vluchten.

Toen de zon weer tevoorschijn kwam, besloot Grace meteen te gaan klimmen. De boom leek met zijn slungelige takken naar de zon te reiken, en even stelde Grace zich voor dat hij inderdaad met houten vingers naar haar reikte.He

t uitzicht vanaf de plek waar ze zat, was nog steeds adembenemend. Het reikte zo ver het oog kon zien. Alles was stil. Niets bewoog, behalve door de hulp van het briesje.

Grace voelde zich warm en veilig, terwijl ze daar rustte in het veilige net van licht van de zon. Bijna zoals ze zich voorstelde dat het zou voelen als je terugkeerde naar de baarmoeder. Ze voelde zich één met de wereld: één met het universum. En toch was ze eenzamer dan ze ooit in haar hele leven was geweest. Hoe kon dat?

Grace voelde zich verlamd door haar diepe verlangen om te geloven in een kracht die groter was dan zijzelf, en ineens wist ze waarom. Voordat er natuurkunde, wetenschap en symmetrie bestonden, moet er behoefte zijn geweest aan een ziel. De behoefte aan het voortbestaan van de ziel: één enkele ziel. Eén.

Ze trok haar knieën diep tegen haar borst en liet haar geest al haar zintuigen overnemen. Ze wist zonder enige twijfel dat ze ooit weer het gras onderaan deze boom zou aanraken, en ze wist ook dat ze hier weg zou lopen.

Nog iets wat ze zeker wist, was dat Vincente slechts een jongen was. Hij had geen speciale krachten of vaardigheden die iemand zou hebben als hij onsterfelijk was. Hij voelde pijn. Hij kon gewond raken. En bovenal begreep Grace dat mannen soms hulp nodig hadden. Ja, zelfs een man die zo atletisch en sterk was als Vincente had soms de hulp van een meisje nodig.

De hulp van een meisje, op een moment als dit.

De hulp van een meisje als Grace Greenway.

Z E ZETTE ZICH SCHRAP en liet zich voorzichtig naar beneden zakken, terwijl ze hoopte dat de takken onder haar haar gewicht zouden kunnen dragen. De tak boog mee en kraakte zelfs een beetje, maar hij hield stand.

Ze liet zich nog iets verder zakken en merkte hoe vreemd het voor haar voelde om in een boom te klimmen. Ze wist zeker dat ze als klein meisje nooit een natuurlijke boomklimmer was geweest. Notitie voor mezelf, dacht Grace, als je ooit een dochter krijgt, zorg dan dat je een boomhut voor haar bouwt als ze klein is, zodat ze kan leren hoe ze goed moet klimmen.

Grace stelde zich voor dat ze een professionele boomklimmer was. Iemand die al vele bomen had beklommen en dat met gemak deed. Ze besefte dat ze waarschijnlijk niet klom zoals een professionele boomklimmer zou klimmen. Nee, dacht ze, hij of zij zou de stam gebruiken. Het dikke deel van de boom, voor stabiliteit.

En dat was precies wat ze deed. Ze daalde verder, beetje bij beetje. Centimeter voor centimeter.

Ze was gecentreerd. Er zaten splinters in haar spijkerbroek en haar handen bloedden omdat ze haar gewicht op de ruwe schors moest dragen.

Toen ze te moe was om verder naar beneden te gaan, sloeg ze haar armen en benen om de boomstam en rustte uit. Toen klonken de pijn en het kloppende bloed in haar hoofd, maar ze was te moe om te luisteren en dus sliep ze.

***

"LAAT HET GEWOON LOS", zei een zacht stemmetje terwijl ze in en uit slaap viel. "Het is tijd, Grace, om het gewoon los te laten."

Ze hield zich nog steviger vast dan daarvoor. Ze draaide haar hoofd en dempte het stemmetje met haar armen.

"Laat los, Grace," zei het.

Ze werd het steeds moeier om zich vast te houden. Haar armen en benen trilden. Ze vermeed om naar beneden te kijken.

Ze gleed uit. En ze tuimelde naar beneden.

Een enorme splinter boorde zich in haar hand en het bloed stroomde eruit en druppelde langs de boom naar beneden.

Ze keek naar het bloed dat eruit stroomde en klom weer naar beneden, onverschrokken.

Z E VERVOLGDE HAAR EENRICHTINGSMISSIE naar beneden en veegde het bloed weg, dat door haar kleren werd opgezogen. Ze pauzeerde om op adem te komen. Begon weer te bewegen. Nauwelijks was ze teruggekeerd naar haar druipende rode afdaling of er vloeide alweer meer bloed, geholpen door de zwaartekracht om zijn weg naar beneden te vinden.

Grace's bloeddruppels glinsterden en dansten in het zonlicht, als saffieren.

Ze kon niet meer verder naar beneden. Ze verlangde naar de veiligheid van de ruimte boven haar, waar ze kon rusten. Ze besefte dat ze al een heel eind was gekomen in haar afdaling langs de boom. Ja, het was nog een lange weg naar beneden, maar ze had nieuwe hoop in haar hart.

Ze zou het halen.

Ze spreidde zich zo veel mogelijk uit langs de stam. Ze liet haar benen rusten door ze om nabijgelegen takken te slaan. Ze zag eruit als een pretzel, maar ze hield zich staande en was trots op haar vooruitgang.

Haar gedachten begonnen af te dwalen en ze besefte hoe dorstig en hongerig ze was. Ze hield zich vast voor haar leven en probeerde haar gedachten op andere dingen te richten. Ze stelde zich Vincente voor, hoe hij eruitzag toen hij voor het eerst wakker werd. Hoe hij altijd met zijn vingers door zijn haar ging. Hoe zijn gezicht oplichtte als hij lachte. Hoe zijn kobaltblauwe ogen diep in haar ziel leken te kijken.

"Vincente!" riep ze, "Vincente!"

Ze was aan het ijlen – of bijna – toen ze tegen niemand in het bijzonder riep: "Als ik uit deze boom kom, ga ik alleen nog maar boomschors eten – jammie, jammie!" Ze lachte als een gekke vrouw.

De constante blootstelling aan de zon had haar hersenen gekookt. Ze hield vol en lachte roekeloos totdat er iets vreemds gebeurde met de stam van de boom: hij ademde.

Ze wilde loslaten. Ze balanceerde op het randje. Ze was duidelijk haar verstand aan het verliezen. Ze dacht dat ze zijn acties misschien verkeerd had geïnterpreteerd. Ze beoordeelde de situatie opnieuw en besloot dat het meer op een zucht leek. De boom had gezucht.

Bomen die andere bomen dienden. Bomen met vleesetende behoeften.

De boom niesde.

Het was een korte en snelle nies, niet te luid en niet te lang. Grace vroeg zich af of het hart van een boom stopte met kloppen als hij niesde. Ze hield zichzelf in bedwang en besefte dat bomen geen hart hebben.

Ze omhelsde de stam alsof haar leven ervan afhing en viel flauw.

G RACE WIST NIET PRECIES wat er met haar was gebeurd voordat ze wakker werd. Ze voelde de boom kloppen. Ze voelde zijn hart kloppen en kloppen en kloppen door het dikke hout heen. Ze begreep dat ze zijn mond moest vinden om te voorkomen dat ze een boom-snack zou worden.

Ze stelde zich de mond voor waarin de dode vogel was gevallen. Het was een uitzonderlijk grote mond, gezien de grootte van die boom in vergelijking met deze. Zijn mond moest wel een krater zijn.

Toen kreeg ze een idee. Zonder na te denken over de gevolgen trok ze een grote splinter uit de boom en stak die in haar bovenarm. Er vloeide bloed, dat langs de stam van de boom naar beneden stroomde. Eerst waren het slechts een paar druppels, maar al snel vormden de druppels samen een grote klonter.

Ze keek toe terwijl het langs de boom naar beneden druppelde, en toen gebeurde wat ze had gehoopt – en gevreesd.

Een enorm, zwart tongachtig ding stak uit een gapend gat, en met de welsprekendheid van een adderstaart. Het flikkerde en kronkelde, terwijl het Grace's bloed likte en zich ermee voedde.

Toen er geen bloed meer over was, reikte de tong steeds hoger en hoger op de stam, zoekend. Het was nog steeds hongerig.

Grace hield zich met alle kracht vast. Ze wilde nu niet vallen, niet terwijl het daar op haar wachtte.

Ze had een plan B nodig.

HOOFDSTUK 24

Ze klampte zich vast aan de boomstam alsof haar leven ervan afhing, concentreerde zich en kalmeerde haar ademhaling, die steeds oppervlakkiger werd. Ze wilde wanhopig naar beneden klimmen. Om uit de gevarenzone te komen. En ze moest dringend naar het toilet.

"Grace."

Deze keer keek ze op toen ze haar naam hoorde roepen.

Zeg me niet, dacht ze, dat de boom ook kan praten en dat hij mijn naam kent. Zeg me dat niet!

Ze was uitgedroogd. Ze had honger en was uitgeput. Hoewel ze wat had geslapen, was het niet de slaap die ze nodig had.

"Je was altijd al een koppig kind," zei de stem.

Het was een mannenstem. De stem van de man die haar in het ziekenhuis had bezocht. De stem van de man die jaren geleden bij een auto-ongeluk was omgekomen. De stem van haar vader.

Ze werd gek. Daar was deze keer geen twijfel over mogelijk. Ze werd absoluut gek.

"Grace," fluisterde hij.

Toen ze geen reactie gaf, fluisterde hij haar naam, keer op keer. Of misschien was het de wind. Was het gewoon de wind die haar naam riep?

"Laat het gewoon los," zei haar vader. "Dit is niet goed voor jou en die jongen. Hij is ook niet goed voor jou."

De verwijzing naar Vincente trok haar aandacht.

Haar vader lachte. "Grace, luister naar me. Jij en Vincente zijn niet voor elkaar bestemd. Hij volgt een ander pad. Laat het gewoon los. Laat het hier en nu los."

"Praat niet over Vincente. Je kent hem niet eens."

"Grace, ik kan je niet vertellen wat ik weet of hoe ik het weet, maar er moet betaald worden, en de prijs is te hoog voor jou. Bovendien word je gemanipuleerd om het verleden te herstellen."

"Wat?"

"Ik kan je niet alles vertellen wat ik weet. Je zult het te zijner tijd ontdekken, maar ik raad je aan om nu op te geven. Zeg nu sorry. Laat het dan los. Je bent nog maar een kind, onschuldig. Het verleden is niet aan jou om uit te wissen. De genoegdoening is niet aan jou om te geven."

"Ik begrijp het niet."

"Dat komt nog wel, en dan is het te laat. Laat het los, alsjeblieft. Doe het nu. Het is de enige manier om jezelf te bevrijden van je lot."

Ze hield zich nog steviger vast aan de boomstam. Het sloeg nergens op.

"Laat het gewoon los," fluisterde hij.

Ze hield zich nog steeds vast. Ze gaf alles wat ze had. Ze kon zijn dwingende, manipulatieve woorden niet langer verdragen.

Ze verzamelde al haar kracht en begon langzaam weer naar beneden te klimmen, centimeter voor centimeter. Haar overlevingsinstinct was in werking getreden en ze vocht terug.

"Grace, heb je niet naar me geluisterd? Je bent een dom, dom meisje!"

Er explodeerde iets in Grace's hoofd en ze zei in gedachten dat hij zijn mond moest houden. Ondertussen bleef ze haar kracht verzamelen en klom ze steeds verder langs de boomstam.

Ze was niet langer bang. Ze was niet zwak. En ze zou zich niet zonder slag of stoot gewonnen geven.

Grace negeerde haar dubbelzinnige vader en bedacht een plan. Ze sleepte haar onderarmen langs de vlijmscherpe takken, waardoor ze de ene na de andere wond opliep en bloed verloor.

Het bloed dat naar beneden druppelde, vormde een grote klonter, waarvan ze wist dat die de hongerige mond weer zou doen ontwaken. Ze zweefde net boven de plek waar ze het eerder had gezien en overwoog haar opties. Het was riskant, maar het zou twee problemen tegelijk oplossen. Ze had geen andere keuze.

Toen de zoute druppels de zwartgeblakerde tong naderden, likte die ze gretig op. En toen begon hij naar boven te zoeken naar meer. Het was een zeer gulzige tong, begerig naar Grace's bloed.

Ze liet een nieuwe groep druppels uit de wond stromen, kijkend en wachtend op het perfecte moment waarop de tong zich in afwachting van een nieuwe druppel zou positioneren - en dan zou ze er een bom op afvuren.

Haar vader bleef haar berispen. Grace bleef hem negeren. "Hij houdt van je bloed, Grace," fluisterde een stem ver boven haar.

Het was niet haar vader. Het was de stem van een klein meisje.

Grace keek omhoog en herkende het meisje. Zij was degene die laatst midden op de weg had gestaan. Grace had de auto uitgeweken om haar te ontwijken. Ze zat veilig in het nest van takken van waaruit Grace deze reis was begonnen, en draaide het rode lint op haar witte nachtjapon steeds maar rond haar vingers.

Grace knipperde met haar ogen zodat het kleine meisje weer zou verdwijnen, maar deze keer bleef ze.

"Help me, Grace," zei ze.

"Wie ben je? Hoe heet je?"

Ze lachte. "Je kent me, Grace. Weet je het niet meer?"

Grace schudde haar hoofd. Ze probeerde een herinnering te vinden.

Toen sprak het kleine meisje heel zachtjes. "Ik ben de snaar."

Grace voelde onmiddellijk spijt en verdriet en op de een of andere manier liefde voor het kind.

Het kleine meisje balanceerde als een marionet op de rand van de tak en zong

"Ik ben de vrouw-tekenaar,

Ik ben de kreet;

Ik ben de geheime stem,

Ik ben de zucht;

Ik ben datgene wat gehoord wordt

Laag in de schemering;

Vogels antwoorden met een toon,

De bloemen in muskus;

Ik ben die smartelijke plant,

Uitgesproken waar roept

Een eenzame vogel die ronddwaalt

Bij vage watervallen;

Ik ben de vrouw-tekenaar,

Ga niet aan mij voorbij;

Ik ben de geheime stem,

Hoor mijn kreet;

Ik ben de kracht die de nacht

In het buitenland verliest;

Ik ben de wortel van het leven;

Ik ben het akkoord." *

Grace, betoverd door de zoetheid van de stem van het kleine meisje en de schoonheid van haar toon, reikte naar haar uit.

Het kleine meisje zong het lied af. "Onthoud, Grace, sommigen worden gegeven, en sommigen worden genomen. Onthoud dat." Het kleine meisje sprong van het uiteinde van de boomtak.

Grace's schreeuw was het enige geluid dat te horen was.

Behalve het geklapwieken van vleugels toen het kleine meisje in een raaf veranderde en wegvloog.

HOOFDSTUK 25

OMDAT ZE GEEN ONDERSCHEID kon maken tussen feit en fictie, vond Grace troost in slaap. Totdat ze wakker werd, toen kwam alles weer terug.

Ze hield zich met moeite vast aan de boom en in haar gemoedstoestand.

Aan de rechterkant bungelde en zwaaide iets kleins en groens. Het was een olijf die bijna binnen haar bereik lag.

Het enige wat ze hoefde te doen was haar gewicht verplaatsen en heel lichtjes opzij gaan, en dan reiken zoals de rubberen vrouw in het circus dat zou doen. Haar maag knorde. Ze was wanhopig op zoek naar voedsel.

Toen ze zich ernaartoe bewoog, stopte ze even. Iets diep van binnen voelde het verdacht aan. Was het plotseling verschenen, of had ze het eerder niet opgemerkt? Hoe absurd! Het was te veel voor haar om te bevatten. Opnieuw vroeg Grace zich af of ze gek aan het worden was.

Van mij, dacht ze.

Ze duwde zichzelf ernaartoe en reikte steeds verder zonder haar veiligheid in gevaar te brengen, totdat de olijf binnen haar bereik was.

Ze trok eraan.

Het gaf bijna mee en toen begon de boom te schudden, alsof hij een aanval had. Ze keek recht onder zich en zag een puntige tak die recht op haar af wees. Als ze nu naar beneden zou vallen, zou ze op die tak worden gespietst, net als die arme raaf.

Grace vocht om zich vast te houden. Ze klampte zich met alle kracht die ze in haar armen en benen kon verzamelen vast aan de schuddende boom. Ze zat nu met haar benen aan weerszijden van de boom.

Plotseling veranderden de schokken in iets anders. De boom had een aanval. Hij was in de greep van een enorme woede. Of had hij pijn? Grace kende pijn. Ze herinnerde zich hoe het haar de controle over alles deed verliezen, zelfs over haar eigen menselijkheid.

De boom kwam even tot rust en begon toen nog heviger te schokken.

Grace dacht na over de vijf zintuigen. Ze vroeg zich af, aangezien deze boom een mond had om te eten en een tong om te proeven, welke andere menselijke eigenschappen hij nog meer bezat. Had hij een kloppend hart? Kon hij voelen?

Ze boog haar hoofd naar voren en haalde diep adem, waarna ze de lucht uitblies op de stam van de boom. Het leek te helpen, al was het maar voor even.

Ze probeerde iets anders. Ze streelde de tak die het dichtst bij haar stond. De tak met de olijf. Terwijl ze de tak streelde, dacht ze aan hoe dankbaar ze was dat ze leefde.

En toen wist Grace dat de boom haar aandacht had afgeleid van het plukken van zijn vrucht, zijn kind. Het was het enige waarvoor hij leefde.

Het was toch geen koningsboom. De koning had zijn torens gestuurd om deze boom, de koningin, te redden. Zij was de hoop. Zij was de toekomst.

En nu ging ook zij dood.

Grace klom voorzichtig naar beneden, niet langer geïnteresseerd in de olijf. "Het spijt me zo," zei Grace hardop. "Het spijt me zo."

Terwijl de tranen over haar wangen rolden, vielen ze op de wachtende takken beneden. En al snel draaide de tak naar beneden, niet langer een bedreiging voor haar. Toen was alles stil. Alles was vredig. En Grace wist zeker dat ze heel snel weer bij Vincente zou zijn.

Grace keerde terug naar de stam van de boom en rustte uit. Ze was uitgeput en voelde zich ongemakkelijk en had meer honger dan ooit, maar ze had geen spijt.

De boom begon te hoesten. Toen begon de boom te sputteren. Grace begon naar beneden te vallen. Het was alsof haar vingers in boter waren gedoopt. Ze kon zich niet vasthouden.

Ze keek omhoog naar de nachtelijke sterren, naar het maanachtige gezicht van Einstein, en ze vond het prima wat er ook zou gebeuren. Ze had zich erbij neergelegd, omdat ze alles had gedaan wat ze kon om haar overleving te verzekeren.

Ze gleed een beetje dichter naar de grond toe.

Ze merkte dat de takken om haar heen ronddraaiden. Wervelden. Takken die eerst naar de hemel waren gericht, bogen nu naar beneden en gebaarden in haar richting.

Ze viel verder naar beneden, zich er terdege van bewust dat de boom ook stervende was.

Terwijl de boom zich in sporadische stuiptrekkingen kronkelde, gleed Grace steeds verder naar beneden, terwijl ze naar de eindeloze lucht en de wervelende wolken boven haar keek, die zich onbezorgd voortbewogen.

De dunne takken kreunden en snakten naar het einde.

Al snel kwam de zon op aan de horizon en verspreidde haar stralen over de kronkelende boom, die ze vulde met een delicaat, harmonieus licht totdat de takken waren opgewarmd en stil waren.

Toen het zonlicht de boom kuste, misschien voor de laatste keer, bogen de takken, buigden en vouwden zich, waardoor een trap ontstond. Een trap die Grace terug naar de grond zou leiden.

Ze haalde haar klamme handen van de stam van de boom en stapte voorzichtig op de eerste trede. Die kon haar gewicht gemakkelijk dragen. Ze bewoog zich snel voort, de ene trede na de andere, en hield zichzelf in evenwicht door zich vast te klampen aan de stam van de boom.

Onder haar zag ze het gras. Ze was er bijna. Het was een race tegen de zonnestralen: zou Grace er zijn voordat ze de grond raakten? Wie zou als eerste landen?

Toen Grace naar beneden stapte, kusten zij en het zonlicht tegelijkertijd de grond. Ze lachte toen het gras haar voeten kietelde en ze genoot van de aardse, muskusachtige geur.

Ze stond onder de gigantische boom en wees naar de hemel.

In het begin was ze een ongewenste gast geweest bij die boom, en nu was het alsof ze afscheid nam van een lang verloren vriend. De takken waren gebogen en verdraaid, en de stam gaf aan dat hij niet lang meer zou blijven staan.

Er klonk een luide kraak, gevolgd door een wereldschokkende knal toen de trap naar beneden stortte. Ze raakten de grond en stuiterden als een kind op een trampoline, gevolgd door een regen van houtschilfers die als granaatscherven alle kanten op spatten.

Grace stond stil, te bang om te bewegen, terwijl de koningin aan haar voeten op haar laatste rustplaats viel.

Eén klein ding was nog in beweging. Het daalde neer.

Ze ving de olijf in haar hand, stopte hem in haar zak en ging op zoek naar Vincente.

✱✱✱

TERWIJL ZE NAAR HUIS liep, voelde ze zich gedesoriënteerd en uitgeput, maar ook gelukkig dat ze nog leefde.

Het duurde niet lang voordat ze zich realiseerde dat ze helemaal niet ver van huis was. Toen ze haar huis in zicht kreeg, barstte ze in tranen uit. Ze kon niet stoppen, terwijl ze de voordeur opende en naar boven liep, klimmend over wat er nog over was van de kapotte trap. Boven aangekomen snuffelde ze en besefte dat ze stonk. Ze nam snel een douche, kleedde zich om en maakte haar wonden schoon.

Toen gooide ze de slaapkamerdeur open (die was niet meer op slot) en zag Vincente nog steeds vastgebonden aan het bed liggen. Hij lag precies in dezelfde houding als toen ze hem had achtergelaten. Eerst vreesde ze dat hij dood was.

Toen ze haar hoofd op zijn borst legde, voelde ze zijn adem in haar nek. Ze kon zijn hart horen kloppen.

Ze kuste zijn ogen, zijn wangen, zijn voorhoofd en zijn mond. Ze maakte haar knappe prins wakker. Ze bracht hem terug naar de wakende wereld. Tranen rolden over haar wangen.

Vincente opende zijn ogen. "Droom ik?"

Grace gaf geen antwoord. Ze kuste hem alleen maar herhaaldelijk op zijn zoete lippen. Toen klom ze bij hem in bed, sloeg haar armen om zijn nek en viel in slaap.

HOOFDSTUK 26

G RACE WERD WAKKER TERWIJL ze zich nog steeds vastklampte aan de boomstam om te overleven. Het was nog steeds pikdonker. Bang om te bewegen, klampte ze zich nog steviger vast. Toen voelde ze warme adem op haar voorhoofd. Ze schrok. Ze sloeg om zich heen.

De boomstam bewoog.

Ze hoorde zijn hartslag.

"Ik zou hier wel aan kunnen wennen."

Grace schreeuwde.

"Gaat het, Grace? Word wakker!" zei Vincente.

Ze trok zich terug en keek recht in zijn bebaarde gezicht. Hoewel het donker was, kon ze zien dat ze bij Vincente was. Ze was weer thuis en ze waren weer samen.

Ze had een droom binnen een droom gehad, maar dit was de werkelijkheid. Ze omhelsde hem stevig.

"Ik zie er vast niet uit," zei Vincente.

"Ik vind je prachtig."

"Ah, dat zeg je waarschijnlijk tegen alle mannen die je aan bed vastgebonden aantreft."

"Ja, ik zeg altijd dat ze heel mooi zijn, zodat ze me mijn gang laten gaan." Ze lachte.

"We moeten praten, over wat hier is gebeurd en over wat er is gebeurd toen je... weg was."

"Ik wil daar nu niet over praten, Vincente. Misschien wil ik er nooit over praten."

"Dat is aan jou, Grace, maar ik hoop dat je het me op een dag kunt vertellen."

"Het was vreselijk en prachtig tegelijk."

"Als je me losmaakt, kan ik misschien douchen en me omkleden. Dan kunnen we bijpraten."

Ze vond een schaar in de keuken en knipte Vincente los. Waar de touwen hem hadden vastgebonden, zat opgedroogd bloed, maar de wonden leken te genezen.

Ze hielp hem overeind toen hij eenmaal vrij was, maar zijn benen bleven onder hem uitgespreid.

"Ik kan het wel," zei Vincente, terwijl hij langzaam de kamer uitliep. Ze volgde hem, opende de badkamerdeur voor hem en begon toen door het puin te klimmen om weer op de begane grond te komen.

"Mijn moeder heeft alle kleren van mijn broer bewaard. Kijk maar eens of je iets vindt dat je past." Vincente knikte en sloot de badkamerdeur achter zich. Ze hoorde de douche aangaan en maakte zich klaar om ontbijt te maken.

In de keuken besloot Grace een picknick voor te bereiden. Ze koos een plekje in de tuin. Daarna zette ze een pot koffie en pakte een paar mokken en suiker. Ze stopte wat brood uit de vriezer in de broodrooster en pakte marmelade, vegemite, aardbeienjam en boter uit de koelkast. Daarna bakte ze wat eieren en bracht alles naar buiten.

Het was een picknick, maar wat ontbrak waren servetten en een tafelkleed. Ze zocht in de lades en vond beide. Ze dekte alles mooi op en zette zelfs een vaas met gedroogde bloemen in het midden van de tafel.

Toen ze beweging in de keuken zag, riep ze naar Vincente: "Ik ben hier!" En toen hij naar buiten kwam, riep ze: "Verrassing!"

Eerst aten ze in stilte.

Vincente keek naar Grace en zag haar voor het eerst in een heel ander licht. Tot voor kort had hij haar van een afstand bekeken, hoewel ze vlak naast hem stond. Misschien omdat hij eerder blind voor haar was geweest. Sindsdien had ze kracht en moed getoond, en een passie voor het leven die hij nooit eerder had gekend. Ze kuste intens, alsof ze met haar hart kuste, en hij wist – had altijd geweten – dat ze van hem hield. Toch had hij niet gedacht dat hij hetzelfde voelde. Tot nu toe.

"Ik wist niet dat koffie zo lekker kon smaken," zei Vincente, in een poging zijn gedachten te verzetten. Maar zijn diepe gevoelens verraadden hem en hij leunde over de deken heen en kuste Grace zachtjes op de lippen.

Haar lichaam gaf zich aan hem over en samen kusten ze elkaar intens en onwankelbaar. Vincente streek het haar uit Grace's gezicht en hield haar stevig tegen zich aan. Hij luisterde naar haar hart dat synchroon met het zijne klopte en werd overweldigd door een soort liefde die hij nog nooit eerder had gevoeld.

Vincente keek haar in de ogen terwijl hij sprak. "Toen je weg was…"

Ze probeerde hem te onderbreken, omdat ze iets wilde zeggen. Hij wist wat ze dacht, dat ze niet wilde praten over wat er was gebeurd toen ze uit elkaar waren, maar dat was niet waar hij heen wilde.

Hij legde zijn wijsvinger op haar lippen en zei: "Ssst." Hij moest het haar nu vertellen, voordat hij zijn moed verloor. "Toen je weg was, realiseerde ik me een paar dingen, waarvan het belangrijkste was dat ik verliefd op je ben."

Ze hapte naar adem. Ze kon het niet bedwingen.

Hij gebaarde haar opnieuw om stil te zijn.

"Niet lang geleden raakte ik je met een cricketbal op je hoofd en raakte je bewusteloos. Ik maakte me zorgen om je, maar ik dacht even: 'Wie gaat me nu helpen met mijn wiskundehuiswerk?'. Ik was egoïstisch, ik weet het. Helemaal."

Opnieuw wilde ze hem onderbreken. "Toen keek ik naar je, het domme kleine meisje dat me altijd op een vreemde manier aankeek, dat me soms met haar ogen volgde. Dat duidelijk verliefd op me was…"

Ze trok een gezicht bij deze opmerking en voelde zich beschaamd. Ze vroeg zich af waarom hij niet gewoon was gestopt bij 'Ik ben verliefd op je'. Dat zou zo perfect zijn geweest.

Hij vervolgde: 'Je hielp me met mijn wiskunde. Je was cruciaal voor mijn verblijf in het team, maar ik was je niet dankbaar. Niet echt. Ik vond dat je het me op de een of andere manier verschuldigd was. Ik vond dat iedereen me iets verschuldigd was. Toen was ik anders. Maar ik ben veranderd. Jij hebt me veranderd. Als ik nu in de spiegel kijk, zie ik een man die alles voor je zou doen. Een man die bij je wil zijn, en dan bedoel ik niet alleen vandaag of morgen, maar altijd, voor altijd. Misschien denk je dat ik niet jouw type ben, en misschien denk je dat je niet goed genoeg voor me bent, maar eerlijk gezegd ben ik niet goed genoeg voor jou! In het verleden deed ik gewoon wat er van me verwacht werd, zonder er vragen bij te stellen. Ik ging uit met het meisje met wie ik moest uitgaan. Ik was de stereotype sportman, en daar ben ik niet trots op. Jij, Grace, laat me nadenken over morgen, onze morgen, onze toekomst, en ik kan niet wachten om alles met je te delen."

Grace voelde de tranen over haar wangen stromen. Ze had jaren gewacht tot Vincente deze woorden tegen haar zou zeggen, en nu ze ze hoorde, twijfelde ze aan hem en zei: "Maar Vincente, misschien voel je je alleen zo omdat we de enige twee mensen zijn die over zijn? Weet je, alsof we vastzitten op een onbewoond eiland, en zelfs het lelijkste meisje er na een tijdje mooi uitziet."

Haar reactie op zijn liefdesverklaring was als een klap in haar gezicht. Ze wilde haar woorden terugnemen, maar het was te laat. Het kwaad was al geschied.

"Luister Grace, ik weet dat je bang bent, en nu duw je me weg. Nou, ik ben ook bang, dus probeer me niet van je weg te duwen met dat 'lelijkste meisje'-gedoe. Dat doet afbreuk aan alles wat ik je net heb gezegd, en wat je ook zegt en wat je ook doet, ik zal altijd van je houden. Ik hou van je, Grace."

"Ik hou ook van jou, Vincente."

Ze vielen elkaar in de armen en deze keer waren de kussen vurig. Ze slurpten elkaar op, als twee alcoholisten die al maanden geen drank hadden gehad. Hun passie vulde de lucht.

Vincente trok zich als eerste terug. Hij had geen keuze, hij moest zich terugtrekken, anders zouden ze te ver gaan, te snel.

"Waar heb je zo gekussen geleerd?" vroeg hij terwijl hij haar rug streelde en de hitte van haar huid op zijn vingers voelde.

Grace haalde haar schouders op. Ze reageerde alleen maar op zijn vuur. Ze probeerden terug te gaan naar het eten, maar de smaak op hun lippen, de smaak van elkaar, deed al het andere in vergelijking daarmee smakeloos lijken.

Toen de nacht viel, gingen ze op de deken liggen en keken naar de sterren die boven hen fonkelden, hielden elkaars hand vast en kusten elkaar. Het was een perfecte wereld; een wereld die alleen voor hen tweeën was gemaakt.

✳✳✳

GRACE KEEK NAAR VINCENTE die naast haar lag te slapen. Hun benen waren in elkaar verstrengeld en ze kon zich niet losmaken zonder hem wakker te maken. Ze wist dat ze waarschijnlijk een slechte adem had, maar ze kon er niets aan doen, dus keek ze gewoon naar hem terwijl hij sliep. Zijn borst ging op en neer en hij zag er vredig uit. Hij zag er tevreden uit.

Ze voelde zich euforisch. Nooit had ze in haar stoutste dromen kunnen bedenken dat het zo zou lopen. Vincente Marino was verliefd op haar en zij was verliefd op hem.

Vincente werd wakker en gaapte. Zijn adem raakte Grace. Het rook zoet en ze hoopte dat haar adem ook zoet rook, want ze wist dat ze naar hem smaakte.

"Hoe lang ben je al wakker?" vroeg Vincente.

"Niet lang. Het was een prachtige nacht en nu hebben we een geweldige dag voor de boeg. Wat zullen we gaan doen?"

"Eerst moeten we het over ons hebben," begon Vincente. "Over waar we heen willen en hoe snel. Gisteravond wilde ik je heel graag, maar ik wist niet zeker hoe snel jij wilde gaan. Ik heb veel over ons nagedacht terwijl je weg was. Ik heb ernaar verlangd je vast te houden. Dat is wat me op de been hield, eerlijk gezegd. Dromen over ons, verbondenheid."

"Ik denk dat we het rustig aan moeten doen."

"Daar ben ik voor, zolang je belooft me te vertellen wanneer je er klaar voor bent."

"Als ik er klaar voor ben, ben jij de eerste die het weet!" zei Grace met een glimlach, en ze omhelsden elkaar en kusten elkaar teder.

Ze ruimden de picknick op en gingen naar binnen.

"Ik denk dat we vandaag verder moeten gaan," zei Vincente. "Ja, ik denk dat we een nieuwe start nodig hebben. Maar waar?"

"Ergens speciaals, en ik denk dat ik precies weet waar."

"Waar? Vertel het me!"

"Nee, je zult moeten wachten tot we daar zijn. In de tussentijd ga ik een paar dingen inpakken. Tenzij je dat ook wilt, weet je..." Hij glimlachte terwijl zijn ogen naar de trap glijden.

Ze liep naar hem toe, legde haar handen op zijn schouders en keek hem recht in de ogen. "'Laten we één ding heel duidelijk maken, Vincente Marino, ik ben er klaar voor, ik wil het en ik kan het. Maar ik wil niet dat het hier en nu is. Niet op deze plek. Maar ooit, binnenkort."

Hij kuste haar en baande zich een weg door het puin naar de bovenverdieping van het huis. Hij draaide zich naar haar om en zei: "Als je aan het inpakken bent, kijk dan of je een grote bijl kunt vinden, voor het geval we nog meer gekke bomen tegenkomen."

"Dat zal ik doen."

HOOFDSTUK 27

"WANNEER WIST JE VOOR het eerst dat je van me hield?" vroeg Vincente terwijl ze over Parramatta Road naar het centrale zakendistrict van Sydney liepen.

"Ik hield van je vanaf het moment dat ik je voor het eerst zag," gaf ze toe.

"Maar dat was geen echte liefde, toch? Het was een verliefdheid. Een bevlieging. Ik bedoel, wanneer wist je dat je echt van me hield, als persoon? Als een echt persoon?"

Hij kon zich niet voorstellen dat liefde op het eerste gezicht echt was. Hij had het nog nooit gevoeld. Hij kende niemand buiten films of toneelstukken die had gezegd dat liefde onmiddellijk kon zijn.

Ze legde haar hand op de zijne, die op de versnellingsbak rustte.

Hij keek haar vreemd aan. Ze leek zich ongemakkelijk te voelen, maar ze had wel een mooie witte, bijna ivoren nek.

"Er is niemand anders voor mij, Vincente. Dat is er nooit geweest. Mijn hart is zo vol van jou; er kan gewoon nooit iemand anders in zijn. Ik aanbid je."

Hij stopte de auto en bewoog zich naar haar blote witte nek. Zijn tanden waren koel toen ze haar raakten, en toen begonnen ze te branden. Haar hart klopte zo snel dat ze dacht dat het uit haar borstkas zou springen, en ze voelde zich helemaal warm terwijl ze het gevoel had dat ze hem wilde verslinden.

Na een paar ogenblikken herwonnen ze hun kalmte en reden ze weg. De straten waren volgestouwd met uitgebrande voertuigen, met uitzondering van één Land Rover. Vincente stopte ernaast en ze bekeken hem van dichtbij. Hij was bijna nieuw, met witte lederen stoelen en veel ruimte achterin voor hun wapens en voorraden.

Vincente draaide de sleutel om en de motor startte meteen. "Ik denk dat deze beter is dan onze auto, veel ruimer en betrouwbaarder, en we zouden... hem moeten meenemen."

Grace vond het geen goed idee om een auto te stelen, maar het was logisch dat ze iets groters en geschikter voor hun behoeften zouden aanschaffen. "Ik vraag me af waarom deze niet is uitgebrand, zoals de rest?" vroeg ze. Vincente haalde zijn schouders op en ze begonnen hun spullen uit de andere auto te halen en in de Land Rover te laden.

Er zat nog wat benzine in de tank, maar niet veel. Vincente vond het belangrijk om bij het volgende tankstation te stoppen en te tanken.

Grace ging met Vincente mee naar binnen en ze kochten een krat water en nog wat andere spullen om mee te nemen.

"Waar gaan we heen?" vroeg Grace opnieuw toen ze de Sydney Harbour Bridge overstaken.

Vincente grijnsde. Hij was erg tevreden over iets. Grace was erg nieuwsgierig en opgewonden.

Vincente veranderde van onderwerp. "We hebben geluk gehad dat we dit voertuig hebben gevonden. Het is in heel goede staat en het kan ons overal naartoe brengen waar we heen moeten."

"We hebben nog meer geluk dat je een rijbewijs hebt."

"Nou, technisch gezien heb ik dat niet," zei Vincente, terwijl hij Grace aankeek. "Maar wie gaat me tegenhouden?"

Grace dacht na over hun situatie. Ze vond het moeilijk te geloven dat er nergens anders mensen waren, in het hele land of in een ander deel van de wereld. Ze kon niet geloven dat zij echt de enige twee mensen waren die nog op aarde waren.

"Denk je niet dat er ergens anders nog anderen moeten zijn?" vroeg Grace.

"Ik denk dat wij de enigen zijn," zei Vincente.

"Maar als er anderen zijn?"

"Dan vinden we hen, of zij vinden ons. Laten we ons daar voorlopig geen zorgen over maken, oké? We zijn er bijna," zei hij terwijl ze de hoek omgingen en een weg insloegen die parallel liep aan het strand. Het uitzicht was adembenemend. Grace verlangde ernaar om uit de auto te stappen en met haar blote voeten over het witte zand te rennen.

Vincente stopte net buiten het Manly Hotel aan het water. Net als kleine kinderen konden ze niet wachten om hun schoenen uit te trekken en over het hete witte zand te rennen. Het kuste hun voeten en roerde zich als suiker op de bodem van een koffiekopje, en toen hun voeten het koude water raakten, rilden ze en lachten ze.

"Denk je dat het veilig is?" vroeg Grace.

"Veilig? Waarvoor?"

"Je weet wel, voor haaien en kwallen."

"We hebben al dagen geen levend wezen gezien, geen mieren of spinnen, geen muggen, geen enkele vogel... En jij maakt je zorgen over haaien en kwallen?"

"Ja, nou, de bomen waren hongerig, dus wie weet hoe het zit met de..."

Vincente kuste haar zorgen weg. Samen speelden ze in het water als twee kinderen, spetterend en elkaar achterna zittend, totdat ze naast elkaar in het zand in slaap vielen.

****

'S Ochtends werden Grace en Vincente bedekt met zand wakker en hadden ze enorme honger.

"Ik ben er klaar voor," zei ze terwijl ze zich op hem stortte, hem krachtig op zijn lippen kuste en hem terugduwde in de afdruk die ze in het zand hadden gemaakt.

"Ik... denk dat het te vroeg is," zei hij, terwijl hij haar zachtjes opzij duwde, opstond en het zand van zijn kleren schudde.

Ze wierp zich opnieuw op hem. "Ik dacht dat je zei dat ik het je moest vertellen als ik klaar was. Ik ben klaar, oh zo klaar," zei ze terwijl ze naar de knopen van zijn shirt zocht.

Hij deed een stap achteruit. Hij glimlachte naar haar. Grace wierp zich opnieuw op hem. Hij deed een stap achteruit.

"Je bent zo'n plaaggeest," riep ze gefrustreerd terwijl hij zich omdraaide en in de tegenovergestelde richting rende. "Lafaard!" riep ze, terwijl ze hem volgde. Ze hijgde. Haar hart klopte in haar keel. Ze wilde niets liever dan zijn kleren uittrekken, haar zin met hem doen, zijn lichaam tegen het hare voelen. Eén worden met hem.

"Als het het juiste moment is, zullen we dat allebei weten," zei Vincente terwijl hij de kofferbak van de auto opende en de flessen water eruit haalde. Hij ging de lobby van het hotel binnen en Grace volgde hem. Ze had geen andere keuze dan hem te volgen, de lift in, door de gang en het gigantische penthouse binnen.

Eenmaal binnen trok Vincente de gordijnen helemaal open. Vanuit hun uitkijkpunt kon hij nadenken over alles wat er was veranderd sinds hij Manly voor het laatst met zijn moeder en vader had bezocht. Er was zoveel veranderd.

Vroeger waren er massa's mensen die over de promenade liepen, lachten en plezier maakten. Er waren boten, met hun zeilen die wapperden in de wind, als vlekjes aan de horizon. Er werd gelachen en gedronken. Kinderen zwommen, speelden en bouwden zandkastelen. Er waren surfers, heel veel surfers, die de grote golven betwistten.

Er waren dolfijnen en vogels, vooral meeuwen die rondfladderden, in en uit het water doken, aten en krijsten.

En dan hadden we het nog niet eens over de barbecues, cafés en restaurants vol met mensen die aan het eten, drinken, dansen, praten en flirten waren. Het was toen allemaal zo anders, zo levendig en zo opvallend druk. Vincente herinnerde zich dat hij lang had moeten wachten om in een van de beste restaurants van Manly te kunnen eten. Nu hadden hij en Grace de hele plek voor zichzelf.

Hij vertelde Grace over Manly, over hoe zijn familie een huis aan het strand had gehuurd. Ze hadden zelf walvissen gezien. Hoe de walvissen met hun staarten zwaaiden. Wat een pracht. Wat een kracht.

Hij vertelde haar ook dat ze soms in een hotel aan zee verbleven voordat ze een huis kochten. Het was net een kleine vakantie. Ze pakten hun spullen en namen de veerboot. Wat werd hij enthousiast en hoe aten ze altijd buiten de deur, zwommen ze in het zwembad op het dak, gingen ze naar het strand, aten ze fish and chips, zaten ze in het zand en praatten ze veel.

"Je mist je ouders echt, hè?" zei Grace, terwijl ze zijn hand in de hare nam. Ze hield nog meer van hem, als dat mogelijk was, wanneer hij over zijn familie en zijn herinneringen sprak. Wanneer hij zijn herinneringen en ervaringen met haar deelde, voelde ze zich alsof het ook de hare waren.

"Nu," zei hij, "hebben we deze plek helemaal voor onszelf, Grace. We kunnen hier blijven, hier wonen en hier doen wat we willen."

"Ja," beaamde Grace, "dat zou ik leuk vinden."

Toen ze een beetje waren afgekoeld, besloten ze een wandeling langs de boulevard te maken. Hier waren geen sporen van de aardbevingen te zien. Ze liepen hand in hand en praatten. Ze kwamen steeds dichter bij elkaar.

De herinneringen hadden een soort mist gecreëerd. Samen voelden ze zich heel alleen.

"Laten we gaan zwemmen," stelde Vincente voor terwijl hij naar het water rende, het zand overal rondstrooiend terwijl hij zijn shirt, korte broek, ondergoed, schoenen en sokken uittrok.

Grace zag hem, met zijn blote billen, het water in rennen als iemand die nog nooit op het strand was geweest. Ze begon ook haar kleren uit te trekken en toen ze alles had uitgedaan, begon ze het water in te waden.

Ze ontmoetten elkaar en pakten elkaars hand toen ze tot hun middel in het koele water stonden. De golven spoelden over hen heen en duwden hen samen en uit elkaar, samen en uit elkaar. Ze kusten elkaar en hielden elkaar stevig vast terwijl de zeespray hen doopte tot officieel verliefd.

Als er nog vissen in leven waren om hen te horen schreeuwen, waren ze te beleefd om zich kenbaar te maken.

HOOFDSTUK 28

N U LAGEN ZE NAAST elkaar in de penthouse van het hotel, na een slaap die alleen geliefden kunnen kennen, met Grace's hoofd genesteld tegen Vincente's borst.

Hij keek naar haar terwijl ze sliep. Hij bedacht dat ze vandaag nog mooier was dan gisteren. Hij streek haar haar uit haar gezicht en stopte het achter haar oor. Ze bewoog.

"Goedemorgen, slaapkop," zei hij. Hij kuste haar op haar voorhoofd.

"Goedemorgen," herhaalde Grace, terwijl ze zich uitrekte en gaapte, haar mond bedekkend met haar hand terwijl ze zich afvroeg of ze ochtendadem had - de slechtste adem van de dag. Ze vroeg zich af hoe ze in het hotel waren gekomen.

Ze dacht even na, probeerde zich te herinneren hoe ze daar terecht was gekomen, maar kon zich niet eens herinneren dat ze het hotel was binnengegaan. Het was alsof ze een binge had gehad en nu haar geheugen over die gebeurtenis volledig kwijt was, naast alle andere gebeurtenissen uit het verleden die ze was vergeten. Ze voelde zich geïrriteerd omdat ze zich elk moment met Vincente wilde herinneren.

"Als je je afvraagt hoe je hier terecht bent gekomen," zei Vincente.

"Je lag diep te slapen op het strand en het tij kwam op, dus ik heb je opgepakt en hierheen gedragen, en je vervolgens ingestopt."

"Bedankt," zei ze terwijl ze zich tegen hem aan nestelde. Daarna verontschuldigde ze zich en ging ze douchen. Buiten de badkamer werd er op de deur geklopt. Ze trok de badjas van het hotel aan en vroeg: "Wie is daar?"

"Ik ben het, gekkie!" antwoordde Vincente, terwijl Grace de deur opendeed en hem aantrof in een kokskleding, inclusief koksmuts, terwijl hij een feestmaal op een trolley voortduwde.

"Je bent druk bezig geweest," merkte Grace op, terwijl ze een hap nam van haar toast met marmelade en een stukje knapperig spek in het zachtgekookte ei doopte.

Ze aten en aten, tot ze geen hap meer konden, en toen stond Vincente op en gaf Grace een doos.

"Een cadeautje? Voor mij?"

"Voor wie anders? Ik hoop dat je het leuk vindt," zei Vincente, en hij keek toe hoe Grace het lint afscheurde en het papier opzij duwde om het cadeau te onthullen.

Grace hield de mooiste strapless zomerjurk omhoog die ze ooit had gezien, en drukte hem tegen haar lichaam. Het was van zijde, groen en erg sexy. Ze vloog op Vincente af en kuste hem op de lippen, gooide vervolgens haar badjas uit en trok haar nieuwe jurk aan. Hij paste perfect.

"Dank je wel," zei ze.

"Laten we eens kijken hoe je eruitziet als je hem uitdoet!" riep Vincente uit, voordat hij haar op het bed duwde en ze opnieuw de liefde bedreven.

Toen ze wakker werden en weer een beetje honger hadden, haalde Vincente de chocoladefondue tevoorschijn die hij eerder had gevonden, en ze doopten ontdooide aardbeien erin. Ze waren heerlijk zoet en ze voerden elkaar. Toen ze verzadigd waren en genoeg energie hadden opgebouwd, bedreven ze opnieuw de liefde.

✳✳✳

LATER DIE DAG LIEPEN ze hand in hand over de boulevard, terwijl de golven naast hen op het strand beukten. Het was vloed en de kracht van de zee was overal om hen heen voelbaar.

"We zouden hier heel gelukkig kunnen zijn, weet je," zei Vincente. "We hebben genoeg eten in het hotel om maanden mee door te komen. Samen met de andere hotels en restaurants hebben we hier waarschijnlijk genoeg eten om jaren mee door te komen. En we zouden in luxe kunnen leven, ons verplaatsen in het hotel, zonder ooit schoon te hoeven maken! We kunnen gewoon naar een andere kamer verhuizen als de onze vies wordt!"

Grace dacht na over alles wat Manly te bieden had. Ook zij vond dat deze plek een fijn thuis zou kunnen zijn. Ze hadden alle tijd van de wereld en niets te verliezen. Waarom zouden ze het niet proberen?

"Ik denk dat je gelijk hebt, we moeten hier blijven en er ons thuis van maken. Eens kijken wat er gebeurt. Maar..." Ze stopte en staarde naar de lucht. Toen draaide ze zich om en keek hem recht in de ogen. "Maar wat als we niet de enigen zijn? Wat als er nog anderen zijn, elders in het land? Elders in de wereld? Moeten we zo gelukkig zijn, alleen maar aan onszelf denken, terwijl anderen misschien hulp nodig hebben? Terwijl we daarbuiten naar hen op zoek zouden kunnen zijn?"

Vincente gaf haar niet meteen antwoord. Hij keek ook naar de lucht. Hij miste het geluid van kookaburra's en meeuwen. Hij miste zelfs het geluid van vliegtuigen en claxonnerende auto's. "Ik begrijp wat je bedoelt, schat. Maar onze verantwoordelijkheid ligt bij onszelf. Vooral omdat we niet weten hoe lang we hier nog hebben."

"Denk je dat onze tijd beperkt is?"

"Wie weet? Is dat niet altijd zo? Ik wil elk moment met je doorbrengen, je gelukkig maken. Van je houden. Met je vrijen is nu mijn prioriteit."

Ze sloeg haar arm om zijn middel en ze liepen verder, sloegen de hoek om, doken onder de brug door en renden als twee kinderen. Toen ze de verborgen speeltuin bereikten, klom Grace op de glijbaan, gleed naar beneden en sprong op een schommel. Vincente ging naast haar op de schommel zitten en ze gingen steeds hoger en hoger, terwijl ze hun gesprek voortzetten.

"Jij bent ook mijn prioriteit. Van je houden, bij je zijn. Maar misschien zouden we gelukkiger zijn als we anderen zouden zoeken. Ik bedoel, wetende dat we het tenminste geprobeerd hebben," zei Grace.

"Je hebt me net op een idee gebracht, Grace. Misschien moeten we eens proberen om naar het buitenland te bellen, interlokaal. Kijken of we op die manier een verbinding kunnen maken. We kunnen een interlokaal gesprek proberen, en dan kunnen we Nieuw-Zeeland proberen, misschien Europa, Engeland, dan Canada en de VS. We kunnen hier tijd doorbrengen, van de dagen genieten en eerst op die manier zoeken. Vind je dat goed?"

"Ik denk dat het een goed begin is. Maar laten we nu eerst gaan zwemmen," zei Grace, terwijl ze van de schommel sprong en begon te rennen. Vincente vloog achter haar aan en volgde het spoor van kleren dat ze achterliet. Hij raapte alles bij elkaar en keek toe hoe Grace het water in liep. Ze dobberde op en neer en dook toen onder. Ze kwam weer boven met haar haar helemaal nat, alsof ze zich klaarmaakte voor een fotoshoot voor een tijdschrift.

Vincente scheurde zijn eigen kleren uit terwijl hij naar haar toe liep.

Ze doken samen onder terwijl de golven over hun lichamen sloegen.

✳✳✳

"DENK JE DAT WE het ooit zullen missen?" vroeg Grace, terwijl ze breed gaapte en rechtop ging zitten met haar armen over haar knieën. Ze was nu weer volledig aangekleed en ze hadden al een tijdje naar de sterren gekeken, genietend van de nagloed.

"Wat missen?" vroeg Vincente, terwijl hij rechtop ging zitten en met gekruiste benen naast haar ging zitten.

"Leren, sporten, alles wat bij school horen hoort. Denk je dat we het ooit zullen missen?"

"Ik mis in ieder geval het zakken voor wiskunde niet, en dat was precies wat ik deed voordat coach Anderson voorstelde dat ik hulp van jou zou krijgen. Ik had geluk, denk ik, maar ik mis het leren niet. Ik mis het spelen wel, het gejuich van het publiek als ik een perfecte worp gooide."

"Mis je de kans om prof te worden?"

"Een beetje. De enige manier waarop ik naar de universiteit kon gaan, was met een beurs. Mijn ouders konden het zich niet veroorloven om me te sturen. Niet dat we arm waren of zo – we hadden geld – maar het zou moeilijk worden, snap je? Ik wilde het zelf redden, op eigen kracht."

"Ja, ik snap dat je het zelf wilde verdienen. Je hebt eerder gezegd dat ik wiskundige zou worden. Misschien krijg ik daar weer zin in als mijn geheugen terugkomt."

"De sky was the limit voor jou." Hij stopte even toen hij een wolk over haar gezicht zag trekken bij het woord 'was', en vervolgde toen: "Dat is nog steeds zo!"

"Ik kan me er nu niets meer van herinneren. Toen ik daarboven in die boom zat, voelde ik me vaak alsof..." Ze aarzelde, bang om het toe te geven. "Nee, je zult me uitlachen."

"En wat dan nog als ik lach? Vertel het me, kom op! Je moet het me vertellen!" Toen leunde hij voorover en begon haar te kietelen en te kietelen. "Ga je het me nu vertellen?" vroeg hij, en hij kietelde haar opnieuw totdat ze ermee instemde het hem te vertellen.

"Albert Einstein," zei ze, "ik dacht dat ik zijn gezicht in de maan kon zien."

Hij lachte niet. Hij keek omhoog naar het gezicht van de maan. Nu ze het zei, kon hij inderdaad een snor zien, en ogen. Hij dacht aan Mark Twain, of ja, het zou Albert Einstein kunnen zijn. "Ik zie het ook," bevestigde hij. "Het zou zowel Albert Einstein als Mark Twain kunnen zijn daarboven."

"Zie je het dan ook, de snor?"

"Zeker, maar ik heb nog nooit zo'n duidelijk gezicht gezien. Ik heb wel eens gehoord van de Man in de Maan, maar hoe komt het dat ik het nu pas zie?"

"Ik weet het niet zeker," zei Grace. Ze staarden samen zwijgend naar de maan, totdat Grace zei: "Het enige wat ik weet is dat toen ik in die boom zat en hoop nodig had, ik die vond in het gezicht van Albert Einstein. Het maakte me sterker. Het gaf me hoop. Het gaf me het onomstotelijke gevoel dat ik daar beneden zou komen en dat ik je weer zou zien. Ik wist zelfs dat je in orde was en dat ik je zou redden."

"Allemaal vanwege een band met Albert Einstein, hè? Heeft hij... heeft hij tegen je gesproken? Van daarboven, bedoel ik?"

"Niet zozeer met woorden," zei Grace, "maar er was zeker een band. Alsof hij aan de andere kant van het universum was en contact met me zocht. Me kracht gaf. Ik weet dat het nu gek klinkt, maar op dat moment, zo hoog in die boom, leek het volkomen normaal dat Albert Einstein over me waakte."

"Nou, bedankt, Albert Einstein!" riep Vincente naar de maan. "Bedankt dat je mijn meisje veilig terug op de grond hebt gebracht, terug naar mij!"

"Ja, bedankt, Albert Einstein!" voegde Grace toe.

"Je bent nu waarschijnlijk op voornaamsterkte met hem, nietwaar?" zei Vincente, en toen begon hij over het strand te rennen. Grace rende achter hem aan, en ze lachten en spetterden in het water.

Geen van beiden merkte de knipoog van professor Einstein op.

Het echtpaar keerde terug naar het hotel, vastbesloten om een paar telefoontjes te plegen. "Ik weet zeker dat als er iemand in Australië is die kan opnemen, dit hen zal bereiken," zei Vincente.

Ze zaten samen in het kantoor en lieten de telefoon maar rinkelen en rinkelen en rinkelen. Niemand nam op.

"Laten we iets anders proberen," stelde Vincente voor. Vincente ontdekte een handleiding in het bureau en bladerde erdoorheen, op zoek naar de code om contact op te nemen met Nieuw-Zeeland. Hetzelfde resultaat: geen antwoord.

"Waar moeten we het nu proberen?", vroeg hij.

"Laten we eens proberen..." Ze stond met een wereldkaart voor zich, sloot haar ogen, richtte zich op Frankrijk en Vincente toetste de code in. Ze lieten de telefoon rinkelen en rinkelen, maar opnieuw werd er niet opgenomen.

"Waar nu?", vroeg Vincente.

"Zuid-Amerika!" riep Grace, en Vincente toetste de cijfers in. Dit was het dichtst dat ze in lange tijd bij plezier waren gekomen, en met elk land dat ze probeerden, groeide de hoop weer:

China, Rusland, Noorwegen, Ierland en Engeland. Hun hoop vervaagde echter nadat ze Canada en de Verenigde Staten hadden geprobeerd.

"Wij zijn de enigen," waren ze het eens, en uitgeput keerden ze terug naar hun kamer. Geen van beiden had honger of dorst.

Voor het eerst wilden ze geen seks hebben en wilden ze niet praten. Ze zaten alleen samen en dronken wijn. Het was nu hun wereld. Leeftijd deed er niet toe. Ze konden hebben of doen wat ze wilden. Het was een droom die uitkwam.

****

V INCENTE WERD WAKKER EN schrok toen hij Grace in haar slaap hoorde praten:

"E is gelijk aan MC kwadraat, twee keer twee is vier, vier seizoenen, een evenwichtige balans, drie keer twee is zes, is een vrouwelijk getal, drie is een mannelijk getal, dus zes staat gelijk aan het huwelijk. Zes, tien, vijftien zijn driehoekige getallen, vier, negen, zestien zijn vierkante getallen, de psychogene kubus is zes in het kwadraat of zes keer zes keer zes is tweehonderdzestien, Pythagoras geloofde dat we allemaal elke tweehonderdzestien jaar reïncarneren, daarom cyclus. Terugkeer."

Ze stopte, snurkte een beetje en Vincente kroop tegen haar aan. Hij dacht na over haar gave, die nu zijn magie in haar onderbewustzijn deed werken. Haar genialiteit drong door in haar avondgedachten en kwam tijdens haar rusturen weer naar boven. Dit was de eerste keer dat hij door zulke mijmeringen werd gewekt. Het was alsof Grace in een andere taal sprak. Hij vroeg zich af of hij het haar moest vertellen. Maar als hij dat deed, zou de kracht van suggestie, in plaats van haar eigen zelfrealisatie, het genezingsproces vertragen?

Toen de ochtend aanbrak, was Vincente nog steeds wakker en luisterde hij naar de stilte om hem heen. Grace had niet meer gesproken, maar ze werd een paar keer onrustig en hij moest bij haar vandaan gaan liggen. Ze woelde in haar slaap, maar toen ze over wiskunde sprak, was ze heel stil en geconcentreerd. Haar stem was gevuld met zoveel passie. Ze druipte bijna van hoop en ontzagwekkende verwondering, hoewel hij geen woord begreep van wat ze zei. Hij bedacht wat hij zou doen als ze wakker werd. Hij zou haar niets vertellen over het praten in haar slaap. Vandaag in ieder geval niet. Maar hij had een plan en hij hoopte dat het haar zou helpen. Tegelijkertijd had hij een idee hoe hij haar kon verrassen. Hij was optimistisch dat vandaag hun beste dag ooit zou worden.

HOOFDSTUK 29

"Ik zat te denken, Grace, dat het leuk zou zijn om vandaag naar Sydney te gaan. We kunnen een bezoek brengen aan de openbare bibliotheek. We hoeven niet te stoppen met leren. We hebben een hele bibliotheek en duizenden boeken helemaal voor onszelf. We kunnen daar het grootste deel van de dag doorbrengen!"

"Ja, ik vind je manier van denken leuk. Perfect!" Grace stopte even en keek naar zichzelf in de spiegel. "Ik wil ook graag een paar dingen kopen, misschien zelfs wat nieuwe kleren. Misschien moet ik mijn haar verven? Zou je me leuk vinden als blondine?"

"Blondine absoluut niet, maar ik kan ook wel wat nieuwe spullen gebruiken. We kunnen lekker gaan shoppen! En wat ik ook handig zou vinden, is als we een CB-radio kunnen vinden. Het is een primitievere vorm van communicatie, maar..."

"Dus je denkt nog steeds dat er misschien ook anderen zijn?"

"Ik denk dat we de enige twee zijn, schat. Maar als we een CB-radio hebben en die actief kunnen gebruiken, en als er een kans is, zelfs een kleine kans, dat anderen op die manier contact met ons kunnen opnemen, dan staat die weg voor ons open. Voor hen."

"Ik hou van je, Vincente," zei ze terwijl ze haar armen om hem heen sloeg en hem hartstochtelijk kuste. Toen liep ze naar de deur. "Er is geen beter moment dan nu. We kunnen net zo goed naar buiten gaan!"

"Ik ben helemaal voor!" riep Vincente uit. Hij sloeg zijn arm om haar middel en samen liepen ze het gebouw uit, naar hun auto. Ze hadden permanent geparkeerd voor het hotel, waar normaal gesproken alleen taxi's en limousines passagiers mochten ophalen. Er waren zo zijn voordelen aan het leven in een wereld zonder regels.

"Vincente," begon Grace, "ik heb nagedacht. Hoewel het hotel mooi is en zo, zou het voor mij nooit een thuis kunnen zijn. Begrijp je wat ik bedoel?"

"Ja, ik begrijp wat je bedoelt. Je voelt de behoefte om je te settelen, om een nest te bouwen. En een hotel voldoet daar psychologisch gezien niet aan."

"Voorlopig wel, maar niet in het grotere geheel voor ons." Vincente stopte de auto en gooide de deur open. Ze zag hoe hij naar het raam van een Salvos Store rende. Ze stapte uit de auto om te kijken wat zijn aandacht had getrokken, en zag dat het een CB-radio was!

Vincente ging de winkel binnen en bekeek de radio aandachtig. Toen vond hij een stopcontact en plugde hem in. Hij scande de ether. Samen luisterden ze aandachtig, maar er was alleen ruis en feedback. Vincente pakte hem op en stopte hem in de kofferbak van de auto, en ze reden weg. De radio was een gok, dat wisten ze allebei, maar ze spraken er niet over.

Ze reden door de straten van Manly, inmiddels volledig gewend aan het feit dat ze de enige twee mensen in hun wereld waren. Ze hadden alles wat ze wilden of nodig hadden binnen handbereik: alle toeristische attracties, plus de natuurlijke belofte en schoonheid van Sydney. De stad was hun kleine stukje paradijs en Manly helemaal voor zichzelf hebben was een soort bonus.

Toen de Land Rover over de Sydney Harbour Bridge reed, leek het Opera House hun aanwezigheid te erkennen, en Grace maakte van de gelegenheid gebruik om hun eerdere gesprek voort te zetten. "Het zou heerlijk zijn om het huis te kiezen dat we willen. Om ons eigen huis te creëren," zei ze optimistisch.

"Ik ben het helemaal met je eens, en we zouden elk huis, elk landhuis kunnen kiezen dat we willen. Maar voorlopig denk ik dat we het over iets moeten hebben dat nog persoonlijker is. Iets waar we het nog niet echt over hebben gehad."

Vincente's gezichtsuitdrukking was veranderd. Hij was heel ernstig geworden, ernstiger dan Grace hem ooit had gezien, en ze maakte zich zorgen. Ze wachtte tot hij verder ging, omdat ze zijn gedachtengang niet wilde onderbreken. Ze besefte dat hij op zoek was naar de juiste woorden. Toen hij een paar minuten lang niets zei, begon Grace zich nog meer zorgen te maken. Toen hij de auto op George Street aan de kant zette en haar in de ogen keek, maar nog steeds zwijgzaam bleef, werd ze echt heel bezorgd.

"Zeg het me, Vincente! Je maakt me bang!"

"We hebben geen voorbehoedsmiddelen gebruikt en je zou nu zwanger kunnen zijn. Ik zou je kunnen zien als een nieuwe moeder en ik zou vader kunnen worden. En ik zat net te denken hoe het leven eruit zou zien voor een kind dat van ons zou worden geboren. Ja, we zouden van hem houden en voor hem zorgen, maar hoe zit het met zijn toekomst? Haar toekomst?"

”Wat bedoel je precies? We zouden dol zijn op ons kind!"

”Ja, maar op wie zou ons kind dol zijn? Van wie zou hij of zij ooit houden, behalve van ons?”

“Oh, je bedoelt iemand om mee te trouwen. Om hun toekomst mee door te brengen, nadat wij er niet meer zijn?” Ze trok hem stevig tegen zich aan en aaide hem over zijn hoofd alsof hij een kind was. “Schat, je hebt heel diep nagedacht. Je had dat met mij moeten delen. Je hoeft je niet in je eentje zorgen te maken over zoiets groots. Wat er ook op ons pad komt, we zullen het samen het hoofd bieden.”

“Maar een klein mensje, zonder toekomst, behalve bij ons zijn? Dat zou wreed zijn. Dat zou niet juist zijn!”

“Misschien moeten we dan maar stoppen met vrijen? Ja, laten we celibatair worden!” riep ze uit, terwijl ze zijn hoofd streelde en hem kuste alsof hij een kleine jongen was. "Als het zo moet zijn, zal het gebeuren. We kunnen ons nu geen zorgen maken over iets dat misschien nooit zal gebeuren. We houden van elkaar. Ik zou alles voor je geven. Ik zou mijn leven voor je geven, Vincente, en ik zou niet celibatair kunnen zijn, tenzij we uit elkaar zouden gaan. Tenzij we gescheiden zouden zijn. Dan misschien."

”Dat zal nooit gebeuren! Ik zal je nooit verlaten! Niet met opzet," beloofde Vincente.

“Dan is dat geregeld. En als we kinderen krijgen, zullen we doen wat het beste voor hen is. Wat we ook moeten doen. Maar laten we nu eerst gaan winkelen en daarna naar de bibliotheek gaan. En later gaan we iets lekkers eten! Onze liefde kan nooit iets slechts opleveren," zei Grace.

"Ik aanbid je, Grace."

Ze liepen hand in hand de David Jones Department Store binnen, waar ze de hele ochtend winkelden. Daarna lunchten ze in een Italiaans restaurant, waar ze samen spaghetti bolognese kookten.

Na de lunch verkenden ze de bibliotheek en leenden ze een paar romans. Grace kwam niet in de buurt van de wiskundeafdeling en Vincente drong daar ook niet op aan.

Daarna stapten ze in de auto en reden ze langs George Street. Onverwachts stopte Vincente, pakte Grace's hand en zei dat hij haar iets wilde laten zien. Iets belangrijks.

Grace keek naar het bord boven de deur: Antieke juwelier van hoge kwaliteit, hier gekocht en verkocht.

Geïntrigeerd volgde Grace Vincente naar binnen.

Toen ze de winkel binnenkwam, was het alsof ze een schitterende kroonluchter was binnengestapt. Alles om haar heen was verlicht. Alle soorten sieraden die je je maar kunt voorstellen, van tiara's tot armbanden en horloges tot een met diamanten bezette aktetas, waren in de winkel uitgestald. Ze was zo overweldigd dat ze even niet kon bewegen. Geld speelde nu geen rol meer voor hen. Vroeger zouden deze sieraden veel te duur voor hen zijn geweest.

"Kom op," zei Vincente, "veel plezier, kijk maar rond! Zie je iets dat je leuk vindt?"

Grace liep naar voren, bukte zich en keek in de dikke glazen vitrines. Ze droeg nu geen sieraden. Ze wist eigenlijk niet eens wat voor soort sieraden ze mooi vond.

Ze liep langs de rijen vitrines, richtte haar aandacht op een paar dingen, raakte vervolgens afgeleid en liep verder. Er waren te veel mooie dingen om in één keer te bekijken. Toen ze het einde van de winkel bereikte en zich omdraaide, alsof ze de deur uit wilde gaan, hield Vincente haar tegen.

"Er moet hier toch iets zijn dat je leuk vindt!"

"Het is gewoon een beetje overweldigend voor me. Ik weet niet veel van sieraden. Misschien kun je me er eerst iets over vertellen. Vertel me eens over je ring. Waar heb je die vandaan?" vroeg Grace.

"Oké, ja, ik zie dat je overweldigd bent, maar je moet weten wat je mooi vindt. Dus we kunnen samen kijken. Mijn ring is al jarenlang in mijn familie. Het is een familiestuk. Hij is altijd aan de eerste zoon van de eerste zoon gegeven. Ik had niet door dat je hem had opgemerkt."

"Natuurlijk, hij verandert van kleur in het zonlicht, net zoals jouw ogen soms doen. Hé, deze vind ik mooi. Hij is echt prachtig!" Grace pakte een ring en toen ze die om haar vinger wilde schuiven, hield Vincente haar tegen. Hij nam de ring in zijn hand en ging op één knie zitten.

"Grace Greenway, ik hou meer van je dan van wat dan ook ter wereld. Wil je met me trouwen?"

Ze gilde als een klein meisje en rende op hem af, waardoor hij achterover op de grond viel. Ze zei ja en hij schoof de ring om haar vinger. Hij paste perfect, alsof hij voor haar gemaakt was. De grote diamant had de vorm van een hart, met kleine diamantjes rondom de rand. Hij schitterde als het licht erop viel.

"Nu is het officieel!" verklaarde Vincente. "Ik bedoel, officieel verloofd."

"Dank je, ik vind hem prachtig!"

Ze draaiden rond in de kamer, terwijl ze elkaar omhelsden. Toen werd Grace duizelig en strompelde ze naar voren om de vitrine links van de deur te bekijken. De kleine vitrine was eerder aan het zicht onttrokken door de open deur. Haar ogen werden meteen getrokken naar een gouden ring met een hartje en kleine diamantjes rondom. Diamanten die waren ingelegd als kleine sterretjes. Het was een prachtige ring en Grace wist meteen dat hij voor haar bedoeld was.

Vincente was het daarmee eens en voordat ze hem om haar vinger kon schuiven, nam hij hem uit haar hand en legde hem voorzichtig in een doosje. Hij stopte het doosje in de zak van zijn korte broek en klopte er zachtjes op. "Om hem veilig te bewaren," zei hij, "tot we op een dag gaan trouwen."

"Kan ik hem niet gewoon dragen?" vroeg ze terwijl ze in zijn zak tastte. "Ik bedoel, wie zou het weten? Bovendien is er hier toch niemand om ons te trouwen!"

"Daar gaat het niet om, toch? Hij blijft bewaard."

"Plaaggeest."

***

"EN JIJ?" VROEG GRACE terwijl ze de vitrines bekeek, op zoek naar een trouwring voor Vincente. Ze vroeg zich af of mannen ook verlovingsringen droegen, of dat dat alleen iets voor vrouwen was, een vrouwelijk teken dat ze verloofd was? "Ik wil een verlovingsring voor je kopen!" zei Grace opgewonden, maar Vincente leek enigszins terughoudend. "Oké, dan in ieder geval een trouwring," zei ze. Ze joeg hem weg zodat ze beter kon kijken.

"Uh hum, kan ik u helpen, mevrouw?" vroeg Vincente, terwijl hij zich voordeed als een pompeuze antieke juwelier.

"Nee, dank u, vriendelijke heer," zei Grace. "Ik heb de ring die ik wilde al gestolen!" Ze had de ring net in een doosje gestopt en in haar zak gestopt.

"Bedankt voor het stelen bij ons. Komt u nog eens terug," lachte Vincente, terwijl ze de boetiek verlieten.

Eenmaal buiten begon Vincente te lopen, met steeds grotere passen. Grace kon hem nauwelijks bijhouden. Ze rende achter hem aan, buiten adem.

Toen draaide hij zich plotseling om en nam haar in zijn armen. Daarna liet hij haar los, buiten adem en opgewonden.

"Ik heb een geweldig idee," zei hij.

"Vertel!"

"Je hebt een trouwjurk en zo nodig, en ik ook. Nou ja, geen trouwjurk voor mij, maar je weet wel, ik heb ook trouwkleding nodig. We hebben hier de beste winkels tot onze beschikking, dus laten we nu alles kopen wat we nodig hebben!"

"Maar de winkels gaan toch niet weg? Waarom wachten we niet gewoon?"

"Nee, ik zeg altijd: er is geen beter moment dan nu, en ik vind dat we ze vandaag moeten kopen," zei Vincente.

Eigenlijk dacht Grace er net zo over, maar een sterker verlangen overweldigde haar. Het overweldigde haar verlangen naar een bruiloft. Ze wilde Vincente's kleren uittrekken en dan hartstochtelijk met hem vrijen.

Ze trok hem dichter naar zich toe en omhelsde hem stevig. Ze kuste hem en gaf hem alles wat ze kon, maar zijn gedachten waren duidelijk ergens anders.

"Jij kijkt hier, en ik ga daar kijken, en we spreken af dat we hier over een uur weer terug zijn, oké? Precies hier op deze plek." Hij pauzeerde, blies haar een kus toe en zei: "Veel plezier."

"Weet je zeker dat we niet samen kunnen gaan winkelen voor trouwkleding?" riep ze hem na.

Hij stopte, schudde zijn hoofd en draaide zich weer naar haar toe. "Absoluut niet! Het brengt ongeluk als de bruidegom de trouwjurk voor de bruiloft ziet. Je staat er alleen voor, schat."

"Maar je hebt toch zeker hulp nodig?" stelde Grace voor, in de hoop hem op andere gedachten te brengen. Hij glimlachte alleen maar, ging een kledingwinkel binnen en sloot de deur achter zich. Ze sloeg haar armen om zich heen. Ze miste hem nu al.

HOOFDSTUK 30

H ET WAS VREEMD OM niet bij Vincente te zijn. In het begin vond ze het niet leuk om gescheiden te zijn. Maar toen raakte ze in de stemming en begon ze de ene na de andere trouwjurk te passen. Veel jurken waren te kantachtig en pretentieus. Sommige waren gemaakt voor maatjes nul en flatteerden haar vollere figuur niet. Andere waren gewoon te ingewikkeld om zelf aan te trekken.

Toen ze een antiekwitte jurk met een uitzonderlijk lange sleep op het rek vond, wist ze niet zeker of die wel zou passen, laat staan bij haar zou staan. De jurk had een hoge kanten kraag en werd geleverd met een bijpassende tiara. De knopen op de jurk waren van parelmoer, met daaroverheen een kanten rand geborduurd. Het prijskaartje luidde $ 10.000,00 en Grace was ongelooflijk voorzichtig toen ze zich er voorzichtig in liet glijden.

Ze hield haar adem in en liep toen de paskamer uit om zichzelf in de grote spiegel te bekijken. Tranen vulden haar ogen en rolden over haar wangen. Ze kon niet geloven dat ze er ooit zo mooi uit zou kunnen zien. Ze zag eruit als een prinses, die alleen maar wachtte tot haar prins zou komen om met haar te trouwen.

Ze dacht aan Vincente en hoe hij zich zou voelen als hij haar in deze spectaculaire jurk zou zien. Ze glimlachte breed. Ze keek op de klok en besefte dat ze nog wat accessoires moest vinden, zoals schoenen en wat spelden voor haar haar, een beetje make-up en een paar pareloorbellen.

Missie volbracht! Ze had aan alles gedacht wat ze nodig zou kunnen hebben, en ze had nog wat tijd over. Grace nam de tijd om terug te lopen naar de plek waar ze elkaar zouden ontmoeten.

Vincente was er nog niet. Vreemd genoeg was hun auto verplaatst.

Ze ging op de stoeprand zitten, met haar tassen verspreid over de stoep om haar heen. Toen stond ze op en haalde een fles water uit een koelkast in een buurtwinkel. Ten slotte ging ze weer zitten, droomde over hun trouwdag en wachtte.

***

Toen de avond viel, wachtte Grace niet langer geduldig. Ze was moe en miste Vincente vreselijk.

De wind was opgestoken en Grace voelde een rilling door haar lichaam gaan.

Ze ging een winkel in de buurt binnen en paste een zwarte hoodie.

Ze ritste hem dicht, trok de capuchon over haar hoofd en ging weer zitten om op Vincente te wachten.

En ze wachtte. En wachtte.

En terwijl ze nog steeds wachtte, vroeg ze zich af wat er met hem gebeurd was.

HOOFDSTUK 31

Z E WACHTTE NOG STEEDS op Vincente toen de sterren tevoorschijn kwamen. Terwijl het beeld van Albert Einstein op haar neerkeek. Ze wenste dat ze een van de romans uit de bibliotheek had meegenomen om te lezen, maar aan de andere kant was het licht op deze plek niet goed genoeg om te lezen.

Ze keek de straat in, er waren zoveel winkels, maar ze had er gewoon geen zin in. Natuurlijk zou ze wel iets vinden om haar af te leiden, maar dat zou haar steeds groter wordende bezorgdheid over Vincente's afwezigheid niet verminderen.

Had een van die bomen hem in een Vincente-shish kebab veranderd? En waarom had hij de auto meegenomen? De afspraak was geweest om onze spullen te halen en elkaar over een uur te ontmoeten. Wat was er gebeurd? Waar was Vincente Marino in vredesnaam?

De uren verstreken.

Grace begon te twijfelen aan Vincente's liefde voor haar.

Ze begon zich af te vragen of hij van gedachten was veranderd over hun relatie.

Deze gedachte maakte haar eerst boos, maar drong vervolgens steeds dieper door in haar onderbewustzijn.

Ergens ontdekte ze een deel van zichzelf dat had verwacht dat hij haar zou verlaten, dat hij van gedachten zou veranderen. Een deel van haar dat leek te verwachten dat hij haar pijn zou doen, haar van binnenuit zou verscheuren.

Ze besloot dat, aangezien het onvermijdelijk was dat hij al die tijd zou vertrekken, ze net zo goed verder kon gaan vanaf de plek waar ze hadden afgesproken elkaar te ontmoeten. Ze zou gaan waar haar hart haar maar wilde, en op dit moment wilde haar hart naar het Sydney Opera House.

Even overwoog ze om de tassen gewoon langs de kant van de weg achter te laten. Maar ze had de mooiste trouwjurk ter wereld gevonden en die zou ze meenemen. Ze zou hem houden.

Even dacht ze erover om de jurk weer aan te trekken, maar de sleep zou haar alleen maar vertragen.

Toen ze het Opera House bereikte, begroette de puurheid en witheid ervan haar met een glinstering in het maanlicht.

Ze ontdekte een ladder aan de zijkant die ze nog nooit had opgemerkt en klom hoger en hoger, tot ze boven op het Sydney Opera House zat.

Hoewel het niet zacht aanvoelde onder haar, had ze het gevoel dat ze op een gigantische meringue zat.

***

Grace draaide haar verlovingsring rond en rond om haar vinger en dacht na over hoe haar leven eruit zou zien zonder Vincente. Grace wilde absoluut niet zonder hem leven.

Ze zag een enkel licht bovenop de Sydney Harbour Bridge. Het leek herhaaldelijk naar haar te knipperen.

Het was een teken voor haar. Een teken dat zei dat als Vincente niet voor haar terugkwam, ze niet langer wilde leven.

Ze wilde niet de enige overlevende zijn.

Ze zou liever naar de top van de Sydney Harbour Bridge klimmen en zich voorover in de zee storten. Als dat zou gebeuren, zou ze haar trouwjurk weer aantrekken...

Dan zou ze Vincente op een andere plaats en in een andere tijd vinden.

Net toen de zon opkwam, hoorde ze haar naam in de wind horen zingen: "Grace! Grace!"

***

Toen Vincente Grace EINDELIJK vond, weigerde ze eerst om van het Opera House af te komen. Hij klom de ladder op, wanhopig op zoek naar een verklaring. Ze wilde geen verklaring.

Ze wilde hem niet horen. Ze klom naar beneden en weigerde zijn aanbod om haar te helpen met de tassen.

Ze struikelde op de stoep. Liep van hem weg.

Al die tijd probeerde hij het uit te leggen. Probeerde haar te vertellen waarom hij zo laat was.

Ze klom in de auto. Sloeg de deur achter zich dicht.

Hij ging op de bestuurdersstoel zitten.

Ze zei dat hij tegen haar hand moest praten.

Hij reed weg van de stoeprand. Hij was zo boos dat hij wel kon spugen.

Zij was boos, blij, verdrietig en opgelucht.

Ze was behoorlijk in de war.

***

"Heb je enig idee hoe lang je boos op me blijft?" vroeg Vincente.

"Ik ben niet boos op je!" schreeuwde ze. Ze hield zoveel van hem, zo veel dat ze niets liever wilde dan dat hij haar in zijn armen nam en vasthield. Dat hij haar vertelde hoeveel hij van haar hield. Dat hij haar nooit zou laten gaan.

Toch wilde een deel van haar boos op hem zijn.

Hem pijn doen. Hem laten boeten.

De pijn die ze voelde overweldigde haar hart op dit moment en ze huilde stilletjes in zichzelf.

Vincente vervloekte zichzelf.

Het enige wat hij had willen doen was haar verrassen!

HOOFDSTUK 32

Toen ze terugkwamen bij het hotel, stapte Vincente uit de auto en rende naar Grace toe. Hij moest Grace in de auto houden. Ze moesten praten.

"Je gaat naar me luisteren, en je gaat nu naar me luisteren."

"Ik-ik weet niet…"

"Je bent me iets verschuldigd. Je gaat luisteren."

Ze keek hem met zoveel wantrouwen aan, met zoveel pijn en verdriet dat hij het niet meer kon verdragen.

"Luister, als je kunt, vertrouw me dan gewoon. Vertrouw me en ga nu naar boven. Neem een douche. Koel af. Denk een paar minuten na over ons, over hoeveel ik van je houd. En als je klaar bent, trek dan de trouwkleding aan die je hebt gekocht en kom hier terug, maar niet meteen. Kom precies om 18.00 uur terug."

"Dus je laat me weer de hele dag alleen," pruilde Grace.

"Ik denk dat tijd alleen goed is voor ons beiden. Het geeft ons wat ruimte. Tijd om elkaar te waarderen. Tijd om na te denken. En kom precies om 18.00 uur naar beneden om me te zoeken, dan praten we verder." Hij kuste haar zachtjes op haar wang en nam haar hand in de zijne. Hij keek haar diep in de ogen en zei: "Vertrouw me."

Ze stemde enigszins met tegenzin toe en liep naar de lift, waar ze haar trouwjurk ophing en al het andere op het bed neerlegde.

Ze bekeek zichzelf in de spiegel. Ze zag er vreselijk uit. Ze had de hele nacht niet geslapen en had zich grote zorgen gemaakt om Vincente. Het was een vreselijke nacht geweest, vol sombere gedachten. Ze schaamde zich en was doodmoe.

Ze ging op het zachte bed liggen en keek naar de klok. Het was pas middag en ze had dringend een dutje nodig. Ze zette de wekker op 4 uur en begon toen te huilen om alle pijn en verdriet van de vorige dag. Toen er geen tranen meer waren, viel Grace in slaap.

HOOFDSTUK 33

H ET ALARM GING AF en het schrille geluid ervan maakte Grace bang. Ze sprong op en vergat even waar ze was. Ze rende door de kamer en leek een beetje op een gans die probeerde te leren vliegen.

Toen ze tot rust kwam en op de uitknop drukte, vlogen haar herinneringen terug naar de afgelopen 24 uur, wat er was gebeurd, hoe ze was vergeten, in de steek gelaten.

Hoe ze zich eenzamer dan ooit had gevoeld en hoe Vincente bij haar was teruggekomen om haar om vergeving te smeken.

Hij was er zo zeker van dat ze het zou begrijpen. Zo zelfverzekerd en oh zo zeker van zichzelf.

Ze keek de kamer rond en zag haar prachtige trouwjurk op haar liggen. Ze voelde de stof en die voelde nog steeds net zo mooi aan als hij eruitzag.

Even later was ze gedoucht, afgedroogd en zat ze haar haar op te steken en vast te spelden. Ze maakte zich klaar voor het moment waarop ze de trouwjurk over haar hoofd zou trekken. Ze hoopte alleen dat ze genoeg spelden had om haar haar op zijn plaats te houden totdat de tiara werd toegevoegd – de finishing touch.

Nadat ze haar make-up had gedaan en alles aan haar straalde dat ze een aanstaande bruid was, bekeek ze haar uiterlijk en zei ze tegen zichzelf wat ze wilde horen: dat ze de mooiste vrouw ter wereld was. Ze vond deze titel prima, want voor zover ze wist, was ze de enige vrouw ter wereld, dus er was geen concurrentie en het leek haar niet ijdel om zo over zichzelf te denken.

Ze dacht aan Vincente die haar zo zou zien en vroeg zich af of wat hij had gezegd waar was, dat het ongeluk bracht als een bruidegom de trouwjurk voor de bruiloft zag.

Terwijl ze nogmaals naar zichzelf keek in de grote spiegel, trok ze haar sleep naar voren en liep ze de kamer uit, de lange gang in. Ze genoot van het ruisende geluid van haar jurk die over het tapijt sleepte. Ze stelde zich voor dat een van haar beste vriendinnen achter haar liep en de jurk vasthield. Maar toen verdrong ze die gedachte. Dit was tenslotte geen echte bruiloft, maar slechts een soort modeshow voor Vincente.

Toen de liftbel ging en aankondigde dat ze op de begane grond was aangekomen, liep Grace met een zacht ruisend geluid door de hal, langs de lege bureaus en verlaten computers, langs het lege restaurant en de verlaten bar. Toen ze met haar sleep door de draaideur was gelopen – wat overigens geen gemakkelijke opgave was – kwam ze terecht op de halfronde taxistandplaats en zag ze de Land Rover op zijn gebruikelijke plek staan. Ze keek rond op zoek naar Vincente, maar hij was nergens te bekennen. Alweer. Het begon een gewoonte te worden.

De zon nam afscheid van de dag en zakte weg aan de horizon. De lucht kleurde oranje-rood. Het was het soort kleur waarvan Grace dacht dat het een Turkse lekkernij beloofde voor de volgende dag. Of was het een vissersdelight? Ze had geen idee wat de relevantie van de uitdrukking was toen die in haar opkwam. Ze stak de weg over en kwam bij de stenen muur aan, nog steeds op zoek naar Vincente.

Toen werd haar blik getrokken naar het zand. Er lag een enkele verdroogde rode roos. Ze raapte hem op en nam hem mee terwijl ze naar de trap liep. Toen zag ze verdroogde rozenblaadjes. Verspreid in een spoor. Ze wezen haar de weg. Weer vond ze een verdroogde roos, dit keer een gele. Ze raapte hem op en liep verder de trap af, het zand op.

Langs het pad stonden kaarsen met de geur van rozen en lavendel. Haar oren vingen zachte muziek op in de verte.

Ze draaide haar hoofd om de bron te vinden, en wat ze zag was overweldigend. Ze stond daar, aan de grond genageld, terwijl de wind haar bruidsjurk en sleep op en neer deed wapperen. Het beeld was als een accordeonbruidsjurk, en vanaf waar Vincente stond, had hij nog nooit zo'n prachtig gezicht gezien.

HOOFDSTUK 34

NADAT ZE ZICHZELF HAD herpakt, liep Grace naar hem toe. Er waren verschillende treden voor haar en ze nam ze allemaal langzaam, waarbij ze bewust haar nieuwe hakken van haar antiekwitte schoenen in de treden drukte en voorzichtig liep. Hij keek naar haar. Hij wachtte daar op haar.

Ze voelde zich mooi, op een manier die ze nog nooit eerder had gevoeld, toen hij haar een stralende glimlach toewierp. Zijn gezicht zei: Kijk! En toen de zon volledig onderging, bleef alleen de man in de maan over – Albert Einstein, zo leek het – als getuige van wat er stond te gebeuren.

Toen ze de onderste trede bereikte en het zand om zich heen zag, vroeg ze zich af hoe moeilijk het zou zijn om op hoge hakken over het zand te lopen, maar ze wilde het moment niet verstoren, dus aarzelde ze even voordat ze naar beneden stapte.

Ze pauzeerde even en leek van een afstand gezien haar tiara recht te zetten, maar beiden wisten dat ze alles in zich opnam en van het moment genoot. Haar hart was zo vol dat ze dacht dat het zou overlopen van alle liefde en schoonheid om haar heen.

Geen wonder dat hij zo laat was, dacht ze.

Ze zag Vincente even bewegen. Hij zette de muziek harder. Hij glimlachte weer naar haar.

Ze stapte het zand in, om haar bruidegom te ontmoeten.

HOOFDSTUK 35

V INCENTE HAD EEN GANGPAD voor haar gemaakt door kerstverlichting en kaarsen aan elkaar te rijgen, die vervolgens rond gedroogde rozenstruiken waren gewikkeld. Het was adembenemend mooi. Ze nam het allemaal in zich op, liep naar hem toe en overbrugde de afstand.

Vincente droeg een wit smokingjasje zonder shirt eronder en een zwarte Levi's-jeans. Hij wrong nerveus zijn handen en haalde zijn vingers door zijn haar, terwijl hij haar stralend toelachte.

Hij was zo knap dat ze hem wel kon opeten.

Maar ze was gevangen in het moment en wilde genieten van het beeld terwijl de kerstverlichting, kaarsen en sterren boven haar synchroon fonkelden: de natuur deed mee aan de viering van hun liefde.

Grace liep voorzichtig, in een poging om de vloeiende uitstraling van schoonheid, elegantie en waardigheid te behouden die van een bruid op haar speciale dag werd verwacht. Maar uiteindelijk kon ze niet langer wachten om bij Vincente te komen, dus schopte ze haar schoenen uit, greep haar sleep vast en rende naar hem toe. Van een afstand leek het alsof ze vloog, maar in werkelijkheid kwam ze niet van de grond.

Hun ogen waren op elkaar gericht terwijl de afstand tussen hen steeds kleiner werd, en al snel stonden ze naast elkaar, hand in hand, verloren in elkaar. Verloren in het moment. Verloren in hun liefde.

Vincente sprak als eerste: "Het is tijd voor mij om met de mooiste vrouw ter wereld te trouwen."

"Dank je," zei Grace, "het is meer dan ik ooit had kunnen dromen! Het is perfect!"

"Oh, maar nog één ding voordat we beginnen. Eh, trek je jurk even omhoog," zei Vincente verlegen.

"Pardon?"

"Ik bedoel, ik heb iets voor je," verduidelijkte Vincente. Toen Grace haar jurk omhoog trok, zei Vincente: "Hoger, hoger," totdat haar dij volledig bloot was, en waarschijnlijk bloosde zelfs Albert Einstein.

Toen haalde Vincente een blauwe kousenband uit zijn broekzak en liet die helemaal omhoog glijden langs Grace's been tot hij haar dij bereikte. Zijn aanraking deed haar been trillen, en toen hij haar binnenkant van haar dij kuste, deed dat haar hele lichaam trillen.

Hij deed een stap achteruit en er klonk muziek. Een liedje dat Grace heel bekend in de oren klonk.

Het was dat liefdesliedje, en het werd afgespeeld vanuit haar juwelendoosje.

Hij was teruggegaan naar het huis om het te halen. Dat was de reden waarom...

De bruid en bruidegom waren in elkaar verdiept.

Ze vouwden hun handen in elkaar.

HOOFDSTUK 36

"J E BENT HET NIET vergeten!" riep Grace uit.

"Natuurlijk ben ik het niet vergeten."

Het refrein van het lied herhaalde de woorden over liefde die voor altijd en eeuwig voortduurt.

Toen alles stil was, of alleen het natuurlijke geluid van de golven die op het strand braken, keek Vincente Grace diep in de ogen.

"Grace, je bent de mooiste vrouw die ik ooit heb ontmoet. Je bent zowel van binnen als van buiten mooi, maar vandaag ben je mooier dan je ooit voor mij bent geweest. Ik ben elke dag meer van je gaan houden en ik wil dat we de rest van ons leven samen doorbrengen. Ik wil je gelukkig maken. Ik wil dat onze liefde voor altijd blijft bestaan."

Tranen biggelden over Grace's wangen toen ze zei: "Vincente, ik heb vanaf het eerste moment dat ik je zag van je gehouden, maar toen was het alleen van een afstand. Je was dichtbij genoeg om mee te praten, maar te ver weg om te bereiken. De afstand tussen ons was te groot. Maar iets bracht je naar mij toe, iets dat meer is dan ik ooit had kunnen dromen, en daar ben ik je eeuwig dankbaar voor.

Ik beloof je dat ik van je zal houden tot mijn laatste adem, en zelfs dan zal mijn herinnering nog meer van je houden."

Vincente kwam dichterbij en schoof de ring om Grace's vinger. Hij kuste haar vinger zachtjes terwijl hij de ring omdeed, waardoor Grace weer rilde, maar hun ogen bleven op elkaar gericht.

Grace schoof de andere ring om Vincente's vinger en volgde zijn voorbeeld door zijn vinger zachtjes te kussen. Hij stak zijn andere vingers naar haar uit en zij kuste die ook zachtjes, terwijl ze keek naar de haren op zijn handen en armen die rechtop stonden.

Verloren in het moment kwamen ze zo dicht bij elkaar als maar mogelijk was en kusten ze elkaar heel diep en hartstochtelijk: een huwelijkskus, die hun verbintenis bezegelde.

"Lachen!" zei Vincente. Hij had een camera op een statief gezet en hij en Grace glimlachten. Hij draaide de camera, zodat ze een foto kregen met het strand op de achtergrond. Daarna nam hij een foto van Grace alleen, met haar rozen in haar handen, en zij nam ook een foto van hem.

Vervolgens ging Vincente naar de stereo-installatie en begon een nieuw liedje te spelen. Het was een heel romantisch liedje. Samen begonnen ze te dansen. Het was hun eerste dans als getrouwd stel. Het was hun allereerste dans samen, en haar allereerste dans ooit. Verenigd bewogen ze als één, elkaar zo dicht mogelijk vasthoudend als twee mensen maar kunnen.

Vincente reikte naar Grace's tiara en nam die af, waarna ze elkaar stuk voor stuk begonnen uit te kleden. Toen ze allebei volledig naakt waren en het enige wat ze nog droegen hun nieuwe trouwringen waren, kusten ze elkaar tot ze op het zand lagen en er een huwelijksafdruk op achterlieten.

Terwijl de golven op de kust bleven beuken, bedreven ze voor het eerst de liefde als getrouwd stel, en toen vielen ze, uitgeput, in een diepe, diepe slaap.

Grace droomde dat ze uit de lucht tuimelde, maar ze viel niet. Ze hing in de lucht, met haar armen wijd uitgestrekt.

HOOFDSTUK 37

"GRACE! GRACE! GRACE!" SCHREEUWDE Vincente.

Toen ze wakker werd, lag haar hele lichaam half onder water. Alles van hun bruiloft was verdwenen.

"GRACE!" schreeuwde Vincente nogmaals, terwijl de golven hem heen en weer slingerden alsof hij zo licht was als een boei.

Grace begon ook het water in te gaan, toen ze zich realiseerde dat Vincente hun spullen probeerde te redden. Ze zag hem onder water gaan en schreeuwde zijn naam en wachtte tot hij weer boven kwam.

"Vergeet die spullen!" riep Grace. "Kom gewoon terug; alles kan worden vervangen!"

Hij hoorde haar niet, of hij luisterde niet, dus begon ze naar hem toe te zwemmen. Terwijl ze tegen de golven vocht, trok de golvende kracht van de stroming haar onder water en al snel stroomde het brandende gevoel van zout water haar longen binnen.

Grace's gedachten gingen terug naar haar trouwdag, de mooiste dag van haar leven. Terug naar de geloften die zij en Vincente hadden uitgewisseld, terwijl ze met al haar kracht vocht om te overleven.

"Grace, je bent de mooiste vrouw die ik ooit heb ontmoet. Je bent zowel van binnen als van buiten mooi, maar vandaag ben je mooier dan je ooit voor mij bent geweest. Ik ben elke dag meer van je gaan houden en ik wil dat we de rest van ons leven samen doorbrengen. Ik wil je gelukkig maken. Ik wil dat onze liefde voor altijd blijft bestaan," zei hij.

Tranen biggelden over Grace's wangen toen ze zei: "Vincente, ik heb vanaf het eerste moment dat ik je zag van je gehouden, maar toen was het alleen van een afstand. Je was dichtbij genoeg om mee te praten, maar te ver weg om te bereiken. De afstand tussen ons was te groot. Maar iets bracht je naar mij toe, iets dat meer is dan ik ooit had kunnen dromen, en daar ben ik je eeuwig dankbaar voor. Ik beloof je te zullen liefhebben tot mijn laatste ademtocht, en zelfs dan zal mijn herinnering nog meer van je houden."

Vincente kwam dichterbij en schoof de ring om Grace's vinger. Hij kuste haar vinger zachtjes terwijl hij de ring omdeed, waardoor Grace weer rilde, maar hun ogen bleven op elkaar gericht.

HOOFDSTUK 38

G RACE LIEP NAAR HET water. Ze keek niet om. Toen ze bij de waterkant was, deed ze haar trouw- en verlovingsringen af en waadde ze het water in. Toen ze tot haar middel in het water stond, kuste ze de ringen vaarwel en maakte ze zich klaar om ze in de vergetelheid te gooien.

Vincente keek toe en wachtte, onzeker achter haar. Toen hij besefte wat ze van plan was, schoot hij als een raket omhoog en riep: "Grace, NEE!"

Ze verstijfde en vervloekte zichzelf omdat ze aarzelde, terwijl ze de ringen nog steeds stevig in haar vuist geklemd hield.

"Kom terug," zei hij. "Doe het niet!"

Ze wilde naakt zijn, naakt van alles, net als Vincente. Ze had haar ringen niet nodig als hij de zijne niet had.

"We gaan terug naar de antiekwinkel; ik koop wel een andere ring!" riep hij. "Kom alsjeblieft terug!"

Ze overwoog nog steeds om de ringen achter te laten, maar toen bereikten de schitterende zonnestralen hen. Het was als een teken van Moeder Natuur en ze sloot haar hand beschermend om de ringen.

Grace sjokte het water uit en voelde zich een beetje boos op Vincente omdat hij zijn ringen had afgedaan. Ze had hem nog nooit het familiestuk zien afdoen, dus waarom had hij dat nu gedaan?

Toen ze Vincente bereikte, schoof hij de ringen weer om haar vinger en kuste die. "Nou, dat is een uniek begin van onze huwelijksreis!"

"Ja, echt iets om te onthouden – ik bedoel, iets wat we onze kinderen en kleinkinderen kunnen vertellen!"

Ze glimlachten naar elkaar, sloegen hun armen om elkaars middel en liepen terug naar het hotel.

Onderweg besloten ze dat het tijd was om verder te gaan.

HOOFDSTUK 39

"EERST STOPPEN WE IN de stad om een nieuwe ring voor je te kopen. En dan..."

"Weet je schat, ik zou liever nog even wachten, als je dat goed vindt, en nog wat rondkijken. Ik wil mijn tweede ring niet in dezelfde winkel kopen — dat zou vreemd aanvoelen en zelfs ongelukkig. Laten we iets heel anders zoeken. En wat betreft mijn familiering, dat is een uitgemaakte zaak."

Samen pakten ze hun schamele bezittingen in de hotelkamer in.

"Kom op, mevrouw Marino," zei Vincente glimlachend tegen Grace, "het is tijd om aan onze huwelijksreis te beginnen!"

"Zeg dat nog eens," zei ze.

"Mevrouw Marino, mevrouw Vincente Marino, meneer en mevrouw Vincente Marino, Grace en Vincente Marino," reciteerde hij. Ze zwijmelde alsof de titels muziek waren en ze pakten hun tassen en vertrokken. Ze sloten de deur achter zich, gingen met de lift naar beneden naar de lobby, liepen door de draaideuren naar buiten en stapten in hun wachtende auto.

Plotseling vroeg Grace: "Wat betekent uw familienaam?"

"Eh, als u het niet mooi vindt, gaat u dan Greenway terugvragen?" vroeg hij met een brutale grijns.

"Absoluut niet! Greenway is saai. Het betekent 'een groene weg' – wat een verrassing. Maar Marino klinkt vreemd, exotisch – interessant."

"Dank je wel, mevrouw Marino," zei Vincente. "Het betekent 'aan zee'. Ik denk dat ik daarom altijd zo graag hierheen kom. De oceaan klinkt als muziek in mijn oren. Het zit in mijn bloed."

"Na wat er net is gebeurd, vind ik het niet erg om een tijdje weg te zijn van al dat water," bekende Grace.

"Je meent het!" zei Vincente, "Maar we komen terug."

HOOFDSTUK 40

Terwijl ze langs de kust reden en langs nieuwe en tweedehands autodealers kwamen, mijmerde Vincente: "Weet je wat, ik heb er altijd van gedroomd om een tweezits Ferrari in appelrood te hebben."

Toen ze precies dezelfde auto zag staan als Vincente had beschreven, zei ze: "Een huwelijkscadeau? Dat zou geweldig zijn, behalve dat deze auto meer opbergruimte heeft voor benodigdheden zoals geweren, messen en zo."

"Ja, je hebt gelijk," zei Vincente, maar hij kon deze kans niet helemaal laten schieten en reed het Ferrari-terrein op. "Het is alsof ik ben gestorven en in de Ferrari-hemel ben beland!"

"Rustig aan, meneer Marino," waarschuwde Grace, terwijl ze deed alsof ze hem tegenhield.

"Deze," zei hij, terwijl hij hem streelde, "dit is de schat die ik wil!"

Grace keek toe hoe hij met zijn vingers over de gewelfde bumpers streek, het zachte witte lederen interieur liefdevol aanraakte en bekeek, het stuurwiel teder streelde, vervolgens de motorkap opende en er bijna in stapte om er de liefde mee te bedrijven.

"Moet ik jaloers zijn?" vroeg ze met een grijns.

Hij lachte, maar bleef de koplampen strelen.

"Maar even serieus," zei Grace, "kunnen we niet beter op zoek gaan naar een geschikte auto, met genoeg ruimte om onze wereldse bezittingen in te vervoeren?"

"Nee," spotte hij. "Het leven is te kort. Kom op, spring erin!"

Nadat ze een paar keer over de Princess Highway hadden gereden, keerde Grace terug naar de Land Rover. Ze glimlachte toen ze zag hoe Vincente afscheid nam van de rode Ferrari.

Even later kwam hij terug naar Grace en eiste dat ze "het raam open zou doen".

"Waarom?" vroeg ze.

"Doe het gewoon!"

"Nee, stap in."

"Doe het open, Grace."

"Zeg me waarom!"

"Kom op!"

Ze liet het raam zakken en Vincente stak zijn hoofd door de opening, pakte haar gezicht met beide handen vast en kuste haar hartstochtelijk, terwijl hij met zijn tong over haar lippen rolde en in haar mond ronddraaide totdat ze helemaal vergat te ademen.

"Dat krijg je als je denkt dat ik de Ferrari ga kussen!" zei Vincente, terwijl hij in de Land Rover sprong en de banden liet piepen.

Grace zat in stilte, nog steeds naar adem snakkend, terwijl de rode Ferrari steeds kleiner werd in haar zijspiegel, terwijl ze zich Vincente's mond op de hare herinnerde.

"WEET JE NOG DAT ik je vertelde dat mijn moeder kunstenares was?" Grace knikte en Vincente vervolgde: "Mijn moeder was schilderes, en een behoorlijk goede ook. Mijn vader werkte bij een communicatiebedrijf en werd voor zijn werk door het hele land gestuurd. Daarom verhuisden we vaak toen ik klein was. Mijn moeder vond het heerlijk om te verhuizen, omdat het goed voor haar was – artistiek gezien, bedoel ik. Ze had altijd nieuwe landschappen, nieuwe uitzichten, nieuwe bomen..."

Hij stopte de auto abrupt en trapte hard op de rem. Daarna maakte hij een grote U-bocht.

"Wat is er aan de hand? Ik vind het leuk om over je familie te horen. Vertel me meer."

"Ik ga het je niet alleen vertellen," zei Vincente enigszins buiten adem. "Ik ga het je laten zien! Ik bedoel, ik was het helemaal vergeten, tot nu. Ik denk dat ik het zelfs heb verdrongen."

"Vertel het me," onderbrak Grace hem, maar Vincente bleef gewoon doorpraten.

"Na wat er bij mijn grootouders en daarna bij je ouders is gebeurd, is het gewoon te toevallig."

"Wat is er? Wat is toevallig?"

"Het is gewoon te raar om uit te leggen, maar ik zal het je laten zien, en snel," hij rilde en greep het stuur steviger vast. "Hou je vast, oké? Als je het ziet, begrijp je waarom."

'Oké,' zei Grace, terwijl ze zich achterover in de stoel nestelde. Ze wilde meer vragen stellen, maar ze wist dat Vincente die op dit moment niet zou beantwoorden. Ze veranderde van onderwerp. 'Had je problemen toen je als kind zo vaak verhuisde?

"Ik had geen problemen," zei Vincente, "waarschijnlijk omdat ik best goed was in sport. Ik deed mee aan selecties, kwam in een team en voilà: meteen vrienden."

"Ik wed dat je altijd meisjes om je heen had!"

"Ooh, kijk eens wie er een beetje jaloers klinkt? Ben je jaloers, mevrouw Marino?"

Grace reageerde alleen met een stille grijns.

HOOFDSTUK 41

"**H**ET IS NOG MAAR een paar minuten rijden," zei Vincente.

"Het lijkt erop dat het vandaag gaat regenen," merkte Grace op, terwijl een zichtbare rilling door haar hele lichaam ging.

"Ik zou het geluid van een echte onweersbui wel kunnen waarderen," zei Vincente. "Ik mis het geluid van alle vogels, vooral de kookaburra's."

Grace staarde uit het zijraam en keek toen weer door de voorruit.

Vincente zette de ruitenwissers aan toen er een paar druppels uit de lucht vielen. Dit keer waren het normale druppels, niet zwart zoals eerder.

"Ik herinner me dat ze op school altijd zeiden dat na een nucleaire oorlog sommige dingen zouden overleven, zoals gieren, kakkerlakken en haaien," zei Vincente.

"Geen van die dingen zijn nodig in onze wereld."

"Nee, maar als dit ding ook hen heeft meegenomen, wat betekent dat dan voor ons? Gieren en haaien voeden zich met menselijke kadavers of andere kadavers. Dus als er geen lichamen zijn, zouden ze ook zijn omgekomen van de honger. Kakkerlakken eten alles: dieren, groenten, papier, noem maar op. Van deze drie, en aangezien ze hier in het goede oude OZ vliegen, hadden we er nu minstens één moeten zien."

Grace rilde weer. "Waarom eten kakkerlakken papier?"

"Het is niet echt het papier waar ze op uit zijn. Het is de lijm, die gemaakt is van dierlijke bijproducten."

"Ik kan je één ding vertellen dat ik niet mis: insecten," zei Grace, en haar hele lichaam rilde weer. Deze keer merkte zelfs Vincente het op.

"Wil je een hoodie kopen in het volgende winkelcentrum dat we tegenkomen, of zal ik de verwarming hoger zetten? Je lijkt de laatste tijd veel te rillen. Ik hoop dat je niet ziek wordt."

"Ik heb het niet echt koud. Ik voel me gewoon een beetje vreemd. Ik kan het niet uitleggen," zei Grace.

"Vertel me eens hoe je je voelt," vroeg Vincente. "Is het alsof iemand je in de gaten houdt? Of alsof er iets ergs gaat gebeuren?"

"Misschien allebei; misschien maar één van beide. Ik weet het echt niet. Daarom is het moeilijk uit te leggen," zei Grace terwijl ze kippenvel kreeg op haar onderarmen.

"We zijn er bijna," zei hij. "Houd vol, misschien helpt een warme douche."

"Ja, of een lekker lang bad," zei Grace. "Je kunt me een massage geven."

"Ik doe het voor jou als jij het voor mij doet," zei Vincente met een jongensachtige grijns.

Grace huiverde onwillekeurig weer toen de auto de bocht omging. Vincente stopte voor een huis met twee verdiepingen, reed de oprit op en parkeerde.

"Welkom in mijn bescheiden woning," zei Vincente, terwijl hij met een zwierige beweging met zijn arm zwaaide en als een gentleman een buiging maakte.

Grace giechelde en bekeek toen de tuin. Alles was dood, maar sommige bloemen hadden nog steeds hun kleur. Vincente opende de deur voor haar en ze liep naar hem toe.

"Deze tuin was vroeger de trots en vreugde van mijn moeder," zei hij, "kijk nu eens."

"Ik wed dat het toen adembenemend was," zei Grace. "Ik bedoel, zelfs nu nog kan ik zien dat er niet zo lang geleden met liefde en zorg voor gezorgd is."

"Toen ik voor het eerst naar school ging," zei Vincente, "begon mama met planten. Ze maakte zich zorgen over hoe ze haar dagen zonder mij zou vullen. Schilderen is haar passie, maar soms had ze een beetje afleiding nodig, voor inspiratie. Toen ontdekte ze dat ze talent had om dingen te laten groeien, en dat werd heel therapeutisch voor haar. Mijn moeder was in veel opzichten een kunstenaar," zei hij, terwijl hij Grace's hand pakte en haar naar de veranda leidde. Ze volgde hem tot ze aan de voet van een omgevallen schildersezel stonden.

"Toen ik op die laatste dag naar school vertrok, was mama hier buiten aan het schilderen. Nu..." Hij stopte zichzelf en legde zijn hand op zijn mond.

"Wat is er?"

"Haar schilderij," riep hij uit. "Het is er nog steeds! En kijk, ze heeft de deksels van haar verfpotten niet dichtgedaan en haar penseel is kurkdroog." Hij kon zich niet inhouden en liet zich met een plof in de stoel vallen. "Mama zou deze spullen nooit zo hebben achtergelaten. Ik weet het nu zeker, en ik moet het feit onder ogen zien dat mijn moeder dood is."

Grace pakte zijn hand en ging naast hem staan, waar ze het schilderij ook kon zien. "Je moeder is echt bijzonder."

"Was. Ze was echt bijzonder."

Grace bekeek het schilderij, leunde over Vincente's schouder en zei: "Prachtig."

"Maar ze heeft nooit de tijd gehad om het af te maken!" Vincente bukte zich. Hij deed voorzichtig de deksels weer op de open verfpotten. Daarna goot hij wat terpentijn uit de fles en liet hij het penseel erin vallen om het schoon te maken. Hij raapte het onafgemaakte schilderij van de grond, gaf de flessen aan Grace en zij volgde hem het huis in.

Het eerste wat Grace buiten opviel, waren de overblijfselen van de tuin. Binnen viel haar oog meteen op de bloemen – allerlei soorten bloemen, geschikt in vazen. Blauw. Rood. Paars, noem maar op. Bloemen stonden in koffiepotten en lege potten. Overal bloemen. Ze waren nu allemaal gedroogd, net als die buiten, maar veel hadden hun kleur en geur behouden.

Vincente's moeder had haar huis gevuld met natuur en liefde. In elke ruimte die ze kon vinden, wist Grace dit zeker. Nu ze erover nadacht, wenste ze nog meer dat ze haar had ontmoet. Ze vond het jammer dat ze haar nu niet meer zou kunnen ontmoeten.

Een traan rolde over haar wang toen ze een paar aquablauwe tuinhandschoenen van het bijzettafeltje pakte. Grace hield ze in haar hand, bijna alsof ze Vincente's moeders hand vasthield, en ze nam ze mee terwijl ze in Vincente's voetsporen trad.

"Wacht hier, Grace," zei hij. "Ik haal het. Het ding, het ding dat ik je wil laten zien."

Ze ging op de stoel zitten en bewonderde een groot schilderij dat boven de open haard hing. Er was iets aan dat haar erg bekend voorkwam, bijna geruststellend. Ze stond op en liep er dichterbij.

✳✳✳

"IK KAN HET NIET geloven! Het is weg!" riep Vincente uit toen hij Grace benaderde, die zijn aanwezigheid niet opmerkte. Ze bewoog zelfs helemaal niet – het was alsof ze hem niet had gehoord.

Grace negeerde zijn aanwezigheid en bewoog niet. Het was alsof hij er helemaal niet was. Hij keek naar zijn vrouw, die daar stond met een paar handschoenen van zijn moeder in haar trillende hand, en volgde haar blik.

Toen hij besefte waar ze naar keek, sloeg hij zijn hand voor zijn mond. Boven de open haard hing het schilderij dat hij had gezocht. Precies het schilderij dat hij Grace had laten zien toen hij haar mee naar het huis had genomen.

"Dat is het!" riep hij en raakte haar arm aan.

Grace schrok van de plotselinge aanraking, maar ze kon haar ogen niet van het schilderij afhouden. Ze leek erdoor betoverd.

In haar hoofd bewonderde Grace de realistische kwaliteiten. Ze kon het gras ruiken en de koeien horen loeien. Ze voelde zich er op de een of andere manier deel van.

Vincente probeerde Grace naar zich toe te draaien, maar ze verzette zich. Hij stond voor haar en zij duwde hem weg.

"Kijk me aan!" riep hij uit.

"Dat kan ik niet. Het is gewoon te mooi! Ik heb het gevoel dat ik daar ben geweest."

"Kijk me aan!" beval hij.

Grace keek naar haar man, die naast haar stond, zijn handen wringend, met zweet dat over zijn gezicht stroomde.

"Wat is er, Vincente?" vroeg Grace, terwijl ze probeerde niet naar het schilderij te kijken.

"Dat schilderij," zei hij terwijl hij haar omdraaide en haar het zicht op het schilderij ontnam, "is het schilderij. Het schilderij waarvoor ik je hierheen heb gebracht."

"Oké," zei Grace, "en ik begrijp helemaal waarom. Het is het mooiste schilderij dat ik ooit heb gezien."

"Nee Grace," zei Vincente, "kijk naar de boom. Kijk naar de boom, Grace!" En toen huiverde hij terwijl hij zijn trillende vuisten in zijn zakken stak en ze er weer uithaalde. Hij haalde zijn vingers door zijn haar en kon niet stil blijven zitten.

Ze keek nog eens naar het schilderij en werd vervuld van een onverklaarbare innerlijke rust. Ze glimlachte.

"Zie je het niet, Grace? Zie je het niet?"

"Natuurlijk zie ik het. Er is schoonheid, vrede en sereniteit. Ik zie het hart van je moeder in dit schilderij. Het is alsof... ik haar eerder heb ontmoet. Alsof ik haar ken."

"Oké, misschien zie je het niet. Misschien moet ik het je laten zien. Kijk daar," hij liep naar het schilderij en zij kwam ook dichterbij. "Kijk daar, op de boom? Precies daar."

"Vertel me wat je ziet, Vincente," vroeg Grace.

"Het is een gezicht."

Ze kwam dichterbij, maar ze kon niet zien wat hij zag.

"Ik zie alleen een veld vol zonnebloemen en een gewone boom met een grazende koe eronder," zei Grace.

"Nee!" riep hij uit, steeds meer geïrriteerd. "Kijk beter. Kijk naar de boom!" Hij draaide zich naar haar toe en smeekte haar met zijn ogen om te zien wat hij zag, maar dat lukte haar niet.

Ze draaide zich naar hem toe. "Er is geen gezicht, Vincente. Schat, je ziet iets wat er niet is."

Vincente gooide geërgerd zijn handen in de lucht, draaide zich om en rende weg.

Eerst wilde Grace hem volgen, maar toen voelde ze zich weer aangetrokken tot het schilderij. Ze deed een stap dichterbij, glimlachte en verloor zichzelf in het schilderij.

Wacht even, dacht Grace, Vincente was doodsbang, en hij is niet snel bang.

Ze sloot haar ogen en opende ze weer. Ze kon nog steeds geen gezicht zien. Sterker nog, deze keer leken de zonnestralen haar te bereiken. Ze trokken haar naar zich toe. Het was bijna onmogelijk om weg te kijken.

De kamer werd op de een of andere manier warmer toen ze naar het schilderij staarde. Het voelde alsof een stukje van de zon door de kunstenaar was vastgelegd en zich nu aan haar aanbood.

Ze wilde het schilderij binnenstappen en er deel van uitmaken – het licht omarmen. En toen ze naar voren liep, leek ze de geur van vers hooi in de velden te kunnen ruiken en het geloei van koeien te kunnen horen. Haar hartslag versnelde, haar ademhaling werd oppervlakkig.

Ze liet zich even overweldigen en vergat te ademen. Al snel snakte ze naar lucht en was ze meer dan een beetje bang.

Grace deed snel een stap achteruit. Ze rende weg terwijl ze Vincente's naam riep.

HOOFDSTUK 42

GRACE VOND VINCENTE IN zijn kamer op zijn bed. Hoewel er enkele minuten waren verstreken, zat hij nog steeds te trillen met zijn armen voor zijn gezicht gevouwen. Ze stelde zich voor hoe hij er als kleine jongen uitgezien moest hebben.

"Vertel me erover. Het schilderij," vroeg ze, terwijl ze heen en weer liep en probeerde de gevoelens en energie die haar tijdelijk hadden overmand te verdrijven. Ze wilde niet zeggen wat ze had gevoeld, of in ieder geval niet voordat Vincente haar had verteld wat hem zo bang had gemaakt.

"Heb je het eindelijk gezien? Ik bedoel, het gezicht?" vroeg hij, en op dat moment, met hoge verwachtingen, hield zijn trillen op.

Grace probeerde niet te liegen toen ze haar hoofd schudde. Ze probeerde alleen maar de situatie in te schatten.

Vincente's lichaam beefde onmiddellijk.

"Vertel het me, Vincente. Het maakt niet uit wat ik zie, maar ik zie dat je bang bent, schat. Vertel me er alles over, alsjeblieft. Je weet dat je me alles kunt vertellen, toch?"

Hij klapperde met zijn tanden terwijl hij even aarzelde, haalde toen diep adem en begon het verhaal te vertellen.

"Toen ik klein was, schilderde mijn moeder dat landschap en ze onthulde het heel trots aan mij. Ze trok het gordijn open en verwachtte dat ik het prachtig zou vinden, maar in plaats daarvan was ik doodsbang en als kind had ik geen woorden om dat uit te drukken. Mijn moeder begreep het niet, en mijn vader ook niet. We probeerden het nog een keer, maar voor mij was het altijd hetzelfde. Eén blik erop en ik lag 's nachts te schreeuwen. De nachtmerries spraken voor mij. Dus mijn ouders hebben het weggehaald en ik heb het nooit meer gezien. Ik was het zelfs helemaal vergeten, tot vanochtend. Zoals ik al zei, ik denk dat ik het heb verdrongen."

"Waarom heb je me dan hierheen gebracht, ons hierheen gebracht? Wilde je iets aan mij bewijzen, of aan jezelf? Wilde je je angsten onder ogen zien?" vroeg Grace.

"Ik dacht dat het misschien een aanwijzing voor mij – voor ons – zou bevatten. Maar je zag hoe ik veranderde toen jij het niet kon zien. Ik was weer een kind en moest de kamer uit rennen! Wat vind je nu van je sterke echtgenoot?" Hij kromp ineen bij wat hij beschouwde als een onmannelijke uiting van lafheid.

"Ik hou net zoveel van hem, nee, zelfs nog meer!" zei Grace terwijl ze zich tegen hem aan nestelde.

Na een paar momenten van stilte zei Grace: "Ik heb het gezicht niet gezien, maar ik voelde iets in het schilderij, Vincente. Iets buitenaards en onverklaarbaars."

Vincente ging rechtop zitten, haalde zijn armen van zijn gezicht en zei: "Toen ik klein was en er diep in keek, kreeg ik het gevoel dat ik het schilderij in wilde lopen. Alsof ik aan dit leven wilde ontsnappen. Ik kon het hooi ruiken en de koe horen. Het was alsof een licht me naar binnen trok, me in slaap wiegde. Ik wist dat als ik mezelf toestond om mee te gaan, het schilderij binnen te lopen, dat gezicht op de boom me pijn zou doen, pijn zou doen, pijn zou doen – ik moest weg, ik moest wegrennen!"

"Ik voelde ook iets vreemds dat me naar binnen trok, Vincente, maar ik kon het gezicht niet zien. Het leek in niets op het gezicht dat wij zagen, weet je. Dat gezicht dat de raaf opat."

Ze kropen dicht tegen elkaar aan op het bed, troostten elkaar en dachten na over het schilderij, terwijl ze tegelijkertijd wanhopig probeerden er niet aan te denken.

Na een tijdje bedreven ze de liefde.

Toen Grace later als eerste wakker werd, dacht ze na over wat ze van het schilderij vond. Het was een prachtig landschap, daar bestond geen twijfel over. Maar het licht en de aantrekkingskracht ervan waren iets unieks en misschien zelfs, durfde ze te zeggen, kwaadaardigs. Ja, dat was het. Het was het contrast tussen de kalmte en sereniteit en een vleugje iets duisters, onbekends, misschien zelfs gevaarlijks.

Ze keek naar Vincente, die nog steeds vredig sliep. Hij bewoog af en toe en mompelde wat. Ze vroeg zich af of hij droomde over de boom, de boom met het gezicht, die hij zich had voorgesteld als onderdeel van precies hetzelfde landschap. Grace stapte stilletjes uit bed en Vincente schoof op om haar nog warme plek in te nemen.

Hij sliep nog steeds diep en vredig.

Ze keek rond in zijn kamer en bewonderde zijn geweldige prestaties, waarvoor hij trofeeën had gewonnen: Beste Atleet, Top

Batsman en Speler van het Jaar – die categorie had hij meerdere jaren op rij gewonnen.

Toen viel haar blik op een aantal planken vol met houtsnijwerk. Geïntrigeerd liep ze ernaartoe en bewonderde de gedetailleerde details. Elk stuk had zijn eigen persoonlijkheid. Er was een ballerina die met elegantie en techniek pirouettes draaide, er was een cricketspeler aan slag, een cowboy met een pistoolriem om zijn middel die zich klaarmaakte om te schieten, een bergbeklimmer die aan zijn gezichtsuitdrukking te zien net zijn eindbestemming had bereikt, en nog vele anderen.

Grace liet haar blik over de hele collectie glijden en bleef hangen bij een houtsnijwerk van een Aboriginal man. Hij staarde voor zich uit met verloren ogen. Ze pakte hem op en hield hem in haar hand. Toen haar huid het houten figuurtje raakte, begon het heel zachtjes te pulseren. Of had ze zich dat verbeeld?

Ze deed een stap achteruit en keek naar links. Ze stond voor een houten spiegel en schrok van haar eigen spiegelbeeld, waardoor het houten figuurtje uit haar hand op de grond viel en op het tapijt stuiterde. Ze bukte zich, raapte het op en bekeek het van dichterbij, net op het moment dat er een traan uit de ogen van het houten figuurtje rolde. Ze veegde het weg met haar vingertop en proefde het. Het was zout, net als een menselijke traan. Ze bleef staan en staarde in zijn ogen. Ze voelde zich bang en iets meer dan nieuwsgierig. Ze vroeg zich af of dit gepraat over het schilderij haar onnodig had beïnvloed.

"Wat vind je ervan?" vroeg Vincente, terwijl hij gaapte, zich uitrekte en vervolgens de kamer doorliep om bij haar te komen zitten.

Grace schrok en sprong eerst een beetje op. Ze hield de Aboriginalman tegen haar borst. "Ik moest ze van dichtbij bekijken omdat hun gezichtsuitdrukkingen zo levensecht zijn! Waar heb je ze gevonden?"

"Ik heb ze gemaakt," gaf hij verlegen toe. "Ze zijn stuk voor stuk met deze twee handen gesneden, van top tot teen."

"Je bent een echte kunstenaar, Vincente! Waarom heb je me dat niet verteld?"

"Ik heb hier niemand over verteld, behalve mijn moeder, vader en grootouders. Vind je ze echt mooi?"

"Ik vind ze geweldig!"

"Ik zou graag een beeld van jou maken, Grace."

"Dat zou geweldig zijn, Vincente," zei ze terwijl ze ronddraaide alsof ze een ballerina was. "Ik zie dat ze allemaal verschillend zijn, niet alleen de personages, maar ook het soort hout. Hoe kies je dat?"

"Elk beeldje vereist een specifiek soort hout om alles samen te brengen. Ik loop tussen de bomen, besluit wat ik wil maken en wacht af welk soort boom me spiritueel aanspreekt. Dan maak ik het beeldje met de bedoeling het zo levensecht mogelijk te maken en, nog belangrijker, waarheidsgetrouw."

"Hoe lang duurt het om elk beeldje te maken?"

"Als ik eenmaal het hout heb gevonden – wat het langst duurt – kan ik het onderwerp in twee of drie dagen snijden. Het gezicht kost altijd het meeste tijd en dat doe ik als laatste. Als het gezicht niet goed is, gooi ik alles weg en begin ik opnieuw. Soms komt dat doordat het hout niet goed aanvoelt, dan ga ik terug naar de bomen en zoek ik opnieuw naar de juiste boom. Meestal is de boom wel goed, maar heb ik de essentie van het onderwerp nog niet goed weten te vangen."

"Heb je speciaal gereedschap om dit te doen? Want als dat zo is, moet je dat meenemen. En ik denk dat je het schilderij van je moeder ook mee moet nemen. Ook al moeten we het afdekken."

"Ah, weer dat schilderij. Ik wil terug naar beneden om het nog eens te bekijken. Ik wil mijn angsten onder ogen zien. Ga je mee?"

"Natuurlijk, Vincente." Ze volgde hem en stak haar hand uit om de Aboriginal-man terug op de plank te zetten, maar hij pulseerde weer. Ze stopte hem in haar zak en zei: "Maar ik moet je eraan herinneren dat ik voelde dat het schilderij me naar zich toe trok – en die aantrekkingskracht was buitengewoon sterk. Griezelig sterk."

"We houden elkaars hand vast en gaan er samen tegenaan."

"Oké, laten we gaan."

"Kunnen we eerst een kopje koffie drinken, Vincente?"

"Afgesproken."

HOOFDSTUK 43

Nadat ze hun kopjes thee hadden leeggedronken en weer in de woonkamer waren, liepen Grace en Vincente hand in hand naar het schilderij.

Vincente probeerde zichzelf ervan te overtuigen dat hij echt geen gezicht op de boomstam kon zien en Grace probeerde zichzelf ervan te overtuigen dat ze niet voelde dat het schilderij haar naar voren trok.

Hun voeten bleven stevig op dezelfde plek staan terwijl ze hun greep op elkaars hand versterkten.

Grace stak haar andere hand in haar zak, waar ze Vincente's houtsnijwerk van de Aboriginal-man bewaarde. Toen het weer begon te pulseren, haalde ze het tevoorschijn en hield het omhoog, zodat de ogen ook naar het schilderij gericht waren.

De Aboriginal-man begon te trillen in haar handpalm. Toen rolde hij heen en weer. Ze keek naar beneden en zag dat zijn mond zich vertrok tot een schreeuw, waarna hij uit haar hand werd getild en het schilderij in werd getrokken.

Grace bleef op dezelfde plek staan, nog steeds hand in hand, en zag nu het beeldje van de Aboriginal man in de boom zitten. Boven hem zat een raaf op een tak.

Vincente bleef naar het schilderij staren, maar hij beefde niet meer zoals daarvoor. Hij kneep in Grace's hand om haar gerust te stellen.

"Zie je iets anders?" vroeg Grace.

"Anders? Hoezo?"

"Iets nieuws of iets dat niet op zijn plaats is?"

"Nee, alles ziet er hetzelfde uit, maar de mond maakt me vandaag niet zo bang. Misschien komt dat omdat we elkaars hand vasthouden."

Samen liepen ze weg van het schilderij en sloten de deur achter zich.

Meteen begon de Aboriginal-man te pulseren. Hij was teruggekeerd naar Grace's zak. Ze opende haar mond om Vincente te vertellen wat er was gebeurd, maar hij leek minder bang te zijn en ze kon geen woorden vinden om het uit te leggen.

"Ik ga een paar dingen inpakken," zei Vincente.

"Ik denk dat ik hier blijf, als je dat goed vindt?" vroeg Grace. Ze keek toe hoe Vincente om de hoek verdween en toen reikte ze omhoog en haalde het schilderij van de muur. Ze wikkelde het in een deken en legde het in de kofferbak van de auto. Daarna ging ze terug naar het huis, haalde een paar dekens en kussens en legde die stevig bovenop het schilderij. Terwijl ze alles in de auto laadde, bleef het houtsnijwerk zich laten voelen door in haar zak te pulseren. Nu ging ze naar Vincente's kamer. De Aboriginal man verstilde.

Vincente stopte zijn houtsnijwerken in een grote tas. Hij nam ook zijn gereedschap mee. Toen ze klaar waren, gingen ze samen terug naar beneden. Vincente pakte vervolgens de kunstenaarsuitrusting van zijn moeder in, inclusief ezel en doek, en ze laadden de auto vol.

"Oké, laten we gaan," zei hij.

"Weet je zeker dat je alles hebt?" vroeg Grace.

"Ik wil dat ding niet meenemen. Ik heb er nu vrede mee en ik wil alleen maar hier weg. Op dit moment denk ik niet dat ik ooit nog terug wil komen."

Ze liepen naar de voordeur, Vincente trok de deur open en gebaarde Grace om als eerste naar buiten te gaan. Daarna sloot hij de deur achter zich en deed hem op slot.

Toen ze weer in de Land Rover zaten en onderweg waren, verbrak Grace de stilte. "We moeten hier echt over praten."

"Ik zei," riep hij, en vervolgens verzachtte hij zijn stem, "ik zei dat ik er niet over wilde praten. Niet nu, nooit. Als ik erover praat, word ik gedwongen na te denken over hoe mijn moeder, mijn eigen moeder, zo'n schilderij heeft kunnen maken. Mijn moeder was de liefste, aardigste vrouw op aarde en ze zou nooit zoiets afschuwelijks hebben gemaakt."

Grace keek stil toe hoe de wereld aan haar voorbijging. Er kwam een storm aan. Ze voelde het. Alles om haar heen trilde, pulseerde en klopte, inclusief de Aboriginalman in haar zak. Ze sloeg haar armen om zich heen en besloot het gesprek met Vincente op dit moment niet voort te zetten. Hij zou met haar praten als hij er klaar voor was. Ondertussen was het schilderij veilig en kon het hen geen kwaad doen.

Ze vervolgden hun weg in stilte.

HOOFDSTUK 44

V INCENTE STAARDE VOOR ZICH uit en concentreerde zich op de weg. Hij probeerde het schilderij en zijn moeder te vergeten, maar hoe hij ook zijn best deed, hij kon die twee dingen niet los van elkaar zien.

Hij keek naar zijn lieve vrouw aan de andere kant van de auto. Ze zat stil, in gedachten verzonken, met haar armen om zichzelf heen geslagen. Ze leek niet te merken dat hij naar haar keek. Hij richtte zijn aandacht weer op de weg.

Grace dacht ook aan de andere mevrouw Marino en het schilderij. Het leek haar vreemd dat Vincente zo van streek kon zijn door iets dat zijn moeder had gemaakt. Ze kreeg een idee: ze konden het verbranden. Er een helend ritueel van maken.

Ze liet haar gedachten afdwalen terwijl ze in haar eigen hoofd zocht naar een teken van een oorspronkelijke herinnering, maar er kwam niets naar boven. Ze geloofde, net als Vincente, dat ze alles nog ergens in haar hersenen had opgeslagen en dat het op een dag allemaal weer naar boven zou komen en ze zou lachen om deze leemte. Het verbranden van die foto zou een leemte in

Vincente's herinneringen creëren. Was het beter om helemaal geen herinneringen te hebben dan slechte herinneringen?

Ondertussen dacht Vincente na over hoe gelukkig hij en Grace waren dat ze aan het verleden konden ontsnappen en alleen in het heden konden leven. Om alles achter zich te laten en helemaal opnieuw te beginnen. Om samen nieuwe herinneringen te maken. Om een nieuwe indruk te creëren van alles wat ze zagen. Elke nieuwe plek die ze bezochten, zou een deel van hen worden. Het leven zou altijd gevuld zijn met zulke nieuwigheid.

Na enig nadenken over het verbranden van het schilderij, besloot Grace dat het vernietigen van Vincente's herinneringen het ergste was wat ze hem ooit kon aandoen. Ze wilde dat hij had wat zij niet meer had.

Deze gedachten en herinneringen waren te kostbaar om te verliezen – niet dat Vincente ze zou verliezen door het object dat hij vreesde te vernietigen, maar dat hij ze na verloop van tijd zou vergeten. Ze wilde dat hij de beste kans had om zijn verleden voor altijd bij zich te houden. Het goede, het slechte en het lelijke.

Grace verbrak uiteindelijk de stilte door te zeggen: "Ik denk dat we terug moeten gaan naar Manly." Ze wist dat Vincente daar veel herinneringen had, oude en nieuwe. In Manly konden ze een nieuwe start maken, fris maar met banden met het verleden.

"Zo zij het," zei Vincente, terwijl hij de auto omdraaide, "we kunnen elk huis kiezen dat we willen en er dan ons eigen huis van maken."

"We willen geen huis," zei Grace, "we willen een thuis."

De pasgetrouwden glimlachten, blij met hun beslissing en met hun toekomst samen.

BOEK 2:

SLOTFUSIE

PROLOOG

D E PUZZEL WAS ONVOLLEDIG in Grace's hoofd. Het was alsof een enorme windvlaag dwars door haar heen was geblazen en alles op zijn kop had gezet.

Ze kon zich op niets concentreren: niets was scherp te stellen.

Kleuren wervelden: rood, zwart en blauw vermengden zich, draaiden en wierpen zich om, werden aangevallen door zonnebloemgeel, draaiden rond en braakten uit in een diep grasgroen.

Toen sloegen alle kleuren haar maag de lucht in en brachten hem weer terug naar waar hij was geweest, terwijl ze zichzelf droog kokhalsde naar de angst die haar verlamde. Alles gebeurde in haar hoofd, maar soms schokte haar lichaam mee in de stroom ervan.

Ze greep naar haar centrum en probeerde zich te herpakken, om het wervelen en draaien te stoppen. Maar de bliksemflitsen pulseerden in haar hoofd en verscheurden haar in seringen, viooltjes en boshyacinten.

Oranje spatten op het doek van haar geest.

Grace verloor alles.

"WE MOETEN HAAR NU opereren!", riep een lange man in een witte jas. Hij stond tussen andere mensen in witte jassen die verspreid stonden in de gang van het ziekenhuis.

Ze renden allemaal alsof de boel in brand stond. Een paar van hen maakten de weg vrij. Sommigen duwden. Sommigen hielden de infuusstandaard vast. Sommigen hielden de andere apparaten vast. Een paar stonden met open mond, lege handen en gebalde vuisten. Anderen baden, terwijl Grace Greenway op een brancard voorbij raasde.

Ze was bewusteloos.

Dood voor de buitenwereld.

Maar niet helemaal dood.

Tenminste, nog niet.

***

Terug in Grace's ziekenhuiskamer zat een vrouw te huilen en met haar handen te wringen. Het was Helen Greenway, Grace's moeder. Ze kon niet geloven wat er was gebeurd.

Haar dochter had het zo goed gedaan. Ze was al enkele weken aan het herstellen. Toen begon Grace te rillen, te beven en te stuiptrekken totdat ze het bewustzijn verloor.

Het medische team had haar teruggehaald van de rand van de dood. Toen ze terugkwam, was ze niet meer Grace Greenway. In plaats daarvan kwijlde ze en sprak ze in tongen. Ze verscheurde zichzelf van buiten naar binnen.

Het leek alsof niemand wist wat te doen, hoe dit te stoppen. Zelfs de naalden in haar arm konden haar niet kalmeren. Niets hielp. Ze bonden haar vast.

Helen slaakte een snik toen ze zich alles herinnerde. Vooral hoe hulpeloos ze zich toen voelde en nu nog meer. Ze wierp zich op het lege bed van haar dochter.

Helen's gekwelde snikken weerklonken door de gangen.

***

Toen verpleegster Burns terugkeerde naar Grace's kamer, vond ze Helen in een foetushouding op het bed.

Ze zag er vredig uit terwijl ze daar sliep. De verpleegster vond het beter haar niet te storen. Bovendien was er geen nieuws te melden, en als iemand rust nodig had, was het wel de moeder van Grace Greenway.

Verpleegster Burns ruimde Grace's nachtkastje op en stapelde haar studieboeken weer op. Terwijl ze ze bekeek, voelde ze zich ongelooflijk verdrietig. Grace Greenway had haar draai nog niet eens gevonden. Ze was pas zestien jaar oud.

Verpleegster Burns keek naar Grace's slapende moeder.

Ze legde een deken over Helen en deed toen het licht uit.

***

Enkele uren later maakte verpleegster Burns zich klaar om haar dienst voor die dag te beëindigen. Ze keek door het ronde raam in de deur en zag dat Helen niet meer in bed lag. Ze duwde tegen de deur, maar er gebeurde niets. Ze duwde nog eens, harder, waardoor Helen Greenway naar voren viel.

Helen struikelde en begon met haar handen te wringen. Ze snikte zachtjes.

Verpleegster Burns kwam naar haar toe en vroeg met een ongelooflijk zachte en vriendelijke stem of ze een kopje thee wilde.

"Mijn dochter!" riep Helen uit. "Is er nieuws? Ik moet weten hoe het met haar gaat! Niemand heeft me iets verteld!"

"U sliep," zei verpleegster Burns, terwijl ze Helen op haar hand klopte. "Als u belooft om te gaan zitten, ga ik kijken wat ik voor u te weten kan komen."

Helen ging zitten en wachtte op het nieuws.

HOOFDSTUK 1

IN DE GANG KWAM verpleegster Burns dokter Christiansson tegen, die zijn chirurgische masker afdeed terwijl hij door de operatiekamerdeuren rende.

"Ik heb wat frisse lucht nodig," zei hij. Hij liep naar het einde van de gang en gooide de deur naar het dak open.

Verpleegster Burns volgde hem.

Hij stak een sigaret op. Hij vroeg haar of ze er ook een wilde. Ze weigerde.

Nadat hij een trekje had genomen, zei hij: "Grace, het meisje van Greenway, deed het zo goed. Maar nu de bloedstolsels zijn gesprongen, is het daar binnen een kwestie van leven of dood."

"Ik weet zeker dat ze de beste zorg krijgt."

"Nu wel!" zei Christiansson. "Nu het team van experts is gearriveerd en de situatie onder controle heeft! Ik ben daar binnen sinds het gebeurde. Het is een zware avond geweest. We dachten, ik bedoel, we waren haar daar bijna kwijtgeraakt."

Verpleegster Burns hapte naar adem. "Ik neem er wel een," zei ze. Ze besloot toch een sigaret te accepteren. Ze stak hem op, nam een lange trek en hoestte toen.

”Maar we hebben nog niet opgegeven. Ze is weer bewusteloos geraakt. Dat is waarschijnlijk maar goed ook. We moeten het bloeden stoppen. We hopen dat haar geest intact blijft.“

Verpleegster Burns en dokter Christiansson begonnen over het dak heen en weer te lopen. Onder hen loeiden sirenes en flitsten lichten.

”Haar moeder, Helen, kan het niet goed verwerken.“

”Het enige wat ik je kan zeggen is,“ hij trapte op zijn sigarettenpeuk en opende de deur. ”Haar dochter is in de beste handen."

“Meer niet?”

“Op dit moment niet, verpleegster Burns. Ik wil niet dat u het te mooi voorstelt.”

“Dat is niet veel om haar te vertellen. Het is helemaal niet veel om haar te vertellen.”

"Zeg haar dat ze moet bidden tot degene in wie ze gelooft, als ze dat soort geloofssysteem aanhangt. En als ze dat niet doet, zeg haar dan dat ze alle positieve energie die ze in haar hart heeft, moet uitstralen. Om die naar het universum te sturen. Om positief en zonder twijfel te denken. Om te geloven dat haar dochter hier doorheen zal komen,“ zei Christiansson.

Ze liepen de trap weer af.

”Dank u, dokter.“

”Nu moet ik weer naar binnen." De deuren van de operatiekamer sloten achter hem.

HOOFDSTUK 2

Verpleegster Burns keerde terug naar Grace's kamer en zag Helen nog steeds op dezelfde plek zitten waar ze haar had achtergelaten. Ze vulde haar glas water bij en knielde naast Helen neer.

"Ik heb net dokter Christiansson gesproken en hij zei dat het goed gaat met Grace. Ze houdt zich goed."

"Mijn dochter houdt zich goed?"

"Ja."

"Heeft hij je verteld wat er is gebeurd?"

"Ja, het was zoals ze hadden voorspeld. De stolsels zijn gesprongen."

Helen legde haar hand op haar mond. Ze snikte.

"Dokter Christiansson zei dat het beste wat u voor uw dochter kunt doen, is bidden, als u in gebed gelooft. En ook goed voor uzelf zorgen. Rustig aan doen. Het is een vreselijk lange nacht geweest. Waarom klimt u niet weer in Grace's bed en doet u een dutje? Ik maak u wakker als er iets verandert, dat beloof ik."

"Ik ben uitgeput," gaf Helen toe.

Helen kroop in het bed van haar dochter. Ze stelde zich voor dat ze nog steeds de warme afdruk kon voelen die haar dochter daar zo kort geleden had achtergelaten. Ze sloeg haar armen om zichzelf heen en huilde. Eerst kwamen de tranen langzaam, maar daarna werden het steeds meer tranen. Snikken en tranen, steeds sneller en sneller, bijna als weeën.

Slechts zestien jaar geleden was Helen's dochter hier in ditzelfde ziekenhuis geboren. Grace was haar tweede kind, haar enige meisje. Grace was haar trots en vreugde.

Haar eerste kind, Daryl, had haar 46 uur lang in barensnood gehouden. Soms dacht ze dat hij er nooit uit zou komen. Grace niet. Ze was eruit gekropen en voor het eerst de wereld ingegaan alsof ze geen moment wilde missen.

Helen herinnerde zich dat Grace als klein kind al niet veel sliep. Haar dochter was bang om iets van het leven te missen. Vanaf het begin was ze onder de indruk van alles, het licht en de kleuren. Grace vond haar ware bestemming echter pas toen ze begon met rekenen. Toen ze symmetrie ontdekte in de natuur om haar heen, kwam Grace's passie echt tot bloei.

Helen dacht aan het gezin dat ze ooit had gehad. Een liefhebbende echtgenoot, Benjamin. Een dappere en moedige zoon, Daryl. Een zeer dierbare dochter, Grace. Ze herinnerde zich de goede tijden die ze samen hadden gehad tijdens een bezoek aan Taronga Zoo. Naar het Powerhouse Museum gaan. Films kijken met popcorn. Samen eten. Eenvoudige maar gelukkige dagen. Wat miste Helen hen.

Ze neuriede zachtjes en probeerde weer in slaap te vallen, maar de herinneringen waren nog te vers, te levendig en te rauw.

Ze ging rechtop zitten en herinnerde zich hoe zij en haar dochter eerder die dag nog hadden gelachen en gepraat.

Het was alsof er iets in Grace's hoofd was omgeslagen. Alsof er een zekering was gesprongen. Het ene moment was ze levendig en vol energie, het volgende moment was ze catatonisch en leek het alsof ze niet meer Grace was. Het was allemaal zo snel gegaan.

Maar zo was het leven nu eenmaal, het ene moment had je een gezin. En dan kwamen er twee mannen in blauwe uniformen. Ze zeiden dat een dronken bestuurder mijn man en zoon had gedood.

Helen herinnerde zich dat ze op die vreselijke avond aan de twee mannen had gevraagd wat de clou was. Ze was er zeker van dat er een moest zijn. Het moest een grap zijn. Het was geen grap. Dat werd bevestigd toen de twee kisten door het gangpad van de kerk werden gedragen. En vervolgens onder de grond werden begraven. Het was inderdaad geen grap.

Dat was toen en dit is nu. Nu lag haar dochter daar beneden te vechten voor haar leven, en waar was zij? In bed, in een poging om te slapen!

Helen gooide de dekens van zich af en begon door de kamer heen en weer te lopen. Ze dacht na over wie de schuldige was: Vincente Marino.

Helen dacht na over zijn egoïsme, zijn arrogantie. Het was zijn schuld en alleen zijn schuld, en als haar dochter hierdoor zou sterven, dan zou ze hem daar op een dag voor laten boeten.

✳✳✳

D E OCHTEND BRAK AAN en verpleegster Burns was
weer aan het werk. Ze verzorgde eerst de patiënten die
onmiddellijke hulp nodig hadden. Daarna ging ze naar de kamer
van Grace Greenway om te kijken hoe het met Grace's moeder
Helen ging.

De kamer was nog steeds erg stil, hoewel de jaloezieën open
waren. Ze ging voorzichtig naar binnen en zag dat Helen op een
stoel knielde en uit het raam staarde.

Toen ze zich naar de verpleegster omdraaide, liep haar zwarte
mascara in strepen over haar gezicht. Ze leek op Marilyn Manson.

Helen richtte haar aandacht onmiddellijk weer op wat er buiten
het raam gebeurde. Ze staarde naar een boom in de verte. In het
bijzonder naar een zwarte raaf, die op een tak zat en zijn snavel
opende en sloot alsof hij met een denkbeeldige vriend praatte.

Helen voelde zich jaloers op de vogel. Een vogel die vrij
was om weg te vliegen. Die kon opstijgen wanneer hij wilde,
maar uit eigen keuze bleef. Ze was ook jaloers op zijn gebrek
aan emotionele gehechtheid. Gehechtheid betekende uiteindelijk
pijn. Je verloor altijd degenen van wie je het meest hield.

Ze draaide zich weer om naar verpleegster Burns. Ze vroeg met een zachte, afwezige stem: "Is er nog nieuws?"

"Is dokter Ackerman vanmorgen niet bij u langs geweest?" vroeg verpleegster Burns. Dokter Ackerman, de nieuwe specialist die Grace behandelde, had beloofd om als eerste Helen Greenway te bezoeken om haar op de hoogte te brengen.

Helen's uitdrukkingsloze gezicht zei genoeg.

"Ik weet zeker dat specialist dokter Ackerman snel langskomt. Zal ik even bij hem gaan kijken?"

"Dat zou heel aardig zijn," zei Helen terwijl ze haar armen om zich heen sloeg. Ze richtte haar aandacht weer op de raaf. Die sprong een paar takken hoger in de boom.

Verpleegster Burns draaide zich om om weg te lopen. Ze stopte en vroeg Helen of ze iemand wilde bellen, iemand die bij haar kon zitten. Misschien een vriend of een kapelaan of dominee. Helen schudde haar hoofd en bleef uit het raam staren naar de bewegingen van de raaf.

Toen de deur achter haar dichtging, hoorde verpleegster Burns Helen Greenway zachtjes huilen.

Helen dacht aan de man en de zoon die ze had verloren. En ook aan de dochter die ze misschien zou verliezen. Ze snikte en bedekte haar gezicht met haar handen, zoals een kind dat doet bij een spelletje 'nu zie je me, nu zie je me niet'.

Alleen de raaf merkte dat ze aan het spelen was.

OEN VERPLEEGSTER BURNS BIJ de deur van de operatiekamer aankwam en naar binnen wilde gaan, werd haar de weg versperd. Specifieke orders van hoofdchirurgen dr. Ash en dr. Ackerman gaven aan dat de toestand van Grace mogelijk verslechterde.

Ze keerde zonder specifieke boodschap terug naar Helen Greenway. Ze probeerde haar gerust te stellen dat alles goed zou komen. Daarna veranderde ze van onderwerp.

"Wilt u iets eten?" vroeg verpleegster Burns, terwijl ze Helen een kop hete thee inschonk van het net aangekomen dienblad. De thee was voor Grace's ontbijt besteld. De artsen hadden haar dossier duidelijk nog niet bijgewerkt. Verpleegster Burns zou moeten nagaan wie die fout had gemaakt, voor de boekhouding, maar voorlopig diende het als een kleine aanmoediging om Helen Greenway wat te eten te geven.

"Ik heb geen honger en geen dorst," hield ze vol. "Ik wil mijn dochter zien. Ik wil Grace zien." Ze barstte in snikken uit.

Verpleegster Burns was de kamer aan het opruimen toen dokter Smith, de nieuwste chirurg van het ziekenhuis, met een verwarde blik op zijn gezicht binnenkwam. Hij was lang, donker en knap, zozeer zelfs dat zelfs een verwarde blik hem voor de meeste vrouwen nog aantrekkelijker maakte; Helen Greenway merkte dat echter niet op.

Helen dacht aan Grace. Hoe ze ooit onder een grote parapluboom zat en las over Einsteins relativiteitstheorie of Fibonacci's Liber Abaci. Ze stelde zich haar dochter voor op een zacht bed van pluche gras, in de schaduw en beschermd in de armen van een boom.

Dokter Smith benaderde haar voorzichtig, keek eerst naar verpleegster Burns en toen weer naar Helen Greenway. Helen bewoog niet en reageerde niet op zijn aanwezigheid.

"Mag ik u even buiten spreken?" vroeg dokter Smith.

"Ja, dokter," antwoordde ze.

Ze liepen de kamer uit. Helen Greenway merkte het niet eens op.

"WAT IS ER MET haar aan de hand?" vroeg dokter Smith. Verpleegster Burns legde hem de situatie uit.

"Ze moet zich wat rustiger gedragen," zei hij, "want ze stoort de andere patiënten. Ik ben net begonnen met mijn dienst en er zijn al verschillende klachten binnengekomen. Dit moet ophouden. Ofwel vragen we een van de artsen om sedatie goed te keuren, ofwel moedigen we haar aan om een tijdje uit de afdeling te vertrekken."

"Ik doe mijn best," zei verpleegster Burns een beetje te defensief.

Dokter Smith pakte haar hand en keek haar in de ogen. Hij had deze beweging geleerd door herhalingen van E.R. te kijken. Zowel het personeel als de patiënten smolten altijd bij het zien van deze serie, wat de populariteit van George Clooney verzekerde.

"Ik weet dat je je best doet," zei hij berispend, "en ik waardeer alles wat je hebt gedaan. Alles wat je gaat doen om mij en de andere patiënten op de afdeling te helpen."

Ze glimlachte naar hem, maar vond hem stiekem net zo nep als een biljet van twee dollar.

Ze draaide zich om en liep terug naar de kamer van Helen Greenway.

Helaas was Helen er niet meer.

HOOFDSTUK 3

"IK MOET DEZE KAMER uit, naar de frisse lucht," fluisterde Helen tegen zichzelf terwijl ze langs de artsen en verpleegsters sloop. Ze begaf zich naar de lift, ervan overtuigd dat niemand haar zou missen.

Terwijl de deuren dichtgingen, keek Helen toe hoe de brancards door de gangen werden geduwd, getrokken of begeleid. Ze bedekte haar oren toen ze hun piepende of schurende wielen hoorde. Ze schrok toen er een verkeerd werd gestuurd en tegen de muur schuurde. Het ziekenhuispersoneel leek het tumult niet op te merken.

Ze voelde zich ontspannen toen de deuren stevig achter haar dichtgingen. Het enige dat haar afleidde was de liftmuziek. Een bekend deuntje uit een musical bracht herinneringen terug aan haar band met Grace als moeder en dochter. Vroeger, voordat de wiskundige kloof en de tienerjaren hen uit elkaar dreven.

Toen ze eenmaal op de begane grond was aangekomen, stapte Helen met een sterk gevoel van doelgerichtheid en lotsbestemming naar buiten. Ze wilde de wind op haar gezicht voelen. Ze wilde buiten zijn in de kalme, frisse lucht die naar eucalyptus rook.

Niemand hield haar tegen of stelde haar vragen, of leek haar zelfs maar op te merken. Ze ging door de draaideuren naar buiten en liet zich meevoeren met de stroom.

Op precies hetzelfde moment stopte er een gillende ambulance naast haar met loeiende sirenes en zwaailichten.

Het geluid was oorverdovend, helemaal niet het soort rust en eenzaamheid dat Helen zich had voorgesteld. Ze wilde weg, eraan ontsnappen. Maar het geluid leek haar te verscheuren en haar energie weg te nemen. Haar voeten leken stevig in het beton te zijn verankerd.

Omdat ze niet in staat was om te bewegen of te rennen, leunde ze tegen de muur en bedekte haar oren. Overal om haar heen was chaos, geduw en getrek en gekras in plaats van de rust en sereniteit waar ze zo naar verlangde.

Overweldigd raakte Helen bewusteloos en viel op de grond

HOOFDSTUK 4

'Vincente?' snikte Grace. 'Vincente, ben je daar?'

Grace's ogen waren wijd open en ze zocht hem in de koude metalen kamer, maar hij was nergens te bekennen.

De mannen en vrouwen met maskers staarden haar aan.

Het felle licht boven haar pulseerde van hitte en energie, waardoor ze haar ogen weer moest sluiten.

'Vincente?' fluisterde ze herhaaldelijk.

Een eenzame ster brandde fel. Hij danste voor haar ogen. Eerst zacht en warm, maar al snel brandde hij in haar huid.

Toen werd alles weer zwart.

HOOFDSTUK 5

"WE KWAMEN MET ÉÉN patiënt bij het ziekenhuis aan en vonden nog een andere op de stoep!" riep de ambulancechauffeur terwijl het team de situatie beoordeelde.

"Twee voor één noodgeval," zei zijn collega met een grijns.

"Onze man in de ambulance mag als eerste," zei de eerste man. Hij en zijn collega sleepten de brancard over de stoep. "We komen eraan," zeiden ze terwijl ze zich een weg baanden door de deuren.

"Er ligt er nog een buiten," zei de tweede man tegen de receptioniste.

Tegen die tijd was Helen al bij bewustzijn gekomen en probeerde ze op te staan. Kleine witte sterretjes flikkerden en fonkelden overal in haar hoofd. Het was alsof ze in een van die Wile E. Coyote-tekenfilms zat. Nadat de Roadrunner met een voorhamer op het hoofd van het harige beest had geslagen. Ze probeerde zichzelf te stabiliseren, maar haar benen werden helemaal slap en ze viel opnieuw op de grond.

"Weet iemand wie ze is?", vroeg een vrouw. Bezoekers en ziekenhuispersoneel, dat net aan het werk was gekomen, hadden zich rond Helen verzameld. Een medewerker sprak in een radio en vroeg om een brancard en een traumachirurg die zich onmiddellijk bij de eerste hulp moesten melden.

Helen opende haar ogen en keek omhoog. Een groep vreemden staarde naar haar. Ze probeerde weer op te staan, maar de vreemden moedigden haar aan om te blijven liggen.

"Kunt u ons vertellen wie u bent? Weet u nog hoe u heet?" vroeg de vrouw die in de radio had gesproken.

"Ja, mijn naam is Helen, Helen Greenway."

De vrouw sprak opnieuw in de radio. "Hier op de grond in de hal ligt een blanke vrouw. Ongeveer zestig jaar oud, naam: Helen, Helen Greenway. Kent iemand haar? Is ze een patiënt? Ontsnapt uit de psychiatrische afdeling? Ze draagt gewone kleding, ik herhaal, ze draagt gewone kleding."

Een jonge arts kwam aan met zijn medische tas. Hij knielde naast Helen neer en vroeg haar of ze gewond was. Toen ze haar hoofd schudde, controleerde hij haar vitale functies.

"Ik ben in orde," zei Helen. "Het is mijn dochter die ziek is!" Ze probeerde opnieuw op te staan.

"Helen," zei de arts, "u moet blijven zitten totdat ik zeker weet dat uw vitale functies normaal zijn."

Helen knikte gedwee, als een berispt kind.

Nadat Helens vitale functies acceptabel waren bevonden, werd ze aangemoedigd om op te staan. Er werd een rolstoel aangevoerd.

"Nu," zei de dokter, "ga zitten en laten we uw dochter gaan zoeken."

"Ik kan lopen," protesteerde ze.

"Ik duw wel," drong hij aan.

✳✳✳

TOEN ZE OP DE verdieping van Grace aankwamen, rende verpleegster Burns naar hen toe. "Gelukkig ben je in orde, Helen!"

"Kent u haar?" vroeg de dokter.

"Ja, we zijn oude vrienden," glimlachte verpleegster Burns.

"Nou, ze is buiten het gebouw flauwgevallen, daarom zit ze in een rolstoel. Ik heb haar vitale functies gecontroleerd. Ze lijkt in orde, hoewel ze misschien een beetje slaaptekort heeft. Ze is ook uitgehongerd en uitgedroogd."

"Ja, ze is zo gefocust op de gezondheid van haar dochter dat het moeilijk is om haar iets te laten eten."

"Praat dan met haar arts. Geef haar indien nodig een infuus, maar we kunnen haar niet in deze toestand laten rondlopen. Ze heeft voedsel en water nodig, en wel onmiddellijk. Wie is de arts van haar dochter?"

"Haar dochter heeft een team van artsen: Christiansson, Ash en Ackerman."

De arts aarzelde. Hij had gehoord over de operatie die gaande was, over de chirurgen die met spoed waren opgeroepen. Eén van hen was 's nachts ingevlogen. Het was inderdaad een ernstige situatie. Hij voelde nu nog meer empathie voor de vrouw in de rolstoel.

"In dat geval, kijk wat u kunt doen," zei hij tegen verpleegster Burns. Toen tegen Helen: "U moet eten, drinken en dan rusten, voor als uw dochter wakker wordt. U moet buitengewoon sterk zijn voor haar."

Zijn woorden drongen niet tot Helen door, want ze was al in diepe slaap gevallen in de rolstoel.

HOOFDSTUK 6

H ELEN WERD EEN KWARTIER later wakker, terug in het bed van Grace. Ze had geen idee hoe ze daar terecht was gekomen. Ze drukte op de knop naast het bed. Even later kwam verpleegster Burns binnen met een dienblad vol warm eten en verse koffie.

"Ik ben bang dat ik niets kan eten," zei Helen.

"Het is óf dit óf intraveneus. U beslist, Helen. Ik heb bijna dienst en ik heb de traumadokter beloofd dat ik ervoor zou zorgen dat u iets at voordat ik naar huis ging. Als u niet meewerkt, zal hij met uw arts afspreken dat u een infuus krijgt en op die manier wordt gevoed en gedrenkt."

"Ik weiger beide. Ik heb zelfs een fobie voor ziekenhuisvoeding. Ik wil hier weg en iets anders gaan eten. Weg van hier."

"Ja, dat begrijp ik. Ik denk dat dat kan," zei verpleegster Burns terwijl ze zich omdraaide en wegliep.

Even later kwam ze terug met haar jas aan en samen verlieten zij en Helen het ziekenhuis. Ze gingen naar een klein café verderop in de straat.

Het zou voor beiden een welkome afleiding zijn.

HOOFDSTUK 7

"HAAR BLOEDDRUK DAALT. HET is buitengewoon laag! Als we nu niets doen, als we het bloeden niet kunnen stoppen, dan zullen we haar verliezen," zei dokter Ash.

Alle aanwezigen in de operatiekamer haastten zich en kwamen dichterbij.

"Droog het op, verdomme!" beval dokter Ackerman.

Er stroomde zoveel bloed weg. Zelfs met alle hulp die er was, konden ze niet snel genoeg handelen. De hartmonitor gaf een rechte lijn weer.

Het was verschrikkelijk.

"We moeten haar redden! We moeten gewoon!" riep dokter Christiansson uit.

HOOFDSTUK 8

I N HET CAFÉ PRIKTE Helen Greenway met haar vork in een berg aardappelpuree. Ze sneed een stuk steak af en stopte het tussen haar tanden. Ze kauwde en kauwde en probeerde te slikken, maar het wilde maar niet naar beneden gaan.

"Dat klopt," zei verpleegster Burns, "je zult je binnen de kortste keren beter voelen."

Helen voelde een rilling door haar lichaam gaan, alsof iemand op een koude winterdag de deur had opengedaan. De deur bleef dicht, maar ze kreeg kippenvel op haar armen. Ze kroop ineen om warm te blijven. Van ergens vandaan hoorde ze Grace haar naam roepen. Even later ging de telefoon van de verpleegster.

"Met dokter Christiansson. Ik bel omdat ik begrijp dat u daar bent met Helen, de moeder van Grace Greenway. Klopt dat?"

Verpleegster Burns knikte, maar zei niets en hield haar gezicht in de plooi.

"Grace heeft net weer een hartstilstand gehad. Ik weet niet zeker..." Hij brak af en liet de vreselijke mededeling onafgemaakt. Hij was uitgeput.

"Ik begrijp het," zei ze. "We komen er meteen aan."

Helen Greenway liet haar vork vallen en tranen stroomden uit haar ogen. Helen rende naar het ziekenhuis met de stem van haar dochter nog in haar oren.

HOOFDSTUK 9

"**G**RACE, JE MOET VOLHOUDEN!" zei een stem.

Het was een stem die Grace herkende als die van Vincente. Hij was weggegaan. Hij had haar verlaten en nu was hij terug. Hij was teruggekomen.

"Waar ben je geweest?" vroeg ze, terwijl ze de kamer afzocht naar hem. Op zoek naar zijn kobaltblauwe ogen.

"Ik ben hier," zei hij, terwijl hij haar hand vastpakte. "Ik ben altijd hier geweest."

"Maar waarom kan ik je niet zien? Ik was zo bang." Ze pauzeerde en voelde hoe zijn hand zich om de hare sloot. "En toen gingen de lichten uit." Ze pauzeerde. "Ik denk niet dat ik het volhoud, Vincente. Ik denk niet dat ik het ga redden."

"Jawel," zei hij, terwijl de tranen over zijn wangen rolden en op hun verstrengelde handen vielen. "Ik heb je net gevonden! We zijn pasgetrouwd en je hebt beloofd dat je voor altijd van me zou houden."

"Ik zal altijd van je houden, Vincente. Voor altijd."

"Dan moet je een manier vinden om te blijven,“ zei hij. ”Zonder jou ben ik niets, helemaal niets!“ Hij viel op zijn knieën, alsof hij door een bliksemflits in zijn hart was geraakt.

”Ik doe mijn best, liefste,“ zei ze. ”Maar het is zo donker, zo donker hier. Ik moet je zien!“

”Ik ben hier," zei Vincente, en hij kneep haar hand stevig vast.

“Ik kan je horen. Ik kan je voelen. Maar waar ben je?”

Hij stapte in het licht.

“Ik kan je niet zien! Waarom kan ik je niet zien?”

“Het is nacht, liefste,” zei hij. “En het licht kan je ogen pijn doen. Maar geloof me, ik ben hier. Ik ben hier altijd geweest. Ik heb beloofd dat ik je nooit zou verlaten en ik kom mijn beloften altijd na.”

“Zing iets voor me.”

Hij zong het liedje uit haar juwelendoosje, het liedje dat hun liedje was geworden.

De operatiekamer was een drukte van jewelste met allerlei medische apparatuur en medisch personeel dat rond rende en tegen elkaar aan botste. Toen het geluid van de vlakke lijn ophield en de normale toon van haar hartslag weer te horen was, klonk er een klein gejuich in de operatiekamer.

“Het is gelukt!” riep dokter Ash uit.

“We hebben nog veel werk te doen,” herinnerde dokter Ackerman hem. “Grace heeft veel bloed verloren. Ze heeft misschien meerdere transfusies nodig en we zijn nog steeds in een race tegen de klok met de bloedstolling.”

"Ik ga met haar moeder praten," zei dokter Christiansson. "Misschien kan zij nog wat bloed doneren. Het is altijd beter als een familielid doneert."

Hij klopte beide hoofdchirurgen zachtjes op de rug en keek naar Grace. Hij keek een paar seconden naar de hartmonitor en nam alles in zich op. Alles leek normaal, of zo normaal als het maar kon zijn voor een jong meisje dat in minder dan 24 uur twee keer een hartstilstand had gehad.

"**J**E DOET HET GEWELDIG," zei Vincente, terwijl hij haar voorhoofd streelde.

"Ik wil blijven, maar ik ben gewoon zoooo moe."

"Herinner je je onze trouwdag nog? Herinner je je ons huis in Manly nog? Hoe we het samen hebben ingericht? Herinner je je nog hoe je me eeuwige trouw beloofde, mevrouw Marino?"

"Dat weet ik nog," zei ze. Toen keek ze omhoog en het licht dat eerst ver boven haar had gestaan, leek nu dichterbij te zijn gekomen. Het was alsof een ster haar naar zich toe trok en tegelijkertijd vocht voor zijn eigen leven. Grace was erg moe en verlangde naar rust, naar vrede. Ze verlangde ernaar om de glans van de ster binnen te gaan.

Het was een bal van sterrenlicht. Het draaide en keerde, duwde naar binnen en naar buiten en wenkte Grace om te komen en zich erbij aan te sluiten. Het was een Fibonacci-ster; een deel van de Melkweg en het enige dat haar ervan weerhield zich erbij aan te sluiten, als haar eigen gulden snede, Vincente.

"Grace," zei Vincente.

Zijn stem leek zo ver weg, en ze voelde zich erg koud en erg alleen. De verzengende hitte in het hart van de ster ademde op haar en verwarmde haar van een afstand. Om zich ermee te verenigen hoefde ze maar een ademtocht te doen. Het zou zo gemakkelijk zijn.

"Oh nee!" riep dokter Ash. "Niet weer! Niet zo snel! We raken haar kwijt!"

"Ze heeft te veel bloed verloren!" riep dokter Ackerman uit. "Waar is dokter Christiansson met het nieuws over de bloedtransfusie? We moeten haar onmiddellijk meer bloed geven! We kunnen niet op haar moeder wachten. Begin nu met de transfusie."

Enkele seconden later werd er vreemd bloed in het slappe lichaam van Grace gepompt.

In eerste instantie leek haar lichaam het te accepteren. Het gretig te drinken. Het duurde echter niet lang voordat het nieuwe bloed het oude bloed afstootte.

Toen begon de strijd pas echt.

"Vincente?"

"Ja, liefje."

"Ik ben bang om te sterven."

"Het is nog niet jouw tijd," zei hij. "Het kan nog niet jouw tijd zijn."

"Hoe weet je dat?" vroeg ze terwijl de hitte in haar lichaam woedde. Ze had het eerst bloedheet en daarna ijskoud. Al die tijd lonkte het sterrenlicht.

"Omdat ik alleen voor jou leef."

"Maar dit voelt slecht, heel slecht, Vincente."

"Hoe voelt het, schat? Vertel het me."

"Het voelt alsof ik boven de grond zweef en naar mezelf kijk op de brancard in de operatiekamer. Ik zie hoe ze in me porren, prikken en rondrennen."

"Ze helpen je, liefje."

"Ja, maar het doet me zo'n pijn."

"Kun je blijven? Je moet blijven. Alsjeblieft. Doe het voor mij. Voor je man."

"Ik kan de pijn niet verdragen. Ik wil... ik wil..."

"Ik weet wat je wilt, Grace," zei hij. "Ik wed dat je graag je moeder zou willen zien."

"Maar Vincente, mijn moeder is dood."

"Nee, ze leeft nog en ze is nu onderweg. Hou vol."

"Hoe kan dat nou? Het ene moment waren we in Manly en was er niemand anders op de wereld dan jij en ik, en nu... dit. Overal zijn mensen. En extreme pijn, onophoudelijke pijn."

"Herinner je je de bloedstolsels nog, Grace?"

"De bloedstolsels, ja."

"Er was er meer dan één. Ze zijn gebarsten. We vechten allemaal voor je. Geef niet op, Grace. Je moet ook vechten. Ik hou van je. Ik kan je niet laten gaan. Geef alsjeblieft niet op!"

"Vincente, ik ben zo moe! Misschien is het tijd... dat je me laat gaan."

"Nooit!" riep hij. Hij keek toe hoe haar oogleden trilden en zich sloten. Uiteindelijk fluisterde hij in haar oor: "Rust dan maar, mijn liefste. Ja, sluit je ogen en rust. Ik zal een slaapliedje voor je zingen, maar laat me alsjeblieft niet alleen."

Ze bleef in- en uitademen. Vincente zong nog meer van hun speciale lied, terwijl de tranen over zijn wangen biggelden.

HOOFDSTUK 10

Helen en verpleegster Burns keerden terug naar het ziekenhuis, waar dokter Christiansson stond te wachten. 'Hoe voel je je, Helen?', vroeg hij, terwijl hij haar naar de operatiekamer begeleidde.

'Ik voel me prima, ik maak me zorgen om mijn dochter!

"Ik begrijp dat u zich eerder niet lekker voelde en flauwgevallen bent? Klopt dat?" Hij keek naar verpleegster Burns en zij knikte.

"Ik ben inderdaad flauwgevallen, maar wat heeft dat ermee te maken? Wat is er met mijn dochter aan de hand?"

"Ik ben bang dat we bloed van u moeten afnemen voor een transfusie. Het is altijd het beste als het bloed afkomstig is van iemand die direct familie is van de patiënt."

Helen knikte en legde haar handen op haar gezicht. Ze voelde zich ongelooflijk uitgeput, maar ze wilde helpen. Ze moest helpen.

"Laten we u naar boven brengen naar de bloedkamer voor observatie." Toen tegen verpleegster Burns: "Heeft Helen de laatste tijd iets gegeten?"

Verpleegster Burns knikte en liet hem zien hoeveel. Het was niet eens genoeg om een vogel in leven te houden.

"Rustig maar," zei verpleegster Burns tegen Helen terwijl ze door de gang liepen.

De pieper van dokter Christiansson ging af. "Een momentje alstublieft," zei hij. Hij liep bij hen vandaan. "Wijziging van plannen. Ik moet u naar uw dochter brengen, nu. Kom mee en ga u wassen."

Verpleegster Burns wilde teruggaan naar haar werkplek, maar dokter Christiansson vroeg haar te blijven.

"Voordat we naar binnen gaan," waarschuwde hij, "moet ik u vertellen, mevrouw Greenway – Helen – dat we uw dochter daar al een paar keer verloren hebben."

"Verloren?"

"Ja. Dat betekent dat haar hart even stil stond. Haar hart stopte, maar slechts voor een paar seconden."

Helen onderdrukte een snik.

Ze gingen de operatiekamer binnen.

Grace lag bewusteloos op de operatietafel.

"Mam!" riep Grace uit.

Helen ging naar haar toe en pakte haar hand vast. Ze keek haar dochter in de ogen.

"Dit is Grace's moeder, Helen," legde dokter Ackerman uit aan de anderen van het medische team.

"Bedankt dat u zo snel bent gekomen," zei dokter Ash. "Aangenaam kennis te maken. Grace is echt een heel dappere meid."

"Hoe gaat het echt met haar?" vroeg Helen.

"Het was even spannend, maar haar vitale functies zijn gestabiliseerd. We houden haar in de gaten en ze houdt zich goed."

"Bedankt," zei Helen. "Bedankt allemaal!" Ze voelde een brok in haar keel.

"Eh, excuseer me, dokter Ash," zei een van de verpleegsters die Grace's vitale functies in de gaten hield. "Kunt u even hier komen, alstublieft?"

Hij ging naar haar toe en zijn ogen richtten zich onmiddellijk op het scherm.

"Mam! Ik ben het, Grace, mam!"

"Ze kan je niet horen," zei Vincente.

"Wat? Hoezo kan ze me niet horen? Ze staat hier toch! Natuurlijk kan ze me horen! Mam, ik ben het, Grace... Vincente en ik. We zijn nu getrouwd en we houden van elkaar, mam. Mam!"

"Schat, ze kan je niet horen," herhaalde Vincente, terwijl hij haar hand streelde. Hij reikte naar haar toe en kuste haar op het voorhoofd.

"Ze kan me niet horen, maar ze kan me wel zien. Kijk, ze houdt mijn hand vast. Wacht even, ze kan jou niet zien, toch? Waarom kan ze jou niet zien of horen, Vincente?"

"Ik weet het niet."

"Vincente, ben je dood?"

Vincente lachte, haalde zijn vingers door zijn haar en zei: "Natuurlijk ben ik niet dood. Ik sta hier naast je en houd je hand vast."

"Maar de anderen kunnen je niet zien, noch de artsen, noch mijn moeder. Ze lopen om je heen, dwars door je heen. Waarom kunnen ze je niet zien of horen? Waarom ben ik de enige die weet dat je hier bent? Ben ik dood? Zijn we allebei dood?"

"We zijn altijd samen omdat we van elkaar houden. Onze liefde is sterker dan iedereen en alles."

Grace's geest had eerder door de kamer gedreven, maar nu keerde ze terug naar haar lichaam.

Eenmaal binnen probeerde ze eerst tegen de pijn te vechten. Daarna probeerde ze de pijn te accepteren, ermee te leven, maar het was te veel voor haar. Ze kon het niet volhouden. Ze viel uiteen.

"Haar vitale functies gaan achteruit! We raken haar weer kwijt!" riep dokter Ash. Iedereen kwam dichter bij Grace staan en duwde Helen opzij.

"Het bloeden was volledig gestopt," bevestigde dokter Ackerman. "Ze deed het zo goed. Ik kan geen andere reden vinden voor deze plotselinge terugval dan..." Hij aarzelde en keek naar Helen Greenway, die verderop stond en haar handen wrong als Lady Macbeth.

"Haal haar hier weg!" riep dokter Ash.

"Wat zeggen ze nu, Vincente?" vroeg Grace.

"Ze geven je moeder de schuld van je terugval. Toen je terugkeerde naar je lichaam en weer naar buiten kwam, gebeurde er iets. Ze denken dat je doodgaat."

"Maar ik ga niet dood! Ik wil leven!"

"We raken haar kwijt!" riep dokter Ackerman. "Maak de weg vrij!" riep hij terwijl hij naar voren kwam en begon met hartmassage.

"Nee, ik laat haar niet achter!" riep Helen terwijl ze door de klapdeuren de gang in werd geduwd.

"Mam!" riep Grace, "Mam!"

"Ze bloedt weer," bevestigde dokter Ash. "We hebben hier meer stolsels. Ik kan ze niet tellen. Ik weet niet hoe lang ze het nog volhoudt!"

"We doen alles wat we kunnen voor haar."

Grace's geest gleed terug in haar lichaam. Ze probeerde zichzelf overeind te houden. In haar hoofd begon een caleidoscoop van kleuren te wervelen en te draaien totdat ze Vincente niet meer kon zien of horen.

"Vincente, laat me niet alleen!" schreeuwde ze.

***

'VINCENTE?' VROEG DOKTER ASH. 'Wie is Vincente?'

'Hij is de jongen die haar in het ziekenhuis heeft gebracht,' zei dokter Christiansson.

'Misschien moeten we contact met hem opnemen en vragen of hij naar het ziekenhuis kan komen?'

'Het is midden in de nacht. Het is misschien niet mogelijk om hem hier te krijgen.'

'Doe het gewoon!' riep dokter Ash. 'We hebben alle hulp nodig die we kunnen krijgen!'

'Grace, luister naar me,' zei dokter Ash terwijl hij dichter naar haar toe leunde. 'We doen alles wat we kunnen voor je. Ik hoop dat je me kunt horen. We hebben je gehoord. We bellen Vincente. Hij zal hier snel zijn en aan je zijde staan. Dus houd vol. Wees sterk.'

Grace kon hem niet horen. Ze was ergens in het donker, helemaal alleen.

HOOFDSTUK 11

B UITEN IN DE LOBBY fluisterde Helen Greenway in de telefoon: "Hoi, Vincente, sorry dat ik je zo laat stoor."

"Wie is dit?"

"Sorry," aarzelde ze even en ging toen verder nadat ze zich had voorgesteld. "Ik ben Grace. Grace is de reden dat ik je zo laat bel. Ik ben haar moeder, Helen Greenway."

"Gaat het goed met haar? Ze is toch niet...?" Hij hield zich in en zijn stem verstomde. Hij was bang om te horen wat er daarna zou komen. Had hij haar vermoord? Als dat zo was, zou hij het niet kunnen verdragen, hoewel hij wist dat het niet zijn schuld was. Hij kon het niet hebben geweten. Zijn gedachten keerden terug naar het heden. Hij was er vrij zeker van dat Helen Greenway al antwoord had gegeven. Aan de andere kant van de lijn was het muisstil.

"Ben je daar, Vincente?" vroeg ze, terwijl ze op zijn antwoord wachtte. Ze had alles uitgelegd, haar verhaal gedaan. Hij zei niks. Wilde hij niet naar het ziekenhuis komen? Dat kon toch niet. Nee, hij was waarschijnlijk nog niet helemaal wakker. Toen hij nog steeds niet antwoordde, zei ze: "Grace, mijn Grace, heeft je nodig, Vincente."

Hij schrok wakker en voelde zich opgelucht toen hij hoorde dat ze nog leefde en ademde. "Ik kom morgenochtend meteen."

"Nee, kom alsjeblieft meteen. Grace heeft je nu nodig. Ze roept je. De dokters zeggen dat je nu naar het ziekenhuis moet komen, voordat het te laat is."

Vincente's hoofd tolde van het wakker worden midden in de nacht en van de gedachten over hoe hij naar het ziekenhuis zou komen. Hij zou zijn moeder wakker moeten maken en haar vragen om hem erheen te rijden, en dan zou ze allerlei vragen hebben. Om nog maar te zwijgen van de vraag hoe hij thuis zou komen.

"Zeg alsjeblieft ja, dan stuur ik een taxi naar je toe. Een momentje," zei Helen terwijl ze haar hand op de telefoon hield. Een verpleegster bevestigde dat er een auto naar Vincente's huis zou worden gestuurd om hem op te halen en weer thuis te brengen. "Er wordt een auto gestuurd om je op te halen, Vincente. Bevestig alsjeblieft dat je naar het ziekenhuis komt om mijn dochter te bezoeken. Ze vraagt naar je. Alsjeblieft."

"Oké, maar geef me even de tijd om me aan te kleden en een briefje voor mijn moeder achter te laten."

"Ik moet je adres even checken," zei de receptioniste aan de andere kant van de lijn nadat ze de gegevens van het ziekenhuis had gecontroleerd.

"Ja, dat klopt," zei Vincente.

"De auto is onderweg, wacht even."

"Dat zal ik doen," zei Vincente, terwijl hij ophing en zijn zwarte spijkerbroek en witte T-shirt aantrok.

Hij kamde zijn haar en trok toen een rode hoodie over zijn hoofd, waardoor het weer helemaal in de war raakte.

Vervolgens rende hij met twee treden tegelijk de trap af. Hij schreef een kort briefje aan zijn moeder en plakte dat op de koelkast. Even later arriveerde de auto.

Hij zat in de auto, had zijn gordel om en was op weg naar het ziekenhuis. Hij liet zijn hoofd op zijn arm rusten en keek naar de voorbijrazende duisternis.

Af en toe leek het gezicht in de maan te wenken. De man in de maan kwam hem vreemd bekend voor, een soort kruising tussen Mark Twain en Albert Einstein.

Hij concentreerde zich op de maan en de sterren om niet in slaap te vallen.

Hij wilde klaarwakker blijven. Hij wilde...

***

H ELEN WAS TROTS OP zichzelf omdat ze Vincente had overgehaald om naar het ziekenhuis te komen.

Hoewel Helen zich wel een beetje afvroeg waarom haar dochter zijn naam had geroepen. Wat voor invloed had hij op haar dat ze zo naar hem riep? Misschien had ze hem onderschat. Of betekende hij misschien meer voor haar dochter dan Helen zich realiseerde? Hij was gewoon een middelbare scholier, een klasgenoot, een verliefdheid. Maar ja, was zij zelf niet ook met haar middelbare schoolvriendje getrouwd?

Helen liep heen en weer door de gang. Toen verpleegster Burns naar buiten kwam, zei ze: "Ik kan er niet tegen! Ik weet niet wat er met mijn dochter gebeurt! Het is allemaal te veel!"

Verpleegster Burns begreep dat Helen Greenway onder druk stond, maar haar overdreven reactie en algemene neiging tot paniek hadden een domino-effect op de andere patiënten en op familieleden die op nieuws over hun eigen dierbaren wachtten.

Verpleegster Burns leidde Helen bij haar rug naar een rustig hoekje, waar ze fluisterend tegen haar zei: "Je dochter is in goede handen. Ik weet dat het moeilijk is, maar je moet proberen kalm te blijven."

"Had ik maar bij haar kunnen blijven om haar te steunen," zei Helen.

"Grace houdt zich goed, en de dokters denken alleen aan haar – en aan wat ze wil en nodig heeft. Het overleven van je dochter is de hoogste prioriteit van het ziekenhuis."

"Ja, maar ik ben haar moeder! Heb ik geen recht op uitleg? Heb ik hier geen rechten?"

"Natuurlijk heb je rechten, maar je hebt een belangrijke taak gekregen, namelijk Vincente hierheen brengen. Ik begrijp dat hij onderweg is?"

"Ja, dat klopt. Maar ik had mijn dochter misschien kunnen helpen als je me niet uit de kamer had geduwd."

"Helen," zei verpleegster Burns een beetje boos, "de toestand van je dochter veranderde toen je bij haar was. Je leek haar op dat moment alleen maar stress te bezorgen." Ze aarzelde even. "De dokters merkten deze verandering in de stabiliteit van je dochter op. Daarom hebben ze je uit de operatiekamer gehaald. Het was voor Grace."

"Maar er is geen reden voor Grace om achteruit te gaan – vanwege mij. Ik hou van haar. Ze is mijn leven."

"Nou, het bewijs sprak voor zich."

"Als ik hier niet nodig ben," zei ze pruilend, "kan ik net zo goed naar beneden gaan en op de jongen van Marino wachten. Ik moet iets doen."

"Dat lijkt me een heel goed idee," zei verpleegster Burns. Ze klopte Helen op de rug van haar hand, maar deze keer trok Helen haar hand weg. Ze stopte beide handen in haar zakken en slenterde de gang in. Het geluid van haar laarzen weerklonk terwijl ze wegliep.

"Vraag de receptie ons even te bellen als hij er is," riep verpleegster Burns, terwijl de liftdeuren dichtgingen.

"Dat zal ik doen," antwoordde Helen.

***

Toen de liftdeuren op de begane grond opengingen, stapte Helen de receptie binnen. Ze zag Vincente meteen staan. Hij stond bij de draaideuren, met zijn handen in zijn broekzakken en zijn schouders naar voren gebogen.

Helen bleef even staan en keek naar de jongen die haar dochter in het ziekenhuis had gebracht. Hij zag er slordig uit en leek zich niet op zijn gemak te voelen. Toch was hij erg knap in zijn rode hoodie, die zijn blauwe ogen nog blauwer deed lijken. Hij leek een kruising tussen James Dean en Robert Redford.

Ze liep naar hem toe. Hij had haar nog niet opgemerkt.

Toen hij in haar richting keek, was ze even van haar stuk gebracht. Even kon ze geen adem halen. Hij was geen doorsnee jongen. Er was iets, iets heel anders aan hem.

"Hoi Vincente," zei Helen, terwijl ze haar hand uitstak om die van hem te schudden. Ze was een beetje overweldigd en stelde zich daarom aan hem voor alsof ze elkaar nog nooit hadden ontmoet.

Vincente vond de introductie een beetje vreemd, omdat ze elkaar pas kort geleden hadden ontmoet. Hij liet het gaan, omdat ze grote wallen onder haar ogen had en eruitzag alsof ze in haar kleren had geslapen.

Hij nam haar uitgestoken hand aan en schudde die stevig. Hij liet haar haar arm onder de zijne slaan en hem naar de receptie leiden. Helen vroeg de receptioniste om zijn aankomst te bevestigen en dit door te geven aan de achtste verdieping.

Helen leidde hem vervolgens naar de lift. Ze stonden naast elkaar voor de deuren, met hun armen in elkaar, maar nog steeds als vreemden, terwijl ze naar boven gingen.

Na een paar verdiepingen voelde Vincente de behoefte om naar Grace te vragen, hoe het met haar ging, en dat deed hij ook. Helen legde uit dat ze niet op de hoogte was gebracht van de toestand van haar dochter. Ze kon echter wel bevestigen dat Grace naar Vincente had gevraagd.

"Ik help haar graag op alle mogelijke manieren," zei Vincente. Dat was echt zo – hij hielp haar graag – maar hij snapte nog steeds niet waarom ze hem midden in de nacht terug naar het ziekenhuis had gebeld. Hij had een beetje medelijden met haar, als ze zo'n triest en eenzaam leven had dat ze niemand anders had om hulp te vragen.

Vincente keek recht voor zich uit naar zijn spiegelbeeld in de liftdeuren. Hij haalde zijn vingers door zijn warrige haar in de hoop het in bedwang te krijgen, maar dat lukte niet.

"Heb je enig idee, Vincente, waarom mijn dochter zo naar je vraagt?"

"Eerlijk gezegd is het mij een raadsel. Misschien is ze misleid door…"

"Misleid door wat?"

"Ik weet het niet. We kennen elkaar nauwelijks. Bovendien is ze gewoon niet mijn type."

"Bedoel je daarmee dat mijn dochter niet populair genoeg of niet knap genoeg voor je is?" vroeg Helen met een venijnige ondertoon in haar stem, die Vincente niet ontging.

Hij zat opgesloten in een lift met een vrouw die haar arm om hem heen had geslagen. Haar nagels klauwden zich nu als klauwen in zijn mouwen.

"Au. Eh, nee, dat bedoelde ik niet,"

zei Vincente, toen het belletje ging dat ze op de achtste verdieping waren aangekomen. De deuren gingen open. Vincente maakte zich los van Helen, stapte naar buiten en liep naar de receptie. Daar waren andere mensen, en vooral getuigen – voor het geval Helen Greenway helemaal door het lint zou gaan.

Helen bleef buiten de lift staan, maar ze hield Vincente nog steeds met haar blik op zijn plaats.

Vincente keek naar Helen en besefte dat hij niet echt een goede indruk had gemaakt. Maar ja, het was midden in de nacht, hij was nog half in slaap en hij had geen idee waarom hij hier was. Natuurlijk wist hij dat Grace Greenway een oogje op hem had, maar dat gold voor de helft van de meisjes op school. Als je een allround sportster was, hoorde dat er nu eenmaal bij.

Even later werd Vincente door een van de artsen door de gang geleid. Helen liep achter hem aan, haar ogen strak op Vincente's achterhoofd gericht.

Ackerman stelde zich voor. Hij vertelde Vincente de details, waarna ze zich waste en de benodigde medische kleding aantrokken.

"Ik begrijp dat je een goede vriend van Grace bent?"

"Eh, ja, min of meer."

Dokter Ackerman negeerde het ontwijkende antwoord. "Grace vraagt al een tijdje naar je. Ze zal ontzettend blij zijn om te weten dat je hier voor haar bent."

"Eh, ik ben blij dat ik kan helpen."

"Jongen," vervolgde dokter Ackerman, "Grace's toestand is nu stabiel. Ze heeft het daar zwaar gehad, heel zwaar. En, nou ja..."

"Hoe zwaar?"

"Dat is eh, vertrouwelijk, maar laten we zeggen dat het kantje boord was."

"Bedoel je dat ze bijna dood is geweest?"

"Ik bedoel dat het niet goed met haar is gegaan. En zeg of doe alsjeblieft niets wat haar van streek of verdrietig maakt. Alleen maar vrolijke gedachten vandaag, oké?"

"Vrolijke gedachten?"

"Ja," zei dokter Ackerman. "Volg me nu maar."

Ze liepen samen door de klapdeuren de operatiekamer binnen. Het medische team maakte plaats voor Vincente alsof hij een rockster was.

Hij keek meteen naar Grace. Ze lag midden op een tafel met allerlei apparaten die als tentakels aan haar vastzaten.

Hij haalde diep adem en liep dichter naar de tafel toe. Hij was bang, maar wist niet precies waarom.

Misschien kwam dat door de paar doordringende ogen die hem aanstaarden. Wat verwachtten ze van hem – een wonder?

Hij keek naar het uitgestrekte lichaam van Grace. Hij zag haar borst op en neer gaan.

Grace ademde. Ze leefde nog. Hij zag haar kastanjebruine haar over haar schouders vallen. Hij zag haar oogleden trillen, alsof ze nerveus was. Ze leefde nog, ergens achter die gesloten oogleden.

Hij deed een stap dichterbij en zijn lichaam botste tegen haar hand. Die lag naast haar en was open.

Vincente pakte Grace's hand in de zijne.

Hij zei haar naam.

Haar hand was koel en reageerde niet op zijn aanraking. Hij sloot zijn hand om de hare en zei: "Grace." Hij wachtte, maar er gebeurde niets. Ze was bewusteloos. Ze kon hem niet voelen of horen, dus wat deed hij hier? Wat moest hij nu doen? Hij keek de kamer rond, naar de lege gezichten. Ze konden hem niet helpen. Helemaal niet.

Toch waren alle ogen nog steeds op hem gericht. Wat moest hij zeggen? Wat moest hij doen? Hij wilde de kamer uit rennen.

Vincente wilde niets liever dan terugkeren naar de warmte van zijn eigen bed.

HOOFDSTUK 12

G RACE WAS WEER BIJ bewustzijn, maar haar zintuigen waren verdoofd. Ze voelde niet dat Vincente haar hand vasthield, hoewel ze zag dat hij dat deed.

"Grace, ik ben het, Vincente," zei hij, in de hoop dat ze op de een of andere manier zou reageren.

Grace hoorde hem, maar zijn stem klonk anders. Ver weg.

"Praat tegen haar," zei dokter Ash. "Praat gewoon tegen haar!"

Het medische team kwam dichterbij. Het enige wat je hoorde waren de machines.

Er vormden zich zweetdruppels op Vincente's voorhoofd. Hij zei: "We missen je, Grace. We missen je op school. Je bent al te lang weg." Vincente besefte dat dit gesprek niet echt goed was, maar hij ging gewoon mee met de stroom. Hij probeerde een normaal gesprek te voeren, maar helaas was het allemaal eenzijdig.

Grace vroeg zich af wie hij was. Wie was deze vreemde jongen met kort blond haar, donkere ogen en een rood sweatshirt? Als hij haar Vincente was, zou hij niet met haar over school praten. School!? Daar waren ze toch die ravenetende boom tegengekomen!

"We hebben laatst de cricketwedstrijd gewonnen!" zei Vincente, overdreven enthousiast.

Hij haalde weer zijn vingers door zijn haar. Hij probeerde zijn vuisten in zijn zakken te steken, maar met die chirurgische spullen aan was dat niet mogelijk. Alleen al door te proberen zijn normale copingmechanisme toe te passen, voelde hij zich echter meer ontspannen.

Grace vroeg zich af of iemand een grap met haar uithaalde. Ze keek naar alle onbekende gezichten, de starende ogen. Ze kende de meesten niet, maar zij konden deze Vincente wel zien. Ze keken naar hem.

Grace trok zich terug uit haar lichaam en begon door de kamer te zweven.

Van bovenaf keek ze naar Vincente. Hij leek helemaal zichzelf niet. Hij was koud. Ze kon zijn aanraking niet voelen, maar ze wilde dat zo graag. Toen ze merkte dat hij haar hand vasthield, begon haar hart te bonzen en te kloppen. Te snel sprong ze terug in haar lichaam.

De hartmonitor reageerde met weer een rechte lijn.

***

Grace keek naar het licht terwijl de tranen over haar wangen biggelden. Onder haar renden de ziekenhuismedewerkers rond de operatiekamer alsof de wereld verging. Ze wist dat het enige wat verging haar eigen leven was.

Ze had gevochten tegen het sterrenlicht, dat haar had geroepen. Haar had geroepen.

Nu knipperde en knikte het, en ze besefte dat het tijd was om te gaan. Tijd om ernaartoe te gaan. Het was eindelijk tijd om te branden met de Fibonacci-ster.

"Zeg haar dat je van haar houdt!" riep iemand.

"Maar dat doe ik niet!" antwoordde Vincente zachtjes.

Al snel werd het sterlicht heter en heter en heter. Het wachtte niet langer tot ze naar het licht toe zou komen. Het kwam naar haar toe.

"Ik hou van je, Grace!" riep hij.

Te laat.

***

Terwijl ze Vincente de kamer uit leidden, bleef hij de woorden roepen. Voor hem waren het inderdaad betekenisloze, onoprechte gevoelens. Woorden die hij alleen maar zei om aardig te zijn, om haar te redden van de afgrond.

Hij riep het nogmaals. Deze keer weerklonk zijn stem door de gangen en het universum: "Ik hou van je, Grace Greenway!"

"Ik hou ook van jou, Vincente!" riep ze terug. Door alle chaos en drukte terwijl ze probeerden haar leven te redden, hoorde hij haar niet.

Plotseling begon de hete ster te draaien en te roteren. Al snel kwam hij niet meer op haar af en verbrandde hij haar niet meer met zijn hitte. In plaats daarvan stootte hij pulserende golven uit en werd hij een neutronenster.

Haar greep verdwenen, verklaarde Grace Greenway tegen zichzelf: "Ik wil leven. Ik wil leven."

HOOFDSTUK 13

Twee dagen later werd Grace Greenway wakker zonder bloedstolsels en was ze niet meer in gevaar. Ze moest nog wel even goed in de gaten worden gehouden, maar zou snel naar huis kunnen.

"Vincente, mam," zei ze slaperig, terwijl de tranen over haar wangen rolden. Het waren tranen van puur geluk dat ze nog leefde. Tranen van dankbaarheid dat ze dit moment kon delen met de twee mensen van wie ze het meest hield.

Ze strekte haar armen uit om hen allebei tegelijk te omhelzen. Ze vlogen haar tegemoet en drukten haar tegen zich aan. Ze voelde de warmte en kracht van hun lichamen, alsof ze kracht putte uit hun gezamenlijke energie.

Vincente en Helen keken elkaar aan en wachtten tot Grace hen losliet.

"Heb je ergens pijn?" vroeg Helen.

"Ik voel me alleen maar moe, mam."

"Ik ben blij dat je je beter voelt," zei Vincente. "Ik ga de dokters halen, zodat ze weten dat je wakker bent."

Hij draaide zich om en liep de kamer uit. Hij bleef even staan, dankbaar dat ze volledig hersteld was. Hij dacht dat hij nu misschien zijn plicht had gedaan en naar huis kon gaan. Hij hoopte dat ze was vergeten of niet had gehoord wat hij haar in de operatiekamer had moeten zeggen. Hij was blij dat Helen Greenway er niet bij was geweest om zijn gedwongen en valse verklaring te horen.

Hij accepteerde dat hij het juiste had gedaan om haar te helpen. Zijn enige hoop was nu dat dit het einde zou zijn. Hij wilde zijn oude leven terug. En in dat leven kwam Grace Greenway niet voor.

***

"En, mam, vind je hem leuk?" vroeg Grace.

"Hij is een aardige jongen," zei Helen. "Ik snap wel waarom je je tot hem aangetrokken voelt."

"Aangetrokken tot hem?" riep Grace uit. "Ik ben meer dan aangetrokken tot hem, mam. We zijn getrouwd! Kijk!" zei ze terwijl ze haar ringvinger naar haar moeder stak. Er waren geen ringen.

"Het geeft niet, Grace," zei Helen, die zag dat haar dochter van streek was. "Het geeft niet dat je een beetje in de war bent. Je hebt de afgelopen dagen veel meegemaakt."

"Mam, het is echt waar! Je gelooft me niet, hè?"

"Uh, maak je niet druk, lieverd," zei Helen, terwijl ze haar dochter op de hand klopte.

"We zijn getrouwd, mam. Getrouwd!" zei Grace nogmaals. De deuren zwaaiden open en Helen vluchtte de gang in, haar dochter in een verontruste toestand en helemaal alleen achterlatend.

Vreemd, dacht Grace. Heel vreemd. Waar zijn mijn ringen?

***

In de gang botste Helen Greenway tegen dokter Ackerman op. Hij was op weg, nadat hij het goede nieuws van Vincente had gehoord dat ze wakker en bij bewustzijn was.

"Oh. Dokter Ackerman!" riep Helen uit.

"O jee, wat is er gebeurd? Moet ik meteen naar binnen gaan? Is ze weer achteruitgegaan? Vincente zei dat het goed met haar ging. Wakker en pratend. Helemaal bij bewustzijn."

"Dat is ze ook, dokter Ackerman. Ze is wakker en praat, maar ze lijkt te denken dat ze getrouwd is met Vincente Marino!"

"O jee, hoe kan dat nou?"

"Ze vertelde me dat ze getrouwd waren. Zij en Vincente. Bovendien probeerde ze me haar ringen te laten zien. Ze was erg van streek toen ze ontdekte dat ze weg waren."

Vincente stapte toen uit de open lift met een dienblad met cappuccino's. Hij liep naar hen toe.

Dokter Ackerman keek naar Vincente en hield hem met een handgebaar tegen. Vervolgens leidde hij Vincente naar de zithoek, waar hij hem vroeg te blijven zitten. Ackerman ging terug naar Helen.

Vincente ging zitten en nam een slokje van een van de kopjes.

"Ik wil graag even alleen met Grace praten," zei dokter Ackerman. "Wacht hier even met Vincente, Helen, dan praat ik daarna met jullie allebei."

Helen ging naast Vincente zitten. Hij bood haar een kopje koffie aan. Ze weigerde beleefd en sloeg haar armen om zich heen.

Vincente wist dat er iets aan de hand was, maar hij had geen idee wat. Hij nam nog een slokje koffie en hoopte dat ze hem snel naar huis zouden laten gaan. Hij was uitgeput en vrij zeker dat Helen haar dochter helemaal voor zichzelf wilde hebben.

Dit was tenslotte, naar zijn mening, een familiekwestie.

***

Toen dokter Ackerman de kamer van Grace verliet, sprak de bezorgde uitdrukking op zijn gezicht boekdelen.

Helen stond onmiddellijk op en ging naar hem toe.

Ook Vincente zag meteen de sombere blik van de dokter. Wat er ook in de kamer van Grace gebeurde, het was zeker geen goed nieuws. Hij vroeg zich af of hij ooit nog naar huis zou gaan.

"Helen," zei dokter Ackerman, "we moeten even praten, onder vier ogen. Kom alsjeblieft mee naar mijn kantoor."

"Waarover?" Helen keek weg van Vincente.

"Hij kan prima blijven waar hij is tot we terugkomen," zei dokter Ackerman. Toen tegen Vincente: "Als je even wilt wachten, we zullen je zo op de hoogte brengen."

Vincente knikte en begon aan zijn tweede cappuccino te nippen, de drank van Helen. Ze wilde het toch niet, en hij had ervoor betaald. Waarom zou hij het koud laten worden? Bovendien had hij de cafeïne nodig om wakker te blijven. Hij pakte zijn telefoon en speelde een spelletje Bejeweled Blitz, waarna hij Facebook checkte. Hij had één bericht van Missy Malone. Ze wilde later afspreken. Hij hoopte dat hij niet te moe zou zijn van al dat gedoe met Grace Greenway.

Nieuwsgierig ging hij naar Grace's deur en keek door het glas naar binnen. Grace sliep diep. Vreemd, dacht hij, want ze was net wakker geworden. Vincente ging weer zitten. Terwijl hij aan Grace dacht, nam hij nog een slokje van Helen's koffie. Hij dronk ook Grace's kopje leeg, voordat ze terugkwamen om hem op te halen.

HOOFDSTUK 14

HELEN, WE HOOPTEN DAT Grace's geheugenverlies zou zijn opgelost. Maar nu hebben we nog meer zorgen.

Dus ze heeft het jou ook verteld? Dat ze met Vincente getrouwd is?

Ja, en ze vertelde me niet alleen dat ze getrouwd waren, maar ze beschreef ook alles heel gedetailleerd. Het was bijna alsof ze het opnieuw beleefde. Het was zo echt, zo'n compleet beeld.

Ik kon bijna dat romantische liedje op de achtergrond horen spelen."

"Welk romantisch liedje?" vroeg Helen.

"Ze zei dat het een liedje was uit een oud juwelendoosje."

"Ja, dat herinner ik me nog. Grace's vader en ik hebben haar dat gegeven voor Kerstmis toen ze nog een klein meisje was."

"Ah, een cadeau uit haar kindertijd, dat ze zich nu voorstelt als haar huwelijkslied. Je dochter heeft zeker een levendige fantasie," zei dokter Ackerman.

"Wat doen we nu, dokter? Vertellen we haar de waarheid? We moeten haar de waarheid vertellen."

"De geest is heel kwetsbaar. Misschien heeft Grace, toen ze voor haar leven vocht, deze situatie gecreëerd als een overlevingsmechanisme. Om zichzelf iets te geven om voor te leven, om voor te vechten. Het is een oeroude techniek. Als we op het punt staan te sterven, creëren of verzinnen we soms een alternatieve realiteit."

"Maar mijn dochter had al zoveel om voor te leven!" zei Helen.

"Ja, dat vind jij en dat vind ik ook, maar zou Grace het daarmee eens zijn?"

"Wat bedoel je daarmee, dokter? Wat moeten we doen?"

Er werd op de deur geklopt. Dokter Christiansson stak zijn hoofd naar binnen. "Sorry dat ik stoor. Dokter Ackerman, u wilde me even spreken?"

"Ja, als je ons even wilt laten alleen, Helen," zei Ackerman. Hij gebaarde haar om te gaan zitten en toen vertrokken hij en dokter Christiansson.

Helen bladerde gedachteloos door een paar tijdschriften. De dokters bespraken onderling de precaire situatie van Grace.

"Ik ben bang dat we in deze kwestie geen keuze hebben," zei dokter Christiansson. "We moeten meegaan in de fantasie van Grace.

Ze is op dit moment niet sterk genoeg om de waarheid onder ogen te zien. Als we haar te hard onder druk zetten, kunnen de gevolgen behoorlijk schadelijk zijn." "Ik ben het daarmee eens," beaamde dokter Ackerman. "Het beste wat we voor Grace kunnen doen, totdat ze klaar is om de waarheid te horen, is haar eigen waanideeën versterken. Het punt is dat we ervoor moeten zorgen dat Vincente hiermee akkoord gaat. We moeten hem alles vertellen wat Grace ons heeft verteld.

We moeten hem zover krijgen dat hij meegaat in deze list, totdat Grace er klaar voor is, ik bedoel mentaal en fysiek sterk genoeg is om de waarheid aan te kunnen."

"Ja, de jongen Marino heeft Grace eerder kunnen helpen en ik hoop dat hij haar weer kan helpen," zei Christiansson.

"En als ze weer goed genoeg is, sterk genoeg, dan vertellen we haar de waarheid," bevestigde dokter Ackerman.

"Ik vind het maar niks," zei Helen, toen de dokters haar over hun plan hadden verteld. "We voeden haar fantasie en stimuleren leugens en nog meer leugens."

"Maar voor Grace zijn het geen leugens. Ze gelooft elk woord, en zij is degene die we hier voorop moeten stellen," zei dokter Ackerman.

"Wat als de jongen er niet mee akkoord gaat?", vroeg Helen.

"Hij moet wel", zei Ackerman. "Er is geen alternatief. Grace is al zo ver gekomen en ze is op weg om weer fysiek gezond te worden. Haar lichaam kan misschien geen nieuwe terugval aan. Grace's mentale stabiliteit is op dit moment superbelangrijk."

"Grace heeft deze droom gecreëerd en Vincente speelt daar een grote rol in. Hij moet haar helpen. We moeten hem overtuigen van zijn belang voor haar," zei dokter Christiansson.

"Hoe lang moeten we dit spelletje spelen?" vroeg Helen.

"We spelen het totdat ze er klaar voor is," zei dokter Christiansson, "en geen moment langer."

"Wat moet ik dan tegen de jongen zeggen?" vroeg Helen. "Hoe kan ik hem het laten begrijpen als ik het zelf niet eens helemaal begrijp? Ik vind het niet prettig om mijn eigen dochter te misleiden."

"Hij zal ons moeten vertrouwen, Grace moeten vertrouwen. Als ze klaar is om de realiteit onder ogen te zien, om de waarheid te horen, dan, en alleen dan, zal alles weer worden zoals het was," zei Ackerman.

"Ik zal mijn best doen om hem te overtuigen."

"Veel succes," zei dokter Ackerman.

"Als je mijn hulp nodig hebt..." onderbrak dokter Christiansson hem, "...als je wilt dat ik met hem praat om iets te verduidelijken, stuur de jongen dan naar mij."

"Dank je," zei Helen.

HOOFDSTUK 15

H ELEN GING NAAR HET damestoilet en waste haar handen. Als je 24/7 in het ziekenhuis bent, word je een beetje paranoïde over bacteriën.

Ze stak haar rechterhand uit en merkte dat die trilde. Ze had geen idee hoe ze die jongen kon overtuigen om mee te gaan met zo'n raar verhaal.

Iedereen met levenservaring wist toch wel dat de waarheid altijd het beste was. Maar nu moest ze Vincente overhalen om mee te doen aan Grace's waanidee.

Ze tastte in haar handtas en vond twee lippenstiften. Ze deed er een op en voelde zich op de een of andere manier een beetje beter. Ze zocht nog eens in haar handtas, vond een flesje parfum en spoot een beetje achter haar oren. Nu was ze klaar om naar Vincente toe te gaan.

Helen deed de deur achter zich dicht en liep de drukke gang in. Ze werd even tegen de muur gedrukt toen ziekenhuispersoneel met een brancard langs kwam. Ze haalde diep adem, kalmeerde zichzelf en liep toen naar de wachtkamer.

Ze zag Vincente en hij zag haar. Ze zwaaide en vroeg zich toen af of ze niet een beetje te familiair was. Ze hield zich in door haar hand op de leren riem van haar tas te leggen. Nu zag ze eruit als iemand die bang was om beroofd te worden.

Vincente zag Helen Greenway snel op hem afkomen. Hij keek haar even aan en keek toen naar zijn voeten. Het viel hem meteen op dat ze zich had opgedirkt en hij vroeg zich af waarom. Misschien had ze haar oog laten vallen op een van de dokters? Was het niet een beetje vroeg, zo kort na de dood van haar man? Hij wist het niet zeker, maar hij was niet iemand die oordeelde over wat mensen zeiden of deden.

Helen ging tegenover Vincente zitten en zei zijn naam. Hij keek op en wachtte tot ze nog iets zou zeggen, maar dat deed ze niet. Hij keek weer naar zijn voeten. Hij was zo moe, doodmoe, maar de drie grote kopjes koffie hadden zijn geest geprikkeld.

Ze zei zijn naam nogmaals en leunde voorover, haar ellebogen op haar knieën.

Vincente leunde achterover in zijn stoel en deed alsof hij zich moest uitrekken en gapen. De stilte werd steeds ongemakkelijker.

Helen wachtte tot hij klaar was met bewegen en kwam toen meteen ter zake. "Vincente, ik heb je hulp nodig bij iets, iets nogal persoonlijks."

Hij aarzelde en leunde voorover, nu nieuwsgierig.

"Mag ik vrijuit en openhartig met je praten?" fluisterde ze.

Vincente was nu echt nieuwsgierig. Hij was wel eens eerder versierd door oudere vrouwen – maar meestal niet door vrouwen die zo oud waren – en niet door vrouwen die moeders waren van zijn klasgenoten.

Hij voelde zich ineens ongemakkelijk. Zijn eerste reactie was om haar meteen af te kappen en heel bot tegen haar te zijn. Maar hoewel hij totaal niet geïnteresseerd was, was hij toch nieuwsgierig naar wat ze te zeggen had. Hoe ze het zou aanpakken. En hij vroeg zich af of de schok van wat Grace had meegemaakt ook haar had geraakt. Dus in plaats van iets te zeggen, bleef hij stil zitten en wachtte hij af.

Helen leunde dichterbij. 'Wat ik je wil vragen is nogal gênant,' aarzelde ze en giechelde nerveus. 'Ik bedoel, het is belachelijk! Maar ik hoop dat je toch ja zult zeggen en me wilt helpen.'

Helen knipperde met haar wimpers en aarzelde. Ze ging rechtop zitten en leunde toen weer naar voren. Deze keer nog dichter bij Vincente, zo dichtbij dat hun knieën elkaar bijna raakten. Toen leek ze met haar hand te zwaaien, waardoor er een opening tussen hen ontstond, en liet ze haar hand heel lichtjes tegen zijn knie glijden.

Ze zat zo dichtbij dat hij haar adem op zijn gezicht kon voelen.

Vincente schoof onhandig achteruit op zijn stoel. Hij trok zijn voeten onder de stoel. Hij sloeg zijn armen over elkaar voor zijn borst. Hij richtte zijn aandacht op de vloer. Hij vocht tegen de neiging om zijn telefoon te pakken om zichzelf af te leiden van dit gekke scenario.

"Het gaat om Grace, Vincente. Ze lijkt... Nou, dit is moeilijk voor me om te zeggen. Vooral tegen iemand die zo jong is als jij, iemand die volgens mij al een vriendin heeft. Of misschien zelfs meer dan één vriendin?" Helen aarzelde even voordat ze de bom liet vallen en keek hem recht in de ogen. Ze probeerde zich in hem in te leven, contact met hem te maken op zijn voorwaarden. Als ze de leeftijdsverschil tussen hen kon overbruggen, zou hij het misschien begrijpen. Misschien zou hij het ermee eens zijn.

Vincente vond dit gênant worden. Hij wilde haar uit haar lijden verlossen: "Ik heb wel degelijk een vriendin, eh, mevrouw Greenway. We zijn niet exclusief, maar we hebben wel een afspraak, als u begrijpt wat ik bedoel?"

Knipoogde hij net? Helen was er zeker van dat ze hem had zien knipogen! En dat vond ze helemaal niet leuk.

Vincente wilde dat ze weg zou gaan. Hij was echt moe en wilde alleen maar naar huis. Ongeduldig en walgend stond hij op.

"Ja, ik begrijp wat je bedoelt, Vincente," zei Helen onhandig, "Ga alsjeblieft zitten."

Vincente deed dat. Hij sloeg zijn armen weer over elkaar en creëerde zo een fysieke barrière tussen hen.

"Vincente, mijn dochter is verliefd op je. Dat weet je toch?"

"Ja, ik weet dat ze me leuk vindt. Grace is geweldig! Ze heeft mijn leven gered door me te helpen met wiskunde. Zonder haar was ik nu al uit het team gezet."

"Is dat zo? Dat wist ik niet. Dus je kende haar toch wel een beetje, één op één?"

"Niet één op één zoals vriend en vriendin, nee. Maar we waren maatjes. Vrienden."

"Maar je bent een stercricketspeler en je bent knap. Ik snap wel waarom ze, eh, verliefd op je was. Maar wat ik je wil vragen is..."

Ze stopte en stamelde, omdat ze het moeilijk vond om ter zake te komen.

"Sorry, mevrouw Greenway, maar ik moet ter zake komen. Het is een erg lange nacht geweest en ik ben moe. Ik moet je zeggen dat ik me gevleid voel door je... eh... door de aandacht die je me geeft, maar zoals ik al zei, mijn vriendin Missy en ik hebben een soort afspraak."

"Ik weet zeker dat ze het onder de gegeven omstandigheden niet erg zal vinden, omdat je iemand helpt die in nood is. Dit is tenslotte een kwestie van leven of dood," zei Helen.

"Je bent nu een beetje melodramatisch, nietwaar, mevrouw Greenway?" Vincente vouwde zijn armen open en kwam dichter bij haar staan. "Ik voel me gevleid en zo, maar kun je niet iemand vinden die meer, je weet wel, dichter bij je leeftijd is? Zoals misschien een van de artsen?"

"Wat!" riep Helen uit, terwijl ze haar hele lichaam zo ver mogelijk van Vincente Marino af bewoog als ze kon, terwijl ze nog steeds tegenover hem zat. Toen stond ze op en ging nog verder weg staan, met haar rug naar hem toe. Ze haalde diep adem en herwon haar kalmte, net toen Vincente haar zachtjes op haar achterwerk klopte. Ze sprong op en moest zich inhouden om hem niet een klap te geven.

"Voor je informatie," corrigeerde ze nu woedend, "ik vind je helemaal niet aantrekkelijk, jij domme, domme jongen!"

"Tuurlijk, tuurlijk, ik wijs je af, en dan word je helemaal gemeen - ik snap nu wel wat je van plan bent. Maar speel niet te veel met me, want misschien vind ik het wel leuk," zei hij terwijl hij nog dichter naar haar toe kwam.

"Hou daar nu mee op!" zei Helen met trillende stem terwijl Vincente Marino steeds dichter bij haar kwam. Ze stond nu met haar rug tegen de leuning van de stoel en moest wel gaan zitten. Haar gezicht was rood aangelopen en haar hele lichaam trilde.

"Ik heb genoeg van deze onzin," zei Vincente. "Ik ben midden in de nacht hierheen gekomen om je dochter te helpen... prima. Maar ze is nu terug op de afdeling, en waar blijf ik dan? Ik weet het niet. Niet om door haar moeder versierd te worden!"

Helens gezicht had de kleur van rode biet. "Vincente, ik heb een gunst van je nodig, dus ik ga deze miscommunicatie negeren en er meteen voor uitkomen. Om de hete brei heen draaien was geen slim idee!"

Vincente knikte ongeduldig, maar bleef luisteren.

"Grace heeft de waan dat jij en zij getrouwd zijn."

"Wat?"

"Het is waar. Ze werd wakker en zit vast aan dit idee over jullie twee. Ze heeft een fantasie in haar hoofd gecreëerd."

"Getrouwd? Grace Greenway en ik, getrouwd?"

"Ja, dat is wat ze gelooft."

"Vertel haar dan de waarheid. Waarom vertel je me dit?"

"Omdat de dokters vinden dat we er voorlopig in moeten meegaan."

"Met 'we' bedoel je mij, toch? Verwacht je dat ik met Grace voor man en vrouw ga spelen?"

”Ik weet dat het veel van je vraagt, Vincente. Maar als je het ergens in je hart kunt vinden om haar te helpen, kan het voor haar een kwestie van leven of dood zijn."

“Dit is te veel gevraagd,” zei Vincente, en hij stond op en wilde de wachtkamer verlaten, “veel te veel.”

Helen hield hem tegen en greep zijn arm vast.

”Het is het minste wat je kunt doen! Jij hebt haar hier gebracht, met die klap op haar hoofd. Dat heb jij gedaan! Je moet toch ergens een moreel kompas hebben, een geweten. Grace zou hier niet zijn als jij er niet was geweest! En, zoals je zelf al zei, Grace heeft je geholpen om je plek in het cricketteam veilig te stellen.“

Vincente wist dat dit allemaal waar was, hoewel de klap per ongeluk was. ”Wat wil je precies dat ik doe?“

”Gedraag je als een echtgenoot. Wees er voor haar. Praat met haar. Houd haar hand vast. Mijn dochter is een slim meisje; ze zal je wel vertellen wat ze nodig heeft."

“Maar wat als ze wil dat we dingen doen die getrouwde mensen doen?” Hij grijnsde. “Wat dan?”

“Ik weet zeker dat voordat we zover zijn, ze zich de waarheid zal herinneren of dat ik het haar zal vertellen.”

“Waarom bespaar je haar dit drama niet en vertel je haar nu de waarheid?”

“Dat is natuurlijk wat ik wil doen, maar de dokters hebben me dat afgeraden,” zei Helen. “Ze vinden dat Grace in een te kwetsbare toestand verkeert om haar op dit moment met zoveel realiteit te confronteren.”

Vincente had het gevoel dat hij geen keuze had, hij moest hiermee akkoord gaan. Hoewel hij het totaal oneens was met de dokters, zou hij meespelen. "Hoe zit het met school?" vroeg hij. "Ik heb morgen een wedstrijd – ik bedoel vandaag."

"Grace zal zich herinneren dat je naar school gaat. In de tussentijd kun je misschien een paar andere leerlingen uitnodigen om haar te bezoeken. Bekende gezichten kunnen haar geheugen misschien opfrissen."

"Ik kan zo snel geen vrienden van haar bedenken, maar ik zal het proberen. Mag ik nu naar huis?"

"Niet voordat je met haar hebt gepraat. En onthoud dat ze me net het nieuws heeft verteld – dat jullie onlangs zijn getrouwd – en ik haar niet geloofde. Ik rende de kamer uit en zocht haar dokter op. Dus ik verwacht dat mijn dochter heel blij zal zijn om jou te zien en behoorlijk boos om mij te zien. Misschien wil ze je ook aan mij voorstellen als haar man."

"Ik zal mijn best doen, maar ik ben geen erg goede acteur en ik ben nooit een goede leugenaar geweest."

"Laten we er dan een prijswinnende voorstelling van maken!" coachte Helen terwijl ze naar de kamer van Grace liepen.

"Daar gaan we!" zei Vincente, terwijl hij de deur opende en deze openhield voor zijn nieuwe fictieve schoonmoeder.

HOOFDSTUK 16

GRACE KEEK OP EN zag haar moeder haar kamer binnenkomen, gevolgd door... Vincente! Ze ging rechtop zitten, glimlachte van oor tot oor en strekte haar armen naar hem uit. Hij kwam zo langzaam naar haar toe dat ze meteen voelde dat er iets niet klopte.

"Schat," zei Helen op vrolijke toon, wat Vincente deed schrikken. "Ik heb met Vincente gepraat en hij heeft me alles verteld. Alles over jullie bruiloft. Toch, Vincente?"

Vincente keek eerst naar Grace en toen naar Helen. Ze gooide hem voor de leeuwen en dwong hem te liegen. Hij had geen andere keuze. "Ja, ik heb je moeder alles over ons verteld," zei hij. Hij ging iets dichter bij Grace staan, die hem hartelijk omhelsde.

Terwijl ze hem vasthield, voelde Grace een afstand die ze nog nooit eerder had gevoeld. Het voelde alsof ze een houten plank vasthield.

Ze lieten elkaar los en Grace keek Vincente diep in de ogen. Hij verborg iets. Of was hij gewoon verlegen? Misschien was het gewoon dat ze te aanhankelijk was in het bijzijn van iemand anders. Ze waren eerder alleen geweest, dus dit was iets waar ze aan moesten wennen: dat andere mensen getuige waren van hun liefde.

Grace reikte naar hem uit, pakte zijn hand en zei: "Ik begrijp helemaal hoe je je voelt, gezien de omstandigheden. We zijn niet gewend om zo aanhankelijk te zijn in het bijzijn van anderen."

Vincente voelde zich rot. Hij werd hiertoe gedwongen en hij had medelijden met Grace, die geen idee had dat hij alleen maar acteerde. Maar zo te horen liet zijn optreden veel te wensen over. "Ja, dat klopt," zei Vincente. "Je was altijd erg opmerkzaam voor mijn, eh, gevoelens."

Grace bleef zijn ongemak observeren. Vincente voelde dat ze hem nauwlettend in de gaten hield en was bang dat ze van streek zou raken, dus bracht hij haar hand naar zijn lippen en kuste die. Toen hij opkeek, staarde hij diep in de ogen van zijn zogenaamde vrouw. Zogenaamd voor haar, maar voor hem was ze gewoon Grace Greenway – een doorsnee vrouw met een bovengemiddeld, bijna geniaal wiskundig vermogen. Ze waren totaal verschillend. Hij zou nooit met haar trouwen, zelfs niet als zij de enige twee mensen op aarde waren.

Grace richtte haar aandacht op haar moeder, die op de achtergrond stond en naar hen keek. Ja, dat was het. Haar moeder had nu alles bevestigd, maar ze was het niet eens met hun keuze. Ze waren tenslotte pas zestien jaar oud en zonder toestemming van een ouder was hun huwelijk in haar ogen misschien niet legitiem. Om nog maar te zwijgen van het feit dat noch een dominee, noch een priester, noch zelfs een vrederechter het officieel had gemaakt. Ze hadden geloften en ringen uitgewisseld. Het was geen echte bruiloft en haar moeder hoefde het alleen maar ongeldig te verklaren. Misschien was dat de reden waarom Vincente er zo geschrokken uitzag?

Grace keek naar Helen, die daar met tranen in haar ogen stond.

"Ben je niet blij voor ons, mam?" vroeg Grace.

"Natuurlijk ben ik heel blij voor jullie, schat," zei Helen, terwijl ze hen allebei in een groepsomhelzing sloot.

Nu ze zo dichtbij waren, keek Grace Vincente in de ogen, en hij keek weg. Ze zei: "Ik weet dat ik er waarschijnlijk afschuwelijk uitzie," terwijl er een traan over haar wang rolde. "Het is zo'n lange beproeving geweest, met de operatie en alles." Ze haalde diep adem en herpakte zich. Vincente probeerde haar met een glimlach aan te moedigen, waarna ze verderging: "Ik kan niet wachten tot we weer normaal kunnen leven. Tot we weer naar ons huis kunnen en op het strand kunnen zwemmen zoals vroeger."

Vincente keek weer weg. Als een gekooide rat keek hij nerveus heen en weer.

"Ik weet zeker dat Vincente niet kan wachten tot dat moment, schat," zei Helen.

Vincente slaakte een "Humph", dat alleen bedoeld was als een echo in zijn eigen hoofd. Helaas werd het geluid gehoord en opgemerkt door alle aanwezigen. Helen keek Vincente aan alsof hij net een moord had gepleegd. Grace keek zo gekwetst dat er nog meer tranen uit haar ogen rolden.

"Wil je niet teruggaan? Naar Manly? Om weer gelukkig te zijn?" Grace was er zeker van dat Vincente was veranderd. Iets in hem had zijn liefde voor haar veranderd, en dat besef brak haar hart in tweeën.

Helen stootte Vincente met haar elleboog in zijn zij. Hij lachte luid en haalde diep adem voordat hij zei: "Niet voordat je weer beter bent, Gracie."

"Je weet hoe erg ik dat haat!"

"Wat? Wat haat je dan?" vroeg Vincente. Hij was totaal in de war en deed absoluut geen goed werk met dit acteerwerk. Hij had Helen gewaarschuwd dat hij geen goede leugenaar was, en nu maakte hij er een puinhoop van. Hij maakte er een puinhoop van voor Grace. Het arme meisje.

"Je weet wat ik bedoel!" riep Grace. "Je weet wat ik haat. Hoe ik er kippenvel van krijg."

"Oh," zei Vincente, die zich het eindelijk herinnerde. Ja, hij had haar een keer eerder 'Gracie' genoemd en ze was toen helemaal door het lint gegaan. Nu deed hij het weer. Wat was hij toch een idioot! "Het spijt me zo, Grace, het was me helemaal ontgaan. Ik ben zo moe; ik heb niet geslapen. Mijn fout, het was gewoon een hersenstoring."

Het drietal lachte en het gelach ging door totdat Grace het onderbrak met: "Als je moe bent, schat, ga dan naar huis. We kunnen morgen verder praten."

Vincente dacht erover na. Zijn ontsnapping was zo dichtbij dat hij het al kon proeven. Hij wilde wanhopig weg daar, om een einde te maken aan deze zielige poppenkast. "Ik heb vanmiddag een wedstrijd, dus ik kan pas vanavond terugkomen om langs te komen."

"Dat is prima. Je moet uitrusten voor de belangrijke wedstrijd," zei Grace.

"Vincente," zei Helen, "Grace en ik waarderen alles wat je hebt gedaan om te helpen. We begrijpen dat je nu naar huis moet. Ik zal een taxi voor je regelen."

"Dat hoeft niet," zei Vincente, "mama belde net en zei dat ze buiten op me zou wachten. Ze heeft het briefje gezien dat ik heb achtergelaten en ze maakte zich zorgen."

"Ik zou haar graag eens ontmoeten," zei Helen.

"Ja, ik ook!" beaamde Grace. "Ik heb het gevoel dat ik haar al ken, sinds je me haar schilderijen hebt laten zien. Vooral dat landschap met de boom en de koeien werd een gespreksonderwerp voor ons beiden."

"Die met... wat?" stamelde Vincente. Hij was totaal in de war door wat Grace net had gezegd. Hij had dat schilderij niet aan Grace laten zien – of aan iemand anders buiten zijn ouders en grootouders. Het had zelfs al sinds zijn kindertijd in de opslag gestaan. "Wanneer heb ik je het schilderij van mijn moeder laten zien?" vroeg hij.

"Het hing boven de schoorsteenmantel, in het huis van je ouders."

Vincente struikelde achteruit. Helen ving hem op. Ze had geen idee waar dit gesprek over ging, maar Vincente leek er meer van onder de indruk te zijn dan Grace.

"Gaat het wel?" vroeg Helen, oprecht bezorgd.

"Het gaat prima," zei hij, maar dat was zeker niet zo. Hij wilde weg, maar tegelijkertijd moest hij zeker weten dat ze het over hetzelfde schilderij hadden. Misschien was Grace gewoon in de war. "En was er iets speciaals aan het schilderij? Heb ik je iets speciaals over verteld?" "Ja," zei Grace nuchter. "Je vertelde me dat je als kind bang was voor het schilderij, omdat je dacht dat de boom een gezicht had. Daarom hebben je ouders het opgeborgen.

Maar toen we bij je ouders op bezoek waren, hing het daar gewoon boven de schoorsteenmantel."

Vincente was meer dan verbaasd. Het was waar wat ze zei over het schilderij, maar niet dat het boven de schoorsteenmantel hing. Dat was nooit gebeurd. Hij vroeg zich af hoe ze dat schilderij kon kennen.

Ze ging verder: "Maar nu hangt het schilderij bij ons thuis, in ons huis in Manly. Het is nog steeds opgeborgen. We vonden het allebei het beste om het weg te doen. Je moet even aan je moeder vragen of ze het terug wil hebben."

Vincente strompelde door de kamer naar Grace en mompelde iets over ja, dat zou hij doen. Afgeleid fluisterde hij iets tegen zichzelf en vervolgens tegen Helen. Hij had geen idee hoe Grace de dingen kon weten die ze leek te weten.

"Mam," zei Grace, "ik denk dat je het heel goed zou kunnen vinden met Vincente's moeder, omdat jullie allebei van dezelfde dingen houden, zoals zonnebloemen. Vincente's moeder heeft zonnebloemen in de meeste van haar schilderijen, en jij hebt overal in huis zonnebloemen."

"Dat is leuk, schat," zei Helen.

"En je zou eens moeten zien wat voor geweldige figuren Vincente snijdt!"

Vincente ging hard op de stoel zitten. Zijn gezicht was nu spookachtig wit.

Grace ging verder: "Hij is veel getalenteerder dan hij laat merken op andere gebieden dan sport. Hij is een geweldige kunstenaar. Het zit vast in zijn bloed."

"Hoe, hoe kun je dat weten?" vroeg Vincente. "Die staan in mijn slaapkamer."

"Je slaapkamer!" gilde Helen.

"En niemand heeft ze gezien, niemand, behalve mijn vader, moeder en grootouders."

"Je hebt ze aan mij laten zien, gekkie, en we hebben ze meegenomen naar ons huis in Manly. Wauw! Je moet echt heel erg moe zijn, om zoveel te zijn vergeten. Je moet echt naar huis gaan en wat slapen, Vincente."

Vincente voelde zich alsof al zijn bloed uit zijn lichaam was weggevloeid, en zo zag hij er ook uit.

"Wil je dat ik je naar de auto van je moeder breng?" vroeg Helen. Ze was oprecht bezorgd omdat hij eruitzag alsof hij flauw zou vallen. "Moet je naar een dokter?"

Vincente had de neiging om zich om te draaien en weg te rennen, maar een deel van hem wilde ook Grace Greenway kussen.

Grace Greenway kussen!?

Het was een behoefte, een verlangen, waar hij de afgelopen momenten tegen had gevochten. Hij hield zich emotioneel in. Hij dacht dat hij misschien een aantrekkingskracht van haar voelde, een behoefte van haar. Misschien omdat ze wilde dat hij haar kuste?

Vincente stond op en liep naar het bed. Grace keek naar hem, maar haar ogen waren kalm, vol liefde. Liefde voor hem.

Hij boog zich voorover en kuste haar rustig op haar voorhoofd. Maar Grace had andere plannen.

Ze bewoog haar hoofd, omdat ze voelde dat hij zich voor haar moeder schaamde, zodat hij haar vol op de lippen kuste. Toen trok ze hem naar zich toe, klampte zich aan hem vast en hij ontspande zich in haar omhelzing. Ze hield hem zo stevig vast dat hij zich niet kon losmaken, en al snel wilde hij dat ook niet meer.

Op de een of andere manier raakte ze hem diep van binnen. Hij was verdwaald, verdwaald in haar. Toen hij weer op adem kwam en achteruitdeinsde, stond hij te staren, alsof er net een raam in zijn hart was geopend.

Hij wist niet hoe ze de dingen wist die ze wist. Hij had haar er niets over verteld, en toch wist ze het op de een of andere manier. Hij was opgewonden en tegelijkertijd geschrokken. Hij wilde en moest daar weg.

En toch wilde een deel van hem haar steeds weer kussen. Weer een ander deel wilde wegrennen, en blijven rennen en rennen en rennen.

"Schat," zei Helen, "ik denk dat Vincente nu echt moet gaan." Ze merkte zijn robotachtige gedrag op. Het was alsof hij betoverd was.

"Goedenacht, meneer Marino," zei Grace.

"Eh, goedenacht, mevrouw Marino," zei Vincente impulsief. Ze glimlachte breed, alsof de hemel zich had geopend en gouden zonnestralen op hem neerdaalden. Hij haalde zijn vingers door zijn haar en liep toen achteruit de kamer uit.

Zodra hij door de deuren was, begon hij te rennen.

Hij rende acht trappen naar beneden.

En de straat op.

Hij zou zijn blijven rennen, helemaal naar huis, als zijn moeder hem niet eerst had tegengehouden.

HOOFDSTUK 17

"Gaat alles goed, Vincente?" vroeg Ellen Marino aan haar zoon. Vincente's wangen waren rood en hij mompelde zachtjes terwijl ze naar hem toe liep. Ze opende haar armen voor hem en hij viel met een hoorbare zucht in haar armen. Ze aaide hem over zijn hoofd, zoals ze altijd deed toen hij nog een kleine jongen was. Deze emotionele band zorgde ervoor dat hij oncontroleerbaar begon te huilen.

"Rustig maar," zei ze.

Hoewel Vincente zich warm en veilig voelde, kon hij niet stoppen met aan Grace te denken. Hij probeerde in het moment te blijven, maar zelfs de kalmerende woorden van zijn moeder konden zijn gedachten niet tot rust brengen.

Terwijl hij zich in de armen van zijn moeder nestelde, speelde zijn brein steeds weer een kinderliedje af in zijn hoofd: "Vincente en Gracie, zittend in een boom, k-i-s-s-e-n."

Hij kon zijn moeder niet uitleggen hoe hij zich voelde. Hij begreep het zelf niet eens.

Toch kon hij die kus niet uit zijn hoofd zetten. En het was een prachtige kus. Een diepere, meer memorabele kus dan hij ooit had meegemaakt, en toch... waarom huilde hij als een baby?

Vincente deed een stap achteruit. Hij probeerde zichzelf te herpakken.

Ellen keek haar zoon in de ogen en hield zijn kin tussen haar vingers. Ze kuste hem op zijn voorhoofd. Hij verloor zijn zelfbeheersing en begon opnieuw te snikken!

"Vertel me eens, Vincente, wat is er aan de hand? Is het meisje, je vriendin... Is zij overleden?"

"Vincente schreeuwde "Nee!" harder dan hij had verwacht. Hij deed een stap achteruit en ging met zijn rug tegen de muur staan. Zijn vuisten waren gebald en hij voelde zich boos, verdrietig en blij, alsof alle mogelijke emoties als een tsunami over hem heen waren gekomen.

"Praat met me!" drong Ellen aan.

"Ik wil naar huis, mama. Ik wil gewoon naar huis," zei Vincente terwijl hij zijn tranen bedwong. Hij voelde zich zo dom.

Ellen vouwde de hand van haar zoon in de hare, zoals ze altijd had gedaan toen hij nog een kleine jongen was. Tot die ene dag toen hij negen was en hij haar niet meer zijn hand wilde laten vasthouden. Maar vanavond protesteerde hij niet toen haar vingers zich om de zijne sloten en hun greep verstevigden. Wat haar zoon ook van streek maakte, het was erg. Zo erg dat hij zijn emoties niet onder controle kon houden.

Vincente Marino was niet het type jongen dat huilde, zelfs niet als hij zich als kleine jongen bezeerde. Hij probeerde altijd dapper te zijn. Vooral als anderen keken. Als ze alleen waren, was het meestal anders. Tenminste, tot vandaag.

Toen ze hun gordels om hadden gedaan, liet Vincente zijn gedachten weer afdwalen naar Grace. Deze keer niet naar de kus. In plaats daarvan dacht hij na over hoe ze de dingen wist die ze wist. Zoals het schilderij – hoe kon ze van dat specifieke schilderij afweten? Het was onmogelijk voor haar om dat te verzinnen of te raden wat ze allemaal leek te weten.

'Raad eens wat er gisteren is gebeurd?', vroeg Ellen.

'Ik weet het niet, mam.'

"Nou, ik heb weer een schilderij verkocht!"

"Geweldig nieuws, mam! Welk schilderij was het deze keer?"

"Ik weet niet eens zeker of je het je nog zou herinneren. Ik heb het heel lang geleden geschilderd."

"Ik weet zeker dat ik het me zou herinneren, mam. Ik wed dat ik kan raden welk schilderij het was. Ik wed dat het het schilderij was met het veld vol wilde bloemen, zo realistisch dat je ze bijna kon ruiken!"

"Oh, wat ben je toch een lieve zoon, dank je wel. Maar nee, het was een schilderij dat ik een paar jaar geleden heb gemaakt, toen je nog een kleine jongen was. Ik heb het opgeborgen omdat iets aan dat schilderij je bang maakte."

Vincente ging rechtop zitten. Hij luisterde nu aandachtig. Dat kon niet waar zijn.

Zonder zich bewust te zijn van Vincente's toenemende spanning, vervolgde ze: "Het is een veld, met een grote boom en een koe."

Het was hetzelfde schilderij. Precies hetzelfde schilderij waar hij eerder met Grace Greenway over had gesproken. Misschien was de verkoop bekendgemaakt? Dat zou verklaren waarom Grace ervan op de hoogte was. Hij sloeg zich voor zijn voorhoofd. Ja, dat zou alles verklaren!

"Het gebeurde gisteravond pas. Een particuliere handelaar hoorde ervan en kwam het bekijken, waarna hij het ter plekke kocht voor zijn klant. Hij is nu naar Europa en haalt het op als hij terugkomt."

"Dus de verkoop is op geen enkele manier bekendgemaakt?"

"Nee, ik heb het zelfs je vader nog niet verteld!"

Grace kon er niet van gehoord hebben, tenzij ze de man kende. Nee, gezien haar toestand en zo, kon dat niet.

Terwijl ze door de straten van de stad reden, was Vincente vastbesloten om aan niets te denken. Niet aan het schilderij. Niet aan Grace. Niet aan de kus. Vooral niet aan de kus.

HOOFDSTUK 18

Toen ze thuiskwamen, vroeg Ellen aan Vincente of hij zich beter voelde. Hij reageerde met een vaag gegrom, wat betekende dat hij zich weer meer zichzelf voelde. Ze bood hem wat te eten aan, maar hij zei dat hij geen honger had.

"Ik ben doodop, mam," bekende hij. "Ik wil even slapen."

"Ik moet je nog iets vragen voordat je gaat: is het meisje dat je bezocht hebt..."

"Grace?"

"Ja, is Grace, gaat het beter met haar?"

"Ja, ze gaat vooruit," zei Vincente terwijl hij de hoek omging en zijn voet op de trede zette. Hij draaide zich om en keek Ellen aan: "Maar ik kan wel een gunst van je gebruiken."

"Wil je dat ik even bij Grace langsga?"

"Nee, maar bedankt. Wat ik echt graag zou willen, is dat je de coach belt. Zeg hem dat ik me niet lekker voel, zodat ik nog een paar uur kan rusten voor de wedstrijd."

"Vincente, je weet wat wij, je vader en ik, van sport vinden. Je moet naar school gaan, een normale schooldag hebben, anders mag je niet spelen."

"Maar dit was geen normale dag, mam!" protesteerde hij, "ik heb de hele nacht in het ziekenhuis doorgebracht en ik ben doodmoe."

"Oké, lieverd," zei ze, "ik laat het deze keer maar gaan. Nu naar bed!"

Boven in zijn kamer zocht Vincente tevergeefs naar zijn pyjama. Hij was te moe en klom in bed met alleen zijn zwarte ondergoed aan.

Vincente woelde en draaide en besefte al snel dat hij bijna te moe was om te slapen. Hij was ook behoorlijk opgefokt door de koffie en zijn niet bepaald Oscarwaardige optreden van eerder.

Het probleem was dat Grace niet aan het acteren was. Ze meende elk woord dat ze zei, en dat voelde hij in haar kus. Ze stortte haar hart en ziel in hem.

Hij gooide de gordijnen open en keek naar de boom buiten zijn raam, die heen en weer zwaaide op de grillen van de wind. De druppels vielen tegen het raam en stroomden als parelachtige tranen naar beneden over het glas.

Terwijl de druppels een voor een vielen, de boom zwaaide en de geluiden en bewegingen leken Vincente te kalmeren als een slaapliedje, viel hij binnen enkele ogenblikken in een diepe slaap.

HOOFDSTUK 19

Grace? Grace, waar ben je? riep Vincente terwijl hij de trap naar het Sydney Opera House op rende. Hij was er bijna en bleef haar roepen, alsof hij dacht dat ze bovenop de gigantische witte zeilen zou zitten.

Nadat hij de wijk Rocks had afgezocht, rende hij George Street af, richting Parramatta Road. Hij riep steeds weer Grace's naam, totdat hij zo uitgeput was door de hete zon van Sydney dat de meeuwen, kaketoes en raven ook leken te schreeuwen.

Hij moest Grace vinden. Dat moest gewoon.

Op Parramatta Road, bij een nieuwe autodealer, viel zijn oog op een rode Ferrari. Het was een cabriolet met het dak open en hij stapte in. De banden piepten toen hij het terrein afreed. Waar was Grace in vredesnaam? Hij toeterde. Waar ben je, Grace?

Vincente zette de stereo aan en er klonk een liedje dat hij niet kende, een zoetsappig liefdesliedje. Eerst wilde hij van nummer veranderen, maar iets aan het liedje zorgde ervoor dat hij het liet staan.

Toen het liedje was afgelopen, bleek uit het display van de stereo dat het een duet was van twee popzangers. Het nummer begon opnieuw te spelen. Vincente zette meteen een ander nummer op, maar toen kwam hetzelfde nummer weer voorbij, dit keer gezongen door twee rhythm-and-blueszangers. Hij drukte nogmaals op de knop, maar toen kwam weer hetzelfde nummer, dit keer gezongen door twee countryzangers. Wat voor cd was dit? Elk nummer speelde hetzelfde liedje! Hij probeerde de cd eruit te halen, maar het pictogram gaf aan dat de sleuf leeg was. Wat was dit nou?

Vincente trapte hard op de rem, waardoor de auto een draai van 180 graden maakte en tot stilstand kwam. "Grace," riep hij, "Grace Marino, waar ben je in godsnaam?" Hij leunde geërgerd met zijn hoofd op het stuur, net toen de stemmen van de twee popzangers weer de nachtelijke lucht vulden. Grace was nog steeds nergens te bekennen.

Vincente zat helemaal alleen in een sportwagen, de auto van zijn dromen, maar zonder Grace naast hem betekende die auto niets voor hem. "Ze is niet eens mijn type!", riep hij uit, terwijl hij wegscheurde. Deze keer zette hij de stereo uit, maar dat verdomde liedje bleef maar door zijn hoofd spoken.

Toen de wielen een rotonde opreden, verloor Vincente de controle over de auto en boem – hij botste recht tegen een boom. De motorkap van de auto was naar binnen gedrukt, maar hij leefde nog. Hij ademde zwaar. Er kwam rook onder de motorkap vandaan, terwijl hij in de lucht fluisterde: "Grace."

Zijn gefluister werd beantwoord met: "Vincente?"

"Grace!" herhaalde hij. Vincente ging rechtop zitten, nu alert, en zei in de lucht: "Grace, waar ben je in godsnaam?"

In zijn vuist hield hij iets vast. Het was een opgerold stuk van zijn shirt. Het was nu rood, rood van zijn dikke, warme bloed. En toen hij zijn vuist opende, kreeg het een vorm: de vorm van een hart.

En toen hij zijn vuist weer dichtkneep en het refrein van dat romantische liedje luid zong en vervolgens zijn vuist weer opende, had het opnieuw de vorm van een hart.

Toen begon de pijn hem te prikken en zag hij de vlekken. Grote druppels bloed vielen op de vloer en bedekten langzaam ook de stoel en de vloer. Druppels hingen aan de achteruitkijkspiegel en langs de binnenkant van de voorruit.

Er zat overal bloed, op de vloer, de muren, het plafond. "Grace!" riep hij nog een laatste keer voordat hij zijn ogen sloot en in de duisternis verdween.

HOOFDSTUK 20

Toen Vincente wakker werd, scheen de zon door een opening in de gordijnen zijn kamer binnen. Eerst wist hij niet waar hij was. Hij lag wel in zijn eigen bed, maar zonder dekens. Hij was veilig. Het was allemaal een gekke droom geweest! Hij moest lachen bij de gedachte dat het iets anders had kunnen zijn.

Hij keek even naar zijn sportprijzen en keek toen naar de houtsnijwerken. Hij zag dat er één ontbrak. Het eerste dat hij ooit had gemaakt: de Aboriginal. Hij zocht overal, maar het was weg.

Een kookaburra liet van zich horen en zijn lach vulde de lucht terwijl Vincente nadacht over het ontbrekende beeldje. Een vlieg zoemde om hem heen, die hij wegjoeg.

Vincente keek op de klok en besefte dat hij te laat was. Hij had de schooldag verslapen en nu zou hij ook te laat komen voor de wedstrijd als hij niet snel in actie kwam. Hij kon het team niet in de steek laten.

Vincente rende naar de badkamer, spetterde water in zijn gezicht, poetste zijn tanden en stak zijn tong uit. Hij zag eruit alsof hij al weken niet had geslapen.

Hij voelde de stoppels op zijn kin en keek weer op zijn horloge. Hij had niet genoeg tijd om zich te scheren, dus smeerde hij wat aftershave op en spoot wat deodorant op. Vervolgens trok hij een zwarte spijkerbroek en een T-shirt aan en sprong hij in één keer de trap af.

Het maakte Vincente niet beter om te weten hoe hard het team hem nodig had. Hij was er niet trots op dat dit de absolute waarheid was. Maar de andere spelers – zijn teamgenoten – leken het hem nooit kwalijk te nemen. Ze wisten dat hij een gave had, maar soms wenste hij dat de druk op iemand anders schouders rustte, niet alleen op die van hem.

Eenmaal beneden pakte hij een fles water uit de koelkast en riep naar zijn moeder. Toen ze niet antwoordde, maakte hij zich geen zorgen. Hij wist waar hij haar waarschijnlijk zou vinden: buiten op de veranda, aan het schilderen.

En ja hoor, daar was ze, druk bezig, helemaal in haar eigen creatieve wereld. Hij stond daar een tijdje naar haar te kijken, haar creatieve geest in zich opnemend, voordat ze merkte dat hij er was. Toen ze dat deed, was het alsof een reeks creaticve gedachten was onderbroken, maar ze werd ongelooflijk blij toen ze hem zag.

"Ah, je bent wakker, hoe voel je je, schat?" vroeg ze, terwijl Vincente zich vooroverboog om haar op het voorhoofd te kussen. Toen sprong Vincente over de reling en landde als een kat in de tuin. "Pas op voor de bloemen!" riep ze uit. Toen keek ze omhoog naar de dreigende lucht en zei: "Wacht, ik pak een paraplu voor je."

"Niet nodig," antwoordde Vincente. "Ik ren wel, dan kunnen de regendruppels me niet raken!" Vincente begon hard te rennen en keek slechts één keer even om om gedag te zwaaien.

HOOFDSTUK 21

TERUG IN HET ZIEKENHUIS miste Grace Vincente. Ze wilde alleen zijn – met haar man. Ze wilde dat alles weer was zoals vroeger, toen ze met z'n tweeën alleen op de wereld waren.

Ze sloot haar ogen en dacht terug aan hun meest intense kus. Hij had zich ingehouden – nee – hij had geaarzeld.

Helen kreunde in haar slaap, bewoog zich toen en gaapte heel erg. Ze rekte zich uit, ging rechtop zitten en keek recht door de kamer, om te ontdekken dat haar dochter naar haar keek. 'Sorry dat ik me verslapen heb,' zei ze. 'Hoe gaat het vandaag met je?

'Het gaat prima. Ik ben al uren wakker. Aan het nadenken.

"Waarover nadenken? Over Vincente, neem ik aan," zei Helen.

"Ja, ik denk al aan hem sinds ik wakker werd."

Helen rekte zich weer uit en gaapte.

"Je snurkte, mam."

"Ik snurk niet!" zei ze.

"Dat doe je wel, en de volgende keer neem ik het op, zodat je kunt horen hoe hard het is!"

"Ik droomde over je vader; ik mis hem."

"Ik mis hem ook, mam," zei Grace, die besefte dat dit het perfecte moment was om haar om hulp te vragen.

Grace haalde diep adem en kruiste haar vingers.

HOOFDSTUK 22

"**M**AM, IK MIS HET om tijd met mijn man door te brengen."

"Ik weet dat je van hem houdt, maar Vincente heeft nog steeds verantwoordelijkheden tegenover zijn familie, en hij heeft schoolwerk en sport. Jullie zijn nog jong. Jullie hebben nog alle tijd."

"Maar we zijn pasgetrouwd en we zouden meer tijd samen moeten doorbrengen."

"Je moet eerst beter worden," zei Helen, nadat ze was opgestaan, naar het bed van haar dochter was gelopen en haar handen in de hare had genomen. "Je moet je energie richten op genezen, zodat we naar huis kunnen."

"Ik wil wel naar huis, mama, maar ik wil naar ons huis."

"Ja, dat bedoel ik ook, schat."

"Nee, niet jouw huis, maar ons huis – ik bedoel dat van mij en Vincente."

Helen haalde diep adem. Ze wist dat Grace aan het fantaseren was en ze moest daarin meegaan, maar dit liegen werd steeds moeilijker. Helen zei: "Het is nog geen 72 uur geleden dat je bent geopereerd. Je beseft misschien niet hoe dicht je bij een ramp was, maar ik weet hoe dichtbij het was en ik wil geen enkel risico met je nemen. Je staat hier nog steeds onder streng toezicht. Dat is het advies van de dokter.”

“Mogen ik dan ooit nog naar huis?” vroeg Grace.

“Ja, als je helemaal hersteld bent.”

“Maar hoe lang duurt dat? Hoe lang gaat dat duren?”

“Dokter Ackerman zei dat ze vandaag nog wat nieuwe bloedmonsters moeten nemen. Misschien moeten ze je medicatie aanpassen. Je krijgt hier de beste zorg.”

“Ik weet het, maar ik wil bij mijn man zijn.”

Helen probeerde het onderwerp te veranderen. “Vertel me eens iets over je huis. Waar stond het?”

“Ons huis staat in Manly, direct aan het strand.”

“Aan het strand, zeg je?” Helen wist dat onroerend goed in dat gebied miljoenen waard was. Ze vroeg of ze de loterij hadden gewonnen.

“Natuurlijk niet, mam. Geld speelde geen rol. Voordat we dat huis hadden, verhuisden we vaak en verbleven we in hotels.”

“En hoe verdienden jullie de kost? Werkten jullie? Hoe voorzagen jullie in jullie levensonderhoud? Kocht jullie eten en kleding voor jezelf?”

“Omdat geld niets betekende, gingen we gewoon de wereld in en namen we alles mee wat we nodig hadden. We waren toen met z'n tweeën, dus we hadden geen geld nodig. We leefden van een overvloed aan alles, inclusief onze liefde voor elkaar.”

Dit ging nergens heen. Helen zei: "Ik ga naar huis om me om te kleden en vroeg me af of je nog iets mee wilt hebben, zoals je laptop? Of nog meer boeken?"

"Het gaat wel, mam. Ik wil niets anders dan mijn man. Bovendien heb ik hier een stapel boeken liggen, die ik aan het lezen ben. Ik heb nog steeds moeite om me langdurig te concentreren. Ik kan me niet goed focussen. Wat ik echt nodig heb, mam, is je hulp om de artsen te overtuigen om Vincente hier bij mij te laten overnachten. Dat is wat ik het allermeest nodig heb."

"Eerlijk gezegd, Grace, je zou denken dat het leven vóór Vincente Marino nooit heeft bestaan!"

"Het voelt alsof we al ons hele leven samen zijn en nu zijn we uit elkaar, buiten onze schuld om," zei Grace. "Ik mis hem zo erg. Het is anders als jij hier bent, of als de dokters er zijn. Hij is zichzelf niet. We moeten alleen zijn, zoals normale pasgetrouwden zouden moeten zijn."

"Grace, hij komt zo, als de wedstrijd voorbij is. Maar het is niet goed voor je om zo van streek en overstuur te zijn. Probeer je energie te richten op beter worden. Laat het aan mij over en ik zal kijken wat ik voor je kan doen, als je nu een brave meid bent en je ogen dichtdoet."

Grace leunde achterover op het kussen en Helen kuste haar beide ogen dicht, zoals ze altijd deed toen Grace nog een klein meisje was. Haar oogleden fladderden onder haar aanraking, als twee vlinders. Ze zei: "Vincente is hier voor je het weet."

"Vraag de dokters alsjeblieft of hij vannacht hier bij mij in deze kamer mag blijven, mam. Alsjeblieft! Eén nacht. Ik vraag maar om één nacht."

"Ik zal het vragen," zei Helen, terwijl ze achteruit de kamer uitliep. Diep in haar hart wist ze dat het nooit zou gebeuren.

Vincente Marino zou nooit de hele nacht alleen met haar dochter in dezelfde kamer doorbrengen. Zeker niet nu Grace dacht dat ze man en vrouw waren.

"Over mijn lijk!" zei Helen tegen zichzelf terwijl ze de deur van Grace's kamer dichtdeed.

HOOFDSTUK 23

DE TWEE GELIEFDEN LIEPEN hand in hand over het strand, helemaal in elkaar verdiept. Af en toe stopten ze om te kussen. Daarna liepen ze weer een stukje verder en stopten ze om te luisteren naar het geluid van de golven die op het strand braken.

"Ik ben mijn ringen kwijt!" riep Grace uit.

Vincente zei dat ze zich geen zorgen moest maken. Hij zei dat ze ze wel zouden vinden, en als dat niet lukte, zou hij nieuwe ringen voor haar kopen. Hij zei dat de ringen weliswaar sentimentele waarde hadden, maar dat ze vervangen konden worden. De ringen waren lege cirkels, terwijl hun liefde vol en rond was en diep in hun hart zat.

"Ik had ze eerst, maar nu zijn ze weg! Misschien heeft een van de verpleegsters ze van me gestolen? Misschien hebben ze ze verwijderd toen ik geopereerd werd?"

"Grace, waarom maak je je zo druk? Maak je geen zorgen. We zullen ze wel vinden," stelde Vincente haar gerust.

"De ringen zijn weg en ik word als een gevangene in dit ziekenhuis vastgehouden. Het voelt alsof ik hier al eeuwen ben."

"Je kunt komen en gaan wanneer je wilt, mijn liefste," zei Vincente.

Hij liep voor haar uit, met zijn rug naar haar toe en zijn gezicht naar Grace. Hij stak zijn open handpalmen naar haar uit en zij nam zijn handen in de hare. Opnieuw met elkaar verbonden, liepen ze verder langs het strand. Ze hielden op deze manier oogcontact en deelden woordeloze gedachten.

"Zelfs als je me zegt dat ik weg mag, kan ik dat niet. Ze laten me niet gaan."

"Heb je een nare droom, schat?" vroeg Vincente. "Word nu maar wakker en alles komt goed. Dat beloof ik je."

"Nee," zei Grace. "Het is juist andersom. Het is allemaal omgekeerd. Als ik wakker word, ben jij anders. We zijn niet meer hetzelfde."

"Wat zijn we dan, schat?" vroeg Vincente.

Maar er kwam geen antwoord.

HOOFDSTUK 24

HELEN WIST DOKTER ACKERMAN te vinden – of hem in het nauw te drijven – afhankelijk van wie het verhaal vertelde. Ze legde uit dat Grace de nacht alleen met haar vermeende echtgenoot in haar kamer wilde doorbrengen.

Dokter Ackerman reageerde niet alsof dit voorstel een verrassing was. Hij had zelfs al zo'n verzoek verwacht.

"Waarom heb je me dan niet gewaarschuwd?" vroeg Helen.

"Dat was misschien nooit gebeurd," legde dokter Ackerman uit. "En je zou je zorgen hebben gemaakt en je reactie op Grace zou misschien onnatuurlijk hebben geleken."

"Wat gaan we nu doen? We kunnen haar niet de hele nacht alleen in die kamer laten met die jongen! Hij is zo vol van zichzelf; hij zou misbruik kunnen maken van haar en de situatie."

"Helen, je dochter is nog in het vroege herstelproces. Ik moet zeggen dat het het beste is om mee te gaan in deze waanvoorstelling. Sterker nog, we moeten het zelfs tot het uiterste doorvoeren, want dat is misschien de enige manier waarop Grace zich kan losmaken van de fantasie en voor de realiteit kan kiezen."

”Dus je bedoelt dat hij bij haar blijft en dat ze zich realiseert dat hij niet is wie ze denkt dat hij is?“

”Ja, je snapt het.

Als hij niet is wie zij denkt dat hij is, als zijn beeld in de spiegel van haar geest barst, dan, en alleen dan, kan ze de realiteit accepteren, het fictieve weerleggen en weer Grace worden. En de jongen? Wie gaat hem overtuigen? Vooral omdat hij Grace niet op dezelfde manier ziet als zij hem ziet. Hij heeft niets te verliezen, en doen alsof ze een echt getrouwd stel zijn, is misschien te veel gevraagd.“

”Vincente heeft niets te verliezen, maar alles te winnen. Als deze episode voorbij is, kan hij terug naar zijn oude leven. Hij hoeft dan niet meer te doen alsof, naar het ziekenhuis te komen, te doen alsof hij iemand is die hij niet is. Dat is toch zeker genoeg reden voor hem om ons te helpen?" stelde Ackerman voor.

“Dat is waar, zo had ik het nog niet bekeken,” zei Helen. “Nu je het zo zegt, wil ik het graag zo regelen, en hoe eerder hoe beter. Er is maar één probleem. Wat als Grace verliefd wordt op Vincente en met hem naar bed wil?”

“Ja, dat zou een probleem kunnen zijn,” bevestigde dokter Ackerman.

“Nou, de jongen moet worden gewaarschuwd dat Grace, in haar huidige mentale toestand, bepaalde verwachtingen voor de avond kan hebben, die hij onder geen enkele omstandigheid mag beantwoorden,” zei Helen.

“Ik ben er zeker van dat we hem kunnen overtuigen om ‘het spel mee te spelen’ zonder te ver te gaan.”

"Maar hij is een man," zei Helen. "Sorry hoor. Hij is gewend dat meisjes voor hem vallen en hem alles geven wat hij wil."

"Stuur de jongen naar mij toe voor een gesprek, nadat je met hem hebt gesproken. Ik zal hem de dingen uitleggen, van man tot man."

"Welke reden moet ik hem geven?" vroeg Helen. "Welke reden heb je om met hem te praten?"

"Stuur hem gewoon naar mij toe na je gesprek, Helen. Ik doe de rest."

Helen keek op haar horloge. 'Vincente kan elk moment bij Grace aankomen. Ik zal het onderwerp met hem aansnijden en hem dan naar jou sturen.

'En hoe ga je je tête-à-tête met je dochter uitleggen, om nog maar te zwijgen van zijn plotselinge verdwijning?

'Ik zal Grace afleiden. Ze heeft me gevraagd om een overnachting voor hem te regelen en ik zal haar vertellen dat ik daar mee bezig ben.

"Klinkt als een goed plan," zei dokter Ackerman.

"Dan sturen we Vincente vanavond naar huis om zijn kleren enzovoort te halen, en morgenavond is het grote moment."

"Ja."

"Ik reken op je om mijn dochter te beschermen."

"Maak je geen zorgen, ik zorg ervoor," zei dokter Ackerman.

Helen stond even buiten de kamer van haar dochter terwijl ze haar gedachten op een rijtje zette. Toen ze eindelijk klaar was, haalde ze diep adem en keek door het raam naar binnen voordat ze de deur opendeed.

HOOFDSTUK 25

GRACE WAS BEZIG MET het openen en sluiten van lades. Toen Helen de kamer binnenkwam, zei Grace: "Gelukkig ben je er, mam! Gelukkig!"

"Ik ben nooit ver weg," zei Helen, terwijl ze haar arm om haar dochter heen sloeg en haar terug naar het bed begeleidde. Helen keek haar dochter in het gezicht. Eén ding viel haar op, iets wat ze eerder niet had gezien: Grace was geen klein meisje meer.

"Mam, ik kan mijn trouwringen niet vinden!"

"Schat, je hebt het hier al eerder over gehad, weet je nog?" herhaalde Helen. "Ze kunnen toch niet ver weg zijn, of wel?" Ze voelde zich toen ongelooflijk verdrietig. Haar dochter was nog steeds op zoek naar dingen die niet bestonden. Ze snuffelde even, maar herpakte zich voordat Grace haar stemmingswisseling kon opmerken.

"Ik heb gezworen ze nooit af te doen, en nu zijn ze weg!" riep Grace uit.

Even stelde Helen zich voor dat ze haar dochter door elkaar schudde, om haar te dwingen bij zinnen te komen en de waarheid onder ogen te zien. Maar het was een strijd die Helen niet in haar eentje kon voeren. Ze had de steun van het medisch personeel nodig voordat ze de fantasieën van haar dochter kon ontkrachten.

Aan de andere kant van de kamer riep Grace: "Begrijp je het dan niet, je moet me gewoon helpen, mam! Misschien zijn ze hieronder gevallen?" vroeg ze terwijl ze zich op de grond bukte en onder en in alle hoeken en gaten zocht.

Toen ze alleen was, had Grace alle mogelijke redenen overwogen waarom Vincente's houding ten opzichte van haar was veranderd. Ze besloot dat het kwam omdat ze de ringen kwijt was. Verslagen ging ze op de grond zitten en begon te huilen.

Helen knielde naast haar neer en pakte haar handen vast. Ze wilde iets zeggen, maar Grace was haar voor en riep: "Ik moet ze echt vinden voordat Vincente terugkomt. Als ik ze vind, zal hij weer zijn zoals hij was. Dan zal hij weer mijn Vincente zijn."

"Schat," zei Helen, terwijl ze de kin van haar dochter optilde zodat hun ogen op gelijke hoogte waren. "Je ringen kunnen niet ver weg zijn. Misschien zijn ze verwijderd toen je geopereerd werd? Ja, dat zou alles verklaren," zei Helen terwijl ze haar dochter overeind hielp. Toen ze een sprankje hoop in haar ogen zag, ging ze verder. "Ja, ik wed dat ze op je wachten tot je ontslagen wordt."

"Maar kunnen ze me nu niet teruggeven?" vroeg Grace. "Ik zit toch niet in de gevangenis!"

"Dat is waar, je zit niet in de gevangenis, maar soms hebben ziekenhuizen regels om de spullen van hun patiënten veilig te houden," zei Helen. "Wil je dat ik ernaar informeer? Vragen of ze voor jou een uitzondering op de regel kunnen maken?"

"Ja, mam! Ja, alsjeblieft!"

Helen dacht na over hoe ze naar ringen zou vragen die niet bestonden. Het was duidelijk dat haar dochter de ringen niet zou vergeten. Ze moest terugkomen met een antwoord – of met de ringen.

"Grace, ik zat te denken. Weet je nog toen je voor het eerst naar het ziekenhuis kwam? Had je de ringen toen om?"

"Natuurlijk niet!" riep Grace uit. "We waren toen nog niet getrouwd."

"Dus het was later, nadat jullie getrouwd waren, dat Vincente je terugbracht naar het ziekenhuis?"

"Ja," zei Grace.

"Misschien kun je ze voor me beschrijven, voor het geval ik ze moet identificeren."

"Ja, slim idee. Of misschien hebben ze ze in de kluis gelegd onder de naam van de verkeerde patiënt, en heeft iemand anders mijn ringen! Oh, ik hoop van niet!"

"Maak je daar nu geen zorgen over, vertel me hoe ze eruitzien. Ik wed dat ze prachtig waren!" kalmeerde Helen haar.

"Ja, Vincente heeft een geweldige smaak. Mijn verlovingsring heeft de vorm van een hart met diamanten rondom. Mijn trouwring heeft gouden sterren rondom en in elke ster zit een diamant. Ik moet ze gewoon vinden, mam."

Helen deed een stap achteruit. Ze wachtte even voordat ze vroeg: "En waar heb je die ringen gekocht? Ze klinken duur. We moeten ze waarschijnlijk verzekeren."

"Bij een kleine juwelier in George Street, die gespecialiseerd is in unieke, one-of-a-kind items."

"Aan welk eind van George Street? Het is een erg lange straat," vroeg Helen.

"Dicht bij het Circular Quay-eind, vlakbij The Rocks."

"Oké Grace," zei Helen. "Ik zal eens kijken wat ik voor je ringen kan doen. Ik hoop dat je ze snel weer om je vingers hebt."

Helen had geen keuze, ze moest naar die juwelier gaan en de ringen aan de juwelier beschrijven. Ze moest uitzoeken of hij zulke ringen kende of iets soortgelijks in de winkel had.

Helen deed de deur achter zich dicht. Ze stond stil met haar rug tegen de muur en dacht na. Een paar dingen waren nu duidelijk voor Helen Greenway. Ten eerste geloofde haar dochter dat ze heel lang in het ziekenhuis had gelegen, veel langer dan in werkelijkheid het geval was.

Ten tweede geloofde Grace dat zij en Vincente verliefd waren geworden en samen het ziekenhuis hadden verlaten. Ze waren getrouwd en enige tijd later teruggekeerd. Enige tijd nadat ze een tijdje samen hadden gewoond en genoeg tijd hadden gehad om een huis in te richten.

En ten slotte had ze ontdekt dat de vermeende ringen lokaal waren gekocht. Bij een juwelier die Helen kende. Een juwelier waar het betalen van duizenden dollars voor een enkel sieraad als bescheiden werd beschouwd. Als het inderdaad dezelfde juwelier was, hoe hadden Grace en Vincente dan zulke dure ringen kunnen betalen?

Helen haalde diep adem en vocht tegen een inzinking. Ze wilde wegrennen. Ze voelde zich schuldig omdat ze weg wilde rennen en ze voelde zich schuldig omdat ze niet wist wat ze moest doen. Ze gaf zichzelf toestemming om weg te rennen.

"Taxi!" Helen wenkte er een buiten en er stopte er een bij haar aan de stoeprand. "Breng me naar The Rocks en zet me ergens in de buurt van George Street af," zei Helen. "Ik ben op zoek naar een juwelier, een zeer exclusieve en dure juwelier. Ik weet het adres niet, maar hij zit in George Street."

"Ja, ik weet welke je bedoelt," bevestigde de chauffeur terwijl hij wegreed.

Helen zat achterin en vroeg zich af waarom ze zich zo liet meeslepen door iets waarvan ze wist dat het niet waar was.

Terwijl ze in de file zat en luisterde naar claxons en sirenes, kon ze voor geen meter een antwoord op haar eigen vraag vinden.

HOOFDSTUK 26

ER KLONK GEJUICH TOEN Vincente Marino op de schouders van zijn teamgenoten van het veld werd gedragen. Vincente had zijn team weer naar de overwinning geleid. Om hun waardering te tonen, scandeerden ze herhaaldelijk zijn naam.

Vincente was dolblij. Zijn prestatie had zelfs zijn eigen verwachtingen overtroffen.

Toen hij in de lucht werd gegooid, draaide hij even zijn hoofd en maakte oogcontact met Missy Malone. Ze stond op en neer te springen. Hij vond het schattig hoe ze eruitzag toen alles synchroon mee sprong. Ze blies hem een kus toe en hij knikte ter bevestiging.

Toen hij het veld opkwam, rende Missy naar hem toe. Hij had haar met samengeknepen lippen naar hem toe zien lopen. Hij liet haar hem vastpakken. Hij liet haar hem kussen met alles wat ze in zich had, maar hij voelde niets voor haar.

De kus van Grace Greenway overtrof alle kussen van Missy Malone bij elkaar. Ze zou die waarheid nooit geloven, zelfs niet in een miljoen jaar. Hij kon het zelf ook nauwelijks geloven.

Maar hoe hij ook over haar dacht, Vincente wist dat Missy aan hem zou blijven hangen, zelfs als hij niet reageerde. Waarom? Omdat Missy Malone zichzelf als een accessoire van Vincente beschouwde. Ze vond dat ze bij elkaar pasten als Lamingtons en kokos, als vegemite en toast, als een taart en frietjes.

Als hij haar wilde laten gaan, zou hij hard moeten zijn. Hij zou haar rechtstreeks moeten vertellen dat hij haar niet meer wilde. Hij zou haar moeten zeggen dat ze weg moest gaan.

Vincente keek nu naar haar, naar hoe mooi ze was. Hoe lief en vol verwachtingen. Toen keek hij naar zijn teamgenoten, die nog steeds zijn naam scandeerden en hem in de lucht gooiden, en alle gedachten aan Missy verdwenen uit zijn hoofd. Ze betekende niets voor hem.

Even dacht Vincente weer aan het ziekenhuis en keek hij op zijn horloge. Het bezoekuur was bijna voorbij. Hij moest Grace zien. Hij had beloofd haar te bezoeken.

Het ergste was dat hij nu zelfs over haar droomde! Hij vroeg zich af of hij zijn belofte moest breken. Haar in de steek laten. Dan kon hij misschien proberen haar te vergeten. Misschien zou zij dan ook proberen hem te vergeten.

Maar dat zou niets oplossen, want Grace Greenway zat gevangen in een romantische fantasie. Ze zat vast in een droom, die ze op dit moment voor echt aanzag. De kracht van haar droom was in hem gegroeid met die kus. Even geloofde hij zelfs dat het echt was. Dat hij van haar hield en zij van hem. Het voelde echt. Even maar.

Vincente rilde, waardoor zijn vrienden hem bijna op het asfalt lieten vallen. Ze tilden hem hoger op en gingen door met hun recitatie.

Vincente raakte verveeld en keerde terug naar zijn gedachten aan Grace, terwijl hij heel goed wist dat die gedachtengang nergens toe zou leiden. Wat er ook tussen hen gebeurde, Grace Greenway was gewoon niet voor hem weggelegd. Ze was gewoon niet zijn type.

De menigte deed mee met het gezang en drong naar voren. Vincente maakte zich los en vroeg of ze hem neer konden zetten. Hij vertelde de jongens dat hij een paar uur weg moest om een belofte aan een vriend na te komen.

Teleurgesteld door dit nieuws scandeerden ze zijn naam nog luider. Vincente zwaaide en beloofde dat hij later terug zou komen.

Ze vroegen hem om te blijven. Ze verdrongen zich om hem heen. Sloten hem in. Hielden hem gevangen.

Missy Malone kwam ook dichterbij. Zij en de anderen blokkeerden zijn weg.

Vincente vond dat hij Missy een uitleg verschuldigd was, maar hij kon het op dit moment zelfs zichzelf niet uitleggen. Hij wist dat als Missy achter het bestaan van Grace zou komen, dat problemen zou veroorzaken. Niet dat ze jaloers zou zijn, maar ze zou nooit geloven dat hij Grace boven haar verkoos. Om nog maar te zwijgen van de jongens – die zouden denken dat hij helemaal gek was geworden!

Vincente dacht weer aan de kus die hij en Grace hadden gedeeld.

Hij rilde. "Het is allemaal een fantasie. En zelfs ik raak erdoor in de ban."

Hij stelde zich voor wat er zou gebeuren als hij de groep zou vertellen dat Grace Greenway dacht dat hij en zij getrouwd waren.

Ze zou een lachertje worden en hij ook. Ze zouden hem deze wiskundige toestand van Grace nooit laten vergeten.

"Tot ziens!" riep Vincente, terwijl hij zich een weg baande door de aarzelende menigte en het schoolterrein verliet.

Eenmaal buiten de poort rende hij en rende hij en rende hij, zonder zijn tempo te vertragen.

Missy keek hem na. Ze sloeg haar armen over elkaar, er volledig van overtuigd dat Vincente Marino terug zou komen. Terug naar haar – omdat ze wist dat Vincente Marino nooit genoeg van haar zou kunnen krijgen.

HOOFDSTUK 27

Helen kwam zonder ring terug naar het ziekenhuis.

Grace zat rechtop in bed met haar handen gevouwen en keek naar de deur, wachtend op Helen.

Toen Helen door het kijkgaatje naar haar dochter keek, leek het alsof ze haar adem inhield. Maar omdat haar huid niet blauw was, moest ze wel ademen. Het waren gewoon hele oppervlakkige ademhalingen.

Helen dacht na over wat ze tegen Grace wilde zeggen, maar dat was eigenlijk niks. Ze wilde de aandacht van haar dochter op andere dingen vestigen.

De juwelier was super behulpzaam geweest. Toen Helen de ringen beschreef, wist hij precies welke ze bedoelde. Hij zei dat ze een paar weken geleden verdwenen waren. Hij en de eigenaar hadden de beelden van de bewakingscamera's meerdere keren bekeken. De ringen waren er het ene moment nog en het volgende moment waren ze weg. POEF. Geen verklaring. Heel vreemd.

"Kijk eens naar je haar, Grace!" riep Helen uit. "Vincente komt straks op bezoek en je moet er mooi uitzien voor je man."

Grace bekeek zichzelf in de spiegel. Ze besloot dat haar moeder gelijk had, ging zitten en Helen begon het haar van haar dochter te kammen en te stylen, zoals ze al zo vaak had gedaan.

Grace ontspande zich. Helen pakte haar make-uptasje en bracht een lichte foundation aan, gevolgd door een beetje blush. Grace glimlachte, blij dat ze deze moeder-dochtermomenten kon delen.

Al snel maakte Vincente zijn aanwezigheid bekend door met zijn schoenen te schuifelen.

Hij zag Grace zitten met Helen die haar haar aanraakte, en het tafereel voor hem deed hem glimlachen. Hij besloot meteen dat hij dit moment in hout zou uitbeelden. Hij glimlachte breed naar Grace.

Grace sprong op en verborg meteen haar handen. Ze wilde niet dat hij haar aanraakte. Ze wilde niet dat hij de verloren ringen zou opmerken.

Hij betoverde haar met zijn glimlach en trok haar als een magneet naar zich toe. Verzet was zinloos.

Toen hun lippen elkaar raakten voor een begroetingskussen, vlogen de vonken eraf – aan beide kanten. Grace kwam dichterbij om de kus naar een hoger niveau te tillen, maar Vincente trok zich terug, want hij was op zijn hoede voor Helen Greenway.

Vincente begroette vervolgens Helen en gaf haar een kusje op haar wang. Hij had Helen nog nooit op haar wang gekust als begroeting. Hij had geen idee wat hij aan het doen was. Het was alsof hij betoverd was.

Nog steeds denkend aan de schok die hij van Grace had gekregen, ging Vincente naar de achtergrond en stak beide handen diep in zijn broekzakken. Hij leunde met zijn rug tegen de muur, zijn linkervoet op de grond en zijn rechtervoet tegen de muur, alsof hij poseerde voor GQ.

"Mam, zou je Vincente en mij even alleen willen laten?"

"Gooi je me eruit?" vroeg Helen, terwijl ze deed alsof ze beledigd was, terwijl ze dat eigenlijk ook was. Ze was zelfs diep beledigd, maar ze wilde ook met dokter Ackerman praten en dit was de perfecte gelegenheid om hem op te zoeken.

Ze maakte zich zorgen over de manier waarop ze kusten, de manier waarop de vonken eraf leken te vliegen. Zelfs Helen ontweek ze figuurlijk en voelde de temperatuur in de kamer stijgen. Of verbeeldde ze zich dat alleen maar?

Nee, het leek echt. Dit was de beslissing om hen beiden 's nachts samen in de kamer te laten blijven. Op de een of andere manier voelde deze fantasie niet eenzijdig aan.

Vincente had echter herhaaldelijk gezegd dat haar dochter niet zijn type was.

Helen besloot dat ze zich de connectie verbeeldd moest hebben – dat ze zich net als haar dochter had laten meeslepen door haar fantasie. Misschien was deze toestand besmettelijk.

"Ik ga even wandelen," zei Helen, waarna ze zich omdraaide en fluisterde, zodat alleen Vincente het kon horen: "Kan ik je vertrouwen?" Hij knikte en zijn gezicht straalde oprechtheid uit. Helen vertrouwde hem voor geen cent. "Ik ben zo terug," zei ze.

Nadat ze de kamer had verlaten, bleef Helen buiten de deur staan. Vincente zag haar door het ronde raam naar binnen gluren en hen in de gaten houden. Hij probeerde cool te blijven en zich normaal te gedragen.

Grace had niet gemerkt dat haar moeder stond te luisteren. Ze liep naar de nietsvermoedende Vincente toe en drukte een hete kus op zijn lippen.

Het laatste wat Vincente zag, was dat Helens gezicht een rode kleur kreeg die hij nog nooit eerder had gezien. Toen verloor hij zich even in de kus en liet hij zich gaan.

Grace maakte abrupt een einde aan de kus, deed een stap achteruit en zei: "Je houdt niet meer van me. Of wel, Vincente?"

In zijn hoofd hoorde Vincente zijn eigen stem echoën en weerkaatsen: WOW-WOW-WOW-WOW-WOW-WOW-WOW.

Zijn handen zaten nog steeds diep in zijn broekzakken en waren nu tot vuisten gebald. Hij kon niet horen wat ze zei, wat ze had gevraagd. Het enige waar hij zich op kon concentreren was de WOW-factor van die kus.

"Wat? Wat zei je?" vroeg hij, terwijl zijn zintuigen langzaam terugkwamen.

"Moet ik het herhalen?" vroeg ze terwijl er een traan over haar wang rolde.

De WOW! WOW! WOWS! in Vincente's hoofd botsten tegen de achterste wand van zijn geest en verbrijzelden, waarna ze omdraaiden in de woorden die ze had gezegd. Hij had ze gehoord, maar de boodschap was nog niet tot zijn hersenen doorgedrongen. Nu weerklonken haar woorden: "Je houdt niet meer van me." Zijn maag maakte een sprongetje.

Vincente keek in haar hazelnootbruine ogen en keek diep in haar. Het was alsof hij in een zwembad sprong, zo uitnodigend, zo levendig.

Toch zag ze er op de een of andere manier verloren uit, en het ergste was dat hij haar dit gevoel had gegeven, ook al was dat niet zijn bedoeling.

Toen hij haar zo zag, wilde hij haar troosten, haar terug naar hem toe halen. Om dat te bereiken kwam hij dichterbij, zodat hun lichamen elkaar raakten, en kuste hij haar.

Deze keer was het nog intenser. Zo intens dat hij wilde dat de tijd stil zou staan. Hij wilde dat alles zou stoppen en toch wilde hij dat het zou doorgaan. Hij wilde alles met dit meisje, alles met haar delen, en toch was ze niet eens zijn type. Hij wilde haar de wereld geven en haar gelukkig maken. Zichzelf met haar delen. Haar wereld worden.

En hij wilde het allemaal nu.

Vincente bleef stil. Bang om te praten. Bang voor wat hij voelde. Bang voor wat hij zou kunnen zeggen en doen. In plaats daarvan bleef hij zwemmen in de poel van Grace's ogen, zichzelf verliezend in haar diepten.

Zijn stilte en verwarring waren hartverscheurend voor Grace. Ze stortte in, brak in stukken en huilde tranen uit die hazelnootbruine ogen. Grote, dikke, zoute tranen rolden naar beneden.

Hij reikte omhoog en ving er een op zijn vingertop. Hij bracht het voorzichtig naar zijn mond, legde het op het puntje van zijn tong waar de zoutigheid ervan explodeerde. Hij ving er nog een en nog een, die allemaal op zijn tong uiteenspatten. Ondertussen bleef Grace huilen en huilen en huilen, ongelovig over Vincente's vreemde gedrag en stilzwijgen.

Hij hield van haar, en toch wist hij dat hij niet van haar kon houden. Zij hield niet eens van hem, niet echt. Ze hield alleen van hem in haar fantasie. Maar hij hield van haar, hier en nu. Zijn liefde was echt.

Hij draaide zich om en rende weg.

HOOFDSTUK 28

IN DE GANG, MET zijn rug naar Grace's deur, besefte Vincente dat hij haar in een wanhopige toestand had achtergelaten. Hij wist dat hij de kamer moest checken om te zien hoe het met haar ging. Hij zag in dat hij zich als een barbaar had gedragen. Hij schaamde zich.

"Ah, daar heb ik je," zei dokter Ackerman, die zag dat Vincente buiten adem was, bijna hijgend. Hij gaf hem een vaderlijke klap op zijn rug en vroeg: "Is alles in orde?"

"Ik weet het niet. Ik weet niets meer!" zei Vincente met trillende stem.

"Kom mee, jongeman," zei dokter Ackerman. "We kunnen even rustig praten in mijn kantoor, dan kun je even op adem komen."

"Ja," zei Vincente uiteindelijk. "Maar ik wil er niet over praten."

"Nou, ik wil met je praten over Grace."

"Grace?" zei Vincente en hij begon te trillen.

"Ja, kom maar mee. Mijn kantoor is om de hoek."

Even later waren ze er. Dokter Ackerman vroeg Vincente om te gaan zitten en schonk een glas ijskoud water in. Vincente's handen trilden toen hij het glas naar zijn lippen bracht.

Vincente dacht aan de zoute tranen. De explosie van zoute tranen.

"Ben je nu rustiger?" vroeg Ackerman.

Vincente knikte.

"Oké, laten we het dan over Grace hebben. Je snapt de huidige situatie, toch? Hoe Grace Greenway zichzelf heeft wijsgemaakt dat jullie een relatie hebben, zelfs getrouwd zijn, pasgetrouwd?"

"Ja, ik snap dat zij dat zo voelt, maar wat ik niet snap is waarom. Waarom ik?"

"Alleen zij kan die vraag beantwoorden, Vincente. Misschien zullen we dat nooit weten. Zij zal het nooit weten. Maar in gedocumenteerde gevallen zoals dit is de reden voor het creëren van een fantasie gebaseerd op het ontkennen van een bepaalde realiteit. Mogelijk iets dat helemaal niets met jou te maken heeft. Om welke reden dan ook heeft ze een wereld gecreëerd waarin jij en zij alles voor elkaar betekenen. Het is alsof jij en zij de hoofdpersonen in een roman zijn en jullie samen tegen de wereld strijden."

"Personages in een roman? Oh, zo heb ik het nog nooit bekeken," mijmerde Vincente. "Maar soms, als ze deze fantasie creëert en mij daarin opneemt, voelt het soms zelfs echt. Voor mij." Vincente keek naar de vloer. Hij durfde dokter Ackerman niet in de ogen te kijken. Niet nu hij had toegegeven dat hij in het net was getrokken.

Ackerman keek naar de jongen die tegenover hem zat. Het drong plotseling tot hem door dat dit een heel andere jongen was dan degene die hij voor het eerst had ontmoet. "Houd je van haar?" vroeg hij.

"Ik denk het niet. Ik weet het niet. Ze is niet mijn type. Ik ken haar niet eens, niet echt, en toch weet ze dingen over mij. Ze weet dingen die niemand kan weten, tenzij ik het haar zelf verteld heb, en dat heb ik niet gedaan." Vincente sloeg zijn armen om zijn hoofd. Door erover te praten voelde hij zich fysiek ziek worden. De kamer draaide om hem heen.

"Leg je hoofd tussen je knieën, jongen," zei Ackerman. "Je wordt een paar nieuwe tinten groen, die zelfs ik nog nooit gezien heb."

Vincente volgde de instructies onmiddellijk en zonder vragen op. De kamer stopte al snel met draaien, maar nu waren er sterren die over het hele plafond fonkelden. Sterren die alleen Vincente kon zien.

Ackerman vervolgde: "Ik weet niet zeker hoe ze zulke persoonlijke dingen over je kon weten. Misschien toen ze zich tussen de aarde en waar geesten ook heen gaan als ze tussen werelden reizen bevond, misschien was haar geest op de een of andere manier verbonden met jouw geest.

Ik weet dat het onmogelijk klinkt. Maar ik heb verhalen gehoord over bijna-doodervaringen die zelfs voor mij, een man van de wetenschap, moeilijk te negeren zijn." "Zojuist vroeg ze me of ik van haar hield, en ik kon haar geen antwoord geven. Ze denkt dat ze van me houdt, maar dat is niet zo. Niet in werkelijkheid. Ik wilde ja zeggen, een gek deel van mij wilde ja zeggen, maar hoe kon ik dat doen? Ik begrijp haar niet.

Ik begrijp niets meer! Soms denk ik dat ze een heks moet zijn, omdat ze dingen weet die ze weet.

"Geloof je in heksen?"

"Niet echt."

"Ik denk dat je te veel televisie hebt gekeken. Grace Greenway is geen heks. Ze is een beïnvloedbaar, jong meisje. Een meisje van zestien jaar dat onlangs haar vader en broer heeft verloren bij een tragisch ongeluk. Een meisje dat, om welke reden dan ook, jou heeft gekozen om deel uit te maken van haar fantasie. Ze heeft jou gekozen als haar man. Ze heeft je nu nodig, in de rol van haar man, terwijl ze nog niet bereid is om de waarheid onder ogen te zien."

"Dus je zegt dat ze mentaal niet in orde is en dat ik mee moet doen aan deze poppenkast, ongeacht wat het me kost?"

"Grace is nog lang niet buiten gevaar. We houden haar vitale functies in de gaten. We houden haar in de gaten. Daarom is ze nog niet ontslagen. Ze staat onder onze hoede. Vincente, jij staat centraal in deze situatie. Jij bent de katalysator. Als je haar nu in de steek laat..."

"Als ik wegloop, ben ik verantwoordelijk voor wat er daarna gebeurt. Is dat wat je me vertelt?"

"Ze is nu erg kwetsbaar. Ze heeft iets van je nodig en als je haar dat geeft, haar wens vervult, dan kan ze de realiteit onder ogen zien en je loslaten. Ze heeft iemand nodig om in te geloven, iets om naar uit te kijken, en ze heeft jou gekozen. Alle wegen leiden naar jou. Ik weet niet waarom, misschien omdat jij haar naar het ziekenhuis hebt gebracht."

"Ik heb haar pijn gedaan, maar het was een ongeluk, dokter, ik zweer het."

"Ja, je hebt haar op een bepaalde manier pijn gedaan, maar je hebt ook haar leven gered, want ze is hierheen gebracht en kreeg de beste zorg toen de bloedstolsels uiteindelijk scheurden. Als ze thuis of op school was geweest toen dat gebeurde, had ze het misschien niet overleefd."

Vincente zat even stil en besefte hoeveel invloed hij al op het leven van Grace had gehad. Hij verlangde ernaar om terug te gaan naar haar, om alles weer goed te maken. Hij stond op. "Ik moet terug naar haar. Ze vroeg me of ik van haar hield, en ik draaide me om en rende weg als een lafaard."

"Ja, ga nu terug naar haar, en zeg haar niet dat je van haar houdt, tenzij je het echt meent. Tenzij je bereid bent haar je hart te geven en aan haar zijde te staan als ze de waarheid over je weet en de betovering is verbroken."

"Geen druk!" spotte Vincente, terwijl hij naar de deur liep.

"Kom terug om met me te praten wanneer je maar wilt, Vincente," zei Ackerman. "En vergeet niet hoe belangrijk je voor haar bent. Vergeet niet wat je voor haar betekent."

Vincente knikte, draaide zich om en rende terug naar Grace's kamer.

IN HAAR KAMER LAG Grace diep te slapen. Hij boog zich over het bed en kuste haar op haar voorhoofd. Ze had nog steeds tranen op haar wangen en hij veegde ze zachtjes weg.

Hij ging naast haar op het bed zitten en ze bewoog niet. Hij keek naar haar terwijl ze sliep. Hij keek hoe haar borstkas op en neer ging bij elke ademhaling. Toen ze in haar slaap kreunde, pakte hij haar handen vast en zei dat alles goed zou komen.

In het donker, alleen met haar, zei hij dat hij van haar hield. En toen kuste hij haar weer op haar voorhoofd.

Grace bewoog even in haar slaap, alsof de woorden die hij had gesproken haar droom op de een of andere manier hadden geraakt, en toen viel ze weer in een diepe slaap.

Vincente liet Grace daar achter, veilig en diep slapend. Hij ging terug om dokter Ackerman te bedanken voor al zijn hulp en advies, voordat hij naar huis ging voor de avond. Hij was uitgeput... zo moe, en toch op een manier verkwikt die hij nog nooit eerder had gevoeld.

Nooit eerder had Vincente Marino zich zo levend gevoeld.

***

Toen Vincente buiten het kantoor van dokter Ackerman stond, hoorde hij luide stemmen. Hij aarzelde even voordat hij aanklopte.

Toen de stemmen iets zachter werden, klopte hij en werd hij binnengeroepen.

"Je zou je moeten schamen!" riep Helen terwijl ze zich op hem stortte en met haar vuisten op zijn borst begon te slaan.

"Rustig aan," beval dokter Ackerman.

Helen bleef op Vincente's borst slaan.

Vincente haalde diep adem, in de hoop dat ze alles wat haar dwarszat eruit zou slaan. Het deed hem geen pijn. Toen hij besefte dat haar woede niet vanzelf zou verdwijnen, greep hij haar beide polsen vast en hield ze stevig vast totdat ze gedwongen was om te kalmeren. Ze bleef hem in zijn gezicht sissen.

Vincente hield haar nog steviger vast en vroeg: "Wat is er aan de hand?", terwijl hij keek in de richting van dokter Ackerman, die probeerde zijn geduld niet te verliezen.

"Vincente, toen je hier eerder kwam, nadat je Grace had achtergelaten, vond Helen haar in een behoorlijk slechte staat. Ze was radeloos. Verwoest. Ze kon niet communiceren. Het enige wat ze kon doen was snikken en huilen."

"Ik snap wel waar ze dat vandaan heeft!" zei Vincente, terwijl hij Helen in de ogen keek.

Ze gromde naar hem.

"Maak het niet erger, jongen," smeekte dokter Ackerman. "Om Grace te kalmeren, moesten ze haar verdoven."

"Ik was net daarbinnen en Grace sliep. Ze zag er heel vredig uit."

"Wat heb je tegen haar gezegd om haar in zo'n toestand te brengen?" vroeg Helen.

"Ik heb een fout gemaakt. Ik ben weggerend, maar ik ben teruggegaan. Ik ben teruggegaan."

"Te weinig, te laat!" riep Helen uit.

"Luister, ik heb hier niet om gevraagd!" zei Vincente met zijn handen omhoog in een gebaar van overgave.

"Ga nu allebei zitten en kalmeer," zei dokter Ackerman, "en laten we ophouden met dit drama. We moeten ons concentreren op Grace. Grace en alleen Grace."

"Akkoord," zei Vincente.

"Akkoord," snauwde Helen.

HOOFDSTUK 29

Terwijl ze Vincente de kamer uit leidden, bleef hij de woorden roepen. Voor hem waren het inderdaad zinloze, onoprechte gevoelens. Woorden die hij alleen maar zei om aardig te zijn, om haar van de afgrond te redden.

Hij riep het nogmaals. Deze keer weerklonk zijn stem door de gangen en het universum: "Ik hou van je, Grace Greenway!"

"Ik hou ook van jou, Vincente!" riep ze terug. Door alle chaos en drukte terwijl ze probeerden haar leven te redden, hoorde hij haar niet.

Plotseling begon de hete ster te draaien en te roteren. Al snel kwam hij niet meer op haar af en verbrandde hij haar niet meer met zijn hitte. In plaats daarvan stootte hij pulserende golven uit en werd hij een neutronenster.

Haar houvast verdwenen, zei Grace Greenway tegen zichzelf: "Ik wil leven. Ik wil leven."

HOOFDSTUK 30

DOKTER ACKERMAN VROEG: "HOE voelde je je toen je terugkwam om Grace te zien, ik bedoel toen je haar weer zag?"

"Ik voelde een sterke behoefte om voor haar te zorgen, om van haar te houden, om haar te beschermen, om haar de mijne te maken. God, ik ben zo in de war. Waarom voel ik me zo?"

"Ja, laten we dit eens bekijken, Vincente," zei dokter Ackerman. "Grace geeft je een ander gevoel, iets nieuws. Klopt dat? Anders dan de andere meiden in je leven je hebben laten voelen?"

"Ja, ze is niet mijn vriendin. Ik heb een vriendin op school – zij zou alles voor me doen," zei Vincente.

"Maar zou jij alles voor haar doen?"

"Ik, ze is makkelijk in de omgang – als je begrijpt wat ik bedoel."

"Oké, laat ik het anders zeggen," zei dokter Ackerman. "Heeft je vriendin je nodig?"

"Ze is populair, en ik ben populair. We zijn voor elkaar bestemd. Het lot. Iedereen zegt dat. Iedereen verwacht dat."

"Verwachtingen? Wat hebben de verwachtingen van anderen te maken met ware liefde? Liefde, ware liefde, is iets tussen twee mensen. Alleen twee mensen. Denk er eens over na, Vincente, denk erover na voordat je antwoord geeft. Wat voel je echt voor Grace Greenway?"

Vincente schuifelde met zijn voeten, friemelde nerveus. "Genoeg met deze psychoanalytische onzin. Dit gaat niet over mij. Het gaat erom dat Grace beter wordt. Wat wil je dat ik nu doe? Met haar trouwen?"

"Nee, ik wil niet dat je iets doet waar je je ongemakkelijk bij voelt. Maar Grace heeft om je aanwezigheid gevraagd. Ze heeft ons gevraagd of je de nacht bij haar in haar kamer wilt doorbrengen."

"Wat? Meen je dat?"

"Ze meent het, dus we moeten haar verzoek heel serieus nemen."

"En haar moeder, die drakenvrouw, is het daarmee eens?"

"Met tegenzin, zoals je waarschijnlijk al had geraden. Je hebt me horen zeggen dat ik met je zou praten. Dat ik je zou laten begrijpen dat Grace niet gekwetst, bespeeld of misbruikt mag worden."

"Denk je dat ik haar zou versieren? Het is waarschijnlijker dat zij mij zou versieren!"

"Als je om haar geeft, echt om haar geeft, en zij, zoals je zegt, 'op je springt', dan moet je een manier vinden om haar voorzichtig af te wijzen, zonder haar ronduit af te wijzen."

"Ik snap nog steeds niet hoe het helpen kan om de nacht met haar in de kamer door te brengen."

"Het is wat ze wil, Vincente."

"Maar er zijn geen garanties, toch?"

"Er zijn geen garanties, Vincente, maar Grace zal beter worden. Dat is ons uiteindelijke doel."

"Daar ben ik voor," zei Vincente.

"Helen zal Grace vertellen dat je naar huis moest om wat spullen te halen. Je komt morgenavond terug, met de bedoeling om de nacht in haar kamer door te brengen. Zoals je weet, zijn er twee bedden. De bedden worden op geen enkele manier tegen elkaar geschoven, begrepen?"

"Ja, dokter," zei Vincente. "Ik ga nu weg om wat te slapen, want morgenavond zal ik niet veel slaap krijgen!"

"Ik hoop echt dat je dat niet meent zoals het klonk!" riep Ackerman uit.

"Ik bedoelde... oh, je weet wel wat ik bedoelde."

"Goed dan, kom morgen langs of wanneer je maar wilt om te praten. Ik blijf de hele avond aanwezig, tot je beschikking, om het zo maar te zeggen."

"Bedankt, dokter Ackerman."

"Welterusten, Vincente."

"Welterusten, dokter."

HOOFDSTUK 31

IN DE VROEGE UURTJES werd Grace wakker en even wist ze niet meer waar ze was. Ze herinnerde zich vaag dat Vincente in haar kamer was geweest. Het ene moment was hij er nog en het volgende moment was hij weg. Waarom was hij zo plotseling vertrokken? Had ze iets gedaan wat hem van streek maakte? Iets gezegd?

Ze hoopte hem ergens in de kamer te vinden, wachtend tot ze wakker zou worden. Maar alleen Helen was er nog, en die sliep.

Grace stapte uit bed en liep naar de wc. Ze deed haar ziekenhuisjas uit en stapte onder de douche. Terwijl het water bijna kooktemperatuur bereikte, sloot ze haar ogen. Ze verlangde naar Vincente's aanraking.

Ze draaide de kraan dicht en pakte een nieuwe jas van de plank. Ze vouwde zich erin en besloot dat niemand er aantrekkelijk uit kon zien in zo'n jas.

Toen ze terugkwam bij haar bed, was Helen druk in de weer in de kamer.

"Ik heb goed nieuws voor je!"

"Echt? Ik droom toch niet nog steeds, mam?"

"Ja, Vincente blijft vannacht bij je slapen."

"Vanavond? Vanavond nog?"

"Ja."

"Ik heb mijn spullen nodig, mijn mooie nachtjapon en mijn parfum."

"Je vindt alles wat je nodig hebt in de tas in het badkamerkastje."

"Ik kan niet wachten!"

"Vincente slaapt natuurlijk in dat bed."

Grace zag zich al voor hoe ze de twee bedden tegen elkaar zou schuiven, zodat ze één bed zouden vormen. Een bed delen met haar man. Twee bedden voor de show, ja, maar ze hadden er maar één nodig. Grace sloeg haar armen om zich heen toen ze kippenvel kreeg op haar armen.

"Ik vertrek rond theetijd, maar als je hulp nodig hebt, staat dokter Ackerman tot je beschikking."

"We zijn getrouwd, mam!" riep Grace uit.

Grace rende naar haar toe en sloeg haar armen om haar moeder heen. Helen was blij haar dochter gelukkig te zien – elke moeder zou dat zijn, maar het waren de leugens die haar dwars zaten. De leugens en het toneelspel waar ze niet blij mee was. Ze voelde zich een bedriegster. Dubbelzinnig.

Grace ging naar het kastje in de badkamer en haalde de weekendtas tevoorschijn. Daarin zat de mooiste, meest maagdelijk witte linnen nachtjapon die ze ooit had gezien, met een rode strik aan de voorkant.

"Mam, hij is prachtig," riep ze uit.

Verpleegster Burns kwam binnen en zag dat Grace een beetje rood zag.

"Voel je je wel goed, Grace?"

Grace was super opgewonden in afwachting van haar nacht met Vincente. Ze wilde dat de tijd voorbij vloog, zodat hij nu bij haar kon zijn.

"Probeer iets te eten," stelde verpleegster Burns voor. "Ik begrijp dat je een bezoeker hebt die vannacht blijft, dus je hebt al je kracht nodig."

"Ja, je moet iets eten, lieverd," beaamde Helen.

Grace nam een hapje toast en een slokje koffie, maar toen draaide haar maag zich om. "Misschien later," zei ze. De geur van koffie maakte haar misselijk. "Nee, haal het weg," zei Grace.

"Was Vincente blij toen je hem vertelde dat hij mocht blijven, Grace?" vroeg verpleegster Burns.

"Ik heb het hem niet verteld, maar ik weet zeker dat hij blij was," zei Grace. Ze trok haar nachtjapon aan en maakte zich klaar voor de komst van Vincente.

HOOFDSTUK 32

O M 18:15 UUR KWAM Vincente Marino bij het ziekenhuis aan met een doos met een dozijn rode rozen met lange stelen. Ze waren vastgebonden met een karmozijnrood lint.

Toen hij de kamer van Grace binnenkwam, maakte Helen zich een beetje ongemakkelijk uit de voeten.

Vincente ging meteen naar Grace toe en kuste haar op beide wangen. Hij gaf haar de doos en zag hoe haar ogen steeds groter werden toen ze het bloedrode lint losmaakte.

Hij voelde zich nerveus, maar zij ook. Er hing een krachtig gevoel van vastberadenheid in de lucht.

Nadat ze Vincente met een kusje op de wang had bedankt voor de prachtige rozen, vroeg Grace de dienstdoende verpleegster om een vaas. Die kwam terug met een vaas en Vincente begon de bloemen erin te schikken. Hij had zijn moeder al honderden keren vazen met bloemen zien schikken.

Hij begon met één roos uit de doos te halen en streelde die nonchalant voordat hij hem in het water zette. Grace keek aandachtig naar hem en zag het contrast tussen zijn sterke, atletische vingers en de dunne, doornige stelen van de rozen. Toen hij de roos streelde, deed zijn gebaar haar rillen.

Ze keek toe terwijl hij één roos, twee rozen, drie rozen oppakte. Zonder dat hij zich ervan bewust was, streelde hij zachtjes de steel, voelde even de pijn van de doorn in zijn vinger en zette de bloem vervolgens voorzichtig in de vaas.

Elke beweging was adembenemend voor Grace. Haar hart klopte in haar keel. Het was bijna alsof hij haar hart tussen zijn vingertoppen hield.

Vincente deed zijn best om geen spatten te maken terwijl hij de ene na de andere roos in de doorzichtige glazen vaas zette.

Af en toe keek hij naar Grace. Haar blik was op hem gericht. Hij was blij dat hij voor rozen had gekozen – ze was er duidelijk dol op.

Plotseling begon hij zich nogal ongemakkelijk te voelen. Hij reikte weer in de doos en haalde de volgende roos tevoorschijn, terwijl hij Grace's ademloosheid gadesloeg. Hij zette de roos in het water en reikte toen weer in de doos voor een andere. Ze leek weer buiten adem, maar deze keer zag ze er ook flauw uit.

"Gaat het wel?" vroeg Vincente.

Grace's wangen waren scharlakenrood en ze leek steeds meer moeite te hebben om op adem te komen. Hij vroeg zich af of hij iemand moest roepen om te helpen. Hij wilde niet dat ze nu een terugval zou krijgen, vooral nu het erop leek dat de zaken hun hoogtepunt bereikten.

"Ik ben... ik ben in orde," zei Grace, terwijl ze met de rode strik op haar nachtjapon speelde. "Laten we over iets praten terwijl je de bloemen afmaakt."

"Wat had je in gedachten?" vroeg hij terwijl hij de steel van een andere roos streelde.

"Oh," zei Grace terwijl ze toekeek hoe hij de steel in het water zette, toen kon ze weer praten. "Zullen we elkaar iets vertellen wat de ander niet weet? Misschien een misvatting die je over mij had, en dan vertel ik je een misvatting die ik over jou had."

"Oké," stemde Vincente in, terwijl hij nog een roos in het water zette. "Jij eerst," zei hij, terwijl waterdruppels uit de vaas spatten en op zijn handpalm terechtkwamen.

Grace keek naar de druppels terwijl hij nog een roos uit de doos pakte. Hij hield de bloem omhoog en het water liep langs zijn onderarm naar beneden.

Hij pakte de volgende roos en keek haar aan. Haar adem stokte in haar keel. De tijd leek stil te staan.

HOOFDSTUK 33

"**I**K HAD OOIT EEN speciale naam voor je, voordat ik je echt kende," onthulde Grace.

Vincente rolde de roos tussen zijn vingers. Hij legde hem in het water. Hij merkte dat Grace nu normaler ademde en dat haar wangen niet meer zo rood waren. Hij knikte en moedigde haar aan om verder te gaan.

"Ik noemde je altijd mijn gulden middenweg."

"Waarom?" vroeg Vincente.

"Weet je nog dat we in de wiskundeles over Fibonacci's gulden snede leerden? Nou, jij was mijn gulden snede."

"Bedoel je dat je toen al zo over mij dacht?" Nu was hij echt in de war. Ze zei dat ze toen al van hem hield, voordat dit allemaal gebeurde. Hij wist dat ze verliefd op hem was, maar het was geen liefde, het was een verliefdheid. Veel meisjes waren verliefd op hem. "Help me even herinneren wat Fibonacci is," zei hij.

"Het is het concept waarbij het eerste getal en het tweede getal samen de som van het derde getal vormen, zoals één, twee, drie, vijf, acht, dertien, enzovoort."

"O ja, daar herinner ik me iets van, en ook iets over de natuur, zoals golven en bloemen?"

"Precies! Zie je wel, je weet het nog!" Grace zei, terwijl hij nog een roos in het water zette. "Er is symmetrie in de natuur, met golven, sneeuwvlokken en bloemen, die allemaal de theorie van Fibonacci over de gulden snede bevestigen. Dus jij was mijn gulden snede."

"Dank je," zei Vincente, niet wetend wat hij anders moest zeggen. "Het is verbazingwekkend dat je je nog steeds een naam kunt herinneren die je voor mij had, gezien wat je hebt meegemaakt. Hoe je je geheugen bent kwijtgeraakt."

"Het kwam onlangs weer bij me terug. Ik was het vergeten, maar toen ik over jou droomde, over ons, kwam het allemaal weer terug."

Vincente ging verder met de rozen en Grace ging verder met praten. "Toen ik dacht dat je niet meer van me hield, droomde ik over je, en in mijn droom beloofde je dat je me nooit zou verlaten."

"Het spijt me Grace, vergeef me," zei Vincente terwijl hij de laatste roos in de vaas zette.

"Ik geloof je, deze keer."

Vincente tilde de vaas op en zette hem op het nachtkastje naast Grace's bed en zei: "Ik ben wel teruggekomen, weet je."

"Wanneer?"

"Gisteravond."

"Dat kan niet. Dat zou ik geweten hebben."

"Je sliep diep toen ik binnenkwam. Ik heb je voorhoofd gekust, zo," hij boog zich over haar heen.

"Niet doen," zei Grace. "Niet doen... tenzij je het echt meent."

Hij haalde diep adem en deed een stap achteruit. Hij liep naar zijn bed, trok zijn schoenen uit en liet zijn benen over de rand van het bed bungelen. Hij schommelde ze heen en weer, zoals een kleine jongen dat zou doen.

"Nu is het jouw beurt," zei Grace.

"Hmm, even kijken," Vincente dacht even na. "Nou, ik dacht dat je verlegen was, vooral in het bijzijn van jongens, maar je lijkt niet erg verlegen te zijn in mijn bijzijn."

"Is dat alles? Is dat het beste wat je kunt?"

"Hé, ik ben hier nieuw in - onthoud dat het jouw idee was. Ik wed dat je geen andere voor me kunt bedenken?"

"Jawel!" zei ze. "Deze zal je aan het lachen maken, maar lang geleden dacht ik dat je een vampier was."

"Ik? Een vampier?"

"Ja, ik weet dat het gek klinkt, maar ik ging zelfs zo ver dat ik me over je heen boog en mijn nek aan je blootstelde, om te zien of je me zou bijten. Het was de allereerste keer dat we kusten, weet je nog? Ik leunde zo voorover en wachtte tot je je tanden in me zou zetten."

"Dat is raar!" zei hij, terwijl hij naar haar witte, blootgestelde nek keek en een sterk verlangen voelde om die te kussen.

Grace rilde en haar tepels tintelden bij de gedachte alleen al.

"Dus ik moet een echte teleurstelling voor je zijn geweest toen je besefte dat je met een gewone sterveling was getrouwd?"

"Dat is grappig. Je zou me nooit kunnen teleurstellen," glimlachte ze. "Nu is het jouw beurt."

"Nou, vroeger dacht ik dat je zwak was, een zwak persoon. Maar nu..."

Grace onderbrak hem en vroeg: "Zwak, in welke zin?"

"Zwak, als in lam," zei hij, terwijl hij haar gezicht afzocht naar een reactie dat hij iets verkeerds had gezegd, maar ze leek het prima te vinden. "Het kwam waarschijnlijk doordat je, toen je mij zag, of toen ik jou zag, altijd op een rare manier naar me keek. Nu ik erover nadenk, als je dacht dat ik een vampier was, dan was dat misschien de reden waarom je zo naar me keek. Hoe dan ook, je bent niet zwak of lamlendig - je bent een sterke vrouw. En je lijkt steeds sterker te worden."

"Nou, dat is beter dan de eerste," zei Grace terwijl ze achterover leunde in haar kussen en haar ogen sloot.

Beiden zwegen even, elk in gedachten verzonken.

"Kunnen we erover praten?" vroeg Grace. "Kunnen we praten over wat er voor jou veranderd is aan mij?"

"Grace, er is niets veranderd, het is alleen dat..."

"Je voelt je gevangen?"

"Een beetje. Misschien, maar het is niet jouw schuld. Het is absoluut niet jouw schuld." Hij haalde diep adem en vervolgde: "Mag ik je iets vragen, iets wat me dwarszit?"

"Natuurlijk, Vincente. Je mag me alles vragen, echt alles."

"Wie heeft je eigenlijk verteld over het schilderij van mijn moeder?"

"Jijzelf."

"Echt, Grace, je kunt me de waarheid vertellen. Wie heeft het je verteld? Heb je het op internet gelezen?"

"Ik vertel geen leugens, Vincente. Zoals ik al zei, jij hebt het me verteld en je hebt me het schilderij laten zien toen we naar het huis van je ouders gingen."

"Maar waarom zou ik je dat schilderij willen laten zien?"

"Vanwege de bomen!"

"De bomen?"

"Eerlijk gezegd, wie van ons heeft hier last van geheugenverlies?" Grace rolde met haar ogen. "De bomen – zoals die boom die die raaf doorboorde en opat, die boom waarin ik gevangen werd gehouden?" Grace wachtte tot Vincente een teken van herkenning zou geven, maar dat kwam niet. Ze snoof ongeduldig naar hem.

Vincente was er vrij zeker van dat Grace gek aan het worden was. Hij wist niet of hij het met haar eens moest zijn of niet, dus bleef hij stil.

Er gingen enkele ogenblikken voorbij. Grace kruiste en ontkruiste haar armen en weigerde op te geven. "En vanwege die bomen wilde je dat ik het schilderij van je moeder zou zien."

"Maar ik snap het nog steeds niet – waarom zou ik je het schilderij van mijn moeder willen laten zien?"

"Omdat je altijd bang was voor dat schilderij. Omdat je zei dat je als kind een gezicht zag in de stam van de boom, en dat je daar doodsbang voor was."

"Mijn moeder heeft dat schilderij onlangs verkocht. Het had jarenlang op zolder gelegen. Het is waar dat ik er iets griezeligs aan vond, maar ik heb dat nooit aan iemand verteld."

"Je hebt het mij verteld, en je hebt het mij laten zien."

Vincente liep door de kamer. Hij ging naast Grace zitten. "Wat heb ik je nog meer verteld?"

"Heel veel! We brachten elke dag samen door, 24 uur per dag, 7 dagen per week."

"Vertel het me," zei hij.

"Wil je dat echt?"

"Ja."

"Even kijken. Je droomde er altijd van om een Ferrari te hebben, een rode Ferrari, en we reden er een van het terrein op de Princess Highway af. Je was in de zevende hemel toen je daarin reed en ik was een beetje jaloers."

Vincente dacht terug aan de droom waarin hij in een rode Ferrari reed op zoek naar Grace. Vreemd. Hij besloot van onderwerp te veranderen. "Heb ik je nog iets anders over mijn moeder verteld?"

"Je hebt me haar atelier laten zien en ze was bezig met een nieuw schilderij. Het was een afbeelding van haar tuin, maar het was nog niet af."

Vincente haalde diep adem. Het was hetzelfde schilderij waar zijn moeder vanochtend aan had gewerkt. Hij kwam terug op het idee dat Grace een heks moest zijn. Hij wachtte tot ze met haar neus zou trillen zoals Samantha Stevens in Bewitched, maar er gebeurde niets.

Grace trok hem naar zich toe en kuste hem hartstochtelijk op de mond.

Vincente lag nu bovenop haar en kuste haar. Hij probeerde zich terug te trekken, maar wilde zich tegelijkertijd naar haar toe buigen terwijl alle opgekropte emoties in zijn hoofd explodeerden. Ze bleef hem kussen, tot hij buiten adem was.

"Je bent uit de praktijk, hè?" vroeg Grace, terwijl ze Vincente de tijd gaf om op adem te komen.

Hij strompelde van het bed af.

"Het is me eindelijk gelukt!" riep ze uit. "Ik heb je eindelijk spaghettibenen bezorgd! Dat werd tijd, jij hebt mij ze altijd bezorgd!"

"Waar heb je zo gekussen geleerd?"

"Heel grappig, Vincente, jij hebt me alles geleerd wat ik weet."

"Wil je me vertellen dat ik de enige man ben die je ooit hebt gekust?"

"Ja, jij bent mijn enige. Mijn enige echte."

Hij veranderde weer van onderwerp. "Wat heb je nog meer gezien in mijn huis?"

"Je liet me je prachtige houtsnijwerken zien, en ik heb deze nog steeds." Grace reikte in een la en haalde de Aboriginal-man tevoorschijn.

Vincente's gedachten gingen met een kilometer per seconde. Hij moest ontsnappen. Die kamer uit – nu.

"Waar heb je dat vandaan?" vroeg hij.

"Ik heb het uit je kamer meegenomen."

"Je hebt het meegenomen, maar wanneer?"

"Toen we bij je thuis waren. Ik had het in mijn zak, en op de een of andere manier was het er het ene moment nog en het volgende moment zat het in het schilderij van je moeder."

"In het schilderij? In je zak?" riep hij uit.

"Ja, sorry dat ik je niet heb verteld dat het hier was. Ik schrok er zelf ook van – het ene moment in het schilderij, het volgende moment weer in mijn zak."

"Eh, ik heb een beetje dorst, ik ga een frisdrank halen. Wil je ook iets?" vroeg Vincente. Hij beefde. Zijn hele lichaam trilde. Hij moest daar nu weg. Weggaan. Wegrennen.

"Ga je iets te drinken halen? Nu?"

"Ja, ik heb iets te drinken nodig."

"Oké, maar kom snel terug," zei Grace. Ze blies hem een kusje toe en legde de Aboriginalman terug in de la.

Buiten wilde Vincente wegrennen. In plaats daarvan liep hij door de gang om met dokter Ackerman te praten.

HOOFDSTUK 34

"Dokter!" riep Vincente terwijl hij herhaaldelijk op de deur van Ackerman bonkte. "Dokter, ik moet u spreken!"

Dokter Ackerman legde de telefoonhoorn neer toen Vincente zijn kantoor binnenkwam.

"Dokter, u moet me hieruit halen! Ik kan hier niet blijven slapen. Ik verdrink daarbinnen, en ze is zo gek dat ze me steeds logischer begint te lijken!"

"Wat bedoel je? Haal diep adem, Vincente. Kalmeer!"

"Ze vertelde me over een gesprek. Nou ja, niet echt een gesprek, maar ze vertelde me over iets dat gisteren gebeurd is. Ze weet dingen die niemand anders kan weten en dan..."

"Dan wat? Ze wilde niet dat jullie twee...? Dat jullie...?"

"Nee dokter, maar ze is enthousiast en... ze begint me te raken."

"Wil je me vertellen dat je verliefd op haar bent geworden? Echt?"

"Ik ben nog nooit verliefd geweest, maar ik heb wel met een paar meisjes gezoend. Geen enkel meisje heeft me ooit gekust zoals zij me kust, en toch zegt ze dat ik de enige man ben die ze ooit heeft gekust!"

"Dus je raakt emotioneel overbelast en je wilt naar huis? Weglopen. Ben je bang om de controle te verliezen?"

"Ik zeg dat ze me betoverd heeft. Ze is niet eens mijn type! Het moet een betovering zijn!"

"Ja, dat zei je eerder ook al, maat, en toen was het net zo onlogisch als nu. Wat wil je dat ik doe, haar vertellen dat je naar huis bent gegaan? Dat er een noodgeval is, dus je niet kunt blijven?"

"Misschien kun jij naar binnen gaan en haar een slaappil geven, dan ga ik weer naar binnen om te slapen. Voor we het weten is het ochtend."

"Ik kan haar geen slaappil geven omdat jij dat vraagt."

"Maar dokter, ze vertelt me verhalen over ons. Over dingen die we samen hebben gezien en gedaan. Dingen die nooit zijn gebeurd. Ze spreekt met haar hart in haar hand over ons, alsof we één persoon zijn, en ze is overtuigend. Het is bijna alsof ik weet waar ze het over heeft."

"Nu," zei Ackerman, "dit is ernstig. Je zegt me dat je zonder twijfel in deze fantasie wordt meegezogen? Dat haar beschrijvingen soms zelfs echt lijken voor jou?"

"God helpe me, ja."

"Oké Vincente, ik begrijp je. Je bent niet mijn patiënt, maar je helpt Grace, die wel mijn patiënt is. Onder deze omstandigheden moet je naar huis gaan. Ik zal je een recept geven, zodat je kunt slapen en misschien is het in de toekomst het beste als je wegblijft."

"Maar dat kan ik niet!"

”Je moet wel, Vincente. In deze toestand ben je voor niemand goed.“

”Ik kan niet weggaan zonder het haar zelf te vertellen, zonder haar welterusten te zeggen. Ik heb haar beloofd dat ik haar nooit meer alleen zou laten."

“Je houdt echt van haar, Vincente.”

Vincente knikte terwijl hij de deur achter zich dichtdeed.

Hij liep langzaam door de gang, langs de kamer van Grace, naar de lift. Toen hij op de begane grond aankwam, verliet hij het ziekenhuis en stapte de donkere nacht in. Hij liep over het asfalt en vond een boom die eenzaam stond. Hij leunde er met zijn rug tegen en huilde.

HOOFDSTUK 35

GRACE WACHTTE VOL SPANNING op de terugkeer van haar man. Toen de deur openging, kwam dokter Ackerman binnen.

"Waar is Vincente?"

"Hoe gaat het met je, Grace?"

"Waar is Vincente? Wat heb je met hem gedaan?"

Hij glimlachte. "Ik ben blij dat je deze extra tijd met hem hebt kunnen doorbrengen, maar sommige van je testresultaten zijn binnen en die zijn twijfelachtig. Ik moet nog een bloedmonster afnemen. Gewoon om te controleren of alles in orde is. Ik heb Vincente gevraagd om zijn overnachting uit te stellen, totdat deze tests zijn afgerond."

Grace trok haar meest trieste gezicht en stak haar arm uit zodat hij een ader kon vinden. Hij stak de naald er moeiteloos in. Ze kromp niet ineen en voelde geen pijn, omdat de pijn in haar hart al ondraaglijk was.

Dokter Ackerman legde het bloedonderzoek weg. "Vincente was teleurgesteld, net als jij, maar we regelen een andere nacht. Het kan niet anders, Grace. Je gezondheid is het belangrijkst."

"Ik wil Vincente!" riep Grace en ze begon te spartelen en te draaien in bed. Ze gooide de dekens van zich af en trok het pleister dat hij op haar arm had geplakt eraf. De ader ging weer open en het bloed spoot eruit.

Dokter Ackerman hield haar vast. Hij drukte op de noodknop om een verpleegster te waarschuwen. "Het spijt me," zei hij terwijl hij haar kalmeerde.

HOOFDSTUK 36

Doctor Ackerman needed some fresh air and walked across the tarmac. He spotted Vincente there, leaning against a tree.

"Did you see her?" he asked.

"Indeed, I did, and I explained everything."

"And how did she, take it?"

"She didn't take it well. I had to sedate her."

Vincente clenched his fists and stood up. His face was only inches away from Ackerman's face. "I said I would come back. You didn't have to do that. I needed time. Time was all I needed."

"You need more than time, Vincente. You need distance. I'm not certain what will happen to that girl, if you fall in love with her, and if the fantasy she created collides—to become reality. I'm not sure what will happen then."

"If she has dreamed it and then it comes true, then she would get well straightaway, wouldn't she?"

"Vincente it could happen, and then again, things could go the other way."

"Meaning?"

"Grace is standing on the edge of a cliff. The truth could push her over. She may realize that everything around her is a lie. That we've all been playing along with her fantasies and then, where will she be?"

"So even though I do love her now, I should back off, leave her alone, go back to school—to the girl everyone else expects me to be with, and just hope that Grace Greenway eventually gets over me? I don't want her to get over me! And she'll think I left her again; she'll think I broke my promise—again."

"We need to take your feelings into consideration in how we proceed with this, this, whatever it is. We need to rethink, to regroup. Go home now. Come back in the morning. Grace will sleep for at least eight hours. See me when you return, and I will update you. Do not go straight in and visit Grace. Come to me first."

"Deal."

Vincente and Doctor Ackerman crossed the parking lot, where a line of taxis awaited passengers. Vincente climbed into the backseat of one and was soon on the way home.

Home—where he hoped to sleep without dreaming.

HOOFDSTUK 37

'S Ochtends werd Grace wakker in een lege kamer.

Ze voelde zich alleen en verraden, terwijl een van de verpleegsters haar kussen opschudde en een ontbijtblad voor haar neerzette.

Ze duwde het weg. Alleen al de geur ervan maakte haar misselijk.

"Ik heb geen honger," zei Grace.

Toen haar kamer weer leeg was, leunde Grace achterover op haar kussen en sloot haar ogen.

Ze speelde haar trouwdag steeds opnieuw af in haar hoofd, totdat ze weer in slaap viel.

HOOFDSTUK 38

D E VOLGENDE DAG RIEP dokter Ackerman Helen bij zich in zijn kantoor. Hij gebood haar te gaan zitten, met een zeer verontrustende blik op zijn gezicht.

Helen wist dat hij slecht nieuws had. Ze wist ook dat ze haar dochter niet alleen had moeten laten met die jongen.

Dokter Ackerman ging tegenover Helen zitten, zodat hun knieën elkaar bijna raakten.

Hij keek haar recht in de ogen en zei: "Grace is zwanger."

Helen lachte.

"Grace is zwanger," herhaalde hij.

"Wat?"

"We hebben onlangs wat bloedonderzoek gedaan en de test was positief. Ik heb gisteravond nog wat bloed afgenomen en het is bevestigd: uw dochter is zwanger."

"Dat kan niet! Ik maak die kleine rotzak af!"

"Hoe helpt dat dan?" vroeg hij. "U moet rustig worden en naar me luisteren. Luister goed naar me."

Ze haalde diep adem. Ze ontspande haar vuisten.

”Het is nog vroeg en je overdreven reactie helpt jou of Grace niet.“

”Weet ze het?“

”Nee, jij bent de eerste die het te horen krijgt. Ik vond dat gepast. We moeten bespreken hoe we verder gaan.“

”Hoe we verder gaan? Het heeft geen zin om hierover te discussiëren. We moeten het wegwerken."

“Grace is zestien, ze heeft rechten.”

“Het moet van Marino zijn!”

“Niet noodzakelijk. Ze is hier elke dag geweest, met personeel en bezoekers om haar heen. Hij was tot gisteravond niet alleen met haar geweest en trouwens, hij is maar een paar uur gebleven voordat ik hem naar huis stuurde.”

"Mijn dochter gaat naar school en komt thuis. Ze werkt 's avonds aan wiskunde en experimenten. Ze kent geen andere jongens. Het moet Marino zijn geweest!“

”Maar we moeten zeker zijn voordat we iemand beschuldigen. En het belangrijkste is dat we het Grace vertellen.“

”Eerst moeten we bevestigen dat hij de vader is, dan kunnen we het haar vertellen,“ zei Helen.

”Vincente geeft veel om je dochter. Hij is in de war en hij heeft me verteld dat ze niet meer hebben gedaan dan zoenen. Grace gelooft echter dat ze een getrouwd stel zijn. Als we het haar vertellen, zal ze er dus 100% zeker van zijn dat ze een kind van Vincente draagt.“

”Als het niet van hem is, wat dan? Een onbevlekte ontvangenis?“

”Het enige wat ik zeker weet, is dat we het Grace moeten vertellen. Ze zal je hulp nodig hebben om te beslissen wat ze moet doen," zei Ackerman.

“Als het niet van hem is, dan is het bewijs overduidelijk dat we wreed met haar hebben gespeeld door mee te gaan in haar fantasieën,” zei Helen. “Het zou te veel voor haar kunnen zijn om te verwerken.”

“We hebben zo snel mogelijk bevestiging nodig. Ik zal Vincente vragen of hij akkoord gaat met een aantal tests als hij later vandaag bij me langskomt.”

“En als het niet van hem is, dan zal ze er waarschijnlijk mee instemmen om het weg te laten halen.”

“Wilt u haar nu vertellen dat ze zwanger is? Zodra de testresultaten van Vincente binnen zijn, kunnen we het onderwerp van wie de vader zou kunnen zijn met haar bespreken, ervan uitgaande dat hij niet de vader is,” zei Ackerman.

“Ja, ik denk dat we het haar moeten vertellen. Hoe eerder hoe beter.”

"Laten we nu naar haar kamer gaan om te kijken hoe het met haar gaat. We kunnen de situatie beoordelen en dan beslissen wat we gaan doen.“

”Ze moet het weten. Mijn dochter moet het weten.“
***

Vincente kwam op de verdieping van Grace aan op het moment dat Helen en dokter Ackerman zijn kantoor uitkwamen.

”Dokter Ackerman, ik wilde u spreken,“ zei Vincente. En toen: ”Hallo Helen."

Ze keek hem met een venijnige blik aan.

"We moeten naar binnen gaan om met Grace te praten, maar wacht alsjeblieft op me in mijn kantoor. Ik ben zo terug en dan kunnen we praten."

Vincente haalde zijn vingers door zijn haar. Hij keek toe hoe Helen en dokter Ackerman wegliepen. Toen ze bij de deur van Grace aankwamen, aarzelden ze even en gingen toen naar binnen. Hij vroeg zich af waarom ze aarzelden.

Hij voelde zich schuldig omdat hij Grace alleen had gelaten. Hij wilde haar zien, om het goed te maken tussen hen.

Eenmaal binnen in het kantoor van dokter Ackerman sloot hij de deur achter zich en schonk zichzelf een glas water in. Vincente ging zitten en pakte een sporttijdschrift. Hij bladerde erdoorheen terwijl hij wachtte, maar zijn gedachten waren te afgeleid. Hij kon niet blijven zitten, dus stond hij weer op en liep heen en weer. Hij stak zijn vuisten in zijn zakken. En hij wachtte.

***

"Ik ben zo blij!" riep Grace uit. "Dit is het beste nieuws dat Vincente en ik konden krijgen. We krijgen een baby!"

Helen omhelsde haar dochter, die trilde van opwinding.

"Grace, je moet op krachten blijven en je moet eten. Hoezo hoor ik dat je het ontbijt overslaat?" zei dokter Ackerman.

"Ik had er toen geen zin in, maar ik zal nu wel iets eten. Kom maar op! Ik ben zo opgewonden!" riep Grace uit.

Na een paar keer diep ademhalen zei Grace: "Vraag Vincente alsjeblieft om naar me toe te komen. Ik kan niet wachten om hem het nieuws te vertellen!"

HOOFDSTUK 39

"BEDANKT VOOR HET WACHTEN, Vincente," zei dokter Ackerman.

"Hoe gaat het met Grace vanmorgen?"

"Ze straalt! De slaap heeft haar goed gedaan, en jij ziet er ook uitgerust uit. Heb je goed geslapen?"

"Ja, ik heb de hele nacht doorgeslapen."

"Ik realiseer me dat je niet een van mijn vaste patiënten bent, maar ik zou graag toestemming willen vragen om een bloedtest uit te voeren."

"Een bloedtest. Waarom?"

"Je leek gisteravond erg gespannen en ik dacht dat het goed zou zijn om je even te controleren om er zeker van te zijn dat je in orde bent."

"Ik voel me erg moe."

"Dan controleren we je maar even," zei Ackerman. "Rol je mouw op, dan neem ik meteen een bloedmonster af."

Nadat het monster was afgenomen en het buisje was opgeborgen, legde dokter Ackerman Vincente een toestemmingsformulier voor om te ondertekenen. Daarmee gaf hij hem toestemming om de bloedmonsters te gebruiken voor alle noodzakelijke tests.

"Mag ik haar zien?" vroeg Vincente.

"Vandaag niet, maar kom morgen maar terug. Misschien kunt u haar dan zien."

"Maar u zei dat ze er stralend en uitgerust uitzag."

"Ja, en we willen dat ze zo blijft! Ga naar huis en kom morgen terug. Geef haar wat ruimte, wat tijd. Ze is nu bij haar moeder."

"Oké, dokter. Tot morgen dan."

"Dank u, Vincente," zei dokter Ackerman terwijl hij met de bloedmonsters naar buiten haastte. Hij kon niet wachten om ze naar het laboratorium te brengen.

***

Vierentwintig uur later waren ze allemaal verzameld in de kamer van Grace.

Toen dokter Ackerman eindelijk arriveerde, glimlachte hij niet. Hij sprak niet en maakte geen oogcontact met de drie aanwezigen. Hij hield de resultaten dicht bij zijn borst op een klembord.

Grace was helemaal opgewonden.

Helen had haar vuisten gebald en haar kaken op elkaar geklemd. Ze leek op iemand die heel nodig naar het toilet moest.

Vincente had geen idee.

"Goedemorgen, allemaal," begon dokter Ackerman. "Op basis van de bloedtesten lijkt het erop dat Grace en Vincente een baby verwachten."

Grace barstte in gejuich uit en strekte haar armen uit naar Vincente.

Vincente stond naar Grace te kijken. Hij was bleker dan de lakens op het bed. "Hoe kan dit?" vroeg hij zichzelf af en toen zei hij hardop: "Hoe kan dit, terwijl we alleen maar hebben gekust?"

Helen viel flauw en viel met een plof op de grond.

HOOFDSTUK 40

"Grace? Word wakker, Grace. Het is tijd om te gaan," fluisterde een kinderstem.

Grace rilde. De kamer was erg koud en donker. Ze keek toe hoe aan de andere kant van de kamer de jaloezieën heen en weer leken te zwaaien in de wind. Het leek alsof het raam wijd open stond.

Ziekenhuisramen gaan niet open, dacht ze.

Een klein handje pakte dat van Grace vast en trok haar uit bed.

Grace, nog half slapend en half wakker, liep naast het kind. Samen liepen ze als in trance naar het open raam.

Het kleine meisje droeg ook een witte linnen nachtjapon met een rode strik. "Houd dit goed vast," zei ze terwijl ze een zachte deken in Grace's armen legde.

Grace sloeg instinctief haar armen om de deken heen.

Hun nachthemden wapperden en ritselden terwijl ze naar het raam liepen.

In het maanlicht herkende Grace het kleine meisje dat zich al twee keer eerder had laten zien. De eerste keer midden op de weg en de tweede keer toen Grace vastzat in een enorme boom. Ze rilde toen ze zag hoe de nachthemd van het kleine meisje glinsterde in het maanlicht.

Het kleine meisje klom op de vensterbank, terwijl ze Grace's hand nog steeds vasthield. Ze trok, maar Grace's voeten wilden niet bewegen.

"Waar gaan we heen?" vroeg Grace.

"Naar het hart van de wereld," legde het kleine meisje uit.

Grace hield de deken stevig tegen haar borst en keek naar haar voeten. Ze probeerde het uit haar hoofd te bannen, wat er de vorige keer was gebeurd toen ze uit het raam de nacht in was getrokken.

Het kleine meisje bleef Grace ongeduldig aankijken. "Ik ben het koord," zei ze. "Je moet nu met me meegaan. Ze wachten."

"Wie, wie wacht er?" vroeg Grace.

"Dat zul je wel zien," zei het kleine meisje. "Kom."

Met één hand hield Grace de deken vast en met de andere draaide ze de rode strik steeds maar rond en rond. Ze probeerde tijd te winnen – ze wilde niet op de vensterbank gaan zitten. Ze wilde niet de nacht in gaan. Deze keer hoefde ze niet te gaan. Ze wilde niet gaan.

"Schiet op, Grace. Ze wachten al heel lang op je," legde het kleine meisje uit.

Grace deed een stap achteruit.

Toen Grace niet met haar mee wilde, klom het kleine meisje van de vensterbank af. Ze pakte Grace's hand weer vast. Ze hield haar hand stevig vast en leidde haar naar het raam. Een paar seconden lang kwamen hun voeten van de vloer en al snel zaten ze naast elkaar op de vensterbank.

Samen zaten ze en keken ze naar de maan.

"Haal diep adem," zei het kleine meisje en toen telde ze zachtjes af: "5, 4, 3, 2, 1!"

En samen vielen ze voorover in de Cimmerische nacht.

HOOFDSTUK 41

NADAT ZE VELE MINUTEN hadden gevallen, die uren leken te duren, landden ze op de rug van een wachtend beest.

Dit beest was niet hetzelfde beest dat Grace enige tijd geleden had gedragen en hoog in een boom had neergezet.

Dit beest had geen vacht of veren. In plaats daarvan had het vleugels van metaal, die het maanlicht en het licht van de sterren weerkaatsten terwijl het door de donkere lucht vloog.

Grace had zoveel vragen, maar de wind huilde en het beest brulde af en toe donderend. Grace klampte zich vast aan de deken en wenste dat het Vincente was aan wie ze zich vastklampte.

Het kleine meisje gooide haar donkere haar naar achteren en keek omhoog naar de maan. Ze sloot haar ogen en begon een rustgevend slaapliedje te neuriën. Grace herkende het deuntje; het was hun liedje, dat van haar en Vincente. Grace sloot haar ogen en gleed weg in een diepe slaap.

HOOFDSTUK 42

Z E VLOGEN UITZONDERLIJK LANG, totdat Moeder Zon een nieuwe dag begon te baren.

Dat was hun teken om aan hun afdaling te beginnen. Grace en het kleine meisje hielden zich stevig vast aan het metalen beest terwijl het zonlicht weerkaatste op zijn lichaam en bliksemschichten in alle richtingen afvuurde. De lucht werd verlicht door vuurwerk dat overdag afgestoken werd terwijl ze door de wolken vielen.

Toen begonnen de wolken uiteen te gaan, terwijl ze afdaalden naar het hart van de aarde.

In de verte zag Grace een gigantische rode steen, die in het zonlicht in vuur en vlam stond. Hij was omgeven door zand.

Maar toen ze een paar keer met haar ogen knipperde, begon en eindigde de oceaan rond de randen van de rots. Golven beukten en rolden, maar ze braken nooit voorbij de rand van de monoliet. Het was alsof de oceaan hier bij de rots begon en eindigde.

Nu ze dichterbij kwam, kon Grace een patroon van concentrische cirkels onderscheiden. Vanuit de lucht zag wat ze beneden zag eruit als een gigantisch dartbord.

Nu ze het patroon herkende, kon Grace de afstand tussen de opeenvolgende ringen verdelen en de ene regio van de andere onderscheiden.

Aan de buitenkant rees het rode zand sporadisch op, alsof de aarde in- en uitademde. De volgende cirkel was, zoals we al hebben uitgelegd, de oceaan, die begon en eindigde waar de golven de rode rots kusten zonder over te stromen. De rode rots vormde een ring, waaruit een cirkel van bomen groeide.

De bomen strekten hun takken naar elkaar uit, maar één boom torende boven alle andere uit: een olijfboom. Hij reikte tot in de wolken, ver boven de metalen vogel waarop Grace vloog. Naast de olijfboom stonden esdoorns, palmbomen en eucalyptusbomen van normale grootte, om er maar een paar te noemen. Dit gedeelte begon en eindigde met bomen en daarna was weer een scheidende cirkel van rood zand zichtbaar.

Tussen de bomen was nog een gedeelte met bloemen. Het bestond uit zonnebloemen, gouden acacia's, tulpen, rozen en nog veel meer.

Daarna kwam weer rood zand, gevolgd door zeer grote dieren zoals dinosaurussen, giraffen, olifanten en beren.

Waar dat gedeelte eindigde, begon een ander gedeelte. Rood zand, gevolgd door andere cirkels met waterdieren zoals walvissen, haaien en kwallen. Het water stroomde over en om hen heen zonder de andere delen te raken, omdat ze beschermd en ingesloten waren.

In een cirkel bevonden zich alle vliegende en glijdende dieren. Er waren raven, vossen, vlinders en kaketoes. Ze stegen en daalden alsof een denkbeeldige poppenspeler ze vasthield. Het beest waarop Grace en het kleine meisje hadden gereisd, nam zijn plaats in binnen deze cirkel.

Na nog een cirkel van zand kwam een sectie met reptielen, buideldieren en tal van andere dierensecties, zodat elke klasse en soort in soort vertegenwoordigd was.

Er waren veel te veel secties voor Grace om ze allemaal te tellen. De geluiden die ervan kwamen, rezen op uit de aarde, bijna alsof ze met één stem spraken.

Nu ze steeds dichterbij kwamen, zag Grace ook cirkels van mensen.

Mannen en vrouwen, zowel jong als oud, waren verdeeld in secties. Ze kwamen uit alle delen van de wereld en vertegenwoordigden alle Aboriginal- en inheemse culturen. Sommigen waren gekleed in traditionele kleding. Sommigen droegen speren. Sommigen droegen boemerangs. Anderen waren getooid met bont en veren, en een enkeling had een beschilderd gezicht. Weer anderen maakten muziek met regenstokken en trommels.

Toen ze dichterbij kwamen, voelden alle cirkelbewoners intrinsiek de aanwezigheid van Grace. In synchroniciteit begon elk segment te wiegen. Het rode zand steeg en daalde binnen de grenzen van de cirkel.

Ze vlogen steeds dichterbij en even dacht ze dat ze Vincente zag. Het was waar. Hij stond in een cirkel met andere jongens van dezelfde leeftijd als hij. Alle jongens hadden blond haar en droegen een lange mantel die tot op de grond reikte, zoals een monnik zou dragen.

Vincente's ogen maakten contact met die van Grace. Hij zwaaide met zijn Aboriginal-gesneden mannetje in de lucht om haar aanwezigheid te bevestigen.

In het zonlicht zag Grace dat zijn familiestuk, de ring, weer om zijn vinger zat. Samen hieven de jongens hun armen in haar richting. Grace werd even verblind toen het zonlicht op al hun ringen tegelijk viel. Ze droegen allemaal precies dezelfde ring als Vincente.

Toen ze weer terugkeerde naar de werkelijkheid, zag Grace dat alle jongens hun ring afdeden en deze voor zich neerlegden op een klein vierkant stukje stof.

Binnen de groep jongens stond een cirkel van meisjes. Ook hier waren er duizenden, één meisje voor elke jongen. De meisjes waren allemaal gekleed in witte linnen nachtjaponnen met rode strikken rond de kragen. Elk meisje hield een deken in haar armen.

Toen ze bijna geland waren, zag Grace hoe de rode strikken op en neer bewogen in de wind, vervolgens stil bleven hangen en daarna weer op en neer bewogen.

Vincente's ogen richtten zich op die van Grace. Ze sprong bijna van de rug van het beest, maar Vincente keek weg alsof ze voor hem dood was. Haar voeten raakten het zand. Ze zou naar hem toe zijn gerend, als het kleine meisje dat niet had verhinderd door haar hand vast te pakken.

Grace voegde zich bij de kring waar de meisjes in stilte wachtten. Grace had heel veel vragen die ze wilde stellen, waarop ze antwoorden nodig had. Het kleine meisje legde haar vinger op haar lippen en zei: "Ssst."

Grace's rode strik ging nu op en neer in het ritme van de andere meisjes terwijl de warme bries hen streelde. Hoewel ze het warm had, rilde Grace.

"Leg de deken voor je op de grond," beval het kleine meisje.

De andere meisjes in de kring volgden Grace's voorbeeld.

Grace probeerde opnieuw een vraag te stellen, maar net als eerder zei het kleine meisje alleen: "Ssst."

HOOFDSTUK 43

NU WAREN ER VIER nieuwe secties toegevoegd. Een cirkel van rood zand, gevolgd door een cirkel van stof met een ring erop voor de jongens. Daarna volgde nog een cirkel van zand en een cirkel van dekens voor de meisjes.

Toen begon het gezang. Het begon aan de buitenkant en verspreidde zich van sectie naar sectie. Elk segment had een geluid dat moest worden gemaakt, die samen een lied vormden. Samen zweefden ze op de vleugels van de melodie terwijl de zon steeds hoger aan de hemel klom in de nieuw geboren dag.

Net zo snel als het was begonnen, stopte het gezang.

Even was er absolute stilte. Toen brulden ze samen met één stem, één lied.

Het was een prachtig geluid, kalmerend en rustgevend, helemaal niet wat je zou verwachten, maar het was zo luid dat Grace haar oren bedekte.

Het kleine meisje zag Grace's angst en fluisterde in haar oor: "De pijn is zo lang, zo lang door de aarde gedragen. De aarde laat nu de pijn los. Haar voortbestaan hangt ervan af. Wees niet bang. Je bent getuige van de genezing."

Grace liet haar handen zakken en sloot haar ogen. Toen ze niet langer bang was, kon ze alles voelen en waarderen.

Moeder Zon stortte haar stralen uit over de harten van alle aanwezigen. Het leek alsof ze de hartslagen naar buiten trok en ze synchroniseerde. Ze liet ze weerklinken in de ene hartslag van het universum.

"Zeg het nu," zei het kleine meisje. "Grace, spreek de woorden uit."

Grace haalde verbaasd haar schouders op. Ze had geen idee wat het kleine meisje van haar wilde.

"Zeg het nu. Zeg de woorden, de woorden. De woorden die je hebt geleerd. Jij bent de laatste. Je moet ze nu zeggen. We wachten allemaal."

Grace's gedachten vlogen terug naar het liedje dat het kleine meisje haar enige tijd geleden had verteld. Ze wist niet zeker of ze de woorden nog kon herinneren. Maar op de een of andere manier wist ze instinctief dat ze ze zich wel herinnerde.

Iedereen was stil. Iedereen wachtte.

Grace haalde diep adem, maar ze kon geen enkel geluid uitbrengen.

"Spreek vanuit je hart," zei het kleine meisje. "Dan zullen de woorden vanzelf komen."

Grace kalmeerde haar ademhaling en sloot haar ogen. De woorden stroomden als een geschenk uit haar mond de open lucht in:

"Ik ben de vrouw-tekenaar,

Ik ben de kreet;

Ik ben de geheime stem,

Ik ben de zucht;

Ik ben datgene wat gehoord wordt

Laag in de schemering;

Vogels antwoorden met een toon,

De bloemen in muskus;

Ik ben die smartelijke plant,

Uitgesproken waar roept

Een eenzame vogel die ronddwaalt

Bij vage watervallen;

Ik ben de vrouw-tekenaar,

Ga niet aan mij voorbij;

Ik ben de geheime stem,

Hoor mijn kreet;

Ik ben de kracht die de nacht

In het buitenland verliest;

Ik ben de wortel van het leven;

Ik ben de akkoord." *

De meisjes in de sectie begonnen te zingen. Eén lied voor één, één lied voor allen. Toen sloegen ze de handen ineen en wiegden in de warmte van Moeder Zon.

Het kleine meisje glimlachte naar Grace en veranderde toen weer in een raaf. Ze vloog naar de sectie waar ze werd begroet door het geluid van hun vleugelslagen.

Terwijl ze zongen, begonnen mannen en vrouwen zich buiten de cirkel te verzamelen. Ze waren gekleed in traditionele kleding en waren vanuit vele verre landen naar de rode rots gekomen.

Ze stonden samen in paren en hielden elkaars hand vast. Al snel werden de handen losgelaten en stonden de mannen in een rij die naar de cirkel van mannen leidde en stonden de meisjes in een rij die naar de cirkel van meisjes leidde.

Een Aboriginal-jongen stond voor de eerste blonde jongen en ze omhelsden elkaar. Toen pakte de blonde jongen zijn ring en het vierkante stuk stof en legde dat in de open hand van de Aboriginal-jongen. De Aboriginal-jongen schoof de ring om zijn vinger. Ze omhelsden elkaar opnieuw en de Aboriginal-jongen wachtte.

De partner van de jongen stond voor het eerste meisje en droeg een witte linnen jurk. De twee meisjes omhelsden elkaar zoals de jongens hadden gedaan. Het meisje gaf het Aboriginal-meisje het rode lint van haar jurk. Ze omhelsden elkaar opnieuw en toen bukte ze zich, raapte de deken op en liep samen met haar partner in de richting van de zon. Toen het paar het licht binnenliep, verdwenen ze.

Hetzelfde gebeurde vele uren lang herhaaldelijk. Samen overbrugden de mannen en vrouwen de kloof van de tijd. Er werd veel gehuild en omhelsd. Al snel waren Vincente en Grace de enige twee mensen die overbleven, samen met een paar mensen buiten de cirkel.

De laatste Aboriginal-man kwam de ruimte binnen en hij en Vincente voerden de uitwisseling uit.

En toen begon het bundeltje aan Grace's voeten te huilen.

Het was niet zomaar een deken. Het was geen leeg bundeltje. Het was een kind. Het kind van Grace en Vincente.

Grace boog zich voorover om de deken te aaien, maar de Aboriginalvrouw was er al en de ceremonie was al begonnen.

De baby bleef huilen aan Grace's voeten.

Ze keek naar de hand van de vrouw en zag dat die trilde.

De vrouw omhelsde Grace.

Grace keek over haar schouder om te zien of de partner van de vrouw nu Vincente's ring droeg. Dat was het geval, wat betekende dat Vincente zijn toestemming had gegeven.

Een uitdagende traan rolde over Grace's wang.

Het volgende onderdeel van de ceremonie was het geschenk van de rode strik. Als Grace weigerde die af te geven, zou de deal niet doorgaan. Ze wilde haar baby zien, haar baby troosten.

De vrouw omhelsde Grace nogmaals.

En toen gebeurde het.

HOOFDSTUK 44

D E GOLVEN RONDOM DE rode monoliet rezen hoger en hoger en hoger, totdat ze zich om de rode rots hadden gekruld en een nieuw gedeelte van gigantische, cirkelvormige filmschermen hadden gevormd.

Toen de nieuwe cirkel van schermen voltooid was, begon de grond onder Grace's voeten te trillen en te beven, terwijl hij uit elkaar viel. Het platform tilde Grace en haar kind hoger en hoger en hoger op.

Voor haar ogen begon de geschiedenis van de inheemse volkeren van de wereld over de schermen te flitsen. Ze zag hoe baby's werden weggehaald, gestolen en aan vreemden werden overgedragen, en hoe ouders dagen, jaren en eeuwenlang huilden.

En met elk kind dat werd meegenomen, draaide de olijfboom zich om en sneed een wond in Grace's lichaam. Eerst schreeuwde ze het uit van de pijn, maar toen ze in de gekwetste ogen keek van die baby's die van hun families werden weggerukt, opende ze haar armen, verwelkomde ze de pijn en omarmde ze die als een deel van haar wezen. Ze besefte nu dat de olijfboom de constante was. De verbinding tussen hier en daar, tussen hen en ons, tussen werelden.

Toen ze de pijn in haar lichaam had geaccepteerd, keek ze in de richting van Vincente. Hij had geprobeerd naar haar toe te rennen, maar zijn voeten lieten dat niet toe. Het was alsof ze in de grond waren vastgeplakt.

Ze draaide rond, bloed druppelde uit haar gapende wonden en riep naar Moeder Aarde, die de schermen neerhaalde en Grace terugbracht naar de vlakke grond waar het Aboriginal-meisje wachtte.

Zodra ze weer op vaste grond stond, aarzelde Grace geen moment om de Aboriginalvrouw te omhelzen, een verontschuldiging in haar oor te fluisteren en haar het rode striklint te geven.

De Aboriginalvrouw pakte haar eigen baby op. Ze zwaaide en keek niet om terwijl ze haar kind troostte, en ze liepen in de richting van de warme zonnestralen.

Eerst begon de baby weer te huilen, maar al snel was ze getroost en was de lucht kalm, heel stil en merkbaar rustig.

En toen brak er een hel van geluid los, toen alle bomen en dieren synchroon begonnen te brullen.

Een raaf vloog naar beneden, naar de plek waar de laatste twee, Grace en Vincente, stonden. Ze veranderde weer in het kleine meisje en reikte naar Vincente's hand en vervolgens naar Grace's hand.

Het evenwicht voor Moeder Aarde was nu hersteld; het trio liep het zonlicht in.

"Nog één ding," fluisterde het kleine meisje en toen liet ze hun handen los.

HOOFDSTUK 45

D E AARDE BEGON TE beven en te schudden onder hun voeten.

Grace en Vincente hielden elkaar vast terwijl de krachten hen samen en uit elkaar duwden, samen en uit elkaar.

Ze hielden elkaars handen vast terwijl ze van de grond werden getild.

Ze draaiden en draaiden in een zwarte tunnel, bijna alsof ze zich in een wervelende zwarte paraplu bevonden.

Ze hielden elkaar vast. Ze kusten elkaar.

Er klonk een gezamenlijke roep.

In een oogwenk bracht Moeder Aarde alles en iedereen terug naar waar ze hoorden te zijn.

En opnieuw stond de rode monoliet alleen.

EPILOOG

En jonge man zat op zijn surfplank bij Manly Quay.

Hij wachtte op de grote golf.

In de verte zag hij iets flikkeren en dobberen.

Hij peddelde ernaartoe. Het was een camera.

Hij hing de riem om zijn nek en toen de grote golf eindelijk kwam, surfte hij naar de kust.

Later liep hij een tijdje op en neer over het strand en vroeg of iemand een camera was kwijtgeraakt. Niemand claimde hem.

Nieuwsgierig bracht hij hem naar de plaatselijke fotowinkel. De film in de camera was niet beschadigd of nat. Hij vroeg of ze hem wilden ontwikkelen.

Een paar uur later, toen de film klaar was, keerde de surfer terug naar de fotowinkel. De jonge vrouw achter de toonbank verontschuldigde zich omdat er maar één foto op de film stond.

Hij opende de envelop.

Een jonge man met blond haar, gekleed in een zwart smokingjasje, zonder shirt en een zwarte spijkerbroek, stond arm in arm met een vrouw met kastanjebruin haar, gekleed in een tiara en een kanten bruidsjurk. Ze zagen er erg gelukkig uit. Achter hen vormden kerstverlichting, de maan en de oceaan het perfecte decor voor hun bruiloft.

Omdat hij geen van beiden herkende, gooide hij de foto en de camera in de prullenbak.

In de verte kraaiden drie raven.

NAWOORD

Zoals het was
En zoals het altijd zal zijn...
Kinderen betalen de prijs
Voor de geschiedenis.

DANKWOORD

*DAME MARY GILMORE (1865-1962)

Het gedicht van Dame Mary Gilmore getiteld "The Song of The Woman-Drawer"

is opgenomen in dit boek met dank aan uitgeverij ETT Imprint, Sydney, Australië.

Voor meer informatie over het werk van Mary kunt u de onderstaande links volgen, die actief waren op het moment van publicatie:

http://lib.unsw.adfa.edu.au/speccoll/finding_aids/gilmore_mary.html

http://adb.anu.edu.au/biography/gilmore-dame-mary-jean-6391

http://banknotes.rba.gov.au/australias-banknotes/people-on-the - banknotes/dame-mary-gilmore/

http://www.civicsandcitizenship.edu.au/cce/gilmore,9133.html

http://www.portrait.gov.au/portraitofanation/gilmore-biography.html

http://trove.nla.gov.au/people/463377?c=people

LEESSUGGESTIES

Alle links waren actief op het moment van publicatie:

GADIGAL VAN DE EORA-NATIE & INHEEMSE AUSTRALIËRS

http://www.sydneybarani.com.au/sites/aboriginal-people-and-place/

http://www.australia.gov.au/about-australia/australian-story/austn-indigenous-cultural-heritage

http://lib.unsw.adfa.edu.au/speccoll/finding_aids/gilmore_mary.html

BIOGRAFIEËN VAN VROUWELIJKE WISKUNDIGEN

http://www.ams.org/women-mathematicians

http://womenshistory.about.com/od/sciencemath1/ss/Women-in-Mathematics-History.htm

VROUWELIJKE WETENSCHAPPERS:

http://womenshistory.about.com/od/airspacesciencemath/tp/Famous-Women-Scientists.htm

http://www.smithsonianmag.com/science-nature/ten-historic-female-scientists-you-should-know-84028788/?no-ist

LEONARDO FIBONACCI (1175-1250)

https://www.mathsisfun.com/numbers/fibonacci-sequence.htm
l

http://www2.stetson.edu/~efriedma/periodictable/html/F.html

ALBERT EINSTEIN (1879-1955)

http://www.nobelprize.org/nobel_prizes/physics/laureates/1921
/einstein-bio.html

VAN DE AUTEUR

Beste lezers,

Bedankt dat jullie ervoor gekozen hebben om het verhaal over Grace en Vincente te lezen. Ik hoop dat jullie er net zoveel plezier aan beleefd hebben als ik aan het schrijven ervan!

Ik ben geboren in Ontario, Canada, maar heb meer dan vijftien jaar met mijn gezin in Sydney, Australië gewoond.

In die tijd ontdekte ik het werk van Mary Gilmore. Het gedicht in deze roman inspireerde me enorm en ik wilde dat anderen het ook zouden ontdekken.

Toen de personages Grace en Vincente voor het eerst bij me opkwamen, wist ik niet zeker of ik klaar was voor de taak die voor me lag. Zij was een wiskundig wonderkind en hij was een cricketspeler – twee dingen waar ik niet veel vanaf wist. Het kostte me veel nadenken, onderzoek doen en opbouwen voordat ik zelfs maar aan de eerste versie begon te schrijven.

Ik was druk bezig met het eerste concept toen ik een schrijversretraite bijwoonde met de Society of Women's Writers NSW Inc. Tijdens een van hun seminaroefeningen opende ik mezelf en gaf ik mezelf toestemming om het te schrijven. Na die openbaring vloeide het verhaal vanzelf voort. Ik hoop dat u net zoveel plezier beleeft aan het lezen als ik aan het schrijven.

Momenteel ben ik terug thuis in Ontario, Canada, bij mijn man, zoon, kat en hond.

Bedankt! Zoals altijd: VEEL LEESPLEZIER!

Cathy

OOK DOOR:

YA FICTIE

E-Z Dickens Superheld boek 1 en 2: tatoeages engel; de drie

E-Z Dickens Superheld boek 3: rode kamer

E-Z Dickens Superheld boek 4: op ijs

NON-FICTIE

103 ideeën voor fondsenwerving voor ouders die vrijwilligerswerk

doen bij scholen en teams

(3E PLAATS BESTE REFERENTIE 2016 METAMORPH

PUBLISH

ING+ Kinderboeken